笑面难为

雪灵之 著

四川文艺出版社

图书在版编目（CIP）数据

笑面难为 / 雪灵之著. — 成都：四川文艺出版社，
2018.10（2023.2重印）

ISBN 978-7-5411-5155-2

Ⅰ.①笑… Ⅱ.①雪… Ⅲ.①长篇小说—中国—当代

Ⅳ.①I247.5

中国版本图书馆CIP数据核字（2018）第214631号

XIAOMIANNANWEI

笑 面 难 为

雪灵之 / 著

出 品 人	谭清洁
责任编辑	李淡宁　周　轶
封面设计	叶　茂
内文设计	史小燕
责任校对	文　诺

出版发行　四川文艺出版社（成都市锦江区三色路238号）
网　　址　www.scwys.com
电　　话　028-86361802（发行部）　028-86361781（编辑部）

排　　版　四川最近文化传播有限公司
印　　刷　北京兰星球彩色印刷有限公司
成品尺寸　145mm×210mm　　　开　　本　32开
印　　张　14　　　　　　　　　字　　数　330千
版　　次　2018年10月第一版　　印　　次　2023年2月第二次印刷
书　　号　ISBN 978-7-5411-5155-2
定　　价　45.00元

【主角介绍】

雍唯：男主，天帝幼子，20岁出头，个性有些幼稚，因为能
力强大，深受众人尊敬，本人也因闹脾气而终年"面
瘫"，不相符合的内心和外在，让他成为一个颇具笑点
的人。

胡纯：女主，20岁左右，狐狸精，因为在人间修行成仙，所以
颇具烟火气，为人油滑，却十分义气。在大是大非面
前，有自己的原则在。她本想利用雍唯，却真心爱上
他。自诩成熟的她遇见外表冷酷内心幼稚的雍唯，也算
欢喜冤家。

炬峰：男二，天霜城主，30岁左右，一个深藏的野心家，平时
插科打诨嘴馋懒散，实则对权力有极强的贪欲，希望控
制天地之间生灵万物。被雍唯重伤后，不能面对自己的
失败，自杀身亡。

【配角介绍】

青牙：辉牙的私生子，男，因为遗传因素生长缓慢，80岁还是
孩子模样。胡纯救了他以后，和胡纯相依为命，对胡纯
深有情意。为了得到胡纯而反抗雍唯，投身炬峰麾下，
后幡然悔悟，在嘉岭坐地称王。

白光：胡纯的闺蜜，刺猬精，金句制造王，深爱炬峰，几次苦

劝炬峰收手，后替炬峰而死。

玲乔：辰王大女儿，曾被天妃属意许配给雍唯。个性冷傲，对
雍唯爱而不得，转而变得恶毒。

琇乔：辰王小女儿，骄纵跋扈，喜欢雍唯便强行插足姐姐和雍
唯，遭到雍唯厌恶，她因被雍唯拒绝而刺伤雍唯，被罚
湖底思过，后投靠炬峰叛乱。

天帝：万物主载，雍唯父亲，表面和蔼，工于算计，对所有人
都没有怜悯之心，只有利益和利用。

天妃：天帝之妃，雍唯母亲，脾气不好，心肠柔软，疼爱迁就
儿子，被天帝欺骗利用而不自知，后死于弟弟的失手错
杀，是个值得怜悯的人物。

辉牙：嘉岭妖王，是个四肢发达头脑简单的人，惧怕妻子，图
谋反抗，很容易被操纵煽动。

来云：辉牙夫人，法力高强，为儿子可付出一切，对丈夫又恨
又怨，默默隐忍。

目录

第1章　香火

胡纯坐在供桌上，用爪子捋自己的胡须，左边三根，右边三根，换只爪子，再来一次——破草蒲团上哭诉哀求的张老爷还没念叨完。

"狐仙奶奶，狐仙奶奶，求你救救我小儿子的命吧！我年过四十，就这么一个幼子，是我和老伴儿吃了多少药，拜了多少神才得来的，万万不能没有啊！"张老爷鼻涕一把泪一把，跪不住了，趴在地上，破砖地上原本都是灰，被他哭出一摊泥来，"附近的城隍，观音，三清我都求遍了啊，孩子也没起色，这不就来求您老了嘛！"

胡纯挠了挠后背，觉得这句是张老爷的肺腑之言了，作为濯州城里人儿，都拜到荒山野岭她这个狐仙小破庙的，算是走投无路，死马当活马医了。

张老爷哆嗦着起身，从手臂上挽的包裹里拿出一个小金元宝，巴结地笑着，放在狐仙奶奶的供桌上。他当然看不见蹲坐在塑像前的狐仙奶奶真身，所以金条直接摞到胡纯的一只后爪上。

胡纯"嗞"了一声，略疼，有点儿分量嘛。

张老爷又从包裹里掏出一只烧鸡，恭恭敬敬放在胡纯身前。

"狐仙奶奶，看小人心诚的分上，救救小儿的命吧！"

胡纯双眼发亮，口水涌了出来，好不容易等张老爷离开，立刻捧起来大啃特啃，嗯不错，是濯州义香斋的烧鸡，张老爷的确心诚，这事她管了！

濯州，是嘉岭一带最大的城镇，人口稠密，商业发达，晚上从山上远远地望过去，真是一座灯火流光的水晶城。

胡纯虽然贵为山里的狐仙奶奶，却是最草根的狐仙，没门没派，没老大罩着，所以仙界是个条款她就得守着，比如没成人形就不能腾云驾雾，能不能不是问题，关键是她还不会。所以狐仙奶奶放开四爪，一路奔跑，尾巴展成一条直线，倒比两条腿走路的张老爷先赶到城门口。

乡下人爱到城里玩，乡下狐仙也爱来。从城门往里看，正是夜市开张的时分，大街小巷那个热闹，食物那个香啊！胡纯向烤肉摊走了两步，又停住了。忍住，忍住，完成使命重要，她要对得起张老爷的香火钱嘛。

她就是这么靠谱的狐仙，从她的毛色就能看出来。她每做成一桩功德，就会掉一撮灰毛，长一撮白毛，这百十年来，她都从一只土灰土灰的狐狸，变成几乎雪白的圣洁狐狸了。

"几乎"，是指她背上还有两撮灰毛。

可恨的是，居然组成一个"八"字。她的梦想就是变成一只美貌的纯白狐狸，所以给自己起名叫胡纯，可是这迟迟不褪的两撮灰毛却拖累了她，现在没人叫她胡纯，都叫她老八，她的内心也是绝望的。

她做过很多尝试，帮西村的老太太挑点儿水，帮北村的小寡妇引个郎君，这在掉毛初期都算大功德了，可现在不行，"八"字毛岿然不掉，看来必须狠狠地做两桩大买卖，才能圆满褪毛。

希望保住小张能算一件。

总算看见张老爷步履蹒跚地出现在城门口，胡纯耐着性子放慢脚步跟他回家，在大门口竟然碰见了濯州的丁神——炬峰大人。

其实丁神的工作范围很广，一城百姓的人口增减、灾病残障都属其管辖，但是由于求子求女的人太多，慢慢就成了主要业务，又因为这个神职大多由婆婆形象的地仙担任，所以就有了"子孙婆婆"这个说法。

濯州的丁神是丁神里的另类，是由一位噗噗噗直冒仙气的年轻帅哥来担任的。因为另类，所以有名，五百里嘉岭的神鬼妖怪都知道他。据说他原本是天上的神仙，不知道闯了什么祸，被贬下来干了份这样的活儿。

"哟，这不是子孙婆婆——公公？叔叔？"胡纯的本意是巴结一下，毕竟一方丁神也算是势力强大的地头蛇，可是这位大人十分难恭维，胡纯只得讪讪地继续说下去，"您也是受了张老爷的香火，来救张少爷的吗？"

"不是。"子孙叔叔炬峰斜眼俯视她。

胡纯有非常标致的狐狸相，眼睛弯弯的，嘴角天生向上，是很标准的笑面狐狸。都说微笑的狐狸运气不会太差，这是果然的，自带了三分巴结三分喜气四分欢脱，谁看了都觉得她十分高兴。

炬峰原本不想理这个荒山野岭的小草根，看在她一团欢快，还是说了一句："我是来收张少爷，交给阴界的。"

"啊？"胡纯大惊失色，"张少爷保不住吗？可是……"她忐忑起来，"我收了张老爷一锭元宝，答应帮他保住儿子呀！"她隐瞒了烧鸡，要脸，"叔叔……小仙自从接受香火以来，从未愧对嘱托，我知道此事难办，请叔叔帮帮胡纯，胡纯一定尽力回报叔叔。"

胡纯在五百里嘉岭的精怪里人缘不错，靠的就是好意思开口相求，又能积极回报。她拍马屁之豁得出去，在狐狸里也是出类拔萃的，这不，叔叔都认了。

认了叔叔还不算完，四爪小颠绕着炬峰的腿蹭了一圈，其实这是猫的技能，狐狸用起来也是得心应手，毕竟外形也不是差很多。

炬峰理了下鬓角的那绺长发，缓缓道："其实……也不是不能转圜的。"

"您说，您说。"胡纯蹲坐起来，两只前爪垂下，十分殷勤。其实这是狗的技能，狐狸用起来也相得益彰，毕竟外形也不是差很多。

"可以用张少爷十年阳寿换他度过此劫。只是……你能替他做这个主么？"

胡纯踌躇起来，她自然知道，做了这个主，是要付出相应代价的。其实这不用选，不愿意换，立刻就死了，啥阳寿都没了。"我愿意替他做主，可不知道……"她怯怯地看炬峰，担心他的交换条件太过苛刻，超出她的能力所及。

"只要你帮我摘来汤伽山最甜的香梨。"炬峰顿了顿，补充说，"越多越好。"

胡纯的心咚地掉回原地，汤伽山的香梨啊……她要多少就有多少！她极力忍住不要喜形于色，无奈天生笑面，眼睛里一有笑意，就显得特别欢天喜地。

"汤伽山啊……是嘉岭地势最险峻的山岭……找甜梨可不容易。"她也知道要唱唱苦调，凸显一下任务艰巨。她说的的确是事实，就因为地势险峻，梨树都在山坳石洞的旮旮旯旯，十棵有九棵结着苦涩干瘪的果子，可只要一棵树结好果，就能甜透心脾。即便在百妖大会上，香梨都能算道甜品。

炬峰双眼一瞪："好找还用你去？我自己就摘来了！"

胡纯龇了龇牙，看上去笑得更开心了，其实她是在鄙视这位子孙叔叔，他该不是因为馋才被贬下濯州的吧？

"只要您说话，胡纯一定为您找来嘛！"她又套近乎，"那您先保住张少爷，我明天就把梨送来，给您送哪儿去啊？"

"城西子孙婆婆庙。"炬峰毫不尴尬地说。

第 2 章　互助

胡纯从濯州赶到汤伽山的时候，已经快戌时了，天上云多，月亮星星都不见，虽然算不上伸手不见五指，周围也是黑黢黢一片，树林的影子很是怕人。胡纯生起一堆火，把城里带来的栗子扔进火堆，不一会儿就发出噼啪爆开的声音，香味飘得到处都是，她拣出长点儿的树枝，不停拨弄。

顺着香味，一个黑影嗖嗖嗖地从树林里跑出来，其实它跑得不快，但因为腿短紧倒腾，发出比正常动物更杂乱的脚步声，听上去感觉速度挺快。

"给我扒拉出来几颗，我不喜欢太熟的。"黑影老远就很不见外地嚷嚷，话音未落，已经跑到光亮处来，原来是只刺猬。

"老白，你来啦。"有求于她，胡纯更是笑得甜蜜，飞快地从火堆里拨出几颗栗子，贴心地推到刺猬面前。

刺猬仙叫白光，光滑的光，她的梦想是变成一个全身光溜溜的姑娘。

白光边等栗子变凉边打量胡纯——一只狐狸直立起来，两只前爪抓着和她身高一样的树棍，划船一样翻着栗子，欢快的样子格外可笑。

"我说老八……"白光有点儿看不上她这一出，"你就差两件功德了，还变不成人形吗？用手多方便啊！"

胡纯感受到来自老友的恶意，扔下树棍，小心翼翼地拔下一颗白光背上扎着的香梨，故意很嫌弃地避开刺扎出的小洞，美滋滋地咬了一口，果然香甜无比。白光这只刺猬虽然说话也带刺，人倒是很好的，每次相见都知道给她带梨。

"你要能变，就变个看看呗，用腿走路多方便啊。"胡纯噎她。

白光受不住激，哼了一声，傲娇道："变就变！"

一阵白雾散去，胡纯叼着半只梨，目瞪口呆地看着白光的人形，她怔怔地又咬了一口梨，吐掉梨核，感慨道："您老这脸是扣着脸盆长的吧，圆得也太规矩了……"

白光泄了气，又冒一阵烟，变回本体。她懊恼地承认："我也不太满意，所以再看看吧……"

胡纯用爪子把滚落一地的梨拢起来，又啃一颗，满足地笑嘻嘻。白光是个吃货，尤其喜欢吃果子，嘉岭的各类果子她都吃遍了，最后因为香梨定居在汤伽山，可以说很有追求了。

"老白，我这次来，还真是因为这梨。"胡纯把前因后果一说，最后又略含嫌弃，"你带我去找甜梨吧，你运出来的都有洞，不好送人呢。"

老白爽快答应："这个容易，不过……"她转了转眼珠子，"你也得帮我一个忙。百妖大会不是就要开了吗，老犀牛让我去送香梨，你也说了，我要扎着梨去吧，全是洞，妖友们也不满意。我要人形去吧，这脸……毕竟百妖大会一亮相，就算在大家心里定了形，以后再变什么样，都算施障眼法了。嘉岭有头有脸的妖怪都会去赴宴，谁知道我的相好在不在里面呢？"

白光说着，竟然色眯眯地畅想起来了，还发出鬼祟的笑声。

胡纯再次露出嫌弃的表情。

"懂了，你是让我一起去送梨。"胡纯苦笑，其实她是鄙夷，都怪这副天生的笑模样，鄙视和无奈都是一个嘴脸。

"嗯嗯。"白光点头，又想起什么，"对了，看来濯州的子孙婆……叔叔也挺会吃，和我志同道合，什么时候介绍我们认识认识。"

胡纯再次苦笑，还是鄙夷："等你脸不像脸盆的时候吧。"

白光听了不高兴了："你怎么能对我这么不好呢？当初你功德做了一半，毛色黑的黑，白的白，像奶牛似的，我笑话你了吗？"

不提还好，一提胡纯都跳起来了，配上笑脸，看上去还挺惊喜，她尖声喝问："你少笑了吗？！"

第二天一大早，胡纯就背着一袋香梨，匆匆赶往城西子孙庙。她觉得自己来得够早了，没想到来奉香火的女人们已经把院子都挤满了，正中的大香炉里插了满满的高香，供品堆在供桌上，香火钱已经摞了不少。

胡纯艳羡不已，想要香火旺盛，神明有求必应是一方面，庙在热闹方便的地点也很重要，哪像她，小庙在乡下，不是张老爷这样狗急跳墙的善信，也不怎么肯去呢。

子孙叔叔炬峰懒洋洋的，像是刚起床，端坐在塑像前，有一眼没一眼地看有求于他的女人们。胡纯知道，他是在记住她们，看应不应她们的许愿。她巴结地赶上前献梨，炬峰拿出一个吃了一口，虽然没有露出微笑什么的，还是缓缓地说："放心去吧，张公子没事了。至于阳寿长短，就要看他的命数了。"

胡纯笑着一抱爪，就知道在吃方面，白光绝对靠得住，她说是最甜的就是最甜的。刚跑到庙门，背上一热，八字毛就掉了一撇。胡纯大喜过望，看来这竟然算件大功德，她实心实意向炬峰拜了拜，欢欢喜喜地回她的地盘了。

远远她就瞧见了阿红，他正在狐仙庙前的树下乘凉，较之上回见面又胖了不少。阿红也算是有点儿道行的狐狸了，只是又娶妻又生崽，于仙缘上始终就差了一些。作为狐狸本家，阿红是可以看见胡纯本体的，他也瞧见了胡纯，红红的大尾巴在地上一扫，整只狐蹿了起来，笑嘻嘻地迎上来。

"姑姑，姑姑，您这一向可好啊？"阿红虽然是只大火狐，算不得笑面，但狐狸眼睛天生弯弯，稍微一点儿巴结讨好的意思，就能表现出十足的笑脸殷勤。

"你可是无事不登我的庙，有什么事，说吧，姑姑正忙，没工夫和你绕圈子。"胡纯有点儿摆谱，口气虽然不客气，爪子却摸了摸阿红的尾巴，不无羡慕。阿红的毛色在火狐里也算上乘了，一根杂毛都没有，就尾巴尖上是黑的，油光锃亮，好像能照出影来。

阿红红了红脸，虽然看不太出来，说话还是略含羞涩的："姑姑，我媳妇肚子里又有了一窝崽，是我俩的第三窝了，看看我们夫妻的年纪，这恐怕就是最后一窝了……"

胡纯听出他还有些意犹未尽，觉得十分无语，一般的狐狸夫妻能生两窝都很不错了，听说这两口子每窝也没少生，可算得上子孙满堂了，还拼着生第三窝，还觉得不太尽兴，这也有点儿太……

"就这么生，我们夫妻也没生出一个公的，一窝一窝的小母狐。"阿红痛心疾首。

胡纯哦了一声，觉得阿红这也是在人世间混久了，受了人类的影响，狐狸还有传宗接代的观念吗？难道狐狸洞还传公不传母？人口多了，大家随随便便就换个洞，也无恒产可言吧。

"我估摸着，我那口子今天就生了，姑姑——"阿红抱爪，一脸希冀，"送子仙使来了，你帮我和她商量商量，如果还是一窝母的，就给我换个公的吧。"

胡纯想不管他吧，也是多年相识了，阿红的大女儿还认过自己当干妈。说起来也不是大事，就当积德吧。她就悻悻地跟着阿红回了他的狐狸洞。

在洞外的时候就听见里面很吵，敢情来得正是时候，阿红媳妇要生了。阿红着急，刺溜就窜进洞里。

胡纯站在洞外四处张望，阿红他们住在石锅山，送子什么的应该是山神的活吧？石锅山神是个矮个子老头，不仔细看着，真怕一时错过。

果然来了一片雾，胡纯赶紧整顿了一下笑脸，正打算开口相求，定睛一看却咦了一声，来的竟然是炬峰。

炬峰看见她，有一些报然，正想着干完活就走，不打招呼了。没想到胡纯笑嘻嘻地向他施礼，直问到他的痛处。

"叔叔，连动物添丁也是您的职责吗？"

炬峰板着脸，觉得自己的确有些跌分，冷声较劲说："对，怎么了？"

胡纯知道完蛋了，马屁没拍好，赶紧又多笑了几分，把阿红所求说了。

炬峰心情不好，皱眉喷了一声，也不知道是骂阿红还是骂胡纯："一只小小的狐狸，这么多事！生男生女，生公生母，自有天意，我只不过负责快递，难道还能随便换货？"

胡纯搓了搓爪，恳求说："叔叔，就帮帮阿红的忙，他们夫妻辛辛苦苦生了一辈子，就想要个儿子嘛。只要您帮了这个忙，有什么差遣胡纯的，尽管说！"胡纯拍胸脯，心想，大不了就是再去收一袋子梨呗。

"那你这个人情可大了。"炬峰冷笑，手向胡纯一指，胡纯顿觉一股冷风直扑她的面部而来，冻得她一哆嗦，"你给我添了这么多麻烦，我看见你的笑脸吧，又不好拒绝你，看来这副笑脸对你很是有用，你就一直带着它吧！"

胡纯莫名其妙，正想再问，只听狐狸洞里一阵欢呼，阿红尖声吱吱叫："儿子，儿子，我终于有儿子了！"

她一恍神，再回头，炬峰已经不见踪影了。

第 3 章　盛会

　　惊喜这种东西，要越意外才越好，原本以为帮助阿红换个男娃是件细枝末节的小事，没想到八字毛仅剩的一撮竟然掉了，她居然因为这件小事而功德圆满了。

　　胡纯原本想找白光好好庆祝一下，可是白光没这个心情，挟恩求报地指使她爬高上低地采了好几袋香梨，辛辛苦苦运到百寿山。

　　百寿山因为举办十年一次百妖大会而闻名遐迩，同时也是嘉岭妖王辉牙的洞府所在地。五百里嘉岭群山连脉，涧谷盘桓，号称千峰无尽，主峰就是这座峻奇巍峨的百寿山。

　　可嘉岭之中，最有名的却是祖山珈冥山，是嘉岭的千峰之峰，不仅最高，还在嘉岭龙脉的龙眼上。因为地势太好，风水太盛，连天界都降下一位神主镇守此山。胡纯白光都听说过，这位神主明面上是镇守嘉岭祖山，不让嘉岭龙气腾天，影响天界，更是为了防止妖神精怪利用嘉岭龙气作乱，引发六界血劫。

　　嘉岭祖山裂，六界应血劫——这个血腥的说法，嘉岭万千妖怪没有不知道的。所以，就算祖山没有神主的禁制，大家也都不敢靠近，生怕谁的尾巴扫一下，谁的犄角撞一下，珈冥山裂开一个小缝缝，那可就惹了大祸。

　　站在百寿山上，就能遥看珈冥山全貌——除了阴雾遮蔽的山顶。

白光眯着眼仔细看，用胳膊碰了碰身旁的胡纯，再用尖尖的鼻子一点高耸入云的珈冥山，煞有介事地问："这位天上来的大佬你认识吗？"

胡纯真有点儿受不了她了，质问道："我认识的人、兽，你不都认识吗？你还这么问我？我连大佬的名字都不知道！"

白光点头，突然不满，反击道："不对！你还没给我介绍子孙叔叔！"

胡纯无语，看来白光是相当介意这件事了，她抬爪挠了挠毛茸茸的后脑，生硬地转移话题道："你看！"

"什么！什么！"白光一缩脖子，警觉地顺着胡纯爪指方向仔细观瞧。

这招也算万试万灵了，胡纯在心里鄙夷了一下老友，敷衍说道："你看珈冥山头，既然是天上神主居所，怎么会阴云密布呢？比妖还妖！这么浓的黑雾，就算老犀牛也弄不出来吧。"

白光边思索边摸下巴，一副深思的样子："听说地上的大妖修炼到一定境界，也是可以上天的，这位莫不是大妖上天，又被派回来吧？"

"谁在那儿胡说八道！"一声断喝，颇有威严。

胡纯和白光吓了一跳，回头看时，原来是百寿山的总管乌鸦精。乌鸦精正怒冲冲地瞪着她们，恨不得把她们从悬崖上推下去。

"哎呀，乌总管，我们两个只是闲磕牙，你干吗这么认真呢。"白光总来给辉牙送梨，与乌鸦还算熟悉，所以倒也没太把他的怒气当回事。

乌鸦皱眉摇头，用手指她们："听大王说，今天他也请了神主，虽然来不来要看他老人家赏不赏这个脸，可你们这样胡说八道，万一被神主听到，那可不得了，搞不好连我们大王都要跟着吃挂落！"

"不说，不说了。"胡纯是个见风使舵的马屁精，立刻笑眯眯地做了个封嘴的动作，"我们这就帮您把梨送到席上，您老看看还有什么吩咐我们做的吗？"

双拳不打笑脸人，乌鸦见胡纯这么喜庆，也不好再横眉立目下去，吩咐她们帮着把梨给各桌都摆上。"记得，最好最甜的梨，放在主桌上。"他不忘郑重嘱咐了一句。

"好嘞。"胡纯和白光殷勤应声，跟随他来到设宴的大山崮上。

果然是百妖盛会，场面十分宏大，光是桌子都像布阵一般，每个桌子上用小红绸写着名字：××大王，××仙子，方便众妖就座。

胡纯和白光就往高处走，主桌特别大，大到能架起一副棺材板子，桌上贴的红绸是用金粉题字的：雍唯神主。

白光又用胳膊撞胡纯了，获知什么大秘密似的："原来神主叫乡住。"

胡纯刚想点头，她也不认识那两个看上去笔画很多的字，就看见乌鸦总管做了个飞踢的动作，眼看都要踢到白光了，又硬生生地停住，谁让白光有刺呢。

"雍唯！雍唯！"乌鸦气得嗓音都变了。

因为辉牙的夫人来云公主驾到，乌鸦总管也顾不上和白光胡纯较劲了，一整黑袍，殷殷勤勤地跑到来云公主身边嘘寒问暖，笑容之甜蜜，态度之热络，连胡纯这个天生笑脸，惯会巴结的都自叹不如。

来云公主也是嘉岭名人，她的法器是面小鼓，据说轻敲来云，重敲放电，是嘉岭众妖中最厉害的。辉牙也是因为求娶来云公主成功，才成为嘉岭霸王的。来云公主自视甚高，嫁给老犀牛辉牙后，并没搬来百寿山与辉牙同住，还是住在明光山来云洞。嘉岭众妖要是被其他山头水面的妖怪欺负了，习惯上还是立刻到明光山向来云公主求助，辉牙都要排在第二位，大家背地都把辉牙叫成老犀牛，但却不敢对来云公主不敬，人前人后都要尊称她一声来云娘娘。

来云公主赴宴一般晚来，可是百妖大会是辉牙主持的，她多少都要尽到妻子的本分，早些来帮着布置布置。

胡纯和白光都很兴奋，她们从来没见过来云公主施法，这次机缘巧合，可以大开眼界。

来云公主和嘉岭其他女妖的装扮大有不同，其他女妖求的是美艳妖娆，怎么新奇怎么来，裙子洒上五色霞光啊，缀着明珠啊，发簪上镶着星星碎屑，用七彩翠鸟的毛贴在眉尾……只要能搞得到，什么五颜六色的东西都敢往身上招呼。来云公主只穿了一件像云一样飘逸的裙子，淡淡有些晚霞的颜色，越向裙摆颜色越深，裙上笼罩着浅浅的光晕，应该是洒了晚霞的柔光，裙摆长长地拖在地上能有二三尺，像把傍晚的天空穿在身上。头上只用一顶雕工精美的羊脂玉冠高高地绾住头发，再无其他装饰。很华丽，却无豪奢俗气之感，真正的女神范儿。

她长得不算最美丽，却很端庄，眼睛总是半垂着，让人看了就想向她顶礼膜拜。她从袖子里拿出一面小鼓，只比人间儿童玩的拨浪鼓大了一点点，用圣兽蒲牢的胸骨打磨成手柄，说是一面鼓，更像是面镜。来云公主的手极美，在鼓面轻敲漫叩的时候，胡纯看得如痴如醉，魂都好像变成一缕烟，缠在来云公主的纤白指尖上。

果然涌来了很多云，竟然都是朝霞，慢慢形成了巨大的穹顶云幕，把山崮笼罩住，山崮原本不算高，但四下飞霞，不见天高地广，就有一种遥上浮云的感觉，宛如身在九天。

白晃晃的阳光也变成淡粉的朝阳之色，又明亮，又喜庆，甚至整个筵席的气氛都变得很神圣。

胡纯目眩神迷，看着来云公主吸口水，憧憬说："我要是能成盖世大妖，也想娶来云娘娘当老婆。"

白光原本偷了个香瓜啃，看得入了迷，香瓜也掉在地上摔碎了，这会儿忙着捡，嘴上也没闲着，讽刺胡纯说："慢说你是个女的，就算是个男的，一个狐狸精，小白脸，来云娘娘也看不上呢。"

胡纯反驳不得，狐狸这一脉在众妖心中形象都固化了，男的小白脸，女的小妖精，好看是好看，都是谄媚样儿。想想辉牙魁梧的身材，就知道来云喜欢哪一挂的了，狐狸精们再漂亮都没戏。

第4章　沉闷

　　乌鸦总管虽然总穿着一身黑袍，也不爱笑，看上去很丧气，人却是很好的。像白光胡纯这样的，原本是没资格参加百妖大会的，可乌总管说，来都来了，就留下见见世面吧，于是二人就在上菜通道边上，获得小小席位。

　　其实来的这些妖，胡纯和白光平时都见过，毕竟都是嘉岭名妖，可一旦出现在盛会上，都好像有些不认识了，装扮得太华丽了。这时候就看得出嘉岭跨峰接海，绵延数州了，山里海里城市乡村的奇珍异宝都被装饰在妖们的头上身上。

　　其中最扎眼的要数山霸辉牙了，一身紫光玄金甲配赤红鳞色披风，坐在他老婆弄出的漫天红光里，像盏铜灯般闪闪发亮。他长得不错，但是身材魁梧，肌肉发达，就显得智慧不太够的样子。尤其他老婆气质那么仙，往他身边一坐，衬得他更加俗气，就是一山里土妖。

　　胡纯眼睛不够用，被这个晃瞎眼，又被那个吓掉魂，白光也顾不上吃，张着嘴，来回看。

　　妖们互相寒暄恭维，上前给辉牙来云见礼，陆续就座。

　　蝴蝶精们跳起了胡旋舞，喜鹊精们演奏起九铃曲，蜜蜂精在天上飞来飞去，把花瓣像下雨一样撒下来。虽未开席，气氛却已热闹到极点，欢声笑语直冲云霄。

等妖们来得差不多，胡纯以为辉牙要宣布开席的时候，她竟然惊愕地看见了炬峰。炬峰是从她们这侧通道落下云头的，所以也一眼就看见了她，两下都比较无语。

"您老也来了啊？"胡纯在炬峰贴着她尾巴走过的时候，出于一贯的巴结德行，笑眯眯地向他打了个招呼。

炬峰觉得她话里有话，丁神虽然在地头上品阶较低，但萝卜头咸菜也是菜，混得再惨也是神仙，不该和妖精们你来我往自降身份。所以他眼睛冷冷地向下一瞟，哼了一声，昂首走了过去。

胡纯真是冤枉，她可没炬峰想得这么多，反而觉得炬峰来得名正言顺。这一山的飞禽走兽添丁丧子不都是炬峰的责任吗？他来熟悉一下所辖众妖，也是尽职尽责，忠于工作。对于炬峰的傲慢，她也没生气，毕竟人家也是濯州子孙叔叔，脾气大点儿正常。

妖怪们对他也很尊敬，见他到来都纷纷起身，向他施礼问候，就连辉牙都从上首的席面上走下来迎接，亲自把他送到贵宾席位上。

可是大家谈论的话题却不是他的到来，所有人都在说，炬峰大人来的话，神主也会赏光降临吧？

胡纯竖尖耳朵，到处听消息，所获颇丰，比如：炬峰大人和神主在天上的时候就认识。再比如：炬峰大人在神主大人面前比较说得上话。

大家的预测成真了，天色一暗，阴雾滚滚而来，挡住了来云公主的霞光，原本欢快喜庆的朝霞天，变成阴风怒号黑雾压顶的风雷日。阴雾中一队黑衣仙童点着防风琉璃灯，引着一位黑衣男子缓缓落在山崮边。

排场很大，气势很强，把所有人都震住了，没人说笑，都站着垂首肃立，恭迎神主驾到。

胡纯站着的时候，没有桌子高，靠在桌腿上，有偷窥全场的感觉。

她真是很怀疑这位神主大人，不是她见识少，她真没见过一位神仙是这个风格的，阴界的除外。他比乌鸦总管还令人高兴不起来。

长得么——

因为躲在角落，胡纯可以肆无忌惮地打量神主大人，长得确实是好，那点儿仙气全在脸上。妖怪再漂亮，比起天上神仙总还是少了些韵味。神主大人是小白脸型的，一身华丽黑袍，样式简单，飘逸拖地，原来来云娘娘是模仿他，只不过来云娘娘穿的是晚霞，这位大人穿的是乌云。头上的墨玉冠也是高高的，乌黑的长发从冠里披下，一丝不乱地垂在后背，在这样一派的黑色中，隐隐有光，更显得发质极佳。

一身黑色衬得他脸特别的白，于是眼睛和嘴唇就很显著了，眼睛黑得像宝石，嘴唇红得像水蜜桃的尖尖，虽然嘴巴不悦地抿着，却不经意地有那么点儿俏皮，大概实在是看着年轻，也就二十出头的模样，才会有这样的感觉。

所有人都不敢说话，会场寂静无声，就连辉牙的金甲都没光了。

雍唯眼睛里也没这些妖，在仙童的引导下，坐到给他准备的位置，桌子在辉牙和来云之上。他坐下后，眼皮也没抬，阔大的广袖一甩，阴雾便瞬间散去，仙童的琉璃灯也齐齐熄灭。

来云召来的霞光再次照拂山崮，大家都暗暗松了口气，却不敢发出任何声响。

胡纯也觉得胸口好像松了松，毕竟阴云压顶的滋味太沉重了。

雍唯又抬了下手，仙童们便从袖子里变出一个大大的碧玉托盘，给各桌都送去了一小盒仙丹。

领头的仙童傲然说道："这是太乙真人炼制的仙丹，神主赐予你们，与你们同庆盛会。"

众妖都轻声欢呼，很短暂，齐齐跪下感谢神主厚赐。

太乙真人的仙丹对下界众妖来说何等珍贵，也怪不得大家喜出望外。神主大人果然大手笔，见者有份，就连胡纯白光这样的陪客都每人捞到一颗。众妖道谢后，都一脸郑重地吃了，胡纯也赶紧塞嘴巴里咽下，她正好功德圆满，借仙丹之力，更能早日拥有人形。

筵席上只有一个人不急着吃，甚至还有些瞧不上眼，撇撇嘴小声说："拿这些锅底料糊弄人。"

此人正是炬峰，他也不怕雍唯怪罪，甚至还故意挑衅，朗声道："这货色我可不吃，来，小狐狸，叔叔赏你吧。"他向胡纯一勾手指。

慢说多给一颗仙丹，就是啥都不给，胡纯也不敢不过去，说到底她还欠着炬峰的人情呢。她这会儿不过去，炬峰下不来台，她算是没有好果子吃了，这点胡纯还是很明白的。

于是她赶紧装作受宠若惊，实则胆战心惊地快步跑到炬峰腿边，正准备伸爪去接，炬峰却不怕招人恨地把仙丹丢在地上，让胡纯捡。

众妖都倒吸一口凉气，觉得炬峰大概是活到头了。

神主大人并没发火，只是默默地坐在那儿，也不看炬峰。可他越是没反应，越是吓人，众妖都惴惴不安起来，生怕神主一个震怒，招来一排霹雳，大家今天全交代在这儿。

恰逢这个节骨眼，有个娇俏的女声说："我竟比神主大人来得还迟，失礼失礼。"她嘴上说失礼，却全无觉得自己失礼的态度，笑意缓缓，有股子恃宠而骄的意味。

神主大人也没说话，只是极其轻微地挪了挪身体，算是邀请她坐到旁边。

来的这位姑娘，周身都笼罩着仙女的气息，长得清纯甜美，俏丽而不妖艳，端庄却不失灵巧。她还是一副少女的样貌，说起话来浅笑清兮，笑语晏晏，却有一股天生的骄傲，不像胡纯，一笑就巴巴结结的。

众妖都不认识她，神主和她自己也并没有想要大家认识的意思。她也和雍唯一样，眼睛里没有这群妖，她和雍唯有一点不同，雍唯眼里谁都没有，她的眼里却有雍唯。她走向雍唯的时候，眼睛里冒出笑意，一瞬都没从雍唯身上移开。

直到她路过胡纯的时候，她的眼睛不经意向下一瞟，淡淡地看着正把捡起来的仙丹捧在手里的白狐狸。她一抬手，大大的袖子像一面瀑布一样展开，煞是好看，胡纯却无法抗拒地飞离地面，被她的仙力缚住，四肢无力地悬在离她手边一寸的空中。

仙女细看她，却很嫌弃地没有用手触碰她，看了几眼就遗憾地一皱眉："毛色倒好，只可惜背上最关键的位置掉了两撮毛，做不得披肩了。"

胡纯听了，怒火攻心，但仙力的差距明明白白地摆在那儿，她就是再愤怒又能怎么样？就连挣脱的力量都没有。可她心里不服，她修炼百年，为了功德圆满付出了很多艰难的努力，可在这样一个小毛丫头眼里，她只是一张皮毛。

平时她很圆滑的，也能受气伏低，可偏偏就在她功德圆满的时候被人这样轻贱，一股不平便变作傲气。趁仙女放手，束缚她的仙力减弱的时候，胡纯挣扎着，一后爪蹬在仙女的胸口。

所有人都倒吸一口凉气，没想到还有人比炬峰更能作死。

"放肆！"仙女明显没想到，一个下界的低等狐妖竟敢当众蹬了她一脚！这一脚不疼，却特别丢面子，气得她都不知道要骂什么，

"放肆"两个字出口，她觉得很不解气。干脆，手一抓，手心的仙力即刻变得凌厉，已动了杀意。

胡纯早知道不好，一落地就急速逃命，只要跑下山崮，周围地形她熟，随便找个山洞躲一躲，什么神主仙女都是要回珈冥山的，未必因为这点小事就非对她穷追猛打。

她眼看要跑到山路边，只觉得两耳生风，后背剧寒，瞬间像有橡皮筋拉着她似的，极快向后飞去，一眨眼就被人揪住颈后的皮毛。

她肝胆俱裂，在一双眼睛里看见了惊恐的自己，是神主的眼睛。

"好！雍唯，替我杀了她，就算做不了披肩，做个手筒也好。"仙女顿时又高兴起来，言语里又有了笑意。

席间鸦雀无声，众妖虽然没有说话，脸上都有了愤愤之色。他们中有认识胡纯的，也有不认识的，可大家都是嘉岭的妖怪，深知成精成妖要付出多大努力，这两个来自天上，生而为仙的人，竟这样作践山岭里的灵物，不免物伤其类，愤恨在心。

"琇乔。"炬峰端起酒杯，缓缓啜了一口，似乎很不满意，又放下了杯子，"你这样骄横，你姐姐知道了，应该不会高兴。"

琇乔噘了噘嘴，没有顶撞炬峰。

雍唯把胡纯提到眼前，看了一会儿，冷淡地说："我不喜欢她的笑脸。"

胡纯真觉得自己今天是要没命了，后颈被神主捏住的地方，像有冰针往肉里刺一样，又冷又疼，全身都不听她自己使唤。

琇乔心里一惊，不自觉地收敛了脸上的笑意，她怎么忘了，雍唯下界以后，不喜欢看人笑，也不喜欢听到笑声，整个珈冥山世棠宫不许见一张笑脸，不许有一声笑音。

她又想起姐姐玲乔那张冷如山雪的脸，无喜无悲的态度，怪不得雍唯更喜欢玲乔一些，还允许玲乔往来珈冥山。她只能趁下界小妖聚会的时候，来见一见他。想到这里，琇乔不由满心酸涩，不用特意收起笑脸，实实在在地笑不出来了。

雍唯空着的手微微一抖，一颗金光灿灿的药丸就出现在他手心，他用手指一弹，药丸像自己认识路一样，飞进胡纯嘴里，不是她咽下，根本是药丸自己钻进她嗓子眼里，咕噜一声，不由自主吞进肚里。

"变成人，就不要笑了。"雍唯嫌恶地一松手。

胡纯啪叽掉在地上，因为浑身无力，所以摔得很疼。她扶着腰，没摔断吧？咦……毛呢？新鲜的手感让她震惊，她愣愣地看过去，扶着腰的是手……她有了手。她穿着一件白色的裙子，很普通的白，头发却很黑，也出奇的长，拖到地上还有好长一截，很亮，比她的毛皮还滑，胡纯拖起发尾，像摸自己尾巴一样，摸得称心如意。

她的手也很好看，她一凛，想起白光正圆正圆的脸，赶紧胡乱地摸索自己的脸，她摸到了尖尖的下巴，滑嫩的脸颊，好像是瓜子形的。

"你成心找死。"头顶有人冷冷地说，已经非常不高兴了。

胡纯认得是神主大人的声音，她坐在地上，只能仰头看他，他的眼睛太黑，又太清澈，于是她清清楚楚地看见了他眼睛里的自己。

是副好相貌，特别漂亮的，在狐狸精里都算出众。

她顾不上高兴，因为她理解了神主大人的不悦，他明明讨厌她的笑脸才赏了她一颗金丹，还命令她变成人就不要笑。

可是……她偏偏生了张永远都在笑的脸。

即便如此惊恐了，还笑得似乎非常开心。

第 5 章 误解

神主大人冷冷看着胡纯，虽然根本没有表情，但胡纯却看得出，他的眼睛分明在说：我再给你一次机会。

她很珍惜这个生存机会！皱眉，焦虑，嘴角下拉——

白光团成一个球，火急火燎地滚到神主脚下，她本想替好友求情，但是舒展开身体看见胡纯的这个表情，白光就放弃了。

胡纯挤眉弄眼，用五官活灵活现地表达着：来打我呀！有本事来打我呀！

挑眉撇嘴，眼睛飞着媚眼，嘴角还一抖一抖的。

对于做出这样欠揍表情的人，再怎么替她求情也是没用的。

神主果然被刺瞎双目，嫌弃地一甩手，如高空抛物般把胡纯扔出一道弧线，然后直直从山崮绝壁掉落下去。胡纯尖叫的声音悠久绵长，由近及远，渐渐听不见了，席间一片死寂。

辉牙在来云耳边轻轻说了一句："我去看看。"

来云点点头，但把手按在他胳膊上，示意他不要急。她拿起一杯酒，站起身向雍唯敬道："百妖大会，十年一次，神主与众位妖友莫因小事而败了兴致，大家与我同敬神主一杯，谢他老人家纡尊降贵，参加我们的盛会。"

众妖听说，都纷纷起身举杯，应和着来云娘娘一起向雍唯敬酒。

于是歌也继续唱起来，舞也继续跳起来，除了大家都不敢露出笑容，气氛缓和很多。大家都板着脸，互相寒暄起来，看上去整个会场都特别一本正经。

辉牙趁此机会，变成一道紫烟，避开众人耳目，追寻胡纯下坠方向而去。

胡纯被扔出去的瞬间特别害怕，耳边风声嗖嗖，起高落低，她真觉得百年修炼，一朝圆满全完了，就这么被活活摔死。可是等她垂直从山崖掉落的时候，她又燃起了希望，之前有一次她给一位老奶奶上崖顶采药，也是一时脚滑从悬崖掉落，她有尾巴，有爪子，张开的时候可以减缓速度，而且山崖近地的根部会生长一些树木和藤蔓，她随便抓住什么，就能死里逃生，稳稳落地。

她的心刚稳当了一点，立刻又炸裂了——因为她发现自己没办法变回原形！没有尾巴，也没有能张开的四爪，身体又瘦又长，四肢再怎么划也不能减缓堕势。急速下坠的不仅是身体，更是心情，完了，彻底完了。

就在她闭起眼，准备接受人生的终结时，忽觉得耳边一冷，一股凛冽的寒气以极快的速度从她身边掠过。她立刻睁大眼睛，除了周围不停急变的模糊景物，什么都没有，突然她的腰背剧痛，什么东西勾住了她的脚，整个人重重地一顿，差点把她的一条腿从身体拉脱。

她疼得天昏地暗，缓过来才发现，她被一棵长在崖壁上的树勾住了脚，整个人倒吊在树枝上，距离地面也就一二丈高。也就是说，她差一点点就被摔成肉饼，幸亏了这棵打横生长的树。

她诚惶诚恐地决定，以后要好好祭拜这棵救命树，封它做她的神树。

"嘭"的一声，什么东西落在地上，扬起一股烟尘，胡纯正被吊在风口上，被灰眯了眼，连连咳嗽。

"幸好你没事！"

她听见辉牙浑厚的声音喜出望外地说。

她眨了几下眼，终于把眼睛里的灰挤出去，这才看清辉牙亮闪闪地站在她正下方，她垂下去的头发就在他额头上面一点点。他满含关心地抬头望她，眼睛里有些她熟悉又陌生的光彩。

"大王，快把我放下来。"她说，声音却颤颤的，其实是被吓的，谁从那么高的地方掉下来差点摔死，谁都得哆嗦。可是话由她说来，就娇娇怯怯的，把求救弄得像撒娇。

胡纯有点儿不好意思，毕竟混世百十来年，早成了女汉子，被狐狸后辈们叫成姑姑，老祖宗，心态不适合撒娇。如有所求，情势所迫，她也撒娇，但只限于动作，狗一样转圈蹭人家小腿啊，猫一样抱人家大腿啊，参见她讨好炬峰，这都是动物系的撒娇。可是作为人，这种娇滴滴的撒娇，她是无心的，甚至和笑脸一样，算先天缺陷。

辉牙的眼睛竟然一眯，像狗被挠了下巴，十分受用的样子。他一甩披风，起飞时还摆了个造型，但是救她下来的时候，还是粗鲁地让树枝反弹，抽了下她的屁股，打得生疼，她碍于情面或者害羞，没有和辉牙说。

辉牙落了地，并没把她立刻放下，他很高壮，胡纯却很娇小，他打横抱着她毫不费力。"今天你给嘉岭众妖长了脸面，本王要谢谢你。"

胡纯脑子有点儿转不过弯，被神主意图摔死能算给大家长脸吗？

"那个琇乔仙子说的话，我很不喜欢！"辉牙到底是头犀牛，不是灵巧的动物，变成大妖了说话还是直来直去。"你蹬她的那脚，很是解气。"辉牙说着，还哈哈哈哈笑起来。

胡纯恍然大悟，听着辉牙爽朗的笑声，自己又化险为夷，天生的笑脸更加笑得真挚了，眼睛也更弯。

"嗯……"辉牙看着她的脸，两眼有些发直，豪气地说，"就冲这份功劳，我要嘉岭众妖都尊称你一声公主！"

嘉岭是个像模像样的女妖就封自己是公主，所以嘉岭千峰里各类公主都烂了大街，可是经过辉牙认证的就不一样了，迄今为止也就来云一位。他一号令千峰，"公主"称号的含金量就大大的翻倍了。

"这怎么当得起呢。"胡纯笑嘻嘻地说，她平时油滑的腔调又出来了。可狐狸说这句话，和狐狸精说这句话，意味和听感是极不一样的。

狐狸说这话，就是个老油条，老滑头，即便是只母狐狸，也没啥娇媚感可言。可狐狸精——就像胡纯现在这个模样，再一说这话，就一副欲拒还迎、欲擒故纵、勾勾搭搭的感觉。

"当得起！当得起！"辉牙笑得满脸熠熠生光，差点把他的玄金甲都比下去了，他放下胡纯，却顺便搂住她的肩膀，"你还值得我对你更好。"

胡纯并没觉得这个举动有什么不妥，她之前和大家勾肩搭背都习以为常了，好哥们儿才如此亲近呢。得到辉牙这样看重，她心里的确美滋滋。

辉牙虽然看上去不是细心人，但是体贴起来还是很周到，毕竟是能伺候来云的人。他问了问胡纯的住处，不容反驳地说，她现在已经不适合住在狐仙庙了，他会着乌总管为她安排妥当。

胡纯听了，又感激又感动，用手背重重在辉牙的胸口一拍，

"老……大王，你真够义气。"她和白光背地里总叫他老犀牛，差点儿失了口。

辉牙被她拍得一愣，随即哈哈笑了，眼睛在胡纯脸上转来转去，说："你领情就好。"

胡纯被他的眼神看得心里怪怪的，她从未被人这样看过，不是很舒服的感觉。

辉牙松开她，挑着眉毛，心情很好地嘱咐："你先四处逛逛，我还得回百妖大会应酬一会儿，今晚之前，我会让老乌把一切准备好。"

"嗯……"胡纯回答得很犹豫，她总觉得辉牙最后一句话里有些古怪的意味，略猥琐，似乎另有所指。

辉牙又化作紫烟飞走了。

胡纯无处可去，想想还是回自己的小庙，其实她并不觉得狐仙庙住起来有什么不方便的，简陋是简陋，她也习惯了。

眼看到了山口，她远远就瞧见了野狗一家。野狗的灵性在动物里算差的，修炼到顶层，也就是狗头人身。野狗拖着一辆板车，车上放着家当和一双儿女，野狗媳妇手里提着大大小小的包裹，夫妻俩骂骂咧咧面色不善——他们也善不起来，从来都是龇着犬齿，像要咬人的样子。

"狗哥狗嫂，这是要出远门啊？"胡纯笑嘻嘻地迎上前，野狗一家住她庙后的锦玉山，算是邻居，虽然平时不怎么来往，但觅食的时候抬头不见低头见，也算是熟人。

野狗不看她，狠狠扭开头，发出呼呼的犬类示警声音，真好像马上会扑过来一嘴咬断她的脖子。野狗媳妇龇着獠牙，眼睛上下打量她，满是不屑，说出话来也阴阳怪气，"狐狸精就是狐狸精，样子迷人呢！巴结上大粗腿，我们真是惹不起，只能躲了！好好的锦玉山，我们住了快六十年了，说让我们滚就让我们滚，到底是有个人模样，占——便——宜——"说完还呵呵冷笑，占便宜这三个字格外着重，极尽讽刺。这个狐狸精没让人占便宜，人家哪能这么帮她？

胡纯听出来野狗媳妇是在骂她，心里似有所悟，她还是硬着头皮问了一声："是谁让你们搬的？"

"哈！你还不知道是谁么？你们家大王呗，胡纯公主！"狗嫂嘴长，骂人在行，插着腰行云流水般说，"算我们倒霉，挨着你这么位'三'公主住，你也别笑得这么得意，来云娘娘什么手段大家都见识过，仔细被劈得只剩张焦狐狸皮，连累我们好好的锦玉山也被夷为平地！你这个'三'……"

"狗妹！"野狗本来觉得老婆骂得痛快，可是渐渐有点儿太露骨了，毕竟辉牙得罪不起，他赶紧出声阻止，呼呼地喘气说，"既然认了栽，就赶紧走吧，莫再说了。"

野狗媳妇也知道丈夫的意思，但一腔怨气还没发完，于是又用狗爪一指野狗，骂道："怂狗！"

于是夫妻俩你骂我，我骂你，其实全在指桑骂槐地骂胡纯，拖着板车渐行渐远，最后野狗媳妇还不解气，回头远远地嚷嚷道："我就不信没说理的地方了！我知道来云山怎么走！"

胡纯皱眉苦笑，她是再头疼再没辙也笑得出来的。

看来她那怪怪的感觉没错，辉牙是生了花花心思了。她太冤了！她对辉牙没意思，而且他还是有老婆的，老婆还那么厉害。她是触了什么霉运，自从变成人形就步步是坎，没被摔死，也要被劈死了。

她太后知后觉了，辉牙说让大家认她这个公主，合着名号都跟着有了，'三'公主！她三了谁了！看来她必须端正自己的定位了，她不再是只狐狸，现在是个挺漂亮的狐狸精，过去见谁都称兄道弟的套路行不通了。

"胡纯公主！"乌总管不知道从哪儿冒出来，笑得那个灿烂啊，让胡纯心里拔凉拔凉的，刚才她看见老乌鸦对着来云就是这么笑的。"我正要去找您呢，可巧您就回来了。"

胡纯转身就走，其实是想逃命，这要去野狗家狐占狗窝，她还说得清？而且她又想起辉牙临走说的那句话，现在想起来，浑身鸡皮疙瘩，全是色眯眯的味道，怪不得当时她就觉得有点儿恶心。

"哎！哎！您别走啊！"乌鸦左一步右一步地挡住胡纯去路，活像调戏小娘子的流氓，"您要是走了，我怎么向大王交代？"

"老乌。"胡纯哀恳地说，配上笑脸，显得非常语重心长，"我要是去了，我的命就要交代了。"

乌总管立刻理解了这句话，并且露出宽慰的笑容："公主，也不必过于担忧，大王在这方面很有经验，必定会保你周全。"

"用不着！"胡纯笑着坚持，"我根本不想蹚这趟浑水！"

乌总管有点儿不耐烦了："你觉得来云娘娘不好惹，我们大王就好惹了么？你还想在嘉岭混，我劝你，就好好做大王的锦玉山锦玉洞狐狸公主吧！"

胡纯呆住，老乌鸦说得对，她只顾怕来云娘娘，忘了怕辉牙大王。

她心烦意乱，低头道："让我再想想，我先回狐仙庙，回头我会和辉牙说清楚的。"

乌总管没有立刻回答，只是看着她狞笑，突然一抬手打中她的后颈，冷冷道："这可由不得你了。"

第6章　困境

胡纯是被震天的呼噜声吵醒的，她觉得头疼，脖子疼，肚子居然还饿，反正醒过来的时候，极度烦躁，特别想咬人。她都咧开嘴了，发现没了獠牙，果然还是不太习惯当人。等她看清谁在打呼噜，也就不敢咬了，居然是辉牙。

辉牙睡得特别香，酒气冲天，卧在那里像一座山，挡住胡纯所有的视线。胡纯打量了他和自己，衣衫都还整齐，看来得幸于辉牙昨晚酩酊大醉，她才不至于坐实"三公主"的名号。

和辉牙睡在一张床上，让她浑身难受，她蹑手蹑脚地爬起来，打算从辉牙脚边溜下床去。没想到辉牙虽然睡得鼾声连天，却很警觉，她一动，他就一凛，头飞快地抬起来，一眼就盯住胡纯。

他骤然惊醒，本能地露出凶相，等回过神来，就对胡纯宠溺一笑，哑着嗓子问："醒得这么早？不多睡一会儿？"

胡纯听白光说，世间女子会认为男人早上醒过来哑着嗓子说话很迷人，完全是胡说八道！辉牙平时看上去，好歹还算得上英俊神武，可刚起床这德行——嘴角有口水，头发乱糟糟，可能是宿醉的原因，脸显得特别大，一笑再加上嗓子沙哑，口齿不清，活脱脱就是个傻子。

胡纯心灵受到暴击，连话都不想说，心不在焉地哼哼哈哈，胡乱应了一声。

"大王，大王。"乌总管在隔开内洞和外洞的帷幕外叫，好像有些着急。

"来了。"辉牙用手擦了下嘴角，一跃而起，脚步沉重，咚咚咚咚地走了出去。

胡纯用手捶胸口，把堵在那儿的一口闷气拍开，辉牙的每一个动作，每一个表情她都讨厌！从前是用动物的视角看他，觉得他是嘉岭霸王，粗鲁点儿也算英雄豪气，可现在换成女人的视角，她只想问一句：来云是怎么看上这货的？怎么忍着和这货过这么多年？

乌鸦虽然把声音压得很低，奈何一道帷幕并不隔音，他说什么胡纯听得清清楚楚："娘娘早上派人来说，让大王您拿着来云鼓去东海一趟，大太子的什么爱妾被鳗鱼精得罪了，鳗鱼精的本事是放电，连大太子都对付不了他，可却最怕来云鼓，所以大太子着人来请。"

"平时这种事，不都是她自己去么？而且她也爱去东海龙宫。"辉牙憨头憨脑地说，"这次干吗差遣我！"

乌鸦咳嗽了一声，点醒他说："大王，我看这事不简单。您对胡纯公主……昨天不巧，恰是百妖大会，所以无论是嘉岭众妖，还是娘娘，都看在眼里。娘娘平时对您这些寻花问柳的事，管得……也不算太严，"乌鸦斟酌了一下措辞——那些大王的爱宠也就十个杀掉九个吧，不太严，毕竟还留了十分之一的活口呢，"可是昨天当着大家的面，您对狐狸这样，就有点儿太不给她脸面了。"

"这个婆娘！"辉牙咬牙切齿地咒骂。

胡纯隔着帷幕听了，心里发凉，这哪还是对来云娘娘又爱又敬的辉牙大王？敢情都是当着众妖面前装的。

"这次说什么，我也不能让她杀了狐狸！"辉牙恨声说。

胡纯的心就更凉了，听起来老犀牛也并没太大把握的样子。

"你，去把济世瓶取来，用在这里。"辉牙略有踌躇，还是做了这样的决定。

"可是……"乌鸦担忧地说，"就怕娘娘早已算到这步，您一把济世瓶用在这里，她就直扑花螺山，那小大王就危险了。"

"你说得有理，这个阴狠的婆娘，恐怕就是打着二取其一的算盘呢！干脆，你把小牙也领到这里，反正东海来回也就一天时间，来云鼓又被我带走了，料那婆娘也无计可施。"

"小的这就去办。"乌鸦领命而去。

胡纯听得心惊肉跳，正待琢磨理解一下，辉牙掀帘子进来，憨笑着道别，胡纯巴不得他快滚，虚与委蛇，出于一贯的劣根性，还笑眯眯地送他离开，贱兮兮地说："大王一路走好。"

眼见辉牙变的那道烟飘没影了，胡纯一缩脖子，赶紧开溜！她的问题严重了，听乌鸦的意思，整个嘉岭都知道她成"三"了，她算混不下去了。想想要背井离乡，狼狈离去，她难受啊！

锦玉山她还算熟悉，是座勉强称为山的小土丘，山口有座野狗夫妻建的奇丑无比的山门，胡纯颠颠地往山门跑，刚跨出木杆半步，噉的一声，尖叫着被电得飞跌出去，重重摔在一丈开外，残余的电火让她抽搐了好几下。

她揉屁股，又揉手肘，人的身子就是麻烦，手上没肉垫，屁股后面没尾巴，一摔就疼得要死。她定睛细瞧山门，什么都没有啊，那她怎么像被结界弹回来的？她起身走两步，上上下下打量山门周围，没有胆量再试，毕竟电一下太难受了。正巧一只田鼠路过，她抓田鼠是一绝，伸手就逮住，往山门外一扔——

田鼠被电得吱吱惨叫，也弹了回来，晕死过去。

看来真的有结界，胡纯心焦如焚，是辉牙怕她逃跑而设的么？

"您这是忙什么呢？"乌鸦总管含笑在她身后说话，出现之突然，把胡纯吓了一跳。

她现在觉得乌鸦这人有些阴森，总是笑着，对谁都和蔼可亲，可净干缺德事。他的笑脸和她的不同，她是天生的，他的却是时时刻刻挂在脸上的，和他相处过几件事后，会觉得他的笑，真是一种恐怖。

"我怎么出不去了？"胡纯笑着问，她不想得罪他，毕竟之前已经不太愉快了，她要表现出记恨的样子，老乌鸦还不一定怎么阴她呢。见识过他对来云的殷勤，也听过他和辉牙商量对付来云，她真是不敢惹这位乌鸦总管。

"哦——"乌鸦冷笑着拉长声调，得意扬扬，"这个就是百寿山一宝，济世瓶的威力了。虽然你出不去，别人也进不来啊，大王对你可是真上了心，才把这件宝物给你用上了。"乌鸦理理袖子，一副胡纯应该领情的倨傲模样，"不瞒你说，大王的外室有过一些，品貌性格……"乌鸦上下打量了一下胡纯，贬损的意思表达得淋漓尽致，"都在你之上，大王也没舍得给她们用这件宝物，导致她们都丧命在来云鼓之下。希望你能体会大王对你的深情，好好报答大王。"

胡纯听得一肚子火，其他那些女妖是什么心思她不知道，她可是被硬抓来的！依辉牙这做派，那些女妖也不见得个个都是心甘情愿的，死在来云娘娘手中，被乌鸦这么一说，都是应当应分似的！保护她不被杀，还要她感恩戴德？辉牙是不是就因为这么不要脸，才当上嘉岭霸王的啊？

"好了，你也回洞休息去吧，待我先安排了小大王，再来听你吩咐。"乌鸦虽然说的是恭敬话，语气却没多少敬意，合在一起听，简直就是嘲讽。

"小大王？"胡纯已经是第二次听这个称呼了。

据她所知，辉牙只有一个儿子能称为小大王，就是来云娘娘生的那位赤婴，因为天分极高，被天上的神仙选去当了仙童，所以嘉岭这些小辈一点儿的妖精都没见过他。来云娘娘也因为儿子的关系，和天界沾了边，身份地位很不一般，就连东海龙族这样的仙族都肯和她来往。

可乌鸦口中的小大王，明显不是天上那位。

乌鸦也没瞒她的意思，反而卖了个人情给她，指点她说："这是当年莺歌仙子给大王生的儿子，莺歌仙子法力低微，怎么能与娘娘对抗，自然也魂归地府了。"乌鸦说得云淡风轻，"可是大王特别看重莺歌遗下的这个儿子，一直心肝宝贝一样养在花螺山，济世瓶也一直罩在花螺山顶，这次是为了你，破天荒地把瓶移了过来，小大王也轻忽不得，所以只能也跟着过来做一两天客。"

胡纯没吭声，不就是辉牙私藏了一个私生子，怕来云下毒手，天天提防么。

"虽然吧，娘娘把小大王当肉中刺，可是，大王却一心要把嘉岭这份家业传给他，所以，胡纯啊，你要是把小大王哄好了，将来的好日子就多了。"

"呵呵。"胡纯干笑，乌鸦也真能忽悠，以他们提防来云的架势，来云对这个小大王是必除之而后快了，谁靠前谁跟着死，尤其是她。乌鸦不就是想让她好好招呼小大王，减轻他带孩子的苦恼么，这份心思谁看不出来？

乌鸦也没再说什么，转身走了。

胡纯又开始着急，看来这济世瓶果真厉害，她出不去，也得找个人给白光带个信儿啊！

念头还没落，就听白光在山门外小声地叫她："老八——老八——"

胡纯真是笑哭了，擦着眼泪笑着说："老白，你这辈子从未出现得这么是时候。"

白光跑到结界外，鸡贼地停住，一副自以为聪明的样子说："刚才老乌鸦说的，我都听见了。你现在打算怎么办？"

这倒把胡纯问住了，她总想着找人来救她，可谁能来呢？整个嘉岭，法力高低且不提，能逆着辉牙的意来搭救她的，真是一个也没有。"只有找子孙叔叔试试了。"胡纯叹了口气，也没抱太大的希望。

"好嘞！"没想到白光倒是很积极，还有几分雀跃的样子。

胡纯斜眼看她，冷不丁问她："你是不是看上叔叔了？"

"嗯，看上了。"白光说得很是坦荡，"放心，我就算使上浑身解数也把他给你找来。"

胡纯听她着重说"浑身解数"这个词，心里一寒，阻止她说："你可别用刺扎他啊！"

白光忙着跑路，回头啐她："想什么呢！我也知道求人不能用强！"

胡纯绝望地看着她匆忙奔窜的背影，木然建议说："老白，你看，我挺急的，你用人形跑着去，是不是可以快一些？"

白光又停下回头唾弃她："我脸还没变尖，不能让他看见！"

胡纯忍了忍，又想用手捶心口了："你用人形跑到他庙门口，再换回来，你看行不行，白大仙？"

第7章　逃难

　　胡纯就坐在山门边的柳树下等，她不在乎乌鸦知不知道她找人求救，从乌鸦把她打晕开始，她和乌鸦就等于翻脸了，虽然从表情上看不太出来，一个真笑一个假笑，瞧着彼此都挺客气。

　　一个小孩从山路上悠悠晃荡下来，短胳膊短腿走得倒还挺从容。胡纯斜眼瞟了瞟他，这就是辉牙的私生子吧？看上去小小一个，也就人类二三岁的样子，粉嘟嘟胖乎乎，长得也特别可爱，怪不得辉牙疼爱他。

　　小孩也斜眼看胡纯，眼神老成，绝不是孩子的神色。"你也想出去？"他问，极其幼嫩可爱的脸上，有不衬年龄的忧郁，看着很古怪，像个老妖精钻进孩子身体一样。

　　"你有办法？"胡纯升起一丝希望。

　　"我要有办法，早就离开这里了。"小孩冷笑，眼睛里满是对胡纯智商的嘲笑，让胡纯十分不爽。

　　"老八，老八。"

　　一个圆脸的姑娘气喘吁吁跑近，正是去通风报信的白光。因为上次只看了一眼，胡纯总觉得这个人眼生，要不是靠她脸圆，都不得相认。

　　她向白光身后望了望，根本没有炬峰的影子，原本就已经凉半截的心彻底凉透了。看来是没人能把她从辉牙手里救走了，以她的本事怎么对抗辉牙？要不投靠来云娘娘？

"炬峰说……"白光在结界外停住，大口大口倒气儿，"他不用来，你不会有事……"

胡纯冷笑，她不是要嘲讽谁，她是心寒，笑容僵硬苦涩而已。不会有事？成了辉牙的小妾，在妖的眼中，或者像炬峰这样的地仙眼中，的确不是什么事。

"这是你朋友？"私生子突然两眼发亮，目不转睛地盯着白光。

两个大人都无心理会他的发问。

"炬峰不肯来，你又怎么打算？"白光也发愁了。

"他来不来，没有什么区别。"

一个声音冷冷地说。

胡纯和白光愣愣地四处看，只听其声未见其人，但声音里的冷血让人非常不安，胡纯连树后都看了几眼，不可能藏着人。她发现私生子脸色惨白，连连退后，一副大难临头的惶恐样子。

一道身影凭空出现，端庄威严，美丽的脸上毫无表情，令人胆寒。

是来云娘娘。

这就是传说中的隐身术吧，妖精对凡人施展没什么稀奇，但是能蒙蔽同类的眼睛，就需要高深的修为了。胡纯对来云始终厌恨不起来，虽然她杀人如麻，但毕竟曾是她的偶像。而且细想来云也很悲哀，找了那么粗鄙的丈夫不算，还总遭背叛，辉牙背地说起她的语气，胡纯都替她不值。

"娘娘——"胡纯笑得发僵，脑袋发木，客套话就自然而然出来了，"您亲自前来，这是忙什么呢？"

来云似乎没料到狐狸精这么自来熟，而且不知道死活，这个节骨眼上还笑眯眯的。她愣了一下，加倍阴森道："来要你们的命！"

她也没想和几个卑微小妖多话，命字刚落，抬手就放出一道惊雷，电量之足，打在结界上火球四射，爆炸般噼啪响个不停。

胡纯吓得连连倒退，差点踩到私生子，他不知道什么时候躲到她身后了。

白光尖叫一声，吓得现了原形，簌簌簌窜进草丛，眨眼就不见了。她不是来云的目标，来云也没管她，任由她逃命离去。

来云的第一次攻击声势虽然浩大，却没能突破济世瓶的结界，胡纯和私生子惊恐之余，略略心安。

来云似乎并不意外，也不气馁，一手持鼓，另一只手凭空一晃，亮出一截长长的骨头，很像人的腿骨，质地却和石头一样，阳光照上会有微微的反光。

胡纯没见过世面，不知道那是什么，私生子却垮了脸色，尖叫一声："蒲牢骨！"边叫还边后退，魂飞魄散地一屁股坐在地上，颤声说，"吾命休矣。"

来云给了私生子一个赞赏的眼神，人就拔地而起，飞挂在一丈高处，淡淡道："青牙，算你识货。蒲牢骨配来云鼓，雷电之能强悍数倍，别说一个济世瓶，就算菩萨的羊脂玉瓶也救你不得了。"

胡纯这才意识到问题的严重性，可是，来云鼓怎么会在来云娘娘的手里？不是给了辉牙拿去东海降妖了么？除非……这根本就是来云设好的圈套，辉牙拿走的那个八成是假货。

青牙已经略略定神，咬牙切齿道："死婆娘，你竟问西海借来了蒲牢骨！今日你若伤我性命，我父王定然与你和西海结仇，鱼死网破，又是何苦？"

胡纯边哆嗦边瞪了他一眼，果然是他爹私生的，说话都一个腔调，这个时候还激怒来云，是嫌死得还不够快吧！

来云悬空而立，冷冷一笑，笑容里却有说不出的苦涩和愤怒："你以为你爹会为你的死而与西海决一死战？"

这句话显然问到青牙痛处，胖胖的小脸就低垂下去，白嫩小手也攥起拳。

"谁死了，对他都没有意义，只是死了而已。你，你娘，还有这只小狐狸……三天五日，他就又会找个新的，把你们忘得一丝不剩。"

胡纯笑容古怪，混合了悲愤、惊恐、怨恨和哀求，她仰望着来云，凄声道："娘娘，同是可悲之人，你杀我们也于事无补，只要你放我们一条生路，我……"她看了眼青牙，决定还是别带上他了，他和辉牙血脉相连，怎么撇得清呢，"发誓，再也不出现在辉牙面前，再也不出现在嘉岭，我……"

"住嘴。"来云不屑地一哂，"他当着众妖，舍我而去寻你，我若留你性命，颜面何在？"

胡纯还想求饶，只听咚咚鼓响，天地变色，瞬间由青天白日变得阴风怒号，很像那天神主出现。鼓还在一声接一声的响，天色黑得快连周围都看不见了，还起了风，咔嚓一声，连天彻地的雷也劈下来了，随着鼓声的频密，雷也接连劈在近处，把地面都炸起了飞砂。

济世瓶的结界抵挡了一会儿，随着一声炸雷，轰然破损。胡纯抬手用袖子挡着风沙，看不清结界是怎么毁坏的，只见一个瓶子从天而降，在她身边摔得粉碎，差点砸着她。

"结界破了，快跑！"因为人小，被风吹得前滚后翻的青牙喊了一声。

胡纯这才一激灵，拔腿就向后山跑，她有点儿不放心青牙，回头一看，他被几道雷围住，左躲右闪，狼狈不堪。即便在这样的困境，他还能提醒她逃命，就这一个小小的举动，让胡纯有点儿无法弃他而去。她犹豫了一下，咬了咬牙，跑回去一把揪住青牙的后领，拎着他抱头鼠窜。

幸好她对锦玉山还算熟悉，后山有一条深沟，直通后面的瑶竹峰，只要躲进沟里，沿沟逃命，总比在平地当雷劈靶子强。

她用力一甩，把青牙甩到后背，命令他："搂紧我脖子！"

狐狸本来就跑得快，人形虽然差点，但也算运动神经发达，胡纯跑着之字形，成功躲避了来云的几道强雷，眼看着到了沟边，来云也火了，咚咚咚急敲来云鼓，三道雷在空中合成一股，像火球一样直扑他们而来。

胡纯眼看不好，飞身一跳，还没等落进沟里，火雷已经劈在沟边，顿时飞沙走石，灰烟弥漫，胡纯和青牙狼狈摔入沟底，被气浪推得像轮子一样，滚出去不知道多远。

第8章 高人

　　胡纯跑得深一脚浅一脚，深沟是水瓢状的，开口小中腹大，头顶能看见的天就两巴掌大，天色暗如黑夜，再加上阴风灰砂，沟内几乎不可视物。来云不熟悉地形，在浓浓烟尘遮蔽中，很勉强地追寻深沟的走向，招来的雷电大多劈在沟边，大量的碎石泥土被劈落沟底，跑路更加艰难。

　　胡纯身后还背着一个说重不重，说轻不轻的小大王，脚底全是砂砾碎石，一走一趔趄，她是真想念自己的四个爪子，奔在这样的地形也能健步如飞，哪像人脚这么不顶用！

　　来云数劈不中，心火也炽了起来，不管三七二十一地大范围乱劈，雷电像下雨一样密集降落下来，轰轰的雷声也叠加起来，形成恐怖的一片轰鸣。

　　连绵的闪电把沟底也照亮了，来云在空中冷笑，她终于把狐狸精和私生子看得清清楚楚。几个响雷就落在胡纯脚边，胡纯一吓，脚一崴，连滚带爬地掉进一个地洞。

　　地洞非常深，像直通阴曹地府一般，幸好不是直上直下的，胡纯和青牙像两颗肉球，一路尖号着沿坡向下滚。胡纯滚得头昏脑涨，浑身剧痛，像要散架，终于咚的一声拍在坑底，青牙又一路尖叫着锤到她身上，压得她差点吐血。

"什么人？"坑底竟然有光，一个修长的，有些眼熟的身影逆光而立，气势十足地喝问。

胡纯用尽最后的力气，把压在她身上的青牙推开，根本没精神回答他。

坑道里传来轰轰的雷鸣，异常迅速，而且越来越亮，一个火球追随他们而来，眼看着要喷入洞口。坑底十分狭小，连躲避的地方都没有，胡纯只能绝望地一抱头，好歹护住脸。

"放肆！"坑底人冷傲轻斥，胡纯觉得一股冷风迎着火球冲过去，火球已经从洞口跳进来，被冷风一撞，顿时偏离了原来的方向，呼啸着飞了出去，在洞外撞地，发出刺眼的光亮和一声巨响。

胡纯被火球飞过的热度喷了一下，一回头，正赶上它撞地爆炸，差点被晃瞎，眼前白了好一会儿，才看清坑底站着的居然是神主大人。

这里大概离锦玉山有一段距离，来云招来的风雷没有波及过来，窄窄的洞口外仍是阳光明亮。借着从洞口照进来的光，胡纯看清了周围，虽然是坑道的尽头，却是一个有出口的小洞，洞内非常狭小，三个人在洞里感觉已经非常拥挤了。

神主大人正冷着脸，目露凶光地看着她和青牙，虽然他没动，胡纯总觉得他似乎随时要送他们归西，反正不是友善无害的样子。

刚才翻滚下来的后果太严重了，胡纯脑子混浆浆的，想不明白为什么在这个无名小洞里会看见神主大人。

洞内气氛正因凝固而显得异常凶险，只听来云在洞外冷笑。

"原来深沟通到这里。"

看来是火球爆炸给她指的路。

青牙趴在地上，出气多进气少，看来刚才的那顿翻滚对他的伤害很大，他已奄奄一息，对来云的到来没有任何表示，一副死猪不怕开水烫的样子。

雍唯听见来云的声音，眉头皱了起来，向洞内走了两步，显然不想让来云看见他，洞很浅，他走两步到了胡纯身边，也就到了尽头。

"既然天意如此，你们就认命吧。"来云哼了一声，咚咚的鼓声又响了起来，外面又是乌云翻滚雷电交加。一个响雷连着一个响雷往洞里劈来，可就是怎么都进不了洞。

胡纯本来害怕地退到洞壁上，见雷电都被挡住，不由偷眼瞧了瞧站在她身边的雍唯——看来是他布下了结界。胡纯暗自祈祷神主的法力高强一些，结界要比济世瓶结实，能抵挡住来云鼓和蒲牢骨。

来云的几道猛雷劈过，洞口竟毫无缺损，她终于停下手，阴冷地问："洞内有哪位高人在？"

雍唯没有应声，眉头还是紧皱着，显得有些烦躁。

"这是我和辉牙的私生子，以及勾引他的狐狸精之间的恩怨，高人只是不巧遇上，没必要掺和到来云的家事里。"

来云一句话就点明了要害，并且自报了家门，能扛住她这两样法宝的高人，即便是个神仙，也犯不着管这事，毕竟这里还是嘉岭。

"只要把私生子和狐狸精扔出来，我绝不在此继续纠缠。"来云豪气地说。

胡纯立刻发现雍唯同意了来云的提议，他已经微微弯腰，想抓起地上瘫坐的她，估计又要像那天一样，把她飞抛出去。

"神主救命！"她也是太害怕了，而且脑子被晃荡得还没清醒，不管不顾地顺势一把搂住了雍唯的脖子。雍唯没想到她会这样干，直起身子想往后退开，反而把胡纯从地上带得立了起来，贴在他身上。

"神主救命！"胡纯颤颤巍巍地又说了一声，她当然知道雍唯的冷血，说扔就扔，都不带犹豫的，她必须死死搂住紧紧贴上。

雍唯站着没动，到底是狐狸精，这种娇怯妩媚的求救煞是动人，谁听了都会有些心软。

胡纯震惊地发现，雍唯身上有一股说不出的气笼罩着，她贴得紧，这股气便也缠绕着她，简直像沐浴在三月春风里一样，头不晕了，身上也不痛了，像口渴的时候喝了一大口仙泉，像快要冻死的时候喝了口热酒，这种舒坦让她飘飘欲仙，神魂颠倒。她不知不觉更紧地贴在雍唯身上，拼命汲取这股仙气。

仙气在他咽喉处变浓，她贪婪地凑过去，寻着越来越浓的气息踮起脚来，最浓的地方是他的口鼻，胡纯简直被这种感觉迷得神志不清了，只要能吸到这种气息，死也心甘情愿。她重重地吻上他的唇，拼了老命地用力吸。

雍唯没有推开她，明知道她只是被他身上的神明之气迷惑，竟然有些享受她的献吻。他身上的神明之气对于下界的妖精如同罂粟之毒，越是低微的小妖越是无法抵抗，当然，吸入神明之气对妖也是一种大补。

胡纯舒坦得魂飘九天，突然雍唯紧紧闭住嘴巴，像关住了她的仙气之源一样，人顿时从天上直接摔到地上，脑子也清醒起来。她一睁眼，因为太近，只能看见雍唯的眼睛，那漂亮的眼睛里什么情绪都没有，对她来说，最关键的是没有生气！她也知道她在浑噩中，亵渎了神圣的神主大人，出于自知之明、自惭形秽，等等情绪，她松了松死死搂着雍唯脖子的手臂，可此时此刻来云还在外面兢兢业业地打雷闪电，她刚松一下，又搂紧二分。

现在明摆着，被神主甩脱就是个死。

"松开。"雍唯冷漠而平静地命令。

胡纯笑眯眯地连连摇头，一副恬不知耻的样子。

"松开。"雍唯深吸一口气,看上去很艰难才压服宰了她的想法,更沉冷地重复了一遍。

胡纯哆嗦得更厉害,毕竟神主的威仪很难抵抗,要不是在生死边缘,她可能连他一个不悦的神情都受不住,跪下请他原谅自己。她低下头,不敢让雍唯看自己添乱的笑脸,额头不自知地蹭着他的胸口摇了摇头,颤声说:"不敢……"

"我不扔你出去。"雍唯付出了最大的耐心,更多的是一丝莫名其妙的心软。

真的?

胡纯当然不敢问,只是怯怯抬眼看了看他,像雍唯这种人,当然令人心生畏惧,但是他的保证又显得十分可靠。胡纯小小地权衡了一下,不放开,立刻就会激怒神主;放开,还有一线生机。可是她太害怕了,作为混世百年的小油条,她虽说松开了雍唯的脖颈,但手却没敢远离,只是扩大了围绕的半径,从他的肩膀落到了他的腰,还不敢抱紧,双臂架着,虚虚地环抱着他,怕太明显,就转到他后侧,让他目光正落在她两手的空隙之间。

雍唯也没再理会她,只是大步跨前,冲着青牙就去了。

"他也不能扔!"胡纯一下子就明白了他的打算,一瞬间就再次搂紧了他,这回是死死勒住了腰。神主果然是神主,还那么冷血,他显然不想让来云知道他在这里,所以打算牺牲掉他们,她不太好甩脱,他就朝晕厥的小孩下手。

雍唯咬紧牙关,脸颊呈现出刚毅的线条,胡纯看在眼里,怕在心头,这位大人要发狠了!她和青牙要完蛋了!

"神主大人……"胡纯说哭就哭,眼泪哗哗飙出来,"我和青牙都是无辜的,那天你把我扔下山崖,是辉牙救了我,然后他就把我关到锦玉山，强迫我当他的小妾。"

雍唯侧过头，冷淡地重复了一句："辉牙救了你？"

胡纯边哭边说，根本无暇理会雍唯的质疑："我太冤枉了！青牙也太冤枉了！我们都没做什么伤天害理的事，辉牙不是我挑的男人，也不是青牙挑的爹，怎么就要让我们死在辉牙老婆的手里呢？"

在神主大人看来，她流着眼泪痛哭的样子，可以说是喜极而泣了。虽然明知她这是先天的毛病，但是心里还是别扭。于是脸色越发阴冷，无情地宣判："这就是你们的命。"

胡纯又被他拖着向前一步，脚已经能碰见躺在地上的青牙了，她灵机一动，极快地松开一只手，弯腰抓住青牙的腰带，把他放到雍唯的腿上。这个机智的小动作来自于她的胳膊还是能感受到雍唯的那种仙气，虽然较之口鼻微弱了太多。她现在急需青牙支援，他得赶快好起来。

青牙立刻也被这股仙气牢牢吸引，啪地紧搂住雍唯的大腿，仙气极大地缓解了他的不适，他人也清醒了，浑身也舒坦了。于是他听见胡纯的哀求声。

"神主大人，现在整个嘉岭，能救我们的就是您老人家了……"见雍唯一脸的没人情味儿，胡纯也跪下了，和青牙一人一条腿，死紧抱住，"您就发发慈悲，救救我们两个小的吧，我和青牙愿意当牛做马报答您！"

青牙觉得她很跌分，于是闷头闷脑地只顾抱大腿不说话。

雍唯一条腿挂着一个，举步维艰，甚至瞬间有错觉，他才是辉牙，这地上拖着的是他的老婆孩子。作为男人，在这种妇孺乞求的局面里，的确有些悲壮。

他低头瞧了瞧青牙，挑着嘴角冷笑说："你不吭声，就选你吧。"

青牙一惊，明白这是神主的恶趣味，他就是要他也像狐狸精那样没皮没脸，可是现在出去就是个死，有气节也不在这个时候吧？于是他也把自尊心一甩，卖萌说："不要啊，神主大人，青牙也愿为你当牛做马。"

　　胡纯暗自鄙视，青牙果然是辉牙的儿子，这嘴脸变得真快！

　　雍唯呵呵冷笑，十分气人地说："可我用不着牛马。"

　　胡纯也顾不上鄙视青牙了，这是不救他们的意思吧？"为奴为婢也可以！"她赶紧修补错误。

　　青牙瞪她，很愤怒的样子。

　　胡纯也瞪回去，他是小大王，当然觉得为奴为婢低贱得要死，可是，能上珈冥山为奴为婢简直是他们唯一活下去的希望好吧？来云再大本事，也不敢上珈冥山胡闹。

　　"松手。"雍唯又开始威胁了。

　　胡纯和青牙再次交换了一下眼神，都更紧地抱住。

　　"松手！松手我才能打发来云走。"雍唯忍气解释。

　　"神主……"青牙见雍唯松了口，立刻讨价还价，"事情还是说清楚比较好，我与狐狸，虽然愿意为您效劳，但始终还是要有个期限，就为期一年吧。"

　　他很介意为奴为婢这件事，将来传出去，他在嘉岭的名声地位就尴尬了。

　　胡纯无所谓，盘算着珈冥山好吃好喝的话，多干几年也没啥。

　　"三年。"雍唯皱眉，不高兴了，这头小犀牛竟然和他讲价？

　　青牙发现了雍唯神色的变化，知道自己又危险了，立刻见风使舵，僵笑着说："听凭神主吩咐。"

　　"那就松手。"雍唯的心情有些烦躁了。

胡纯和青牙互相数着一二三，一同胆战心惊地放了手。

雍唯青着脸走了出去，从他一出洞口，外面就一下子静下去，也没雷了，也没风了。

胡纯竖尖耳朵，想听听他和来云怎么说的，可是竟然连说话声都没有。

过了一小会儿，天开始放晴，阳光照进洞来。

"你们去珈冥山门童处报到吧。"雍唯的声音从半空传来，而且越来越远。

等胡纯和青牙跑出山洞，他和来云早已无影无踪。

真小气，都去同一个地方，搭个顺风云也不肯，胡纯暗中吐槽，不敢当着青牙的面说出来，总感觉这个小鬼挺阴险的，说不定会告状。

第9章　山童

上珈冥山的一路胡纯都走得很艰辛，要提防来云娘娘突然杀出来，结果了她和青牙的性命，又要为了快些赶路而背着青牙，因为他腿短走得慢。青牙个子虽小，背一会儿就觉得重了。

她忍不住问："我说小大王，你今年到底几岁了？"

看他那心眼和厚脸皮，说他三四岁谁信呢？

青牙在她背上，心情沉重，毕竟身为小大王去给人家当奴仆，很不体面。看在胡纯照顾他的分上，他勉强回答了她的疑惑："八十了。"

胡纯听了，差点把他掀翻在地，一个八十岁的老家伙跟她装了这么长时间的嫩！害她一直把他当个小娃娃照顾！

"可能是遗传问题吧，我们都长得慢。"青牙见胡纯脚步停了停，就猜到她觉得被骗了，也怕她就地撂下他，所以他才耐着性子解说一番。

胡纯微微点了点头，知道他说的"我们"也包括了辉牙的大儿子赤婴，赤婴一二百岁了都还是孩子模样，直到被招上天去，都没"长大"。可见辉牙这一脉长得的确很慢。

"那你爹——"辉牙这老皮老脸的，得多大岁数才长成这样？

"五百多岁了吧。"青牙回答，边说还边扒着胡纯的肩膀看看她的表情，嘲讽说，"你不是真对他有什么想法吧？除了瞎眼的来云，谁还能看上他？"青牙说得愤愤。

胡纯在心里回答了一句：你娘。

青牙仿佛听见了一般，恨恨说："我娘也是被强迫的，还因此丧了命！我活了八十岁，都被困在济世瓶里！"

胡纯听了，心里有点儿难过，如果不是有神主这个奇遇，青牙娘亲的遭遇可能就是她的遭遇，她也很可能生下一个长得奇慢的装嫩小大王，然后无奈地任由他生活在济世瓶里。

"青牙……其实咱俩能上珈冥山很好了。"胡纯发自肺腑劝他。

"我知道。"青牙瓮声瓮气地回了一句，沉默了一会儿，他轻声说，"我想取代辉牙，这段经历总是不太光彩。"

胡纯听了竟然有点儿感动，这可真是装嫩小大王的心里话了，他能对她说这个，的确没把她当外人。

"我终于摆脱了济世瓶，又要上珈冥山！这有什么区别？还是被困在一个地方动弹不得，而且还要整整三年！"

胡纯冷静地问："你想过三年以后，要怎么办吗？"

装嫩小大王陷入长久的沉默，让胡纯觉得自己的确算得上是冷场专家了，三年以后他们从珈冥山下来，还会面临眼下的局面，再次遭到来云的追杀。她还好说，毕竟和辉牙可以撇得一干二净，青牙就没这么幸运了。而且三年时间，也不可能有什么修为上的突破，可以做到不怕来云。

"我们可以好好干，争取多留几年。"胡纯想到了一个好主意，说出口来却没得到青牙的积极回应。

他只是敷衍地嗯了一声，说："到时候再说吧。"

珈冥山的高，超出了胡纯的想象，她整整走了三天三夜！山脚到山腰还好说，是山石路，周围有小洞可以容身，有果子有野味，虽然爬山很累，但都是她熟悉的山貌。可山腰以上就全是青石台阶了，直通云霄一般，越往上走阴雾越浓，除了台阶周围什么都看不清，最可怕的是，越来越冷，台阶上全是积雪。

她到了山顶，就只剩一口气了，最后的一段青牙只好自己下来爬楼梯，也只剩最后一口气了。两人瑟瑟发抖地站在巨型大门前，仰望着在阴雾中金光灿灿的世棠宫牌匾，都差点流下了眼泪。

世棠宫的门楼高得不像话，两个胡纯摞起来再加上青牙都够不到黄金门环，胡纯挠了挠头顶，她是挠耳朵挠习惯了，别人挠耳朵上方，她挠百会穴。

"随便敲吧。"青牙虚弱地喘气，一口闷气总也缓不过来。

胡纯只得在触手可及的地方礼貌地敲了敲，几乎没有声音，门太厚，她敲击的位置又太低，根本发不出什么大响动。

"使劲点！"青牙说着抡起小拳头用力一擂，只发出噗的一声，仅他俩能听见。

胡纯灵机一动，从头上拔下一根金簪，这还是辉牙送的，历经逃命登山都没掉落，她用金簪去敲门上的兽头钉，终于发出叮叮的细微响声，比用手敲清楚了很多。

果然，门里传来了不甚清楚的问询声："谁啊？"

很不客气，相当无礼。

"我，我们。"胡纯已经喜出望外了，她没有敲门回答的经验，狐仙奶奶什么时候敲过门呢？

门里的声音更不高兴了，"你，你们是谁？哪个讨饭的还是要钱的啊？"

青牙要发作，被胡纯按着脑门阻止了。毕竟是神主的走狗，傲慢太正常了。

"是胡纯和青牙。"胡纯仍旧笑嘻嘻的。

"哦……"里面的人想了一会儿，才好像想起什么，慢悠悠地打开门。

胡纯终于知道为什么他的声音那么小了，因为门实在太厚了。门里是个十二三的少年，穿了件乌云同色的长褂，梳着双鬟，长得倒很纯良，语气却很刁钻，冷着脸，说话没表情。

"你们怎么才来！爬来的吗？"他木然喝问，虽然口气很冲，碍于没有表情辅助，杀伤力不是很强。

胡纯想说：还真是！最后的楼梯她和青牙几乎就是爬上来的！

"跟我来。"木脸少年领他们到门边的一排小小房子里，其实这排厢房不小，只是门太大，显得这排房子像鹌鹑窝一样。

木脸少年让他们在堂屋等，他进了里间，不一会出来拿出两套和他同款的长衫，神奇的是竟然连青牙的尺寸都合适。

"以后你们就负责看门。"木脸少年说。

胡纯在心里啧了一声，神主说他不需要牛马，但他需要狗吧，让他们来看门！

"这位仙童，既然我们来了，是不是要先去拜见神主啊？"胡纯笑嘻嘻地问。她很怀疑神主是不是真的有这样的安排，不会是这个木脸小孩自作主张吧？

"就凭你们还想拜见神主？"木脸少年眼角一瞟他们，嘴还轻微地动了动，像是冷笑，但胡纯觉得他是想说：也不撒泡尿照照。"神主已经下了神旨，要你们代替我的工作。"

胡纯在心里笑话他：那么嚣张，也只是条看门狗而已。

"以后你们就住在这里，每天负责迎客和登记，有重要客人就立刻到松林馆通报，其他的……"少年又露出经典的没表情却很鄙视的神情，"就随便登记下来，让他们等着，傍晚申时统一把记录送到松林馆。"

胡纯撇撇嘴，这位神主大人真能耍派头！申时才往松林馆送登记，那一早来求见的不得等一天？谁这么想不开来求见他！估计也是自己定的规矩逗自己乐。

"在世棠宫，只要听话，本分，把自己的活儿做好，就有数不尽的好处。"木脸少年瞧了瞧胡纯，这话好像专门对她说的，"只是有一件，神主瞧不得人笑。这个你清楚。"

他用的是肯定句，胡纯赔笑，看来她被神主高空抛物这件事，这里的人都知道，毕竟连看门狗这么低级的人员都知道了。

"可是……"胡纯苦笑着打算解释，却被少年不耐烦地摆手打断。

"其他都和我无关，只要你别让神主看见你笑就行了。"

胡纯皱眉哀叹，轻飘飘的一句话，对她来说却是千难万难。

"快换上衣服，从现在开始就仔细听门前的动静吧。一些法力低微，身份低下的妖仙是敲不出清晰声音的。"

胡纯只得又按住青牙的脑门，阻止他殴打木脸少年。

"这本就是重要访客名单。背熟。这上面的人前来拜访，直接就送入松林馆，不要再来回通报了。"木脸少年把薄薄的一个本子扔给胡纯。

胡纯接住翻开，她识字有限，但是能认得出的几个已经晃瞎她双眼：西王母，太乙真人，蓬莱仙翁……

木脸少年挑起一边眉毛，欣赏着她的震惊，也鄙视着她的无知，极其欠打地补充了一句："只有这些人才能直接领进来，其他人一律让他们等。"

青牙抢走了名单，也看得目瞪口呆。

胡纯咂了咂嘴，实在是忍不住地问："这些人……真的会来吗？"

她是真觉得神主大人得了失心疯，臆想症，他一个嘉岭的土神仙，就算是从天上来的，也是和炬峰一样，是被贬不是荣升吧？这些神仙能来看他？他也太能哄自己开心了。

"哼。"木脸少年似乎觉得受了冒犯，一拂袖，冷冷地说，"很快你就知道了。"

胡纯一觉睡得很香，毕竟被来云追杀，又连续登山，心力体力都透支了。而且世棠宫在珈冥山顶，常年阴雾笼罩，晚上还会刮大风，特别适合窝在被子里睡觉。她现在有了人形，终于也体会了人的各种乐趣，睡大觉就是其中之一。

青牙敲门，声音听得出心情很不好，"胡纯！胡纯！出来！你还要睡到什么时候！"门也拍得山响。

"来了——来了——"胡纯其实睡得差不多了，但被人这样讨债一样催促，心里非常不爽，懒懒散散地蹭到门口。

门一开，青牙看见胡纯就是一愣，露出嫌弃的神情说："门口有人找，"又上下打量胡纯一遍，"最好还是梳洗一下。"

胡纯根本不在乎自己在一个小孩子眼里是什么形象，虽然这个孩子已经八十了，她用手犁了犁乱蓬蓬的头发，露出一丝惊奇，"谁来找我？白光？什么时候她的消息这么灵通了？"

青牙皱着眉："是我爹，辉牙！"

其实胡纯不想见辉牙，但总拖着不是事儿，迟早要说清楚。所以胡乱梳洗一下，就跟着青牙来到巨大门楼前。她终于知道为什么青牙要来叫她了，凭青牙的身高体能，都不足以独自推开这扇门。

她费了很大力气，才推开一条缝，还是辉牙在外面帮着推了一把才够顺利进出，就因为辉牙推这一把，差点把她撞倒，她向后踉跄了一步，就被青牙抢了先。她走出门的时候，正看见青牙抱着辉牙的腿，肝肠寸断地哭诉。

"爹爹……孩儿差点就见不到你了呀……"哪还有之前说要取而代之的狠厉了？不过她也见怪不怪了，青牙抱神主大腿的时候，她就看出来那不是一朝一夕的功夫，果然。

辉牙的心思不在儿子身上，只是佯怒地骂了声："孩儿莫怕，爹这就回去找那个婆娘算账！"边说边看胡纯，嘴角甚至还出现了一些笑意。

胡纯在心里冷笑，找来云算账？他那点儿本事怎么和来云叫板？辉牙色眯眯的笑容让她很讨厌，她正想冷然直视他，就忍不住惊疑了一下。

辉牙的头发像一团干枯毛糙的稻草，发髻都扎不起来了，听之任之的像个鸡窝一样顶在脑袋上，发色还变成棕黄，像秋天的麦穗。他的脸也黑一块白一块，看上去被火燎过，眉毛都短了。之前还是土豪大爷，现在就成了落魄流浪汉。

看情况，他是不是已经和来云叫过板了？这明显是被雷火劈过。

"爹爹，你这是怎么了？"青牙问出了胡纯的疑问。

"都怪那个臭婆娘！"辉牙这回是真生气了，边骂边拍了下大腿，但他忘记挂在腿上的儿子，嘭的一声拍在青牙背上，把青牙拍得干呕了一下，差点吐血。"她给我的来云鼓是个假货！我被电鳗追着电了三条海沟！幸好及时逃到岸边，不然连命都要没有了！"辉牙气恨难平，"该死的东海竟然也跟她一起疯！"

胡纯和青牙都没接口，何止东海，连西海都很肯帮她，蒲牢骨都借了给她。

"你们的事老乌都告诉我了。"辉牙心有不甘地看着胡纯，"你们能在这里躲三年也是个好事情，这三年里，我一定为你们收拾了来云这个婆娘！不要怕！一切有我！"

胡纯和青牙还是没有接话，他们心里想的都一样：你别怕就行了。

"好了，这里不能久留，你们好好保重吧。"辉牙看了眼门里，他对神主还是有几分惧怕的。

青牙也从他腿上跳下来，孺慕情深地说："爹爹一路走好。"

胡纯见他要走，急急喊了一声："大王！"

辉牙本已转身，听她一唤，立刻笑着转回身来看她，自作多情地说："好了，你要说的我都知道，我会等你的。这里不是说话的地方，千言万语尽在你我心间。"

"……"胡纯本想立刻打断他，但是他故作深情的样子太恶心了，她被硌硬得都没及时说出话来。"我是想让你帮我给白光带个信。"她冷冷地说，为了不看辉牙恶心的嘴脸，她连撇清的话都不想说了，免得他又给自己加戏。

"哦哦……"辉牙略感失望，"白光……是谁啊？"

"汤伽山的刺猬精。"

辉牙还是一脸蒙圈。

"全嘉岭脸最圆的那个女妖怪！"

"哦！哦！知道了。"辉牙立刻对上了号。

胡纯和青牙都暗自做了个嫌弃的表情。

"大王一路走好！"胡纯现在有点儿了解青牙说这话的心情了，就像人间的杀手去杀谁，最后都会送被杀的人一句：一路走好。

第10章　讨喜

接下来的三天，日子过得相当舒心，吃了睡，睡了吃，不得不说世棠官的饭菜非常不错，胡纯和青牙吃得红光满面，每次打开派给自己的饭盒都有惊喜。也没有任何人来敲门，别说贵宾名单上的那些金光灿灿的名字，阿猫阿狗也没来挠过门。胡纯舒坦地躺在床上跷着二郎腿，猜想下一顿还有什么好吃的，同时暗暗笑话她的新老板，神主大人果然有妄想症。

"人呢？"是木脸少年的声音，他叫海合，现在胡纯见了他比亲爹都亲，因为他负责给她和青牙放饭。

"在呢，在呢。"胡纯简直是一个鲤鱼打挺从床上蹦下地，飞速开门跑出来，看见海合在堂屋里站着，笑容可掬地问他，"今天怎么这么早就开饭了？"

海合沉默地看着她，胡纯不得不佩服这一项世棠官上下都精通的绝技，就是面无表情地沉默，然后让对方觉得他把该说的都说了。希望她离开这里的时候，也能熟练应用。

青牙晚来一步，到底是见风使舵的老娃子，从他一脸惊喜就知道他也奔着饭来的，可是他会殷殷勤勤地问："海合哥哥，有什么事吩咐吗？"

胡纯奸笑，她也没办法！她只是挑起一边嘴角鄙视青牙虚伪，可是固定笑脸让她就是在奸笑。青牙海合都瞪了她一眼。

海合闷闷地说："神主传下话来，从今天开始收起渺云珠。"

胡纯挠头顶心，渺云珠？没听说过。

海合给他们送了三天饭，也有些同僚情了，对他们的无知宽容了很多，领着他们出了堂屋，手一指门楼旁边一支细细的小杆："那就是渺云珠。"

胡纯张嘴傻笑着抬头望，要不是海合指，她都没发现那儿有根杆子，杆子是从门楼重檐下的围墙上竖起的，又特别细，不是有目的地细看都看不见。杆子顶端有个小小的圆球，就大拇指甲盖大，要不是胡纯目力极好，根本看不见它。

"神主放上渺云珠，就说明不在世棠宫或者不想见客，所以这几天没有人来。"海合说着还特意看了看胡纯，对她那天的话记恨了很久的样子。

胡纯惊叹："神仙们的眼力真是太好了！他们个个都有千里眼吧？这么小的珠子，他们都能远远看见，然后不来串门？"

海合冷哼一声："等你修为够了，就会看见渺云珠渺万里层云的金光了。放上渺云珠还来求见的，神主根本不会见，要么是法力低微得看不见渺云珠的光，要么是毫无眼色，主人都不见客了还非要来。"

胡纯听了，偷偷眯眼细看了两眼，的确没有什么光啊！

"说到不见的客人……"海合皱了皱眉，从袖子里拿出一个黑皮本子，"虽然不太可能上门，你们还是记一记。"

胡纯青牙凑到一起看，黑皮本里就记了一个人名：炬峰。

"这个人万一来了，不要开门，但要立刻通报。"海合很郑重地说。

胡纯缓慢地点头，她发现神主大人可能有些幼稚，他应该是和子孙叔叔有些过节儿，所以把叔叔列入拒见名单，不见就不见吧，他还要第一时间知道人家来拜见自己，偷着爽，明显是幼稚吧？

"这珠子要怎么拿下来？"青牙考虑一个比较现实的问题，围墙已经很高了，杆子更加高，还细，根本无法攀爬。

"我看……"胡纯笑嘻嘻地转眼珠，想坑青牙，说你身小灵活，你上。没等她说出来，海合按了墙上的一个小按钮，啪的一声，渺云珠就被收进下方的小盒子里。

青牙看穿她的奸计，又瞪了她一眼。

"好好当差！"海合略感头疼地嘱咐他们，"差不多的客人来访，都会送门童些小玩意，你们收着就好，更要礼貌待客。"

这个意外的福利让胡纯很激动，虽然不知道什么时候才能摊上这样的好事。

念头刚从脑袋里转过，门就被人拍得咚咚响，而且还伴有狗叫。

"我的妈呀！"海合一改镇定，指挥着胡纯和青牙开门，"是显圣真君来了。"

二郎神？胡纯脑袋一炸，也没工夫多想了，赶紧和青牙艰难地推开了门。门外站着一位仙风道骨的大汉，倒没穿甲胄，只穿了身很随意的青色广袖长袍，和庙里的塑像很不一样，他的那条狗却和传说一模一样，黑兮兮亮光光地蹲坐在主人腿边。

"真君一向安好，真君请进。"海合虽然弯腰点头，却还是木无表情，看起来一点儿都不热情。

"带路吧，找你们神主借样东西。"二郎神也不介意，淡淡说道。

海合一边带路，一边回头小声吩咐胡纯："照顾好哮天大人！"

胡纯无声地做了几个哦哦哦的嘴型，弯腰恭送这位腿急的大人物，渺云珠才一收他就到了，比曹操还快呢。她笑眯眯回头看还蹲在门口的哮天犬，因为笑得太巴结了，就很奸诈，把哮天犬吓得退后了两步。

等二郎真君昂然被海合送出来的时候，哮天犬正和胡纯玩得开心，主人叫了它一声，它才恋恋不舍地跑回主人身边，眼睛还看着胡纯。这让二郎真君很诧异，他的小黑也是见过万千世面的狗，小神仙们都要叫它一声大人，怎么今天……他细看了两眼胡纯。

胡纯大致明白他的疑惑，从哮天犬对着青牙狂吼，把青牙吓得要尿裤子，就知道这条黑狗平时多难搞了。可是对她来说，大家都两只耳朵四只爪，一个鼻子一条尾巴，相处起来能有多难？

"见你推门有些费力，这个给你。"二郎真君在袖子里掏了掏，原本想拿出一颗仙丹，又瞧见躲在角落里被哮天犬已经吓得石化的青牙，想着也不差这一颗，还是大方地拿出两颗仙丹来。

胡纯简直弯腰到九十度，像接圣旨一样接过仙丹，不忘笑着感谢了一句："谢谢真君大人，真君大人好走。"人在笑，声音也在笑，这是世棠宫难得的令人愉悦的殷切热情。

二郎真君非常满意，也露出笑容，带着黑狗腾云而去。

海合有些嫉妒地看着胡纯和青牙分吃仙丹，他都干门童的活儿五年了，二郎真君也没给过什么！

胡纯吃了仙丹，试试开门，比开凡间的薄木门还轻松，她眉飞色舞，海合果然没有胡说，在世棠宫看门果然是个好活儿。

接下来的几天，胡纯和青牙还是惹了点儿小麻烦的，不该通报的通报了，该立刻领进松林馆的让人家等，可都没什么大问题，有海合及时补救，再加上胡纯含笑亲切道歉，又是世棠宫门下，也没人太计较。

然后，胡纯就驾轻就熟了，看人下菜碟，嘴勤腿勤。她当狐仙奶奶的时候，就有敬业的好作风，她又想在世棠官多混几年，所以格外认真负责。来客们没见过世棠官有笑脸迎人的，都格外喜欢她，虽然她只是个门应，给她的见面礼也都不薄。青牙看着眼红，也学胡纯见人就笑，奈何他是个小孩子，笑得再甜也不如美女得人意。

　　没过多久，胡纯俨然成了世棠官第一红人，有些客人见完神主出来，会特意在门口停一停，和她聊聊天。蕉岛夫人就格外喜欢她，每次来都送她蕉膏，涂在脸上让皮肤白白嫩嫩，细里透红。胡纯自己用不完，给白光攒了好多。南海二太子夫妇也对胡纯格外好，他们是常客，每次来都送胡纯三颗南海珍珠，胡纯没事就给珠子打洞，认认真真地串了项链，准备送给白光。

　　神主时不时出门，他每次出门排场很大，要把门楼的两扇大门全打开，然后他的近侍们列队送出来，队伍长得看不见队尾。神主有时候会带几个随从，有时候就一个人，出了门唰一下就不见了，送行的仙子们就默然无声地回去，神主在不在他们都一个样，没表情，不说话，互相也不看，各走各路。

　　每次见了他们，胡纯才知道自己低级，从气质到装扮都低级。神主的近侍有男有女，长得都很漂亮，因为都是木脸，就显得特别不食人间烟火。男的穿淡橙色广袖羽衣，女的是米白色，搭在一起像浮云万朵的傍晚天空。男的梳半髻，剩一半头发顺顺地披在后背，发髻上系了金色的逍遥带，无风自动，潇洒无比。女的都梳环月髻，带长长三缕金步摇，辉煌却不俗气。臂上勾着淡橙色披帛，也无风自动，感觉她们随时都要迎风起舞。

　　胡纯有些自惭形秽，和他们一比，她这山里的土狐狸真是俗气到没办法看。

也怪不得神主来来去去正眼也不瞧她，当然了，她也把头低到胸前，生怕他看见她在笑。

非常奇怪，神主回来从来不走大门，胡纯猜他直接落到他的寝殿，毕竟他的寝殿在世棠宫的最顶端，从大门走上去也要好长一段路。出门是为了摆排场，回来……大概累了，就懒得装了。所以胡纯知道他什么时候出门，却不知道他什么时候回来，这时候就显出渺云珠的重要了。

这天神主又大摆人龙地出门去，听海合说，是去赴什么宴，一个人神色阴郁地飞走了。胡纯很喜欢他出门，虽然他在不在世棠宫对她来说没什么区别，可他不在的话，心里会轻松很多，而且也没客人来敲门，正是偷懒的好时候。

她刚铺好被子，打算来个惬意的回笼觉，就听见挠门的声音，她心里一喜，她已经当门童当出经验了，这种声音差不多就是白光这个档次的小妖怪了，而且又在神主外出期间，说明看不见渺云珠的光。她欢欢喜喜地跑去开门，果然是白光。

她跳出门槛，一把抱住白光，这次真是喜极而泣："老白，我可想死你了。"

白光也哭："老八，我也想你。"

"想我怎么才来看我？"胡纯抱怨地拍了一把她的背，让辉牙传口讯后，她天天竖着耳朵听门，生怕老白来了敲不响，见不着面。

白光吸了下鼻子："我也不敢贸然来啊！谁知道你这德行会不会惹神主不高兴，一脚踩死，我白爬三天山来见不到你。等了一阵子，也没什么坏消息，看来你混稳了，我这才敢来。呶，还给你带了最爱吃的香梨。"

胡纯想起自己上山时的艰难，把白光抱得更紧了，眼泪哗哗的，真心诚意地说："老白，你是我的真朋友。"

白光好一会儿没说话，轻声道："你是我唯一的朋友。"

胡纯很难受，因为感动而伤心，她和老白在一起一向不是这个气氛的，于是她赶紧擦干眼泪，松开她，咋咋呼呼地问："香梨呢？香梨呢？"

白光背了一大袋，经过三天风吹雨淋，香梨都有点儿软了，胡纯拿出一颗在胸前衣服上擦了擦，咔嚓就是一口，这一口咬下去，鼻子一酸，眼泪又下来了："还是咱的汤伽山香梨最好吃。"

"你要爱吃，我隔段时间就给你送。"白光很开心，笑了以后露出点儿忧伤，"本来担心……你成了世棠宫仙姑后，就看不上我这小破梨了。"

"胡说八道。对了！"胡纯太高兴了，导致说话一惊一乍的，"我也攒了好多宝贝给你！快来，快来！"她拉白光的手，往门里带。

白光摇头，身子后仰着不肯进，怯怯地抬头看了看巍峨豪奢的大门楼上"世棠宫"三个金光灿灿的大字："就在这儿说吧，我……我不敢进去。"

"没事——"胡纯大气地拍胸脯，"神主老人家出门吃饭去了，一时半会儿回不来。"

白光将信将疑："是吗？"

一个声音在她们背后冷冷地说："不见得。"

第 11 章　做客

白光一回头，神主大人衣袂飘飘地站在她身后，吓得扑通就给他跪了。

胡纯笑容僵硬，她很为难，最近见的大人物多了，她没给任何人跪过，现在膝盖变金贵了，不太习惯下跪。可是白光这一跪，她站着也不好，弯腰施礼也不好……一咬牙，干脆，跪就跪吧，被神主大人发现她私自往世棠宫带人，恐怕也算犯了大错，不如争取个好态度。

跪是跪了，说点儿什么好呢……

胡纯为难地涎着脸，笑得很巴结："神主，您今天吃得挺快啊。"话说出口，觉得好像是讽刺，"不是，我的意思是……"她正搜肠挖肚地想词，神主阴沉着脸，但是很认真地回答了她。

"嗯，没什么好吃的。"

对于这样诚实又直白的回答，胡纯更没办法接了。

这个尴尬的沉默时刻，就看出白光是她的好姐妹了，白光哆哆嗦嗦地给神主磕了个头，极其郑重地说："既然您老人家这么快就回来了，那小的就告辞了。"

神主的嘴角轻微地动了动。

胡纯很紧张，看他的表情，分明就要说：哼！你们当我世棠宫是什么地方？想来就来，想走就走？

她更怕他说，你们这些低微的小妖，把命留下！

或者干脆一脚把白光从珈冥山顶踢飞出去。

神主皱眉甩了下广袖，说："哼！"

胡纯虽笑犹哭，果然……

神主沉着脸，别别扭扭说："过门即是客，留下住几天吧。"

白光咽了口唾沫，太用力了，咕噜一声。她还第一次听人把客气话说得这么杀气腾腾的。

她和胡纯一起摇头，像两只拨浪鼓，话也是异口同声："不用了，不用了。"

神主双眉一挑，眼神立刻冷厉起来，这个表情谁也扛不住，于是两只拨浪鼓同时停下，改成点头。因为他的气场太强大，人也太残暴了，胡纯和白光都受到了巨大的惊吓，一起伏地叩头，颤声说："感谢神主大恩大德。"

这哪是感谢他留客啊，分明是感谢他的不杀之恩。

神主这才稍微满意了，举步进门，留下冷冷的一句："我会让风引招呼你们。"

风引？

胡纯有点儿耳熟，好像听海合说过一嘴，神主的四大神使叫"风、雨、雪、霜"后面加个"引"字，她不敢相信，神主竟然能派四大神使之一招呼白光？一定是她记错了。她四下看看，神主已经不见踪影，这才和白光互相搀扶着站起来。

"神主这是去哪儿赴宴了啊？肯定吃错什么东西，大失本性。"胡纯觉得只有这一个解释了。

"我看……我还是撤吧！"白光拍着膝盖，刚才跪下去的时候太用力了。

胡纯点头，神主不是什么善心人士，反常的客气往往有可怕的目的。

"既然神主都留了客，你还怕什么。"一个清冷的声音说。

胡纯和白光又齐齐回头，大门楼里不知道什么时候站了位眉目清俊的帅哥，他也照例没有表情，但是从穿着打扮上就看出他比较高级，淡橙的羽衣上有绣花，金色的逍遥带上坠着小块的翠玉，应该就是风引。

"你们跟我来吧。"他虽然没有表情，但是语气很温和，让人心情都跟着平静安稳起来。风引的行止举动不紧不慢，脊背挺直双肩平张，很有气势却不傲慢。

"我也一起吗？"胡纯指着鼻子问，今天没道理的事太多了。

风引看了她一眼，看得胡纯脊背发冷，他点了点头，重复说："你们。"

胡纯也觉得还是陪着白光比较好，不然她被神主拔刺炖汤了都不知道。

风引带她们沿着石阶一路向上走，过了松林馆，连胡纯都开始紧张了，不自觉地拉住白光的手。对于世棠宫，她的认知范围就是大门到松林馆，松林馆到大门，从松林馆再往上，她连一片土都没见过。

过了松林馆，石阶两侧就开始有一丈高的灯杆，每隔几步就有一对，灯杆上悬挂着非常精致的宫灯，宫灯里发亮的不是蜡烛，是一颗刺眼的珠子。世棠宫总是阴雾笼罩，有了这一路的灯光，显得有那么点儿金碧辉煌的意思，而且蔓延到目光尽处，像直通天顶似的，很壮观。

风引带她们到了一座小小的敞厅，四周虽然没有墙壁隔挡，却都挂了大幅的画，都是山水风景，细看之下，画里的水在流，云在动，树林随风起浪。白光瞠目结舌，胡纯也张嘴傻笑，呆呆地看画。

"先在这里用餐吧。"风引拍了拍手，四个仙娥就川流不息地送来了各式各样的山珍海味，把敞厅中间的桌子摆得满满当当。

风引又按了下按钮，四壁又缓缓降下新的画卷，把之前的风景挡住，画里是银河朗月，银河里的星星全部熠熠生辉，月亮更是放出皎皎月光，敞厅顿时笼罩在月色星光之下，美不胜收。

"两位慢用，用好了出厅寻我便是。"风引说着，款款退了下去。

胡纯暗赞风引小哥体贴，他戳在这儿，她和白光怎么好意思吃呢？

白光已经扑到桌子边流口水了，面对一大桌子见都没见过的珍馐美味，她都不敢下手，舔着嘴唇问胡纯："神主这儿天天吃得这么好吗？"

胡纯嗯嗯哈哈了两声："是还行。"平时吃的是挺好，可这么丰盛的却连闻都没闻过。神主突然大方成这样，除了吃坏东西，还可能……她皱眉，担心地打量白光，脸是圆了点，可圆得喜庆啊，眉眼也好看。神主不是不喜欢喜庆的长相吗？难道他喜欢圆脸？

这似乎是重点，整个世棠宫都没脸这么圆的姑娘！

"能吃吧？"白光怯怯地拿起一只帝王蟹，嘴上询问，手里却毫不客气地掰下一条长腿。

"吃，吃！"胡纯心情沉重，再沉重也不耽误吃，她卸了一条锦鸡腿，啃了一大口，口齿不清地说："只怕将来有你吃到吐的时候……"

白光吃得很开心，边吃边四处张望，好像在找什么，胡纯刚想问她，她自己先揭示答案了："这么多吃不完，找什么打个包呢？"说完，又自省了，"连吃带拿，神主和那个……那个……"她用下巴点敞厅外，指的是风引，"会不会看不起我呀？"

胡纯抹了把嘴，谨慎道："我看还是别包了，谁知道神主打得什么算盘呢？"万一神主真是看上白光，这么露怯的确不明智，不能让神主太早发现白光的缺点。

正帮白光发愁，只见敞厅外脚步声声，神主带着两队仙子急匆匆地向大门口走，路过敞厅的时候，还皱眉往里瞪了一眼。

等大队人马过去，风引也快步走进敞厅，一招手，仙娥们过来把剩余的菜肴都收走了。大概他们的动作加快了吧，让人觉得他们有些慌张，这让胡纯很惊讶。"慌张"这个词，怎么会出现在世棠宫呢？所有人都是标榜着四平八稳的态度，并且以此自得。

"什么人来了？"胡纯向松林馆方向张望，"玉皇大帝吗？"能让神主亲自出迎，那得是多大的来头？

风引眉头轻蹙，感觉他有些担心："差不多吧，是他的爱妃。"

胡纯在心里琢磨了一下，哦，是天妃娘娘。可是西王母来访的时候，也不见神主亲自出迎啊，那可是和天帝地位相当的人物，这么一排，天妃还稍逊一等。

"你们在这里，千万不要出去，最好连动都不要动。"风引说完摇了摇头，推翻自己的话，"你们还是跪在桌子后面吧。"

气氛这么紧张，听话是没错的，胡纯和白光依言跪好，风引瞧了瞧，觉得不应该有什么问题了，这才快步走了。

有轻轻的乐声飘来，箫管玉磬，煞是动听。胡纯和白光伸长脖子，想看看乐声的来处，只见石阶上一团金灿灿的光，沿路而来。等光到了近处，乐声也变大了，胡纯看清了来的是一队仙女，拥随着一位衣着极其华丽，头发梳得很高的美女，应该是天妃娘娘。仙女们每人提了盏金光灿灿的宫灯，这便是金光的来源。仙女们后面是乐师，细看他们，并没走路，而是踩在近地的云彩上，怪不得他们可以尽心吹奏，不用看路。

天妃娘娘的裙摆特别长，却没拖在石阶上，原来她也踩在一层薄薄的云上，看上去更端庄飘逸了，贵不可言。

神主跟在她身边，让她的手虚搭在他胳膊上，做恭敬的搀扶状。

跟随他们的队伍被加得很长，天妃的仙女们，然后是乐师，再后面才是世棠官的队伍，在这样的架势面前，胡纯和白光吓得大气都不敢出，端端正正地低头跪在桌子后面，心脏怦怦地跳着等他们路过。

"放肆！哪里来的狐妖！"天妃本来走得好好的，路过敞厅的时候突然低喝了一声。她这一出声倒不太响，但是乐师们全都停止演奏，队伍也因为她的停步而全不动了。

胡纯也被吓得抖了抖，压不住好奇心还往外望了望，想看看冲撞了天妃的狐妖到底什么模样，这么大胆量。

白光已经吓得跪伏下去，颤声提醒胡纯："老八……她……她好像在说你。"

胡纯还想驳斥她的无稽，却见两个仙女快步走进敞厅，一左一右架着她，把她拖了出去。胡纯彻底吓傻了，她好好地跪在桌子后面，连牙都没敢碰在一起，怎么就惹着这位大人物了？

"抬起头来！"天妃霸气十足地喝了一声。

胡纯没动，不是反抗，是没反应过来，左边架着她的仙女一伸手，托着她的下巴，硬把她的脸抬了起来。

胡纯在极端惊恐之下，忘记回避眼光，直直地看向天妃，总觉得她……长得和神主很像，于是她又下意识地看了看旁边的神主，的确是挺像。

"你不用看他！"天妃突然暴怒了，天下狐狸精都一个样，怯怯地笑着，眼睛看男人的时候，那点狐狸味都要炸得哪哪都是了！"他也救不了你！"

雍唯皱眉，不满地喊了声："母亲。"

母……母亲？

胡纯脑子更乱了，这是神主的妈？！

"我知道你心里苦。"天妃扭过脸来和儿子说话，语气变得有些苦涩，"可再怎么苦，也不能自甘堕落成这样！"天妃一指胡纯，"此等俗艳货色，别说无法与琇乔玲乔相比，就是我官里随便哪个仙娥，都比她强一万倍！"

胡纯被骂得一愣一愣的，突然抓住了重点，天妃是不是误会了！她只是个看大门的！听天妃的意思，好像她活偷了她宝贝大儿子一样。她算上今天，才和神主说过三次话！

"狐狸最擅迷惑人心，这样的妖物，不能留在你身边。"天妃很激动，"来人，取炼魂香。"

"不过一个玩物，母亲何须如此大动肝火。"比起天妃的怒形于色，雍唯还是一副半死不活的冷淡。

一听他这话，天妃眼泪都下来了："你父亲这样，现在连你也这样，这让我情何以堪。不行，我不能让你也被妖物迷惑。"

雍唯冷哼一声："迷乱九天的是天狐娘娘，这不过是只嘉岭土生土长的地狐。"说着，还鄙夷地看了眼胡纯。

胡纯虽然心里不太舒服吧，可听上去，神主还是在帮着她说话的。

雍唯的话深深扎痛了天妃的心，她双眉一皱："反正狐狸就没好东西！来人。"

雍唯淡淡道："她已是我的媵侍，母亲非要如此么？"

天妃的眼睛里冒出火来，一拂袖，所有宫灯都熄灭了，围绕着他们的金光顿时消失："雍唯，你为什么要让母亲如此失望？"

雍唯一笑，极致嘲讽："因为我就活在失望里，我巴不得所有人都失望。"

天妃的脸色一痛，气焰全灭，哭着拉起雍唯的手，哽咽道："雍唯，儿啊……"她擦泪时看见边笑边哆嗦的地狐，心里厌恶，"娘让玲乔琇乔来陪你吧。"她小心翼翼地提议。

"我就要这只土狐狸。"雍唯面无表情地冷哼。

天妃又拂袖，这次是又心疼又生气，还无奈："儿啊，你这是何苦呢！你这么糟蹋自己，除了娘，谁又会心疼你？"

"我不用任何人心疼。"雍唯冷声道。

第 12 章　代价

　　天妃娘娘连屋都没有进，就带着她浩浩荡荡的队伍，愤然离去。

　　雍唯站在石阶上，看着母亲离去的方向，站了好一会儿，没有人敢去劝他。胡纯一直跪着，倒不害怕了，就是不知道该不该站起来，只得继续跪。直到雍唯回过身来，看了她一眼，漠然道："人都走了，还跪什么。"

　　胡纯松了口气，慢慢站起来。

　　"这是我第三次救你。"雍唯很冷淡地说，眼睛像懒得睁开般，半垂着看她。

　　胡纯笑着一抱拳："谢谢神主救命之恩。"

　　她脸上笑得诚恳，心里却不是这么想的。救她三次？是害她三次吧！"神主……"她觉得她该巧妙地解释一下，"您妈……您母亲……"一开口，光称呼就绕得她头疼，怎么都好像在骂人。

　　"天妃娘娘。"雍唯冷冷地提示她。

　　"嗯，嗯……天妃娘娘是不是对狐狸有什么偏见啊？"胡纯觉得自己问得很好，从偏见到误会，再让神主自己撇清和她的关系，毕竟她是只谁也瞧不上的"土狐狸"。

　　雍唯面无表情："因为我父亲被天狐迷住了。"

　　其实神主大人虽然态度不怎么样，但还是有问必答的。

"哦——"胡纯点头，这种事不用说太多就能明明白白，天上地下都一个样。丈夫被另一个女人迷得神魂颠倒，眼睛里谁也没有，老婆肯定恨怒于心。看看来云吧，来一个杀一个，来两个杀一双。可天帝不是辉牙，不好欺负，天妃自然也没有来云的气魄了，只能暗恨迁怒，天狐抢了她老公，然后她的眼睛里再也容不下一只狐狸。

胡纯心里打了一个战，刚才太害怕，脑子都乱了，雍唯的母亲是天妃，那父亲不就是天帝了？他是天族的皇子？那……那……胡纯震惊不已地看了眼雍唯，好多谜题瞬间就解开了，怪不得他这么大的架势，这么大的脾气，怪不得他身上会有那种仙气了，那就是传说中的天地最正统的神明之气吧？

白光闪闪缩缩地从敞厅里踅出来，见过天妃，就觉得神主也不是太可怕了，毕竟神主不会随随便便就让人拿出炼魂香来把人烧得魂飞魄散。"神主大人，没什么事儿，我就告辞了。"她的口气放肆了许多，因为她考虑到一个问题，如果神主说的是真的，他看上了胡纯，她和他的关系就不是嘉岭小妖和神主大人了，是大姨子和妹夫了，虽然这个妹夫来头有点儿大。

"对，对。"胡纯连连点头赞同，世棠宫也没她想的那么安全，也是个是非之地，赶紧让白光走吧。"你跟我来。"她扯过白光，她攒了那么久的宝贝还没给她呢。

白光走了几步，回头一看，小声说："老八，他怎么跟着咱们啊？"

胡纯也回头一看，神主大人正带着他那两队随从，不紧不慢地下台阶，她压低声音对白光说："顺路，顺路，快点儿走，甩开他。"

她和白光几乎跑起来，跑到她那排小屋，才终于觉得安全了。白光欢天喜地收了礼物，恋恋不舍地说："我下次什么时候来看你啊？"

胡纯很伤感："你来一次要爬三天山路，要是过年过节没事，就来看看我。"

两人都泛起了离愁，携手出来的时候，发现神主居然站在门外，一副目中无人的样子。

胡纯和白光互相看了一眼，心领神会，神主在等人，估计也是大人物，快撤快撤，不然又不知道要出什么幺蛾子。

白光草草给神主鞠了一躬，拔腿就要走，胡纯已经先跑去给她开门了。

"来一趟，也别空手走。"神主大人冷漠地说。

胡纯和白光都愣住了，白光还把胡纯给的那包东西藏到身后，神主不是在讽刺她吧？

"风引。"神主大人看了风引一眼。

风引立刻走到白光面前，双手奉上一个小小的盒子，解说道："这是珈冥珠，在山下手握珠子，念一声'天地负我'便可直达山顶。"

白光愣愣地接过珠子。

胡纯的眼珠子都要掉下来了，她也想要！

白光走了以后，还不见神主走，胡纯站在堂屋前傻笑半天，一会儿看一眼他，最后忍不住问："神主，等人哪？"

等不等，给个准话！不然她也得跟着傻站傻笑！

"等你。"神主依旧冷漠。

胡纯笑容凝固，笑得很震惊。

"今天的事，要说清楚。"神主的脸色更阴沉了一些。

"嗯嗯嗯……"胡纯不住点头，是要说清楚！

"走。"神主走了两步，冷然回头叫她。

就在这儿说不行吗……胡纯把这句话咽了，神主看上去十分不高兴，不过他也没高兴过，这种时候，她真不敢惹他。

胡纯一路心事重重地跟着雍唯来到一座建在三层须弥座上的殿宇，雍唯举步踏上汉白玉打磨的台阶，他的随从们却都停在台阶下，没有跟上去。胡纯有点儿胆怯，站着犹豫了一下，被风引无情地推了一把，跌跌撞撞踩上台阶，差点撞上雍唯。

胡纯立刻被这座宫殿的华丽震慑了。石阶顶的平台铺得全是碧玉凿花地砖，嘉岭女妖们用来当簪子、镯子用的碧玉，神主大人用来铺地，豪奢得令人发指，胡纯都有些不敢踩。

雍唯神色凝重，自顾自一路走过去，胡纯离他越来越远，怕迷路找不到他，胡纯才心一横，踏上金贵的碧玉砖，快步追了上去。等到了殿门口，胡纯完全吓傻了，高大的殿门、窗格、门槛，全是珊瑚拼接的，殿里的地砖比碧玉还温润晶莹，是深灰色的，胡纯都叫不上名字。

"进来。"雍唯已经走到殿里的正座上坐下，不耐烦地叫了胡纯一声。

胡纯进殿的时候，不自觉地用脚尖点着地走，不敢实在踩地砖。一殿的东西把她的眼睛都晃花了，宝石串的帘子，星光织的帷幔，各放异彩的装饰点缀她都看不过来。

"你可知罪！"原本还算正常阴郁的雍唯突然厉喝一声。

胡纯真是连反应都没反应，扑通就给他跪了，膝盖撞在墨玉地砖上，差点裂了。她现在理解了白光，被神主吓得跪拜，根本不是从心里怕，是全身都怕，自然而然就跪了。

"知罪，知罪！"这个也不是她想回答的，是舌头替她说的，说完她也愣了，她知什么罪啊！"不……"想说不知罪却需要过脑子，可是一过脑子，就不敢说了，于是她诡笑着仰头看雍唯，希望他能给个答案。

"我几番好心救你，你竟然迷惑毒害于我，其心可诛！"

"我什么时候迷惑毒害你……您了？！"胡纯差点蹦起来，她真是冤到十八层地狱了！她太急于申辩，都顾不上怕雍唯了。

雍唯皱眉，手肘挂着宝座扶手，托着下巴，做怀疑和思索状，冷声威胁："我再给你一次坦白的机会。你再不承认，我就把你丢出世棠宫。"他停顿了一下，竟然冷笑了，"我猜，我母亲早已派人盯住这里，你敢踏出门口半步，立刻会被挫骨扬灰。还有来云，只要你出现在嘉岭……"他似乎很满意构想的结局，虽然一脸阴沉，却有扬扬得意的感觉。

"我……我……"胡纯被气哭了，"我承认什么呀？"她什么时候变得这么千人憎万人嫌了？一个来云还没搞定，又来个更厉害的天妃，她是注定短命还是怎么着？

"你在山洞里，对我做的难道不是迷惑？"雍唯见她太不上道，只能纡尊降贵地质问一下，算是提示。

"这个……"胡纯陷入纠结，她能理解的迷惑，是脱光衣服跳舞什么的，或是对方洗澡的时候，突然闯进去一起洗，这都是她在人间亲眼看见的，算是真切的人生经验。亲一下算什么迷惑？而且当时她被他身上的神明之气弄得神志不清，要迷惑也是他迷惑她吧！"这个怎么能算呢……"她愤愤不平，"我当时也不清醒！"

"怎么不算？"雍唯严厉起来。

那您老人家也太好迷惑了！胡纯在心里狠狠吐槽。

"而且还毒害我。"雍唯显得更生气了。

"我没有！"胡纯真的跳起来，冤枉人也不带这么信口开河的！"我没有！"胡纯都要跳脚了，她有什么毒？她有毒早把辉牙来云毒死了！

"嗯……看来你还不知道。"雍唯思考道，脸色稍微缓和了一些。"你们狐狸，不管天狐地狐，"他特意解释了一句，并配了斜眼一瞥，看来对地狐是嫌弃到骨子里，"口水都是一种迷惑之毒，叫……叫狐涎之思。"雍唯神色有些不自然，"中了这种毒，虽然不致命，但会对施毒之人产生一些……"

他再次皱眉，有些烦躁，似乎不想明说症状。

胡纯听得将信将疑，他停下来，她就很习惯地接口问道："眷恋？"

雍唯冷冷瞪她。

胡纯立刻准确解读，他是在说：呸！想得美！

"既然是毒，怎么解？"胡纯简直都要佩服自己了，眼前出现了希望的光。如果他说的是真的，她是施毒人，自然就能解毒。

"解不了。"雍唯舒展了眉头，又恢复了正常级别的冷漠。

"这……那……怎么办？"希望的光瞬间灭了，胡纯惊慌失措。

"只能慢慢适应，然后麻痹，就算痊愈了。"

胡纯苦笑，她真没听懂，于是她虚心求教地看着雍唯。

在她眼中，雍唯只有一个优点，就是有问必答。果然他说："狐涎之思是种迷惑之毒，只有每天被这种毒侵害，甚至慢慢加大剂量，才能渐渐麻痹，对这种毒没了反应，就算是好了。"

"哦——"胡纯大致理解，行，能治就行。"那我治好了您，是不是您就不用再追究我的罪了？"胡纯天真地问。

雍唯又冷冷瞪她。

她的理解是：嗯。

"神主，"她讨好地笑，"我可不是要挟您，是请求您，等您也麻痹了，三年时间也到了，您帮我和您妈……天妃娘娘解释清楚，让她别再追杀我。"

这次雍唯说话了："光凭你是狐狸这一点，你觉得可能么？"

胡纯闷不吭声，就是不可能的意思呗！合着她怎么做都是错的，留在世棠宫，是糟蹋人家儿子，让人家儿子自甘堕落，离开也不行，因为她是狐狸精，迷惑了人家儿子了。

"反正也是死……"她脖子一梗，有点豁出去的傲骨了，早死早超生，她也不麻痹他了，她死了他也别想好过！

"只要你表现好。"雍唯冷声打断了她，"我自有办法保你性命。"

胡纯奸笑："保我性命？不是把我关在济世瓶之类的东西里，像坐牢一样吧？"这样的保命，她可不要。

"这种低级把戏，对我来说是侮辱。"雍唯好像真的开始生气了，眼睛里都透出冷光。

胡纯立刻见风使舵，又笑得讨好了："那是，那是，您可是神主大人呢。我还有最后一个小小的要求。"胡纯为了体现自己要求之小，向神主伸出了小手指，像在藐视他。

"哼！"神主又冷冷看她了。

她的理解是：说。

"我也想要一颗珈冥珠。"她双眼亮闪闪，这种东西神主要多少就有多少吧，给她一颗简直是小菜一碟。

"没有。"雍唯斩钉截铁地拒绝。

"有！"胡纯被他气死了，和他犟了起来，他肯定有！

"有也不给你。"雍唯又半垂着眼看她，别提多瞧不起，多让她生气了。

胡纯气得无可奈何。

"得看你表现怎么样。"雍唯不屑地一挑嘴角。

表现，表现，又是表现！

胡纯也是被他逼疯了，一提裙子，大步冲过去，弯腰搂住他脖子，一口口水灌进他嘴里去。她太气愤了，连仙气都没顾得上吸。

"表现好不好？！"她站得近，就比他高了，也斜着眼俯视他，还质问。

雍唯一副恶心要吐的样子，呛得连连咳嗽，他用袖子捂着嘴，胡纯怀疑他把"解药"吐在袖子上了。

"来人！来人！"他缓过来，狠狠拍扶手，"给我把她拖出去，饿三天！不，五天！"

胡纯被拖出去的时候，心里这个骂啊！他这么不配合，什么时候才能麻痹！

第13章 利用

再豪华的地方，监狱都一个样子——和胡纯在濯州见到的差不多，青石块垒的粗夯房子，用碗口粗细的木头并排起来做栏杆，房间里不给被褥，就扔点稻草。珈冥山的夜晚很寒冷，胡纯没有吃饭，抱着双臂躲在角落里瑟瑟发抖。她真想现个原形，可以团起来盖尾巴取暖，可惜她变不回去。

有人从长长的走廊里走过来，脚步声有轻微回响，胡纯赶紧扑到栅栏边，整个牢房就关着她一个，肯定是来看她的，说不定是送饭的。神主说饿五天，不会真这么绝情吧？这个气温饿五天，肯定会死掉。

来人走到油灯照亮的地方，是青牙，他手里提了个食盒。

胡纯见了食盒比见了亲爹都亲，从栅栏里伸出手去，连声说："快给我，快给我，饿死了。"

青牙没有说话，闷闷地把包子塞到她手里，小心地把汤汤水水从栅栏缝里递进去给她。胡纯吃得急，两边脸蛋都塞圆了，青牙默默地看她吃了一会儿，说："今天你的饭只有包子，我把我的也给你送来了。"

胡纯真的有点儿感动，这个时候，觉得整个世棠宫只有青牙，才算是她的朋友，虽然他俩总是互相看不上。"谢谢你。"她发自内心地说。

青牙看着她，他也被传染了世棠宫的通病，面无表情，"你真相信……神主看上你了么？"他单刀直入地问。

"不相信。"胡纯把嘴里的包子咽了，有点儿哽，喝了口热汤。她也回答得毫不含糊，不太想说"狐涎之思"的事，毕竟觉得不光彩，到底是迷惑毒害人家了。

青牙一愣，微微低下头，神色就隐藏在灯光的阴影里了，"那就好……我还担心你也做起癞蛤蟆吃天鹅肉的梦，搞不好连命都丢了。"

胡纯被他气得一呛，他才是癞蛤蟆呢！想回讽他几句吧，细细一品，这话也是他的一片好意。"不用你多话，我都知道！"她用力咬了一口包子，这点自知之明她还有，就算她是癞蛤蟆，神主也不是天鹅，他是凤凰，她做梦也吃不着肉。

"没想到，你也不傻。"青牙冷哼了一声，"事情一反常，就必有诡异。从你我前来，到白光，到天妃娘娘，都未必是巧合。不管他有什么目的，肯定有利用你的去处，你明白就好。"

"青牙……"胡纯捏着包子，借着灯光细看他，"我怎么觉得你长大了？"大概因为他今天说的这番话吧，毕竟他也八十了，童颜下的心并不年轻。

"是吗？"一直很深沉的青牙突然兴奋，"钟山老祖送我一种果子，说天天吃能长得快，我刚吃两天，你就看出来了？"

胡纯对他的感激之情瞬间消散了，端起汤碗咕噜咕噜喝干，想告诉他明天早点来送饭，现在滚蛋吧。

她还没来得及擦嘴说话，只听走廊尽头传来杂沓的脚步声，似乎来了不少人，青牙的神情有些慌，催着胡纯说："快！快！碗碟给我，我偷偷来的。"胡纯赶紧手忙脚乱地把碗筷塞了出去，青牙刚把食盒藏到身后，一队侍者已经走到近前了，带头的是风引和另一个女仙子。

风引垂下眼瞧了瞧青牙，没有说话，转过脸去对女仙子说："雪引，剩下就交给你了，一定要快。"

雪引点头，挥手招呼她身后的侍女们："把她拖出来，赶紧沐浴穿戴好了，送去享月殿。"

胡纯一听，不对啊！这个形势不对！她扒着栅栏，连蹬带踹，不让侍女们拖走她，叫喊着说："我不乐意！我不乐意！我不乐意陪睡！"

雪引听了，破天荒地扑哧笑了，很嘲讽："你想陪睡，神主还不乐意呢。就是想让你用嘉岭的俗艳，把玲乔仙子气走而已。"

风引咳嗽了一声，有些责备地看了雪引一眼，雪引抿了抿嘴，自悔失言。

这是胡纯第二次听"俗艳"这个词。

她不自觉地看了看青牙，青牙也在看她，两人眼神一交流，都有恍然大悟的感觉。原来如此——神主想利用她，打发掉对他单相思的仙女。这个套路有点儿恶心，至少对胡纯是这样，就因为她"俗艳"，才被神主选中，让人家天上的仙女一看，你喜欢这样的货色也不喜欢我，愤而离开。神主保住了仙女最后的尊严，好歹不是被拒绝，是自己放弃的。

简单地说，就是用她恶心人。

胡纯没有再挣扎，很配合地跟着雪引她们走了。她们的手脚很快，把她领到一个温泉，胡乱洗了洗，就给她换了世棠宫常见的羽衣，虽然有花纹，远不及风引雪引的华丽。还给她梳了髻，戴了五链的金步摇。雪引上下端详了她一下，又摘了朵红艳艳的芍药，给她簪在鬓角，还把脑后披散的头发挖一缕出来，别在耳后垂在胸前，再把领子使劲拉大，露出一片胸脯。

胡纯照了下镜子，镜子里的女孩妖妖道道地笑着，从头到尾显得那么不正经。

"这样行吗？"她差点问成"这样俗吗"。

"行。"雪引挑了下眉梢，鄙夷之意淡淡流露，"很好。"

胡纯再次走进那座琳琅闪烁的宫殿时，心里并不恐惧，因为知道自己要做什么，该做什么。恐惧来自茫然，当她清楚神主为什么这么对她的时候，心就有了底，人便从容了。

她含笑走进珊瑚殿门，脚步一轻盈，人就显得很婀娜。

殿里的情况很简单，神主仍旧冷漠高傲地坐在他的宝座里，一位漂亮的仙女站在大殿正中，两人默然对峙着，既不吵架，也不动手。

胡纯走过她身边的时候，仙女冷冷地扭头看她，一切鄙视尽在无言中。对于仙女的愤怒和厌恨，胡纯竟然处之泰然，债多了不愁虱子多了不咬，连天妃都想宰了她，还怕多一个小小仙女的憎恶么？

她也回看仙女，这一看——她终于明白为什么大家都说她是"俗艳"。这位仙女艳丽得就很脱俗，眉眼口鼻没一个地方不漂亮，组合起来更漂亮，要不是知道她对神主单相思，胡纯都得以为她是神主的妹妹，因为神情太像了，简直如出一辙。

他们没情绪，不高兴，高高在上，目下无尘。

胡纯都想劝劝神主了，就她吧，瞎挑拣什么呢，再没比这位姑娘更适合他的了！两人往一起一站，别提多相配了。听意思，天妃也力荐这位仙女和神主在一起，知子莫若母，天妃的眼光没错的。

"人你也见了，可以了吧。"雍唯冷淡地说，这冷淡里，胡纯听出了一丝情意，至少他没有平时的咄咄逼人，可见对这位玲乔仙子，他也并非全然无意。

"不可以。"玲乔也冷淡地回答，毫无表情，一点儿都不像在和心上人争吵。

"你这样就是无理取闹了。"雍唯一如既往地冷静，就事论事。

胡纯感到窒息，她终于知道这俩人为啥没成了。

这冷冰冰的你一句我一句，再过八百年也凑合不到一起去！怪不得神主认为亲一下是迷惑，按玲乔仙子这高冷做派，恐怕拉一下手都是勾引。不过话说回来，这位玲乔仙子要是肯上去直接吧嗒亲神主一口，说不定他俩的娃都像青牙那么大了！天妃娘娘犯了一个错误，神主和玲乔仙子太像了，像到谁都不迁就谁。

"为什么她能在你面前笑？"玲乔仙子问，其实这应该是句锥心扎肺的话，可从她嘴里说出来，再配上毫无情绪波动的脸，就成了单纯的疑问了。

"她天生如此。"果然，神主理性地回答了。

胡纯觉得喉咙里堵着一口气，人都要爆开了。神主大人啊！你不是要气得人家拂袖而去吗？你不应该说：我就喜欢看她笑吗？一句话就能把仙女说炸了醋坛子！

"为什么特殊对待她？"冷冰冰地提问。

"……"神主冷冰冰地沉默了。

胡纯简直要为玲乔鼓掌了，这才对吗，问到点子上了，看吧，神主答不上了。

神主好一会儿不说话，胡纯理解为他在努力组织语言，想一个有说服力的答案。神奇的是，玲乔也不催，冷冷地看着宝座上的雍唯，明明他在高处，可她就是有种居高临下的感觉，仿佛夫子严肃地等待学生交卷。

胡纯在这安静的气氛中崩溃了。

天上的神仙都这么谈恋爱吗？她的俗限制了她的理解力。

眼看着神主要交白卷了，胡纯心一横，扭着腰，晃着胸前一片白花花，走到雍唯面前，一屁股坐在他大腿上。雍唯本能地一抖腿，手还用力一扒拉，想把她推下去，胡纯早有准备，手早就很使劲地勾住他的脖子，他一套动作下来，她还紧紧粘在他腿上，她得意地向他一笑，活生生就是一个媚力十足的飞眼。

"因为他喜欢看我笑啊。"她赶紧替雍唯交卷，为了取得高分，还斜着眼挑衅玲乔，嘴角的笑比任何时候都娇艳得意。

玲乔还能做到面不改色，色指神色，脸色还是发了青的。

"如此下贱，你为什么……为什么喜欢她？"声音也发颤了。

这才是正常反应吧，胡纯都有点儿可怜玲乔了，虽然她强作镇定，估计已经五内俱焚了。她就该大哭大叫，上来扯她头发，世间的凡人这么做，天上的仙女并没有，玲乔只是凄凄楚楚地站在原地，动都没动。凄凄楚楚也是胡纯个人的理解，毕竟玲乔的脊背还是挺得那么直，肩膀还是端得那么平。

"不知道。"雍唯明白了胡纯的用意，没有再推开她了，僵硬地任由她坐着，一脸不悦地悄悄抬起手，把她拉得过开的领口合拢一些。

胡纯对他的回答也算在意料之内了，嗯，理性客观。她就近仔细看了看他的眼睛，如果他流露出一点点对玲乔的怜惜，她就不打算再表演下去了，神主和仙女之间差的，可能就是一点点庸俗的热度。

雍唯发现了她的注视，眼睛微微一眯，然后冷漠地丢了个眼色。

胡纯明白，继续，上。

于是她笑得更欠揍了，得胜般占据着雍唯，对玲乔说："他不知道，我知道。"

玲乔的嘴角都抖了起来，认真地看向胡纯，这回她把胡纯看在眼里了。

"之前我在人间做功德，干多了保媒拉纤的事，男女间的这点儿情情爱爱，我算看透了。"她笑着说，"有位李小姐，抬了三牲来拜我，求我成全她和齐公子的姻缘。我受了供奉，自然要帮他们撮合，他们真是非常相配的一对，家世人品性格甚至爱好都一样。"

雍唯和玲乔听得很认真，他们作为天上高贵的神明，是不干这些俗世小活的，所以觉得很有兴味。这要换了炬峰，估计一口痰啐死她，揭穿她瞎编。

"可是，他们终究没成，因为齐公子在认识李小姐之前，与一位王姑娘一见钟情，真是一见钟情，就见过一面。王姑娘我也去看了，除了长得好看，真是又俗又土，一无是处，家里还穷。可是齐公子因为心里有了她，就是容不下李小姐了。王姑娘还嫁给了别人，齐公子再也没机会了解她的不好，惦记着她，拒绝了李小姐，李小姐也伤心地嫁人了。"

其实故事又长又乏味，但是人物对得上，有人就听进去了。

"我帮他们求了月老，可是月老说，有一种姻缘叫一眼万年。就是看一眼，就定了一万年的情，再不合适的人，也会因为这一眼而相爱。再合适的人，因为没有眼缘，多努力也成就不了。"

"我不相信，我这就去问月老。"玲乔拂袖回身，登云而去，一套动作悦目异常，胡纯看了都要爱上她了，可是雍唯看都不看。

"怎么办，怎么办！"这下胡纯着急了，从雍唯腿上跳下来，拍着手转圈,她没想过玲乔能轻易见到月老,她的谎话会被揭穿,"一问月老就知道我撒谎了。"

雍唯漠然看着她,问:"为什么突然这么卖力?"

胡纯停下来,莫名其妙地看着他,这还用问?"我想好好表现,这样就不用受罚了,我不想没东西吃,没被子盖。"

情爱啊,自尊啊,是他们这些神主仙女之间的奢侈感受,她只是挣扎在生存线上的小妖怪,只求有口吃的,有个盖的,能活下去。为了这个他们看起来卑微的目的,多卑微的事情她都肯做。

"下去吧。"雍唯冷声说。

"表现可以吗?"她不放心地求证,小心翼翼,"不用受罚吧?"

"下去!"

第 14 章　奖赏

领她"下去"的是雪引，胡纯知道雪引很看不起她，所以知趣地没和她搭话，雪引不像来时那么颐指气使，半垂着头走路，仿佛心事重重。

没走几步，另一个和雪引打扮相似的女孩快步追了上来，轻声婉言道："留步。"人追上来，没说话，先上下细细打量了胡纯一遍，很感兴趣似的。

雪引有点不耐烦，看了她一眼："有什么事，倒是说啊。"

女孩眉梢轻轻一抬："看来雪引姐姐心情不太好。神主命我把胡纯姑娘带回去。"

雪引并不意外，淡淡地看了胡纯一眼，又把眼睛转回到女孩身上，不客气道："霜引，你也别太得意。"

霜引没理她，对胡纯很客气地一抬手："跟我走吧。"

胡纯把她俩的情形瞧在眼里，心里感慨，江湖果然无处不在，神主身边的四大神使也需明争暗斗，以前看她们面无表情，还以为都无欲无求了。可见世棠宫不是世外桃源，这里的人也没超凡脱俗。

"霜引姐姐。"走了几步，胡纯笑嘻嘻地向她打听，"神主又叫我回去干吗？是不是又想起什么，要罚我骂我？"

霜引没有笑，但说话的语气很和善："这我就不知道了，应该……"她又瞧了瞧胡纯，"不会罚吧。"

说着已经走到享月殿的台座之下，霜引停步，示意胡纯独自上去。

胡纯叹了口气，神主也太能折腾人了，有话能不能一次说完！她走进殿的时候，第一眼就往宝座上看，竟然没人。她有点儿意外，再一环顾，哦，神主大人一副郁结难解的架势站在窗前，皱眉往窗外看。

胡纯真有点儿搞不懂他，珈冥山的夜晚阴雾最浓，什么都看不见，他这个对月长吁的姿态摆得太刻意了吧，月亮在哪儿都不知道。见他没有说话的意思，胡纯倒犯难了，总不能一直陪他傻站着吧？

"神主……"她试探着叫了他一声。

他没理会。

"您叫我回来，有什么事吗？"她远远地站在殿门口，没有靠近。

"她很快会回来。"雍唯清冷地说，眼神仍停留在窗外的晦暗里。

她？玲乔仙子？胡纯转了下眼珠，没想到那么冷冰冰的仙女会是个急脾气，问到真相就立刻杀回马枪，神主挺了解她的么。

"估计……也得等天亮了吧。"胡纯提出看法，关键是她现在又累又困，和他们吃饱没事的人耗不起。

"随时。"雍唯驳回了她的意见。

"那您随时叫我，我随叫随到。"胡纯点了两下头，笑得十分殷勤，这就可以回去睡觉了吧？

雍唯转回身，冰冷的眼神颇具分量，一眼就把胡纯看老实了。"你表现不错，可以提个要求。"话却是句好话。

简直意外惊喜，敢情是神主大人琢磨过味儿，决定奖赏她了呀！她嘴一咧，发自内心地笑了，"那您让天妃和来云都不要追杀我。"

雍唯的脸瞬间阴沉程度加大，眼神里的寒意让胡纯一哆嗦。

大了？她额头冒汗，神主大人也挺小气的，都说可以提要求了，还有限制。"不可以吗？"她还不死心，殷切地看着雍唯。

雍唯也没客气，一拂袖："不可以。"

"那就……我想回去好好睡一天，明天也不用起来干活。"她心灰意冷，说了个他绝对能办到的。

雍唯的脸色没有好转，反而发脾气地把窗前条案上放的一个灿灿发光的瓶子给扫到地上。

胡纯吓了一跳，下意识地冲过去保护瓶子，一看就是宝物啊。瓶子掉在地上没有碎，原地打转，胡纯赶紧捡起来，松了口气。她又瞟了雍唯一眼，他正气哼哼地瞪她，气哼哼是她的理解，实际上他还是那副半死不活的样子。

看来这个要求又小了。小就小，不合意也别摔东西啊！

"那您说！"她也放弃了，抱着瓶子冲他苦笑，"您到底要怎么奖赏我！"苦笑是因为一肚子气。

雍唯冷哼了一声，转过身去看窗外。

他又不说，她说的他又不合心，怎么这么难伺候啊？！胡纯也真的不耐烦哄他玩了，这一天她过得多累心啊！"那你给我把月亮变出来吧，我到了珈冥山，就没见过月亮。"她干脆给他出个难题，他办不到就会让她下去，她急需他赶她下去！

雍唯双眉一扬，脸色居然缓和了。

"过来。"他冷淡地招呼。

胡纯走过去，顺便把瓶子放回原位，和他并肩站在窗前，窗外一片阴雾翻腾，别说有什么美景了，还很怕人呢。

雍唯抬手，一扬袖子，几乎是一眨眼的工夫，风也停了，雾也散了，朗朗夜空里悬着一轮皎洁明月。

胡纯啊了一声，真是大感意外。她倒不是惊讶神主神通了得，而是恍然明白，是神主自己弄得珈冥山阴云惨雾！真是个怪物！除了他谁愿意把自己住的地方弄得阴森恐怖。

"我已经问了。"

胡纯被吓得差点跳起来，回身看时，玲乔仙子已经站在厅里了，真是神出鬼没，悄无声息。

"确有一眼百年。"玲乔仙子一闭眼，竟然流出两行清泪。

胡纯深吸一口气，她是开始走运了吗？这都能蒙上？虽然百年和万年相差挺大，大体意思正确。

"可月老也说了，还有一种情缘是日久生情！"玲乔猛然睁开眼，像下定什么决心似的，眼睛里有泪，脸色又伤心又顽固，竟让她看起来十分动人，比平常冷冰冰的她，鲜活一万倍。"从今往后——"她一字一顿地说，"我就住在世棠宫，常伴你左右。"

胡纯都被感动了，多痴情的姑娘啊，她决定支持她了，她要把神主亲一口就能拿下的秘密告诉玲乔仙子！

雍唯看着玲乔，沉默了一会儿，淡然地说："我与你，既不是一眼百年，也不可能日久生情。"

……

胡纯都感觉心脏被暴击了，神主大人拒绝人的方式真是简单粗暴。

"我不管。你住这儿一千年，我就陪你一千年，你住一万年，我就陪你一万年。"玲乔流着泪，平静坚决。

好！说得好！胡纯想鼓掌，手腕却被雍唯突然抓住了。

"随便你。"雍唯毫不感动，拖着胡纯往后殿走，"我已经有人陪了。"

"雍唯！"玲乔终于崩溃了，哭着大喊了一声。

雍唯置若罔闻，拽着胡纯绕过一架缠云屏风，进了后殿。

胡纯被拖着走，不忍心地从屏风空隙里看玲乔，小声劝雍唯："她这么伤心……"你别太过分！当然这话她不敢说出口。

"她的事，不用你管。"雍唯冷漠地说，一甩袖子，窗外的月亮不见了，晴朗夜空也不见了，恢复了阴云滚滚。

不用我管，拖我进来干吗！胡纯从他后背翻白眼，吐槽他。

"她要是站这里一夜，太……太可怜了。"她壮起胆子说。

"你睡你的，不用管。"他还是那么无情。

睡……在哪儿睡？胡纯现在对这个字很敏感，她太需要睡眠了。

正疑惑，她就被他甩到床上，她吓得立刻要弹起来，这床是神主的啊，她不敢躺！他也躺下，手臂搭在她身上把她压住。

"奖你吸神明之气。"他不太情愿似的闭上眼。

这简直是她无法拒绝的，一靠近他的身体，她已经晕晕乎乎了，听了他的允准，她几乎立刻像章鱼一样缠到他身上，太舒服了，她要升天了。

这一觉睡得算是……胡纯狐生也好，人生也罢，最舒服的一次。

直到雍唯动了动，低沉道："起床。"她都故意紧闭眼睛，装睡不肯起身。谁知道这种奖励以后还有没有，能多一会儿是一会儿，她还悄悄深吸一口气，最大量地吸入他身上缠绕的神明之气。

雍唯干脆坐起来，识破了她的伪装，用胳膊一夹，连拖带提地把她拽下床，轻松夹着她往外走。这时候再装睡就太假了，而且也太难受了，胡纯连连咳嗽，她被夹得上不来气，闷声闷气地说："放我下来，我自己走，自己走……"

雍唯闻言停步，却没松开她，冷冷垂眼往下看，胡纯也正艰难求生地仰脖看他，立刻又解读了他的表情：早干吗了，这会儿知道自己走了。

传达完这个信息，神主大人继续大步前行，胡纯痛苦地保持着弧度，被他挟带着走，胸差点平了，腰差点断了。幸好也没多远，后殿的后面就有泉池，可比她昨天洗澡的地方奢华多了，羊脂玉铺砌的池壁，一汪碧蓝碧蓝的水蒸腾着雾气被盛在里面，看了就想游泳撒欢。六个龙头高高地在池子旁边堆砌的小假山上探出来，汩汩地喷着水，让整个泉池殿都蒸汽缠绕。

胡纯被拖到池水里，温度正好，她借着水的浮力想从雍唯臂弯里逃生，刚一游，雍唯倒很配合地松开她，顺势一拽，把她推到一个龙头底下，颇具分量的水柱就直接砸在她头顶，胡纯的眼睛立刻就睁不开了，耳朵也只能听见哗啦哗啦的水声，头发被冲得贴在头皮上，又顺水覆在脸上，十分狼狈。

她张大嘴呼吸，结果水就呛进来，她拼命咳嗽，觉得自己要死了的时候又被雍唯从水柱里拽了出来，她猛吸了一大口气，缓过来不少。雍唯拨开她的头发，粗鲁地抹了下她的脸，胡纯眨巴着眼睛终于可以睁开了。

他……他……什么时候脱的衣服啊？

胡纯吓得在水里跳了一跳。

"你多吸一些，就不会俗了。"他冷着脸，低头看她，头发全都披散开来，尾端漂浮在水面上，煞是好看。吸？胡纯觉得自己的脑子里全是水和雾气，吸什么？他突然歪了歪头，亲上了她的嘴，浓郁的神明之气真是比山泉还甜，胡纯顿时如痴如醉，哦，原来是让她多吸点气，她脑子也清楚起来，吸了这种气，可能自己也会有仙气，就不俗了，他是这个意思吧？

那她就不客气了。

和上次很不一样，她使劲吸他，他跟着掺和什么？还反过来吸她？他有这么好心，帮她吸走俗气吗？而且吸就吸，怎么还摸上了？

"唔……"她动了动，表示抗议，雍唯的确把手从她胸前挪开了，可是却一托她腰，逼她盘在他身上，还紧紧按着她的后背，让她的上身也紧贴在他胸前。不得不说，雍唯穿衣服的时候，看着又瘦又长，这会儿一瞧，要胸肌有胸肌，要腹肌有腹肌，胳膊一使劲，也有漂亮的肌肉贲张出来，莫名就有那么股狂傲不羁的劲儿，可惜太白嫩了，大减魔头气质。

"雍唯！雍唯你出来！"骄横的声音穿过后殿，连泉池都听得清清楚楚，"你要不出来，我就一直在这里喊！"

这个声音有些耳熟，胡纯想了一下，猛然想到是百妖大会上那个琇乔仙子。

雍唯的脸色非常难看，咬了咬牙，往外拽了拽胡纯，胡纯正尖着耳朵听琇乔喊什么，扒他扒得死紧。

"松开。"他坚忍地说，听起来甚至有些难受。

"哦哦哦。"胡纯这才松开手脚，借着浮力轻松漂开，她的大腿好像刮到什么，她好奇地用手去摸，被雍唯猛地抓住手腕，他的眼睛里像要喷出火来，他用力一推胡纯，烦躁训斥道："胡闹！"

胡纯被他推了个跟斗，在水里浮沉了几下，又灌了一耳朵水，再冒出水面，他已经站在岸边了，抓起柜子上放的衣服，潇洒一甩，头发也跟着衣服飘扬了一下，身上就没水了，头发也干了，他又霸气十足地举步走了出去，完全看不出刚刚是在洗澡。

这个法术太实用了，胡纯羡慕地看着，不知道他肯不肯教。

没了神主的威压，她顿时轻松起来，惬意地在水里游来游去，前殿又传来摔东西的声音，噼里啪啦的，胡纯摇头，神仙发脾气也是这德行，神主和琇乔对着摔，不知道多少好东西要遭殃。

"出来！你让那个狐狸精出来！不然我就闯进去。"琇乔的声音高了很多，却听不见神主的声音。

闯进来？胡纯吓了一跳，想了想，还是赶紧上岸把衣服穿上保险。

池边靠墙有很多柜子，柜上托盘里放的全是衣服，大多是雍唯的，也有一两件女装，胡纯不管三七二十一地套了一件，还不错，很称身。她没有法术把头发弄干，只得披着湿漉漉的头发走到后殿，一看不得了，琇乔已经从前殿一路摔东西摔到后殿了，一见她，立刻血红着眼愣住了。

胡纯心疼地绕着一地宝贝走，边走边看摔坏没有，还好，大多宝物还是很结实的。

"贱人！你这个贱人！"原本愣住的琇乔，突然暴起尖叫，手上不知道怎么就变出一把长剑，直扑了胡纯来。

胡纯吓得腿软，怎么突然就亮了兵器？她正要摔倒，周遭冷风一盛，也没见雍唯是怎么过来的，反正一只手拉着她，一只手抓住了琇乔的剑，也没见他受伤，只见他轻轻一掰，剑就断了，琇乔一下子跌倒在地。

琇乔不像玲乔，她更像人间泼妇，坐在地上就开始哭，边哭边骂："你为了这么只狐狸精，这么对我们姐妹！你对得起天妃吗？你对得起辰王吗？天帝也不会容你这么胡闹。"

"滚。"雍唯也不见得多生气，还是那副阴沉的嘴脸。

琇乔一拍地站起来，恨恨一回身："我这就去找姐姐！"

"慢着！"一直没出声的胡纯突然大叫一声。

雍唯和琇乔都看她，她笑得嘴角颤抖，一只手被雍唯拽着，用另一只手哆哆嗦嗦地指着琇乔身上的披风。

"你这件披风……"

琇乔冷笑起来，十分解恨般得意地说："上次要扒你的皮，可惜你的皮不够做一件披风，我只能找了一窝红狐狸。怎么样，还凑合吧？"她冷冷盯着胡纯，"我迟早要做一件白狐皮的披风，等着瞧吧。"

"啊——"胡纯发出一声惊惧的尖叫，挣脱雍唯的拉扯，双手捂住眼睛，她不相信，不敢相信，不忍相信！

"最嫩的小狐狸皮，我做了领子。"琇乔找到了她的弱点似的，残酷地一再攻击，手指得意地拂过自己脖子外的狐皮。

胡纯两耳轰鸣，眼睛充血，她必须要去亲眼验证一下！她的感觉一定错了，这不是阿红一家！阿红一家刚添了小公狐，正欢欢喜喜地过他们的日子。她飞跑出去，她必须去亲眼看看。

雍唯皱眉，正准备去追，琇乔一把抱住他的腰身，哭泣道："雍唯，不要走。"

第15章 怨恨

胡纯一路狂奔，她怕雍唯阻拦，也怕琇乔追杀，但她必须冲出去，必须去阿红家看看。享月殿出来只要沿着石阶一路向下就是正门，她跑得太快，殿外的仙侍们不知道殿里发生了什么，见胡纯突然猛跑出来，都面面相觑，因为神主没有指示，所以也没人阻拦或者追赶，任由胡纯顺利跑到大门。

青牙正站在门口，见胡纯狂奔而来也有点儿蒙，本能地拦了她一下，刚想问：你干吗——就被胡纯撞了个正着，咚的一声杵在朱红大门上，被铜钉硌得龇牙咧嘴。

胡纯两眼通红，笑容阴森，看上去有些骇人，她也没管青牙，直接开了另一扇门抬腿就要迈出门槛。青牙吓得不轻，赶紧一把拖住她的胳膊，冲她喊：

"你不能出去！搞不好会死在外面！"

胡纯当然知道，她从殿里跑到这里，把下山会遇到的各种情况都想了一遍，当然她也怕死，但她仍存一丝侥幸，或许她遇不到来云，天妃娘娘也没必要真的派人盯住这里只为追杀一只卑微的狐狸。

就算有再多的困难，她也要去，阿红在狐仙庙外树荫下等她，笑着跑过来喊她姑姑的场面，好像就发生在几天前。她还抱有一线希望，阿红一家好好地生活在石锅山的山洞里，看见她来，她最喜欢的二丫头会毛茸茸地跑出来，围着她打转，吱吱叫着喊她姑奶奶。

"松手。"她冷然对青牙说，从未见过她如此决绝的青牙一愣。

"胡纯，我不能让你去，外面对你我而言，实在太危险了。"青牙一脸坚决，毫不妥协。

胡纯鼻子一酸，她知道青牙是为她好，于是哽咽着说："如果你是我的朋友，你就让我去。"

青牙双眼一瞪，似乎完全没有想到胡纯会说这样一句话，他眉头皱起来，手却缓了劲，胡纯立刻感觉到了，一挣，甩脱了他，头也不回地跨出大门，噔噔噔跑下石阶，一下子就不见了。

青牙僵立在洞开的大门边，朋友……是的，胡纯是他唯一的朋友，在他八十年生活在济世瓶里的痛苦生涯中，唯一一个在危难时没有弃他而去的人，他不忍阻拦，只能希望她一路平安。

胡纯跑了一会儿才发觉自己这些天来的变化，看来那些好东西没白吃，神仙们的打赏也都是些好宝贝。以她过去的体力，根本不可能一口气跑这么久，跑这么快，她像有源源不绝的体力一般，不用休息地跑到半山腰。按她现在的脚程，天黑前就可以赶到石锅山。

忽然间，她听到长长的哨声，仰头一看，一道道奇怪的风柱像流星一样从山顶四面八方飞下山，因为飞得很快，划过阴雾的时候就发出巨大的风声，像哨子一般，声声不绝。

她赶紧躲到一块大山石的后面，虽然她没见过这种场面，但猜测是神主派人出来抓她，仙侍们在世棠宫都是走路，可能出门就是这个样子。他们毕竟修为低，她看见的神仙驾云都很从容很优雅，不会像这样杀气腾腾，和箭矢一般，把阴雾都冲得东一团西一团。看风柱的数量和方位，神主真是没少派人，是抓她吗？胡纯都有些怀疑，她和神主只是达成了三年待在世棠宫的协议，也没说山都不能下。或者世棠宫出了别的什么事情？

不管怎么样吧，胡纯烦心地长出一口气，她最好避开所有人，尽快到达石锅山。她现在不能走大路，好在石阶也到头了，下半座山全是山路，好隐蔽，她和青牙来的时候，很多山洞的方位她还记得，躲过这些仙侍应该不难。这样一拖慢，她到山脚也天黑了，嘉岭的路她熟悉，这些人更找不到她了。

她计划得不错，实现得也很顺利，天彻底黑下来的时候，她跑出了珈冥山的范围，她故意挑选山坳密林，别说仙侍们，来云或者天妃娘娘的属下也盯不住她，她的心慢慢放下来，外面固然危险，但也没她想象的那么恐怖。

跑出这片山林就到石锅山了，胡纯彻底松了一口气。月光照亮了山路，她忍不住抬头看，这是过去她习以为常，却久已未见的夜空景象，月朗星稀，深穹幽冥。她又想起她向神主提的那个要求，在珈冥山，只有向神主乞求，才能看见的景象，其实山下随处可见，有那么一闪念，她不想再回珈冥山了。

石锅山在深夜里一片寂静，她走到阿红家洞口的时候，没有进去，也没有出声喊他们。夜里很冷，她却出了一身的汗，洞里很黑，很安静，阿红家孩子多，总是吵得要命，此刻的安静……让她恐惧。

有人走过来，踩着山路的石子发出凌乱的声音。

她回头看，与来人相视怔忡。

"怎么是你？"异口同声。

炬峰用手捋鬓角的长发，上下打量胡纯，取笑她说："看来神主对你不错，气色好了很多。"话是好话，可他阴阳怪气一说，全然就是讽刺了。

胡纯并不在乎他的语气，她的心思全在狐狸洞里，她甚至很庆幸能遇见炬峰，"子孙叔叔，你能点一个灯，或者火把，陪我进去……进去看看吗？"她几乎是哀求，声音也不知道怎么发了颤，她不敢一个人进去。

炬峰沉默，再开口语气变得沉重："我劝你不必看了。"

一句话就扑灭了胡纯所有的希望，她无法自控地发起抖来："他们是全都……全都死了吗？"

炬峰点头，没有亲口说出来。

"他们……"胡纯的眼泪一下子涌出来，"他们是被琇乔做了披风吗？"

"是。"炬峰苦涩而嘲弄地冷笑了一下，"对她而言，这只是一窝畜生。"

胡纯说不出话，眼泪不是因为伤心而流，只是一种本能反应罢了。她的伤心不是哭泣，尖叫或者愤怒能表达的。是的，在琇乔眼中，阿红一家只是牲畜，她也曾是牲畜，他们这些牲畜无忧无虑地生活在这里，生儿育女辛勤修炼，他们没有做过孽，反而为了得正果做了很多很多的功德。

每年除夕，阿红夫妻都带着女儿们来狐仙庙给她送年货，都是她爱吃的。

她也记得，阿红夫妻每生一窝崽都要请客，她和白光都参加了。阿红夫妻越请越愁眉苦脸，因为生的全是小母狐。

他们的确生而卑微，喜怒哀乐生老病死，可是，他们不该这样被任意地宰杀蹂躏，他们的生命也是美好的数十载岁月，不该被人毫无怜悯地一朝夺去。

"你放心，他们的尸身我都掩埋了，也算入土为安吧。"炬峰淡淡地说。

"入土为安？"胡纯抽泣得无法正常呼吸，她的心很冷，她觉得自己想说的话也很冷，可是说出口的时候，却很卑弱，"他们……他们的皮毛可没入土！"

"或许这就是因果。"炬峰惆怅地叹了口气。

胡纯一下子跌坐在地上，极力压抑着哭声，她不想哭，她不想像个全然的弱者，"是因为……因为我吗？我求你给他们一个小公狐？"

炬峰沉吟了一下，他可以安慰一下胡纯，可是安慰是没有用的，于是他说："他们命里没有，强求的后果便是如此。你……"他还是不忍心了，"不必自责，你只是求了我，是我换了他们的孩子，命运是不可更改的，这种变数不因为你，也不因为我，自有定数。"

定数？谁定的？天吗？

"如果有定数，像琇乔这样凶狠残忍，她会有什么报应？"胡纯太恨了，哭着尖声质问。

炬峰呵呵冷笑："恐怕会让你失望，她生而为仙，剥夺几只狐狸的生命算不上过错，正如，你会觉得杀鸡吃鸡是罪恶么？"

胡纯闭眼，因为愤怒和绝望而仰起头，她想问天，问地，可她却不知道问什么。有人生而为仙，有人生而为畜，面对这样的杀戮，她能如何？她连琇乔的剑都躲不过。

"啊——"她觉得脸一阵剧痛，那种炬峰曾经给过她的冰凉刺骨的感觉再一次出现在她的脸上。她捂住脸，仰天嘶吼，因为真实的疼痛，大声的喊叫，心里难以纾解的痛苦反而减轻了一些。

炬峰看着她，感慨而苦涩地一挑嘴角："你的笑脸减弱了五分，因为你体会到了真正的愤怒。等你明白了什么是真正的哀愁，你就不会再笑了。"

愤怒？哀愁？

胡纯放下手臂，呆呆地瘫坐在地，她还不够哀愁么？

"今天有我在，谁也别想伤害这只小狐狸。"炬峰声调不改，胡纯本以为他还是对她说话，可内容又不像。

山洞外几丈远的空地凭空起了一股小小的风旋，一个穿深色羽衣的仙女在风旋平息后出现了。

"少主，您不该插手此事。"仙女皱眉说，很为难的样子。

"你只要回去复命，说我说的，有我在，小狐狸就没事。"炬峰不以为意地捋了下头发，"我不信，连我的话，她都不听了。"

仙女抱了下拳："少主莫让映霜为难，您亲自和天妃娘娘说吧。娘娘对这只狐狸可是……"

"哼！"炬峰冷笑，"她就是迁怒，拣软柿子捏，她恨狐狸精，怎么不派你去杀天狐？"

"少主……"映霜苦着脸，谁不知道是这么回事啊，可是谁敢吭声？"您可能不知道，这只小小狐狸可不一般。"她瞥了胡纯一眼，"她可是勾走了神主的魂呢，您瞧，神主连五十仙使都派出来了。"

"呵呵。"炬峰干笑，也看了眼胡纯，"雍唯的品味还是那么差。"

"天妃娘娘可是命我一有机会就焚了这狐狸的魂魄，要不您就把我打得重伤濒死，要不您就让我取了这狐狸的性命，不然映霜真的没办法向天妃交差。"

"这样啊……"炬峰的眼睛扫过一处阴暗所在，假装陷入纠结，"到底你也是天霜雪域的老人儿了，我也不能让你弄得太难堪。这样吧，魂魄你就别焚了，你就砍了她的狐狸尾巴回去交差。你也知道，狐狸精没了尾巴，修为也就断了，再活个十年八载就会死。这十年八载里，雍唯对她的新鲜劲儿也过了，母子之间还不会产生什么裂痕，不是比在雍唯对她正热乎的时候要她命好得多么。"

映霜有了笑容，更深地向炬峰抱拳："还是少主思虑周全。"

"嗯——"炬峰一改维护胡纯的态度，反而让开些距离方便映霜动手。

胡纯也不哭了，坐在地上脊背挺得笔直，在这些人眼里她和阿红一家没有分别，早也是死，晚也是死，何必让他们看她的笑话。

"小神主果然疼爱你，茹宝天衣也赏给你穿，不过没用，"映霜慢慢逼近胡纯，手一晃，手心里出现一把碧玉弯刀，"天妃特意让我带了绿辛斩来，天衣也挡不住。"

胡纯没心思听她说这些乱七八糟的，她要被砍尾巴了，可能一时半会儿不会死，她还有时间，她要用仅剩的这一点时间为阿红一家报仇！

"去死吧。"映霜冷笑着举起了碧玉弯刀。

第16章　疏离

映霜的刀砍下来的时候，胡纯还是闭了眼，她痛恨自己的软弱，可是那划风而来的刃声，还是令她胆寒，不由紧紧咬住了牙关。

映霜惨呼了一声，劈面而来的利刃便中断了攻击，然后胡纯听到有人重摔在地的扑通一响。胡纯慌张睁眼，眼前一片黑，刹那之间她还以为自己眼瞎了，定睛再一看——是雍唯的黑衣服。

他背对着她肃然而立，像一面墙一样挡在她前面。见他来了，胡纯的心瞬间落了定，觉得自己应该是死不了了。于是她探出头去看映霜，她果然被雍唯打飞出去，现在正趴在地上尖叫。

"怎么办——绿辛——"急得她连连拍地，扬起阵阵灰尘。

胡纯看见那把碧玉弯刀掉在地上碎成三截，映霜趴在碎片旁边如丧考妣。

"何必如此惶恐。"雍唯对她的惊惧不屑一顾，"你只要说是我打碎的，母亲不会苛责于你。"

映霜听了哭得更惨了，看这小祖宗多会说风凉话啊！天妃娘娘派她来杀狐狸精，他这么护着狐狸精，非但狐狸精活得好好的，还把绿辛弄坏了，天妃娘娘这口气不出在她身上，还能出在谁身上呢？

"啧啧啧。"一直冷眼旁观的炬峰鄙夷地出声了，"说得真轻松。这可是我天霜雪域的顶级宝物，你娘出嫁的时候当了陪嫁，天帝想要她都没舍得给，就被你这么弄坏了。"

雍唯冷冷看了他一眼："我一掌能劈断的东西，竟算天霜雪域的顶级宝物。"他平淡地就事论事，后面也没说别的，但不屑之意比明说更锋利。

"哟——"炬峰抱起臂，斜着眼看雍唯，"果然是长大成人了，连天霜雪域都瞧不在眼里。你小时候在天霜雪域尿裤子追着我喊舅舅的情形，对我来说，恍如昨日呢。"

雍唯听了，杀意甚重地动了动身子，终究还是忍耐下来，没有冲过去宰了炬峰。

胡纯惊讶地张着嘴，看了看炬峰，又看了看雍唯，脑子里却闪过疑问：神仙小时候也尿裤子吗？

"自从你支持了那件事，你就不再是我舅舅了！"雍唯终于露出了怒色，咬牙切齿地瞪着炬峰。

"我也知道你不把我当舅舅，不然也不会逼你爹把我贬到这里当丁神。"炬峰冷笑，眼睛里也闪过怒意，"我堂堂雪域少主，现在天天管一城人狗牲畜的生老病死！你和你妈都一个样，就知道迁怒，欺负老实人！"

胡纯终于缓过了神儿，现在的场面非常古怪，刚才威风八面的映霜趴在地上痛哭，子孙叔叔……舅舅？在和神主吵架，大家各忙各的，就她一个闲人。她干脆站起身，扑打扑打身上的灰，凭着一身刚，她现在谁也不怕！昂首举步就走，她现在需要回自己小庙静一静，想想接下来该怎么办，她现在脑子太乱了。

"站住！"雍唯正打算讽刺炬峰，一回头看胡纯走了，立刻大喝一声。

所有人都凛了一下，然后映霜继续哭，换成炬峰当闲人看雍唯和胡纯交火。

"你的救命之恩……"胡纯想说来日再报，又一想，谁知道还有没有来日，于是敷衍地改口说，"有机会再报吧。我与你的协定就此作废，我不回珈冥山了！"

雍唯瞪她，从小没人敢反驳他，所以他不太会吵架，面对这个情况，他只能说："你敢！"

胡纯的笑容已经消减了一半，往日笑得山花烂漫双眼弯弯，现在只剩放不下来的嘴角，生气的时候更是似笑非笑，人就看着高傲了很多。

"没什么不敢，"她冷笑，"我到哪儿也是死，犯不上回珈冥山给你看大门！"

"看大门？"看热闹的炬峰非常感兴趣地出声，像获得了什么新知识，"神主大人抓你上山就为了看个大门？"他用手指抚摸着下巴，生怕不硌硬死雍唯地斜眼打量雍唯的重点部位，摇头叹息，"这下界的水土真是不养人，狗都改吃素了。"

雍唯气得脸色发青，不想理会他，就这个刁样，还敢说自己是老实人呢！他吵不过炬峰，只能恐吓胡纯："你再走一步，我立刻就要了你的命。"

映霜一下子不哭了，好呀好呀，小神主要是杀了狐狸精，天妃娘娘非乐疯了不可，就顾不上绿辛报废的事了。

周围一下子很安静。

胡纯现在最听不得就是高高在上的威吓，她挑衅地迈了一步，脖子也仰得高高的："杀吧！杀！反正我也活不长了，死哪儿不是死！"

雍唯被噎住了，他习惯了胡纯的做小服低，见风使舵，她突然作风这么硬朗，他一时……总不能真一掌毙了她吧。

"一个看大门的，杀就杀了吧。"炬峰一脸悠闲，看热闹不嫌事大。

雍唯僵直地立在那儿，有心一套雷诀，把这几个人都突突了。

"此地不宜说话，回去再说。"他万分忍耐，屈尊上前拉胡纯的胳膊。

"回去？回哪去？回珈冥山看琇乔穿着阿红一家的皮在我眼前晃？"胡纯尖声说，提到阿红一家，眼泪又涌了满脸。她使劲甩雍唯的手，甩不开，干脆不动了，被他抓着，哭自己的。

"我已经让她走了。"雍唯看着她哭，声调不知不觉变低。

"她走了还会来，除非她死！你杀了她替阿红一家报仇！"胡纯知道自己在无理取闹，神主与她非亲非故，怎么可能替她出头，帮她报仇。

雍唯也不说话，也不松手。

"怎么可能呢。"炬峰歪着头，抱着臂，凉凉开口，"琇乔玲乔可是辰王的女儿，漫天星宿都是他们的管辖范围，别说神主大人了，就是他爹天帝陛下，也未必敢杀他们。更何况只为了几只蒙昧未开的狐狸，神主大人怎么可能出手呢，毕竟还是老相好。"

"住嘴！"雍唯恼羞成怒，一甩手，松开胡纯，沉着脸皱着眉，直直地俯视着她，"要么跟我回去，要么死在外面，随便吧。"

胡纯头也不回，转身就走。

雍唯重重一甩右手的袖子，脸色难看地狠狠瞪了一眼炬峰，咬牙切齿地风遁而去，瞬间就不见了。

胡纯走到自己的狐仙庙前，漆黑一片，她对这里太熟悉，没有灯光也能轻松走到供桌前。她点燃了蜡烛，微小的火苗并不亮，照在小小堂屋里，显得非常惨淡。主人只是一小段时间不在而已，狐仙庙已经落了很厚的灰，角落里也爬满蛛网，像是废弃已久。

胡纯拂开供桌上的灰，慢慢坐上去——在世棠宫混久了，见惯琉璃瓦碧玉砖，都有些忘了自己的家是这样简陋残破。正如她总和各路神仙打交道，有些忘记自己只是这荒山野岭的小小狐狸精。

周围太安静了，很利于思考，可她不愿意思考了，因为想到阿红，想到自己，觉得太悲哀。她走出小庙，熟练地点起火堆，这是她召唤白光的信号。她不想一个人待着，更不想抬头看，每颗星星都像是琇乔对她的嘲讽。

她想报仇，可她的力量与琇乔相比，正如此刻的她与这片浩瀚星空。

白光来得很快，跑得气喘吁吁，她还是一脸欢喜，天生笑面的倒像是她。"哎呦，老八，回来探亲啊？"她把背上的一小袋梨放在胡纯面前。

胡纯看了一会儿，默默地拿出一颗，白光知道她爱吃，什么时候见她都带给她，去堂皇的世棠宫也好，来这残旧的小破庙也罢，从来不忘。

"你……你……你的脸……"白光一屁股坐在胡纯对面，看清她表情的时候不由大叫一声，"你怎么不笑了？哦——还有一点儿笑。"

"你知道阿红的事了么？"胡纯咬了一口梨，仍旧很甜，她想起为了去赴阿红的生崽宴，她和白光在山里爬上爬下摘香梨当礼物的情景，记忆里仿佛有阳光，那么明媚那么快乐。

白光一下子不笑了，沉默地用树枝拨了一会儿火。"没有办法。"她没头没脑地说，眼睛看着火堆，有些睁不开的样子，可泪光却出卖了她。

胡纯能听懂这句话，同为"牲畜"，她怎么会不明白这句：没有办法。

"你就为了这事从世棠宫跑出来？"白光有些责备。

"穿着阿红一家皮毛的人，也在世棠宫。"胡纯淡笑，火光照在这笑容上，娇艳美丽，却毫无温度。

"老八……"白光苦涩一笑，"力量微弱的时候，只能先自保，只有自己活下来，才有别的可能。"

别的可能？胡纯在心里暗暗重复了这句话，还有别的可能么？她有能力杀琇乔？

"你先回世棠宫。"白光语重心长，"来云最近又杀了灰兔精，理由……"她嘲讽一笑，理由不必说，和追杀胡纯一样。

"你真觉得，坚持下去，就有机会？"胡纯认真地看她，认真地问。

她觉得太渺茫了，几乎没有任何可能，可是她想听白光的回答。

"对。"白光看着她，难得的一本正经，"你和我在山里疯跑的时候，可曾想过你能进世棠宫，能被神主喜欢？可见万事都有可能，有奇迹。"

"他不喜欢我。"胡纯皱眉，这一点必须和白光解释清楚，"他……"

白光一挥手，打断她的解释，豁达道："喜不喜欢你俩也没结果，我不在意，你更别在意。"

胡纯愣住，对啊，在意的人只有她自己。所有人都知道，她和神主不会有结果，过程如何更不重要了。

"我觉得你朋友说得很对。"炬峰突然出现在火堆不远处，身上带的风差点吹熄了火焰。

胡纯坐着没动，也没理会他，白光却异常兴奋，喜笑颜开地跳起身，连连让炬峰坐，甜甜招呼说："子孙叔叔怎么来了，吃了吗？有梨。"

炬峰也不客气，非常自然地坐在胡纯和白光中间，状若无意地说："没吃，肚子饿。"

"我这就给你弄饭去。"白光贤惠地跑走了。

周围又安静下来，炬峰看着胡纯，"我知道你很伤心。"他轻声说，没有嘲讽刻薄的意思，就有一丝温柔，"刺猬有一句话说得真好，没有能力的时候，先自保，才有其他可能。"

"连你也相信……其他可能？"因为希望太渺茫，杀琇乔报仇这句话她都不愿意明说出口，会显得自己癫狂痴妄。

"你并不知道自己的可能性有多高。"炬峰笑着摇摇头，"因为你还是不了解雍唯的力量有多大。他是天帝所有儿子当中，神力最强的，可以说，天上地下没有他硬拼不过的人。听清楚，是硬拼，可是他对付不了智取。"

胡纯皱眉，她当然明白炬峰的意思。

"你只是给他看个大门——"揶揄的语气又来了，"他就能为你打碎绿辛，当然了，"炬峰痛心地冷笑，"你也不知道绿辛有多强大和珍贵。总之，你应该是没可能拥有那么强的力量了，可是你还有可能借用这股力量。"

"可是……"胡纯不知道他哪里来的信心，坚定认为俗艳的地狐，能借用到神主的力量。

"因果。你已经见识到因果的力量了。"炬峰严肃起来，"一些天机我不能泄露，可是我能告诉你的是，因为我知道你和雍唯注定在一起，所以定住了你的笑脸。你也知道，他最看不得人笑，我想看看命运怎么扭转这个局面。"

胡纯瞟了他一眼，说得文绉绉的，不就是想给雍唯添点儿恶心么。

"或许……"炬峰看着火堆发呆，"正是因为你的笑脸，他才注意你，喜欢你，并非我左右命运，而是命运左右了我……"

"我回来了！"白光在远处就大声嚷嚷，还使劲招手，跑到近前，把裙子兜住的东西扑通通倒了一地，大南瓜还砸了炬峰的脚，炬峰倒吸一口冷气，"红薯，南瓜，都特别甜，埋到土里烤熟了吃。"

炬峰高深的话题被白光打断得稀碎，三个人都没再说话，忙着烤吃的。

"你先跟我回濯州，有我在，你不会有……有危险。"炬峰啃着烤红薯，突然说，红薯太烫，他咂了下嘴。

"我也去！我也去！"白光听了很雀跃，积极地凑过来，手里的红薯差点戳到炬峰脸上。

"你……"炬峰往后仰了仰身子，躲开她的攻击，皱眉道："你就不用了吧，也没人追杀你。"

"我闲着也没事，帮帮你——和胡纯。"白光被拒绝后热情不减，"我还可以给你做饭，我的厨艺那是远近闻名，嘉岭第一。"

"这……"馋鬼炬峰立刻动摇了，"也行吧。"

胡纯安静地吃着南瓜，她在想，如果告诉白光，这位子孙叔叔的来头不比雍唯小，白光会不会也能潇洒一挥手说没结果所以不必在意？她看了看白光的笑脸，太了解白光了，这笑容是发自心里的，她是真的喜欢炬峰。是不是也可以反过来看，既然结果毫无悬念，那只要过程幸福快乐，就足以弥补了？

"那个要杀我的映霜怎么没跟来？"她换了个话题，也换了个心情，有些事是想不出答案的。

　　"我打发她走了，哦，对了，我拿了阿红的尾巴给她，让她回去好交差。"炬峰口气很平常，虽然他不想再提起阿红。

　　胡纯的心一疼，赶紧咳了一下，她不想再像个傻瓜了，只会哭泣，于事无补："这可以吗？我是只白狐狸。"

　　炬峰又拿了块南瓜，烫得左右手倒来倒去，嗞嗞抽气："能，雍唯他妈可粗心了，你看雍唯，和他妈一样，脑子好像缺弦。"他别有深意地看了眼胡纯，淡淡地加了一句，"可好骗了。"

第17章　得失

炬峰的子孙庙占地不小，而且地处闹市，门外就常年有庙会集市，胡纯过了两三天吃饱了睡睡饱了逛的好日子，再加上有白光做伴，她算是真正地体会了一把人世趣味。

炬峰的工作繁多冗杂，怪不得他总牢骚满腹，从天没亮的头炷香求子，到半夜三更还有人来求夫妻床笫和乐，真是见者流汗。胡纯倒是很喜欢看他处理这些，也能稍微回味自己攒功德时的忙碌和快乐，有的时候闲散无聊，还跟他一起去完成一下祈愿。

白光活得一直很简单，所以就快乐，要么和胡纯逛街吃饭，要么跟着一起去完成祈愿，走到哪儿都乐呵，胡纯很羡慕她。如果没有发生那么多事，她也应该和白光一样，心无挂碍地生活修炼，那该有多好。

傍晚的时候，子孙庙来了一个瘦弱的年轻书生，他站在丁神塑像前很久，也不发愿，也不四处看，就愣愣地站着，魂飞天外。他很快就吸引了炬峰三人的注意，凑在一起观察他，当然书生肉眼凡胎是瞧不见这三位神仙妖怪的。

"我觉得他是来求病好的。"白光嘴角下拉，手扶下巴，笃定地判断道，"看看这灰黑的脸色，瘦弱的身形，简直是久病将死。"

炬峰呵呵冷笑，神色猥琐，语气却还很高冷："我看未必是病，活像被人榨干了，或许他有个非常美貌的娘子，是来求子的。"

胡纯无所谓，她现在对任何事都有点儿提不起精神。

书生终于叹了口气，动了动，魂归本位，人也有了表情，眉头深皱眼睛垂下，默默对丁神说："丁神老爷，小生正有一桩难事，求丁神老爷指点。"他从怀里掏出一锭大大的金子，落进功德箱的时候砰的一响，炬峰听着很陶醉，点头觉得书生懂事。

"嚯，这干巴书生还挺有钱。"连白光都诧异了一下。

书生继续默念："前一阵子，我遇见了一个美貌的姑娘，她对我眉目传情，还约我到她家里读书。其实没过多久，我就知道，她是只狐狸精。"

炬峰和白光都看了看胡纯，胡纯有点儿憋气，看她干吗，又不是她做的孽。

"她日夜同我欢好，既给我钱花又照顾我吃穿，对我……也是极尽温柔。我除了日渐衰弱，其实过得十分称心。"书生说到这儿，神色里微微有了些旖旎，随即一寒，"可她毕竟是妖，毕竟在吸食我的阳气，我欲离去，怕她翻脸追杀，若请道士降服，到底也有些不忍。听闻灈州丁神极其灵验，您若听见我的心声，就护佑我平安离开狐狸宅邸，从此两不相干，各自恬淡度日。"

这个祈愿就有点儿新奇了，三个人都好一会儿没有说话，书生在功德簿上写了姓名和地址，再三请求丁神前往护佑。

白光跑过去看他留的地址，竞城，她微微一讶，"够远的啊，都出了嘉岭山脉的范围了，我都没去过竞城。"她又看了看功德箱里的大金锭，撇嘴说，"怪不得出手这么大方，是狐狸精答谢他的呀。"她歪头看炬峰，"丁神老爷，你管是不管？"

炬峰用小手指捋了捋眉毛："这么有趣的祈愿我还没碰见过，

而且书生这么大方，哦，应该说狐狸精这么大方，我倒想去瞧一瞧热闹。"

到了书生说的时间，炬峰用缩地术带胡纯和白光到了竟城，可是没有找到书生留的那个地址。整个竟城就没有这么一条街道，更不会有他说的宅子。

"看来这狐狸精有些能为。"炬峰挑眉，做了个毫无诚意的赞许表情，"这书生能从她幻术中走出去不难，难的是还能自己走回来，穿街过巷，深信不疑。看来……"他带胡纯白光飞上竟城最高的城楼，四下观瞧，"她应该把整个竟城都布下了幻境，书生只要一踏入竟城，就迷了。"

正是午时，太阳当空，想来书生是选了一天中阳气最盛的时候与狐狸精摊牌。胡纯什么幻境也看不出来，整个竟城笼罩在阳光之下，十分清朗恬静。

"啥都没有。"白光坦白地说。

炬峰鄙夷地瞟了她一眼，"同样是妖，看看人家，再看看您二位，真给嘉岭群妖丢脸。"他抬手一指，"就是那里，整个幻术的中心。"

胡纯白光顺着他手指方向看过去，在城外整整十里地的荒坡上，书生还坚信自己住在竟城里面呢。

"走吧。"炬峰缩地，带着二人风驰电掣赶去。

在三人眼中，书生和狐狸精坐在荒坡的地上，面前什么都没有，可看书生的神情，似乎身在豪宅，品尝着美味佳肴，他还做了个喝酒的动作，手里什么都没有。

胡纯和白光都比较关注狐狸精的相貌，细细打量她，果然是个美人，而且是那种媚骨娇神的艳光四射。白光看罢又扭过头来看胡纯，小声评论说："和她一比，你太寡淡了，人家是百年陈酿，你是凉白开。"

胡纯愣愣地看着狐狸精，心不在焉地嗯了一声。

书生做了放下酒杯的动作，然后眷恋地环视周围："娇茸，若要离开这里，我还真有些舍不得。"

狐狸精娇茸微微一笑，这一笑月融星颊，颠倒众生，但她的话却讽刺寒凉："是舍不得我，还是舍不得这里？"

书生看着虚握的手，不存在的酒杯，自嘲地一笑："若你不是妖，没有害我，我是愿意和你长长久久地生活在一起的。"

娇茸抬手掩口，只这一个动作就销尽无数神魂，连炬峰看了都有怦然心动的感觉。她瞧着书生，眼里媚光闪闪烁烁："我何曾害你？"

书生苦笑了一下，与娇茸四目相对，羞于出口的话便两厢神会。

"我赠你金银，送你华服，每日海味山珍，床上蚀骨销魂，是害你么？"

白光和炬峰都摇头，被娇茸说服。

"可长此以往，我便形销骨毁，精气丧尽，怕也命不久长。"书生反倒理智。

"你太多虑了。"娇茸放下手，红如樱桃的嘴唇冷谑地一撇，"我从未想过要与你'长此以往'。你比别的男人聪明，主动提出来了，他们……"她眉头妖气地一挑，眼睛又有了笑意，"可是我赶走的。"

书生讷讷。

"我是妖怪，需要男人精元滋养，不过是修炼，没有害命的意思。我厚礼重谢，你们离去后将养数月自然恢复，娶妻生子富贵一生，吃亏么？"

书生看着她，疑惑道："你不阻拦？"

娇茸又娇里娇气地掩口笑，眼睛里尽是不屑："你已经不行了，你不走，我还要赶你走呢。放心，走出这大门，你便如梦醒魂归，梦中之事尽皆忘却，只以为自己得了天大的一个便宜，捡得许多金银。"

书生放了心，偷偷吐了口气，竟然又起了贪心，眉眼顿时带了春意，"既是如此，娇茸，你我不妨再——"

"打住。"娇茸脸色一沉，美艳的人一冷脸，就显得格外无情，"我不贪心，便痛恨贪心之人。莫要惹我厌弃，命丧于此。"

书生出了一身冷汗，拿起脚边装金银的包裹，踉踉跄跄地逃出门去。

娇茸冷漠而嘲讽地看着他头也不回的背影，轻轻念道："诋妖无情悔，幻色欺世人，岂知人皮下，皆为贪嗔狠。逍遥勤修炼，欢喜自生神，他朝再相见，已为土下魂。"

白光听得糊里糊涂，大概明白是狐狸精在取笑书生无情，她看胡纯，贬低她说："看看，你真该多读点儿书了。"

胡纯不理她，只怔怔看着娇茸，嘴里含含混混地念着："逍遥勤修炼，欢喜自生神，逍遥勤修炼，欢喜自生神……"

炬峰一惊，道："不好！我忘记狐狸天生惑人，幻术相通，修为低者遇见修为高者施术，比其他人更容易被迷惑沉沦。"

这时娇茸含笑直直往他们这边看过来，问道："三位瞧得可尽兴？"

炬峰和白光都没出声，这要怎么回答啊？

突然周围就起了雾，还有奇怪的香味，白光觉得呛，用袖子使劲扇，等雾气散开一些，她骇然发现胡纯不见了。

"老八，老八！"她喊了两声，发现娇茸也不见了，她顿时急哭，拉着旁边的炬峰，连连哭诉，"不好了！大狐狸精抓走了小狐狸精，会不会把老八吸干了啊？"

炬峰无语地看她，开口的时候掩饰不住对她智商的嫌弃："她又不是个男的，怎么被吸干？而且就胡纯那点儿修为，人家恐怕也不屑一吸。"

"那现在怎么办？"白光听炬峰这么说，就不哭了，只是焦急地问，顺便拉着炬峰的手不松开。

"你去珈冥山，找雍唯来对付狐狸精。"炬峰心安神定地说。

"你搞不定吗？"白光对他有些失望，而且也害怕面对雍唯。

炬峰动了动嘴唇，差点被她气死，使劲一收胳膊，挣脱她的掌握，"你是打算让胡纯一直在外面飘着，不回珈冥山了是吗？"他瞪了白光一眼。

"哦——"白光恍然大悟，随即又踌躇了，"神主不是被老八气走的吗，能来吗？"

"你说得严重点嘛！而且，以我对他的了解，说不定他正端着架子心急火燎地等胡纯回去道歉呢。快走，我送你去。"炬峰也不想和她多说，一个口诀，送她到了珈冥山下。

胡纯陷入雾中，闻着那股香味，她并不觉得害怕，只是觉得自己的身子越来越轻，仿佛慢慢飘荡起来，既不在水里，也不在风里，是一片她无法分辨的混沌。

她看见了她自己，在雾中隐约露出的清晰一块，她是只白白的狐狸，眼睛笑着，嘴巴也笑着，在山里无忧无虑地跑。她也看见了阿红一家，阿红给她叼来了一只烧鸡……

"你的心里……为什么有如此多的悲哀和愤怒……"娇茸的声音忽远忽近，时大时小，像问她，又像自言自语。

胡纯又看见了来云追杀她的一幕，她无助，害怕，带着青牙连滚带爬，渐渐绝望了，她窜进一个山洞，山洞里有一个人……雾气再次遮蔽了这一幕，她又糊涂起来，想不起遇见的那个人是谁。

然后的画面就更凌乱了，没有了情节，各种各样的白眼，天妃的，玲乔的，琇乔的，仙侍们的……她们像走马灯一样出现，特别高大，冷冷地瞥了她一眼，消失了，出现了下一位……

还有声音，俗艳的土狐狸……上不得台面的地狐……你为什么糟蹋自己……你为什么看上她……

突然有一个声音夹杂在她们中间，借助他的力量……借助强大的力量……你可以的，你可以达成那个可能……

胡纯觉得头疼，烦躁地捂住耳朵。

可是娇茸的声音却能穿透一切阻挡，她幽幽地叹了口气，轻声说："小狐狸，你受苦了。"

雾气瞬间散了，声音也顿时寂静下去，胡纯的心也一敞，再没刚才的烦躁。

她忽而又在一片柳林里，是春天的柳树，绿得那么嫩，柔软的枝条随风摆动，树林像一团清新的烟霭，置身其中，仿佛能感受春天的勃勃生机。心情顿时好了，人舒服得飘飘欲仙。

"我们地狐，相比天狐，的确低劣了许多。"娇茸的声音在半空中传来，胡纯抬头看，只有春天的明媚阳光，哪有她的影子。"可老天爷也有公平的一面，我们有卑弱的不足，就会有强悍的天赋。或许仙魔六道对我们的能力不以为然，甚至斥为媚术邪道，可这难道不是上苍给我们的恩赐？我们天生可以借助他人的修为，增进自己的功力，只有自己强大了，才会不受任何人的胁迫，不会被任何人欺凌如丧家之犬。"她说到后面，竟也有了怒意，仿佛触动了她心底的伤处。

胡纯被她鼓舞了，心底渐渐产生了某种澎湃的情绪。她想变得强大，变得不把玲乔琇乔来云天妃等放在眼里，甚至她想如她们凌虐她一样，把一切的屈辱报复给她们。

"你虽幻身为人，可对于地狐的奥妙天赋并不懂得。你与我相遇，便是天意，记住我对你的恩惠，记住。"娇茸说完，声音便消失了。

胡纯正想听她说下去，却突然静默了，她皱眉喊："娇茸——"

身后有脚步声，她欣喜转身，顿时愣住了。

"神主？你怎么来了？"

雍唯一身黑衣，像停留在春柳林中的一片乌云，可他并不令人阴郁，因为他长得太好看了。高高的玉冠，白净的脸庞，五官精巧得再没有改进的余地，他穿着黑色的羽衣，衣袂袖口无风自动，潇洒孤洁，美冠神魔。

胡纯正痴痴看他，不知道该和他说什么，猛然间，好像什么东西重重从后背撞了她一下，她一个趔趄前扑，险些摔倒。她的身子再不由她自己了，像有谁牵动着她，操控着她。

"雍唯……"她听见自己缠绵的声音，低如叹息，婉似吟哦。

连声音都被控制了。

又起了雾，柳林不见了，转瞬间，她和雍唯在一间极其精致的房间中……巨大的拔步床上挂着嫣红的帷幕，轻盈如蝉翼的帷幕因为雍唯的动作而摇摆不歇，她的感觉很奇怪，痛苦到极致，却又快慰到绝顶，她听见自己的声音，那种令人脸红心跳的声音，她的身体也起了强烈的反应，她脑子浑浊起来，用力扯住飘动的床帷，像要把它扯得稀碎。

她觉得四周黑下来，无一丝光线，没有时间的概念。

突然一切又极度灿烂，刚才令她晕厥的感觉又来了，周围再次有了光，她坐在雍唯身上，像胭脂一样娇艳的丝绸因为她的动作而晃动，她的身体更加奇怪了，像是某种法术，又像是对雍唯的献祭……

"妖邪之道！"雍唯突然冷漠地说。

她汲取到他喷发的滚烫，整个人如同掉入春天刚刚晒过的棉被，她勉强聚拢意识看身下的他，他明明没有说话。

一股冷风拂在她的身上，她正浑身滚热仿佛要蒸腾出水雾，被这样一激，颤抖得无法自抑，人顿时清醒了。她看见雍唯站在床边看她，脸色那么沉冷，胡纯一惊，她身下是谁？她低头去看，早已空无一物。

周围起了刺骨的冷风，吹散了所有迷雾，胡纯抵受不住这样的冷，扑跌下来，竟然没有倒在床上，而是摔在地上，她龇牙咧嘴，再看时哪有什么床，什么柳林，她衣着整齐，趴在竞城郊外的荒坡上，已是黑夜。

"原来你的心上人是他。"胡纯听见娇茸的声音，她身体的反应还在，虚弱地环视寻找娇茸所在，她站在不远处的高点，笑眯眯的，可是并没说话的样子，"你在幻境中欢好的人，便是你心里藏的人，虽然你自己不愿意承认。"

胡纯有点儿明白了，娇茸还在用幻术与她交流，别人是听不到的。

炬峰白光和雍唯只冷漠地瞪着娇茸，一点都没察觉她与胡纯的对话。

"不是！他不是！"胡纯不会幻术传声，颤着嗓子反驳，可声音却娇媚得令她难堪，宛如幻境中的呼喊。

"老八，老八，你醒醒！你说什么呢？"白光跑过来，想拉她起来，可是没有成功，胡纯整个人都软瘫如泥了。白光吓了一跳，尖声道，"你怎么出这么多汗啊？浑身都湿透了！"

　　胡纯脸红不语，幻境中经历，还是成为永远的秘密吧。

第18章　承诺

"既然众位没什么事，我就不留客了。"娇茸理了理袖子，说"留客"这两个字的时候，眼睛还状似无意偏生有情地扫过炬峰和雍唯。

这种轻浅却直入骨髓的撩拨让白光和胡纯都倒吸一口气，心里觉得麻麻痒痒的，有股人家都说了不留，却非要留下的冲动。白光偷偷瞧了瞧炬峰和雍唯，果然他们俩的脸色都怪怪的，是又不屑又暗自动心的那种遮遮掩掩的纠结。

胡纯显然也看出来了，和她交换了一个真正不屑的眼神——还是丁神和神主呢，眼皮子和书生一样浅。

"绝不能放任你在此继续害人。"雍唯冷声说，表情也恢复正常了，甚至更冷漠一些。

娇茸冷然一笑，柳叶弯眉就皱起来了："我最不爱听这个，我何曾害人？"

炬峰和白光都是听过她的两不相欠理论的，看来是真心被她说服，这个时候都没吭声，不说赞同娇茸吧，也没站在雍唯这边。

雍唯双手一负，袖子像两面瀑布一样，起了微微的波澜："你用幻术迷惑众生，以虚妄假构现实，怎么不是害人？更别提那些邪魅妖法，他人辛苦积累的修为，被你迷乱取巧夺去，不是害人？本已大逆天道，还满嘴狡辩，我今天不除你，恐他日有更大恶报，你且去吧。"说着很随意地一抬手，手从袖子里露出来，半松不紧攥着的拳头里有发亮的东西，像一把闪闪不息的星星。

娇茸见了，眼露惊恐，却不改笑容，娇声道："神主果然不同凡响，随随便便就能抓出一把星砂，我等凡间小妖沾着一点，恐怕就永堕轮回了。"

胡纯听了，才知道那把发光的沙子竟有这么厉害，有些紧张起来，颤颤巍巍站起身。她不觉得娇茸错得要被罚永堕轮回，无法成妖。

"娇茸福分浅薄，还是别浪费这等好东西了。"娇茸一挥袖子，像两面展开的扇子，奇怪的香味又飘了出来，她就不见了。

胡纯知道娇茸的幻术应该很依赖于这股香味，或者根本就是迷药，她尽量闭气，减少呼吸。周围没有再起雾，她也没有再次进入娇茸的幻境，只是身体不能动了。她向其他人瞧过去，炬峰和白光情况应该和她相同，身体不能动，脑子很清醒，向她做了担忧的表情。可是雍唯却怔怔忡忡僵立在那儿，眼睛都没了神采，整个人只剩一副躯壳，看来只有他进入了娇茸的幻境，或者说娇茸就只想迷惑他一个人。

胡纯又焦急又放心——她当然知道娇茸幻术的厉害，所经历的一切有多逼真，如果娇茸想在幻境中加害雍唯，也未必不能得手。放心是因为，原来进入幻境的人，在现实中看上去呆呆的，失魂落魄，这样她就不用担心自己在迷乱中做了什么恶心的表情，或者发出恶心的声音。想起幻境中的种种，她又皱眉细瞧雍唯，他会不会遇见与她相同的情况⋯⋯

突然雍唯神色一狞厉，大喝一声："你不是她！"接着残暴地做了个推的动作，娇茸神色狼狈地骤然出现，像被他推中，重重地摔在地上。雍唯渐渐缓过神来，表情很愤怒，格外阴翳，可脸却似乎有些红。

别人可能想象不出，胡纯却能从他这句话中猜知一二，看来在幻境中，娇茸变成了别人迷惑他。

"此等妖邪——"雍唯似乎对娇茸迷惑他这事格外介意，收了星砂，不知道从哪儿直接变出一把寒湛湛的长剑，看来是准备生剁了娇茸。他人没动，右手二指向娇茸一指，长剑就像一道流光一样，脱离雍唯的手，直奔娇茸而去。

"不行！"胡纯大惊失色，抢了两步，挡在娇茸前面。

这是她情急之下，没过脑子做出的动作，她不想娇茸被杀，雍唯说娇茸满嘴狡辩，可他自己难道不是强词夺理？论伤天害理，大逆天道，娇茸根本排不上号吧！

"混账！"事出突然，雍唯虽然右手虚抓，停住了长剑，可那剑尖距离胡纯的鼻梁已经不到一寸，雍唯被她气得骂人。

"滚开！"他真的生气了，非常冷硬地对胡纯说，并不是平时的装腔作势。

炬峰动了动嘴唇，想提醒胡纯这一点，可如此情形，他揭破雍唯，反而会更添雍唯的恼恨。

雍唯已经没有耐心对胡纯说什么，左手袖子一拂，一股凌厉冷风就把她撞得跌在旁边，长剑再次指向娇茸，娇茸跌坐在地上，彻底变了脸色。她刚才就认出了雍唯是珈冥山的神主，可她太不知天高地厚了，认为毕竟他也是男人，只要是男人就舍不得杀她，还向他施行了幻术。此刻惹得他动了真怒，恐怕真的要命丧当场了。

"不行！"胡纯也不知道犯了什么轴，从地上爬起来又要挡在娇茸前面。

雍唯这次有了准备，没有贸然催动长剑，长剑就凌空悬停在胡纯面前。

"你要杀她，就先杀我！"胡纯决然一扬头，微笑的嘴角像冷漠的挑衅。

"老八！"白光有点儿急了，想跑过去拉她，却被炬峰扯住。她干着急，老八这是什么毛病，娇茸是今天才认识的，算得上素昧平生，犯不着舍命保护啊！

剑上的寒意因为距离太近，直逼胡纯双目之间，剑有杀意只是没得到主人允许，发出不甘的嗡鸣。她突然哽咽，又是这种人为刀俎，她为鱼肉的感觉。"我知道，在你眼里，我，娇茸，阿红都只是不值一提的微尘俗物，死就死了。我们只要做一点儿恶，就死有余辜，大逆天道。"她远远地看着雍唯。

"任何宰杀我们的举动，都不是罪孽，都不会有报应。"她心如刀绞，愤恨难平，"娇茸有错，你就要用星砂长剑，可她的错，比起琇乔又算得了什么？你却从未想过要惩罚她！只因为你们在天，我们在地吗？"

雍唯沉默，他就知道，琇乔屠杀阿红一家这个坎，胡纯过不去。

他沉默的时间有些长，炬峰见状暗暗一笑，正了正脸色，出声道："娇茸，还不叩谢神主不杀之恩，速速离去？"

娇茸知机，收了仓皇之色，慢慢站起身，没有叩拜的意思，反而冷然嘲讽说："今天不杀，不代表以后不杀，谢什么？小狐狸说得对，你们在天，我们在地，天生命贱，今朝死如何，明朝死又如何？对谁需有感激之情？"

胡纯听了，心里怆然，正是如此。

雍唯听了这番话，眉头又立了起来，想发作，看胡纯哭得眼泪一条条的，便没再出声，闷闷地收回了长剑。

"小狐狸，今日你对我的庇护之情，姐姐记下了。"娇茸说完转身要走。

"等一下！"胡纯叫住她，可问她的话，却又很难当着雍唯问。

娇茸转身，瞧了瞧她的神情，又瞧了瞧远处的雍唯，心领神会地一笑，用幻术传音对胡纯说："你是不是想知道，他在幻境中，看见的人是谁？"

胡纯点头。

娇茸怜悯地一笑，说道："一个穿火红狐皮披风的姑娘。"

胡纯愣住，像在心头打了个焦雷。

竟然是琇乔！

她双手捂住脸，颓然跌坐在地上，她太傻了，太傻了……她都那么掷地有声地说出她和雍唯的差距，怎么还在心里存着可笑的痴心？她不是也明白世棠宫的一切，只是雍唯利用她，怎么还骗自己相信了他的话？

她不敢承认，可在幻境中，娇茸潜入了她的内心，映照出了她的真意，所以她才看见了雍唯。

梦醒后的一切，对她来说，是最犀利的讥嘲。

她哭了……她对自己太失望了，也对现实太失望了。

雍唯真正喜欢的人，是琇乔。

雍唯如一片乌云一样飘到她面前，居高临下地看了她一会儿，没有拉她起来，只是冷淡地说："不是放她走了么，还有什么可哭的？"

胡纯稳定了一会儿情绪，放下手，眼睛涨涨地发疼，一定已经肿了。她止住哽咽，尽量保持平静，撑着地站起来，向炬峰和白光走了两步，想了想，还是回头看了看雍唯，他也正在看她："无论如何……谢谢你来救我。"

雍唯一脸沉闷："我本不想来，是你朋友求我来的。"

……

谈话中断。

白光挠了挠太阳穴，就神主这说话方式，也就是他这身份，才没被打死，一般人接不上他的话，老八就更接不住了。

胡纯眨了眨眼睛，没什么可介意的，他说的是实话。除了道谢，她也没什么可以和他说的了，走了两步，听见他冷冷地说："你我的协定，还没解除。"

胡纯连回头都懒，有那么一丝不耐烦地说："都说了不回去，解除了，欠你的有机会就还。"

"以你的情况，朝不保夕，应该是没机会报答我了。"雍唯波澜不惊，就事论事。

白光都要听不下去了，幸好他身为神主不愁找媳妇，不然就他说话这德行，得光棍到下辈子。"咳咳——"白光觉得她再不出声，胡纯绝对没可能和这位诚实的神主大人回去了，"老八，我看，你还是履行协定的好，毕竟才三年，这不……都过了有半年了，咬咬牙，好吃好喝安安稳稳地再混两年多，何乐不为啊？"

胡纯瞧了她一眼："你说得这么好，你替我去？"

白光撇嘴，老八过去不是很鸡贼的吗，现在怎么也成榆木脑袋了。"嘻！要不是我得跟着叔叔，我就去！"她恨铁不成钢地跺脚，炬峰和雍唯听了，都有点儿欲言又止。炬峰想说别管我，你就去吧！雍唯当然要拒绝她，世棠宫也不是大车店，谁想去就去！

"活剥了阿红全家皮的人在世棠宫，有她没我，有我没她，我宁可死在外面，也不想死在她手里！"胡纯异常坚持，甚至用从未有过的强硬语气，微笑着说出这句话，宛如诅咒。

白光又要说话，劝她别钻牛角尖，刚张嘴就被炬峰撞了下胳膊，她明白这是炬峰让她闭嘴，于是就把话又咽了。

"只要你回去，我保证任何人都不能杀你。"雍唯坚忍地说，他已经退了很大一步了。

胡纯霍然回身，直直地看着他，含笑质问："任何人，也包括你吗？"

雍唯皱眉，他不喜欢她减半后的笑容，微笑当然显得比过去美，可是却容易变得如同冷笑或嘲笑，笑容里的暖意全然没有了，也不喜庆。"嗯。"他闷闷回答。

她笑容减半的原因，让他无法怨怪她。是他自己定下的规矩，世棠宫的任何人都不许笑，传到后来，所有人都不敢在他面前笑，所以他就更不能下令让她笑如往昔。

"我无论做什么，都没人能杀我么？"胡纯直着嗓子，质问雍唯。

雍唯很不爽，他也记不清上一个和他这么说话的人是谁了，应该是他爸爸。

"嗯。"他简直有些忍辱负重。

胡纯笑容加深，可是嘴角只有一边挑起来，那是她过去完全做不出的嘲笑表情："这样你也不杀我吗？"

她走过去，在雍唯毫无防备的情况下，"啪"的一巴掌打在他脸颊上。

空气都凝固了。

其实这一耳光并不重，胡纯比雍唯整整矮了一头，除非她跳起来打他，才能真正实打实扇着他。可是其中包含的侮辱之意，恐怕就超出雍唯的承受范围了。

"看在琇乔作孽，对不起你的分上，我饶你一次。"雍唯咬了一会儿牙，从牙缝里挤出这句话。

胡纯冷笑着点头，是，他做的一切都是在为琇乔赎罪，因为琇乔，他才能忍到这个份上。

"我是说不杀你，并没说不罚你。"

连白光都看得出，雍唯的火都要压不住了。

雍唯从袖子里拿出一个东西，虚虚一晃，只听嗖的一声，胡纯就不见了。

"老八！"白光吓坏了，以为神主没忍住把胡纯给灭了。

"瞎叫唤什么。"炬峰瞧不上她咋呼，"看他手上，那叫水晶天匣。"

白光擦了擦汗，凑过去才看清雍唯手上拿的是一个长方形的水晶小盒，非常透明，胡纯变小了，直挺挺地躺在小盒里，像一只蚊子。

"老八，老八！"白光用手指戳盒子，希望叫醒她，可胡纯毫无反应。

雍唯气恼地一翻手，收起了盒子，袖子上带起的冷风把白光推得倒退了两步。

白光还想求他别宰了胡纯，一眨眼工夫人就已经不见了。"这可怎么办？他把老八变得那么小，一个手指就能摁死，老八没命了，老八没命了！"她急得团团转。

"得了得了。"炬峰被她转得头疼，阻止她道，"她扇了雍唯一巴掌，雍唯没立刻要了她的命，估计就死不了了，放心吧。人家打情骂俏，你跟着着急上火，缺不缺心眼？"

"打情骂俏？"白光不赞同，有这样用生命来打情骂俏的吗？雍唯什么情况她不知道，老八绝对是豁出去，不要命了，她和老八相识这么多年了，老八尻头尻脑的打过谁啊？这辈子她都没想到老八能上来就打神主一耳刮子！"老八是不是被娇茸迷得缺了点儿啥啊？天光？爽灵？"

"我看，她比你魂魄全乎。"炬峰斜眼鄙视她，"狐狸就是比刺猬有慧根，这不，一指点就开窍了。"

第19章　惩罚

　　雍唯出现在享月殿前，脸沉如冰，站在台陛下的众人皆躬身迎接，雪引觑见他的脸色，没敢上前搭话，倒是霜引不怕死地说："神主，您回来了？天色已晚，给您准备些什么吗？"

　　雍唯置若罔闻，目不斜视地登上阶陛，一路进殿去了。

　　雪引瞧不上霜引的巴结劲儿，从鼻子里冷笑了两声，霜引听见了，也当没听见。

　　雍唯进了后殿，把水晶天匣放在他平常写字的书案上，透过水晶，可以看见胡纯还在昏迷。他坐到椅子里，瞧了一会儿，正好手边有盏茶，他打开盖准备往下浇，想了想，又放下了。

　　"来人。"他喊了一声，"给我换盏热茶。"

　　殿外的雪引抢先进来，恭恭敬敬地为雍唯倒茶，雍唯看着茶上冒的热气，嘴角动了动，不是很满意："霜引，拿些茶点来。"

　　被挤在后面，没敢进殿的霜引听见神主竟然特地喊她名字，大喜过望，压住兴奋，淡淡应声，赶紧去拿茶点。她心里十分得意，看来她对小狐狸精客气热情，合了神主心意，雪引恰恰是因为对胡纯傲慢，才让神主疏远。

　　她拿了茶点进殿，一眼瞧见案子上的水晶天匣，里面竟然关着小狐狸精，心中一惊，茶点盘子落下去的时候，不免就重了，发出比较大的响声。幸亏神主正在选毛笔，没有注意到她的失误，她暗自松了口气，满腹疑虑地退了出去。

雍唯选了一只干净蓬松的小羊毫，绷着脸，用毛笔在茶里搅动，希望茶水快点凉。搅了一会儿，他拿出笔，在自己手背上写了个点，嗯，不烫，于是又伸回茶杯，满满吸了一笔的顶级龙井，打开天匣盖子，唰地甩了进去。

胡纯立刻被浇醒了，被踩了尾巴一样跳起来。水温倒还舒适，问题是这一笔茶水甩进天匣就是暴雨倾盆，胡纯浑身湿透，水淹过小腿，头发都贴在脸上身上，相当凄惨。

她气得使劲砸水晶壁，除了自己胳膊疼，连点儿响声都没砸出来，她气哼哼地瞪水晶后面雍唯那张大脸，因为放得太大了，也看不出帅了，阴阳怪气一副死相。

雍唯被她瞪得心里发堵，他的确忽略了水量的问题，小心翼翼担心水温的暖心之举完全多余，还是招她记恨。

"神主，青牙求见。"雪引不是很情愿地通报，其实像青牙这样的身份，根本接近不了享月殿，可是风引却偏偏让他通过了中门，可见现在和狐狸精沾边的人都鸡犬升天了，她也别再触这个霉头，帮着通报一声吧。

青牙？雍唯用笔轻敲着茶杯边缘，他来干什么？难道是来给胡纯求情的？那……就见见吧。

"让他进来。"他冷声冷气地吩咐。

青牙走进来的时候，让雍唯一愣，世棠宫的饭菜这么好了吗？几天没见，小牛崽子变成翩翩少年了，看上去足足有十五六。

青牙先行了礼，没再说话，眼睛盯着匣子，神色渐渐担忧起来。

雍唯更加不高兴了，为了体现他没有虐待胡纯，特意挑选了最美味的茶点，捏碎，用拇指和食指粘起点碎屑，神情凛然地均匀撒进天匣，仿佛在喂鱼。胡纯气得在匣子里尖叫，还跳脚，雍唯胸闷，眼睁睁地看着茶点碎屑浸了茶，在匣子里变成泥石流，胡纯头发上全是黏腻的茶点泥，看上去……是有点儿恶心。

他听不见胡纯在嚷嚷什么，又何须听见，肯定是在骂他。

茶点屑越来越膨胀，把茶水都吸没了，变成呕吐物一样的黏泥没过胡纯的小腿，胡纯站在泥里动不了，哭得上气不接下气。

雍唯不想承认自己的失误，也不觉得理亏，单纯觉得这样下去不是办法，于是他用毛笔笔杆把她给挑出来，想了想，把她放进茶杯洗一洗，茶杯里的茶还很烫，胡纯一下子哭爹喊娘地抱紧毛笔不撒手，雍唯嫌弃地看她头发上还有点心泥，热心地用笔杆把她推进水里涮干净。胡纯气得闭眼装死，漂在茶面上，动都不动了。

雍唯把她捞出来，一片茶叶嫩芽沾在她头顶，他用指头帮她弹走，可是现在她太小了，他一指头弹下去，茶叶是掉了，她的脑袋也被他弹的剧烈后仰了一下，于是她又抱着脑袋哭了。

雍唯绷着脸，神主失手就不能叫失手。

他在笔洗里把天匣洗干净，毛笔再次挑起胡纯，把她往匣子里送，胡纯抱着毛笔不松手，他不耐烦地使劲磕了几下，又看见她直直地从笔上掉进匣子底，摔得一动不动了。

雍唯气恼地盖上盖子，随便她吧，怎么他做什么都好像不对。

"你！"他抬眼看青牙，"有什么事？"他一股火气全冲青牙去了。

"神主……不知胡纯犯了什么弥天大错，您要如此惩罚她，看在她修行尚浅，肉身脆弱，请您……求您手下留情！"青牙隐忍地说。

"凭你也敢说这些？"雍唯听了更加气恼，现在说他是一片好

135

意没人信了是吧？他一拂袖，青牙被冷风推得连滚带爬地翻腾出殿去了。

殿外的青牙爬起身，缓了一会儿才把气息调匀。他看了看门口站着的雪引和霜引，最后还是向霜引抱了抱拳，"请问这位姐姐，神主用来关胡纯的水晶盒子是什么宝贝？"他对把人关闭在里面的东西都没好感，很能体会胡纯独自在里面的感受和心情。

霜引犹豫了一下，还是说了："那是八宝水晶盒，神仙妖怪进了那个盒子，七天内就会化成一摊血水。"她皱眉，想不明白，神主明明对狐狸精有意，怎么会用八宝水晶盒关她？

雪引听了，神情鄙夷，她本想纠正霜引，那个盒子不是八宝水晶，可看青牙震惊的神情，她又不想说了，最好能有什么热闹看看。

看热闹的想法刚闪过，就听见中门那里传来嘈杂的争执声，神主讨厌笑容，更讨厌噪音，在世棠宫，唯一的笑容来自狐狸精，唯一的嘈杂——一般来自辰王姐妹花。果然，风引带着几个人在尽力阻拦琇乔，琇乔还穿着火红的狐皮披风，没有因为被阻拦而仓促，手里握着剑，走路一步三摇，不像风引他们在阻拦她，倒像她在驱赶风引他们。

很明显，她是来向狐狸精示威的，神主已经告诫过她，不要再在世棠宫穿狐皮了，她并没听进去。

比起青牙能掀起的风浪，这位辰王小公主的能力可强多了，她制造的热闹才叫真正的热闹。

抱着这样的想法，雪引并没积极地参与进风引他们的阻拦中，反而闪在一边，就动动嘴说："琇乔仙子，天色已晚，明天再来吧。"

琇乔根本没把仙侍们当回事，更不可能听他们说什么，仗着手里的长剑，一路张狂地走进殿里去。

雍唯在内殿早就听见了，心里很烦恶，不想让琇乔闯到后殿来，阴着脸，负着手，走到前殿，正巧琇乔大摇大摆地走进来，雍唯看了眼她的披风，眉头浅浅地皱起来，这个神情虽小，却已满脸嫌恶之色。

琇乔受不住他的讨厌，咬牙一挥剑，使得风引他们不得不退开几步。

"你们都下去。"雍唯瞧不得她对他下人张牙舞爪的样子，吩咐风引他们退下。

"你和你姐姐，立刻离开世棠宫。"风引他们刚退出门口，雍唯就对琇乔说，语气很冷淡。

"雍唯！"琇乔樱唇一撇，都到了这个份上，她也不怕和雍唯叫板，"我和姐姐是受了天帝和天妃的默许，将来会像娥皇女英嫁给帝舜一样，成为你的妻子。我们来世棠宫，也是天妃派我们来，我父亲也是同意的，你想让我们走，就要先对天妃和辰王说明白。"

雍唯站在那里，动也没动，眼睛都没转，可他周身却产生了任何人都能立刻感知的寒意，他的怒火已经快要沸腾了。琇乔暗暗有些怕，但料准他并不会真的对她动手，于是一扬下巴，色厉内荏地看着他，半分也不退让。

"我不用和任何人说明白，我也没有娶你们的意思。"雍唯缓慢地说，一再压制自己的怒意。

琇乔最听不得的就是他不肯娶她和姐姐，双眉一压，咬牙发狠说："这可不是你说了算的事！"

雍唯的眼神冷冷地落到她脸上，他说话的时候还是一无表情："我觉得你很可笑。"

琇乔顿时愣住，惊骇地看着他。

"我知道我父母的确有让我娶辰王女儿的打算，但他们中意的是玲乔，你自己非要挤进来，还举出娥皇女英的例子。可惜，就算我会娶玲乔，也不会娶你。"

琇乔简直气疯了，可偏偏他又说的是事实，"住口！住口！"她身为辰王小女儿，骄纵惯了，羞愤中对雍唯也忘了礼数和惧怕。

雍唯一个字一个字地说："我讨厌你。"

琇乔恼恨地说不出话，尖叫了一声，手里有剑，想都不想往前一刺。

她知道根本不会刺中雍唯，以雍唯的能耐，她就是用尽法术也伤不到他一根头发。可是她感觉到长剑有所阻滞，噗的一声，刺入了雍唯的胸膛，血一下子溅出来，有几滴还喷在她脸上。

她吓愣了，傻傻地用手去摸，指尖一片嫣红。

"啊——"她惨叫，倒像是她被刺中了。

雍唯徒手握住剑身，几乎没费力，淡然拔出来，扔在地上。血顿时汩汩地流出来，即便他穿着黑色的衣服，也洇透了一大片，看上去触目惊心。

"为什么！你为什么！"琇乔不是疑问，而是质问，这明显是雍唯故意的，她知道这下她闯了大祸，雍唯毕竟是天帝的幺子，更是下界的神主，刺伤他，天神震怒。

"我讨厌你。"雍唯平静地重复了一遍，又快又轻，似乎并不怎么在乎这个答案。

风引他们听见声音，不顾雍唯的吩咐，一大群人跑进殿里，一看这个场面，顿时乱作一团，平时的沉稳冷漠全不见了，嘴里乱嚷嚷，有搀扶雍唯的，有去拿药和纱布的，还有围住琇乔的……

还是风引机灵，抓住雨引，大声命令他："快去通知陛下和天妃！"

雨引心领神会，转身就往殿外疾走。琇乔刺伤神主，明显是神主自己愿意的，目的就是要把事情闹大，琇乔的报应也就来了。

风引看一个仙侍很多余地拿了块抹布准备擦碧玉砖上的血迹，情急之下一脚踢开他，呵斥道："这里的一切都不要动！"

雍唯虽然一脸阴沉，但眼睛里流露出些许欣慰，风引可以，毕竟跟了他这么些年了，很有默契。

"扶我躺下。"他懒懒地说，受伤就该有受伤的样子。

雪引自作聪明地拿了件新衣服来给他换，他不满地瞧了她一眼，不耐烦说："都下去吧，没你们的事了。"

风引在旁瞧见这一出，暗自摇了摇头，雪引就算不是天妃娘娘的耳目，也已经招神主厌恶了，太没眼色了，脑子也不好用。

"走吧，走吧，都到殿外候着。"风引赶紧招呼人都出去，看着吧，不出半个时辰，大队人马就要到了。

他也派人把琇乔领回她自己的屋子看守起来，瞧着琇乔失魂落魄的背影，他撇了撇嘴。

风引很想知道天帝会怎么处罚她，看来琇乔仙子因为狐皮披风彻底见罪于神主，所以他出了这种狠手整治她。也说明……风引咽了口唾沫，以后逆了小狐狸的意思，恐怕比得罪神主更可怕。琇乔在世棠宫作死不是一天两天，神主都忍了，这次倒霉，不就是惹了小狐狸么？

风引刚想找个地方坐下来，只听雍唯在殿里高声喝问："来人！来人！谁拿走了水晶匣子！"

他脑子一乱，还没等回应神主，就见神主已经大步走了出来，站在殿前的碧玉台上，周身大作的寒意，卷起冷风，把他的眼睛都吹迷了。

"青牙！是青牙吗！"雍唯气得面目狰狞，大声喝问的时候，伤口的血急速涌出来，滴在碧玉砖上，红殷殷一大片，"给我把他抓回来！抓回来！"

风引多少年都没见神主这么发脾气了，上次这样，神主还是个孩子呢。

"是，是！"风引慌慌张张地躬身答应。

"你！你！你们！全去！"雍唯青着脸，咬着牙，手指向仙侍们乱指。

比较新的仙侍没见过这阵仗，也不顾维持世棠宫威仪了，都垮着脸，苦着声应和。

"见到青牙，直接给我撕成碎片！"雍唯气得就差跺脚了。这个王八蛋太会挑时候了，一会儿他父母和一些神仙就会来查看他的伤情，他这个时候离开，他的目的就会暴露在他们面前，等于让胡纯蒙上巨大罪责。他当初怎么没看出来这个长不大的牛鳖有这么大的胆子呢？

第 20 章　死罪

青牙用珈冥珠瞬间到了山下，冷汗顺着他的脸淌下来，他也没想到自己竟干了这么大件事——刚才场面太混乱了，对他来说机会来得突然又难得，根本没有时间多考虑。他不能看神主继续折磨胡纯，最终把她化为血水。

珈冥山的夜晚黑得伸手不见五指，他对嘉岭的地形十分陌生，很需要胡纯的帮助。青牙从怀里掏出水晶匣子，看不清里面的情况，摸索着打开盖子往外倒，并没看见胡纯掉出来，也没有声音。

"胡纯？胡纯？"他凑近盒口喊了两声，"你能不能出来？"

一个细如蚊蚋的声音道："你试试把盒子砸碎……"

青牙认得是胡纯的声音，顿时大喜，用足力气把水晶盒子摔在一块石头上，听得"叮"的一声脆响，盒子被弹起来，再摔下去的时候才碎了一地，接着听见扑通一声，像是人摔倒的声音。

"胡纯！"青牙摸着走过去，"你还好吧？"

"青……青牙？"胡纯抓住他的胳膊，才感觉到不对，这不是她熟悉的孩子的胳膊，她眯眼睛细看，从影子上看，也是个成年人了吧。

"我吃了钟山老祖给的药，回头再细说吧。你看！"青牙仰头看山上，又是那天的景象，无数流星从山顶的世棠宫向四面八方散开。

"这是雍唯派的人，来抓我们的。"胡纯心事重重，她没想到青牙会冒险救她出来，眼下的局面其实比待在世棠宫受雍唯的惩罚更糟，但她也明白，青牙是真心实意想救她。"我们先找地方躲一躲。"她想到白光的老巢，她现在肯定还在炬峰那里，老巢应该是空的，而且也没什么人来往。

青牙看着山顶，眯起眼，像看见强光了一样，他有些惊骇："怎么回事？似乎来了很多大人物，神光这么强！"

胡纯默默看了看在她眼中仍旧一片漆黑的山头，悻悻道："钟山老祖的药还有没有，也给我吃点儿。"这药也太神奇了，青牙简直脱胎换骨，大有进境。

"别闹了，这是钟山老祖专门针对我的情况做的药。"青牙数落了她一句，胡纯只能不甘心地叹气。钟山老祖是个药痴，每次来的时候，对青牙缓慢的生长状况很感兴趣，看来终于攻克了这一难题。

"我想……是神主受了伤，他父母来看他了。"青牙猜测道，随即一喜，"太好了，神主一时半会顾不上来追杀咱们。"

"他受伤？"胡纯吓了一跳，"谁能伤了他？"

"边走边说吧。"青牙背起胡纯，她被茶泡泥淹，早没了半条命，能走也走不快。

胡纯给他指路，听他把来龙去脉说了一遍。

她沉默了好一会儿，淡淡总结道："就是说，雍唯说宁可娶玲乔，也不娶琇乔，琇乔生气了，拿剑刺他，他就真的让她刺了？"

"嗯。"差不多吧，青牙的心思不在这些细节上，雍唯要娶谁不娶谁，关他们什么事？"说是双方父母都默许了，原本要玲乔琇

142

乔姐妹都嫁给神主，神主反悔了，才闹起来。"青牙心里突然一动，故意说了这么一句。

"不过是打情骂俏。"胡纯轻轻冷笑，雍唯不是心甘情愿的，琇乔那点儿本事能伤了他？看来他说无论如何保她不死也靠不太住，毕竟他肯为琇乔做到这个份上。再说，她也深刻体会了，死罪可免活罪难饶是什么滋味。"我们躲在白光家，也不是长久之计。"她这时才认真地盘算起来，断了回世棠宫的念头。

"我们等风头过一过，去投奔钟山老祖吧。"青牙不太确定钟山老祖肯不肯收留他们，但毕竟也只有这么一条路了，"只要远离嘉岭，天大地大，总有办法。"

这句话说进胡纯心里，没错，她的眼界太小了，天大地大，她就不信雍唯的手能遮住所有。

"对了，你怎么能这么快下山？"她好奇地戳了青牙的肩膀一下。

"我偷了海合的珈冥珠。"青牙毫无愧疚之意，"还有点儿别的。"

胡纯自愧不如，她怎么就没顺着什么好东西呢！真是白待在世棠宫一遭。

"快走吧，天亮之前要赶到。我看我……"她把头落在青牙的肩膀上，竟然厚实可靠，"需要好好养养伤了。"

"嗯。"青牙轻声应了，加快脚步，他似乎明白她说的伤不仅是皮肉上的。

白光的家照旧简陋，和胡纯的小庙有一拼，别人的家叫洞府，她的家只能叫洞。

胡纯还好，毕竟最近住炬峰的丁神庙，档次降下来了。她当然不嫌弃老友，在白光的石床上颓然倒下，随便把被子扯在身上，闭上眼睛逼自己好好睡一觉。

青牙过了一阵世棠宫的日子，就很不习惯了，举着火把，撇着嘴，左左右右把白光的窝打量了一遍，摇头不满："女孩子的家怎么会弄成这样。"

胡纯没有睡着，听了这话扑哧笑了，女孩子？好像她和白光都没把这个词和自己联系起来过，在她心里白光还是那个浑身是刺，扎扎的一团，她在白光眼中，也是背上秃了个八字的狐狸。她和白光都是活得很粗糙的动物，成了妖也不精致，她想到了雍唯的碧玉砖、墨玉地面……满目琳琅的世棠宫，不一样的地方生活着不一样的人。

"你先睡吧，我怎么也收拾一下。"青牙说，找了个地方插好火把，走出洞去。他已变成成年男人的声音，说这句话的时候，有种安定人心的沉稳。

胡纯本就睡不着，干脆看青牙捡回柴火，熟练地生起火堆。青牙边生火边看她，问："怎么不睡？"

"有点儿冷。"胡纯蜷了蜷腿。

"嗯，"青牙拨了几下柴，火焰大了起来，"火起来就不冷了。"

"没看出来。"胡纯双手合十垫在脸颊下，瞧着青牙笑，火光照在她脸上，皮肤紧致娇嫩，少女的甜美娇艳更胜平时，"你居然会干这些活儿。"

青牙的脸有些热，只看着火："我独自生活在济世瓶罩着的花螺山很多年。"

胡纯沉默，青牙的童年真是漫长又可怜。

"过来睡吧。"胡纯向里面挪了挪，给青牙让出地方，白光洞里就这么一个能躺的地方，总不能让青牙睡地上。

青牙心里一动，脸更热了："不……不用了，我坐这儿将就……"

　　"不能将就！"胡纯知道他在介意什么，心里有些好笑，他们之前"形"同母子，后来又是朋友，他们是妖，又不是凡间那些拉下手就算失节的平庸人类。这点青牙就太不像他爹了，幸好不像，"我们还不知道要在这里躲几天，难道你天天坐着睡？再说，处境这么凶险，不养足精神怎么行？"

　　青牙想想也有理，而且一味拒绝更显得他心里有鬼，装作心胸坦荡地站起身，正要往石床边走，只听胡纯又说："不行！"

　　青牙无奈地看着她，还有没有准主意了？

　　胡纯突然笑了，眼睛里的水色星光把山洞里的熊熊火焰都压下去，"我要睡外面，靠近火暖和。"她又扭到外侧，不容商量地对青牙说，"你睡里面。"

　　她的声音如少女泉水般清澈动听，含笑指示的时候，分明就像在撒娇。

　　青牙低了头，不敢再看她，绕到她脚底那侧，跨上床去背对她躺下。

　　"给你点儿被子。"胡纯胡乱甩了点被子边过来，青牙没动，等听她呼吸均匀了，这才翻身，把被子都盖在她身上，掖好。火光照在她长长的头发上，一闪一闪的，像波光粼粼的小溪，她蜷缩在床沿边上，小小一团。青牙看得有些痴了，背着他躲避来云追击的时候，她似乎那么高大，其实只有这么小巧玲珑的一点点，他可以轻松背着她逃命，他心里甜起来。虽然前途未卜，他也能照顾保护她了，或许将来不用太辉煌，非要出人头地，和她找一个景色秀丽的山峰，建一个不太大的家，生一堆火……就足够温暖幸福了。

　　只要她愿意。

胡纯是被烤鸡的香味馋醒的，一睁眼，就看见青牙手法熟练地翻动着插在树枝上的野鸡肉。

她腾地坐起来，这才发现床头旁边的地上放着两个竹筒，里面是水。"你真是太贤惠了。"胡纯由衷地夸奖青牙。

"过来吃吧，烤得正是时候。"青牙一笑，竟有几分少年疏狂。

胡纯下床，觉得洞口一暗，她本能地张望了一下，对青牙说："变天了，难道要下雨？"

青牙抬头一看，吓得手里的鸡一下子掉进火堆，人就愣在那儿了："神主……"

胡纯飞扑过来救鸡，烫得手直往后缩，她早起头发还没梳，披散着从肩膀垂落下来，顿时就被火燎焦了一绺。

雍唯几乎是瞬间到了她身边，一把揪住她的头发，把她从火堆边拽开两步，他面无表情，声音却很凶恶，他瞪着她："你这次是犯了死罪。"

胡纯的头皮剧痛，而且被人这样扯着头发很没尊严，她忍住没叫痛，顺着他的力量仰头瞥他，笑容里全是讽刺："是么，好啊，你就杀了我吧。"

雍唯咬牙，一甩手，力量之大把她推得连连倒退，摔倒在床上。

"胡纯！"青牙肝胆俱裂，跳起来护在胡纯前面，他虽然恐惧，仍然直视着雍唯，"神主，一切都是我的主意，胡纯她……"

雍唯看着青牙，他拼死护卫胡纯的样子,让他深深皱起了眉。"住口！"他打断了青牙，眼睛淡淡扫过唯一的一张床，床上的一条被。他抿了抿嘴，一挥手，青牙直直飞出洞去，洞里也起了小而狂猛的风旋，把火堆吹成一条火线，飞出去一半，凌乱撒在洞里一半，将熄未熄的余烬铺在地上，山洞里宛似地狱。

他毫不费力地掐住胡纯的脖子，胡纯顿时喉咙剧痛，跪坐在床上，呼吸都要停止了。她使劲捶打他的手，脸涨得通红，额头的筋都爆出来。

雍唯低下头，眯着眼睛不屑地看着她："你果然是只毫无廉耻的狐狸。"

胡纯在垂死挣扎中仍然听见了这句话，眼泪一下子冒出来，在他眼里，她的确只能是这样了。

雍唯愣了愣，那眼泪从她闭着的眼睛流下来，落到他的手上，明明已经没了温度，却把他烫了一下。

"你的确该死，但不是今天。"他冷声宣告，松开了手。

手上的劲松了，握住心脏的劲儿却似乎紧了，他讨厌这种感受，说不清楚，只能怒火滔天。

胡纯剧烈咳嗽，捂住自己的脖子，太疼了，喉咙火烧火燎，像是断开了。

"水！水！"她嘶哑地尖叫，也没多大声，因为缺氧和惊吓，浑身抖得一点儿力气都没有。

雍唯怒火难平，又不想看她再挣扎下去，手一虚抓，地上的竹筒飞起来被他握住。

"给你水！"他气哼哼地说。

想也没想，一竹筒水全泼在她脸上。

第 21 章　圣血

　　水很凉，一下子激在脸上，没减缓喉咙的疼痛，却冲掉了刚才的慌张。胡纯安静下来，默默地抹了把脸，嘴角的笑意也掩不住通身的疏冷。她看着雍唯，眼睛里平静无波。

　　雍唯就被这淡漠的眼光定住了，他经常这样看别人，却第一次体会到这种眼神能让人感到如此冰冷。

　　"胡纯！胡纯！"青牙在洞外喊，胡纯看出去，他正在洞口做敲打的动作，被一道无形的墙挡在外面。这倒让她放了心，他贸然闯进来，又不是雍唯的对手，只会陷入更加危险的境地。她向青牙安抚地摇摇头，示意他不要乱来。

　　雍唯看在眼里，重重地哼了一声。用袖子不耐烦地一拂，地上散落的柴火被他袖子带起的风一吹，原本行将熄灭又红通通地复燃起来，像一个个小火球，力道十足地飞射出去。青牙慌张躲避，从洞口消失了。

　　"这次——"雍唯停顿了一会儿，压住心里的各种情绪，恩赐道，"我原谅你。"讲道理，这次真怪不到胡纯身上，是青牙胆大包天。

　　胡纯听了，从鼻子里长出了一口气，无声呵呵，她瞧着雍唯，"也原谅青牙。"她提了条件，看雍唯又皱眉，露出愤愤之色，他有了表情反而比平常显得正常，至少能判断他的情绪。"是真正的原谅，"

她意味深长地说，一边嘴角挑得高高的，竟然出现了一个梨涡，"不是死罪可免，活罪难饶的……那种原谅。"

雍唯看着那个在她嘴角旁边，浅浅的，却无比甜美的笑靥——以前她总是笑得太开，没见过这个。明知这个梨涡里装的全是讽刺，他还是明白了为什么也有人叫这个"酒窝"，真的会有点儿醺醺然的感受。他讪讪的，生怕被她看出自己被一个小肉坑打败，于是毫不妥协道："他不值得原谅。"

胡纯眼神一寒，手暗暗向石床床头一摸，果然在的，褥子底下藏着白光用来打香梨用的细铁棍。她鼓足勇气，敏捷抓住铁棍就向雍唯胸口一捅，喊道："那我就跟你拼了。"

她也明白这根本不能算武器，也伤不到雍唯，她只是让雍唯知道她的决心，青牙豁出命救她，她也能豁出命与他同生共死。

距离太近，又太出其不意，雍唯一下子被她戳中胸口的伤处，铁棍隔着衣服，入肉三分，血一下子喷出来，溅的胡纯满手都是。

雍唯僵直地站着，没有反应，胡纯倒尖叫一声跳起来，把铁棍远远地丢开。她呆呆地站在石床上，看着手上的血一脸无法置信。

她闻见了一股难以抗拒的香味，不是花香果香，是一种气息，比雍唯身上带的神明之气还醇厚得多的香气。她立刻被吸引住了，怔怔地闻了一下自己的手，是雍唯血的味道，可是那种扰乱心神的香味并不是来自她手上的这点血，她又吸了吸鼻子，浓烈的来源是雍唯的伤口。

比第一次吸到他身上的神明之气还令人痴迷，她简直无法自控，脑子里全是那股香气，她连眼睛都眯了起来，贪婪地闻着，越闻越晕。她被他的伤口牢牢地吸引住了，像野兽捕食一样扑过去。她站在石床上，比雍唯高了一些，扑他的时候他并没躲，她实实在在把他抱了个满怀，他的血应该对妖有催化的魔力，胡纯觉得自己的犬齿都露了出来，几乎是拼了一条命地一口咬上去。

雍唯闷闷地呜了一声，这口咬得太狠了，不是吸血，简直是吃肉。

他的血果然是甜的，比甜更美味，是她形容不出的极致感受。一口灌进去，嗓子也不疼了，全身都舒坦了，还轻飘飘的，充满幸福又温暖的感觉。她使劲吸，每一口喝下去，都好像增加了几年修为，连指甲缝里都熨帖到了，这可比亲他抱他过瘾多了。

雍唯没有推开她，毕竟对妖来说，他的血无比滋补——茶泡泥淹掐脖子的后遗症都没了吧？

她吸得太多了，他觉得有点头晕，忍不住抬手捏了捏太阳穴，没想到她还挺能喝的。

胡纯喝得直打嗝，抹着嘴一脸餍足，她看清了自己手上的血，愣了愣，尖叫一声，惊恐万分地连连后退，瘫在床沿上瑟瑟发抖。她……她喝血了！自从她当上狐仙奶奶，就摆脱了茹毛饮血的本性，更何况她现在大吸人血！

她捂着脖子干呕，想吐，内心却有那么一点点不舍得——实在太好喝了。

雍唯瞪她，刚才喝得狼吞虎咽，这会儿一副恶心样子是什么情况？吃伤食了？

"你，你，你……"胡纯觉得底线被突破，无法接受自己的凶残，流泪指着雍唯控诉，手指抖得像抽筋，"你的血有问题！"

雍唯哼了一声，不怎么甘愿地说："我父亲是天界之主，母亲是天霜雪域圣仙，我的血就是这样。"

胡纯脑子乱糟糟的，全是——我喝血了，我咬人了，我修炼多年，兽性还没褪尽，我还行不行？她听见了这句话，却没理解雍唯的意思，大致了解他嘚瑟起出身高贵来了。

"走，回去。"雍唯走过来抓她胳膊。

胡纯一挣，竟轻松挣脱，她有点儿意外，但她有话要说也就没在意他的异样，"青牙呢？"她刚才还哆哆嗦嗦，说起青牙，又一脸坚定，毫不妥协。

雍唯闷了一会儿，瓮声瓮气地说："他不是找了个新靠山么，就滚去钟山别回来了！"

胡纯心一松，神情就缓和了，微笑有了温度。

"走！"他再拉她，她就没拒绝，乖乖地跟他走出洞口。

胡纯还左右看了一下找青牙，想把这个好消息告诉他，结果一条黑影虎虎生风地扑过来，吓得胡纯一蹦。雍唯倒是不紧不慢，一个手刀就劈倒了黑影，胡纯一看——青牙。他虽然已经晕过去，还是像野兽一样低吼着急促呼吸，犬齿探出嘴唇。

雍唯本不把青牙看在眼里，一遍眼看见胡纯担心地打量青牙，火气就冒了出来，他狠狠踢了青牙一脚，就凭他还想吸血呢，自不量力。

胡纯暗暗撇了下嘴，人都晕了还补脚，果然是个冷血阴暗的人。当然，她没敢说出口，喝了人家的血，嘴短。

一时间，周围的山上犬吠狼嚎，加上雍唯自带的阴天效果，场面十分骇人。胡纯不自觉地向雍唯靠近了一小步，抓紧他的腰带。她在嘉岭待了这么多年，都不知道嘉岭有这么多狼和狗。

雍唯的脸色好看了一些，也有心情鄙视野兽们了，眼睛一扫周围的山峦，无以计数的野兽从各个山头向他们跑过来，爪声汇聚成震慑人心的扑通扑通的闷响。跑得比较快的，已经距离他们两三丈远，胡纯看清了它们血红的眼睛，张开的嘴巴，从犬齿上流下的口水。

胡纯又害怕又担心，刚才她不会也是这副嘴脸吧？

"找死。"雍唯冷哼，为了聚拢力量，松开了胡纯的手，双臂一张，一股压迫感极强的无形力量在他双手之间凝集，胡纯有点儿受不住，退开两步又不敢再远，越聚越多的野兽让她心惊胆战，这是她从未遇见，也超过她想象的场面。

雍唯双手一举，无形的力量变成滔天彻地的狂风，打着旋以他和胡纯为中心越转越快，越转越大，周围昏天暗地，鬼哭狼嚎，所有袭击他们的野兽都被刮上天。胡纯惊惧地捂住耳朵，缩着脖子，太吓人了，她怕被刮走，一步都不敢动。

过了好一会儿，风平浪静，胡纯慢慢睁开眼睛，居然晴天了——周围特别干净，别说野兽了，树木砂石都刮没了，连青牙都被刮走了……

雍唯站在那里，身姿挺拔，却僵硬——胡纯瞧着有些不对，上去扶了他一把，果然他浑身软绵绵的，连笼罩周身的神明之气都没了，怪不得天都晴了。

"是你的血招它们来的吗？"她有点儿无法置信，"能传这么远？"

雍唯极力维持着平时的冷漠声调，可是声音却已虚了："越是修为低劣或者兽性难除的生灵，对我的血和……越敏感。"

胡纯都想甩手把他推倒在地，都什么时候还寒碜她！

"那快回珈冥山！"她从心里感觉害怕，因为她从没见雍唯这般虚弱。

"嗯……"雍唯垂眼凝神，什么都没发生，他皱眉，再次凝神，嘴里甚至低低把咒语念了出来，还是什么都没发生，他们还在原地。

"怎么了？"胡纯更慌了，"风遁不行，缩地也不行吗？"

雍唯没吭气，嘴角抽了两抽。

"你那么多宝贝，找点儿什么出来啊！"胡纯刚吸饱了神仙血，底气足，声如洪钟。

"出来得急，没带……"雍唯的声音低下去，略显心虚。

胡纯都想把他推个跟斗，平时瞎显摆，关键时候没点屁用！"所以你干吗这么急出来抓我们啊？！"

我们？

雍唯双眉一立："我功力大失，是因为你喝血太多！你知不知罪！"

胡纯撇嘴，不屑地扭头，毫无诚意地说："知罪知罪。现在怎么办？走着回去？你的手下呢？我看见他们都跑出来了。"

雍唯倒不是太担心，淡淡地说："他们很快会来。"

胡纯把心又放回肚子，眼睛一转，这时候正该好好表现，争取立功吧？她挤出点儿笑，更卖力地挽住他的胳膊，他不满地垂眼看她，她吸口气，急需将功补过啊——她干脆一低头，从他腋下钻过，把他半边人架在自己肩膀上，要不是她太矮，真有点儿哥俩好的意思。

"神主大人，我挽着你，咱们慢慢溜达着走吧。"走点儿算点儿，一会儿再来一群土狼野狗，雍唯已经瘫了，难道让她上啊？

雍唯还没表态，已经被刮成光地的山坳里突然出现了几条人影，慢慢变成十几条，几十条——这些妖怪胡纯大多认识，都是嘉岭的小妖们，也都露出失去理智的兽态。他们比野兽有智慧，估计抗争了一会儿才被吸引来，所以反倒落了后。

"你的血味到底飘了多远啊？"胡纯架着雍唯绝望地问。

雍唯也觉得有点儿烦恼了："通天彻地。"

第22章　湖底

胡纯虽然明白这些小妖们已经失去理智，还是有心劝一劝，大声喊道："大家快回去吧，神主生气起来，是会发风的——"她听雍唯冷哼了一声，立刻赔笑仰头看着他，解释说，"刮风，刮风的风。"

小妖们兽态毕露，根本就听不明白她的话，麻木而贪婪地不断靠近，围拢的圈越来越小，也越来越密。

胡纯开始冒冷汗了，小声嘀咕："神主，你还有力气再发——刮阵风吗？"

雍唯默然无答。

其实胡纯也知道，他要是有那力气，肯定先逃回珈冥山。"你……你……你不是打算靠我吧？"胡纯急得心怦怦跳，"我从来没打过架！"

雍唯森然说："你打过我。"

胡纯烦恼地咂嘴，这都什么时候了，还翻老账！"现在怎么办？"她无视他的话，提问。

雍唯一抖手，他那把威风的剑就出现了，可他没举起来，垂着手把剑拄在地上。"靠你了。"他说得轻松，似乎一点儿都不担心，"拿去。"他向胡纯丢了个眼色，示意她拿剑。

胡纯一脸慌张，别开玩笑了吧！她正打算推辞，第一排的兔子精已经飞扑过来了，谁说兔子不咬人，牙长着呢。她一动，所有的妖都跟着动，雍唯脸色难看，咬牙一挥剑，划出一道寒光，顿时血如雨下，第一批扑上来的妖怪们当场毙命。

雍唯似乎无法精准控制长剑，挥过来就没收住，差点扫到胡纯，胡纯吓得往后一跳，剑虚虚插在她脚前的地上。雍唯的血又冒出来一波，原本被同伴毙命震慑住的众妖又疯狂起来，嘶吼着向前扑。

"拿剑！"雍唯这回真有些急了，架在胡纯肩头的胳膊一推，把胡纯推得一踉跄。

胡纯有点儿明白现在恐怖的处境了，雍唯连挥剑的力气都没有，就算他勉强挥剑，血也会加速冒出，陷入更危险的境地。她一咬牙，双手握住剑柄，一拔——没拔动，她急坏了，加劲再拔，剑发出铮铮的声音，勉强从土里露出了剑尖。胡纯总算明白为什么雍唯挥不动剑了，重得超乎想象。

妖怪们已经扑到了，胡纯一急，回身一抱雍唯，两人重重倒在地上，胡纯没怎么疼，她护住雍唯——把他垫在底下。

被百妖撕咬的疼痛并没发生，胡纯愣了一会儿，意识到不对，抬头一看，顿时喜形于色："叔叔！"

炬峰冷然站在他们身前，周围一地碎裂的尸体，胡纯都没听见他攻击的声音，也没听见小妖们的哀鸣，就那么一瞬间，炬峰就把他们弄得四分五裂。胡纯不敢细看，心里有些不忍，虽说情况紧急，可也杀孽太重，就不能像雍唯那样，弄一阵风把他们刮走就算了吗？

"叔叔，快送我们回珈冥山。"胡纯想赶紧结束这场噩梦，哀求说。

"不成。"没想到炬峰一口回绝。

"天上必定已经知道你血气外露，派来救兵，你回珈冥山，万一万妖攻山，对嘉岭，甚至整个西敖洲都是浩劫。"

雍唯傲然说："不用你管！"可他的神情分明已经赞同了炬峰的说法。

"你的自愈仙力呢？难不成是被天刃所伤？"炬峰皱眉不解。

胡纯一时脑袋不转弯，天刃？白光的敲果棍也能算天刃？后来一品——哦，最先伤雍唯的不是琇乔么，她用的应该是所谓天刃了，顿时没了对雍唯的歉疚之情，虽然原本也没多少。

"我先送你们去湖底环岛，水气能盖住你的血味。琇乔的月神剑——"炬峰又露出幸灾乐祸的表情，他估计是琇乔伤了他，玲乔不会这么莽撞，而且雍唯也未必忍心这么对玲乔，刺伤神主少说也得被压在山底湖底二三十年，能让雍唯这么讨厌，又能干出这种事的，只剩琇乔小公主了。"刺出来的伤，你几天能好？"

雍唯漠然道："三天。"

"那好，我三天后去环岛接你们，自己小心。"炬峰一笑，雍唯没反驳，果然是琇乔。

"小狐狸，你也得把持住啊！别三天后我去看，你已经把我外甥吃得只剩渣沫了。"

炬峰不嫌啰唆地笑嘻嘻说着，周围已经又出现了几十个妖怪了。

"老东西！快送我们走！"雍唯忍不住发火了。

胡纯没说话，她也不是很有把握，现在她是刚吸饱，谁知道一会儿饿了，会不会又和这帮妖怪一样？她倒不怕吸干雍唯，她怕被雍唯一剑送上西天。

"要不，我不去……"她还想往外摘一摘，结果炬峰这个老东西也没给她机会，眼一花，耳一鸣，她和雍唯就被运送到一个陌生的湖边了。

周围无人，雍唯用剑撑着地，实在站不住了，还不忘拿着款儿，盘膝坐下，脊背仍旧挺得笔直。

胡纯皱眉观察这个湖，不大，水碧蓝碧蓝的，湖中间凸起一个小小的岛屿，岛屿又窄又高，整个湖和岛看上去像个炭火锅。"是去岛上躲着么？"胡纯有些犹豫，那岛就暴露在光天化日之下，又小，根本不可能阻挡雍唯的血气，阻挡妖魔来袭。

"在水下。岛底是空的。"雍唯轻声说，脸白如纸。

这就对了，胡纯神情一松，招呼雍唯："那快去吧。"别又把妖魔鬼怪招到这儿来了。

"没带避水珠。"雍唯淡然地说。

胡纯瞪着他，理解了一会儿他的意思，"你不会水？"她尖声问。

雍唯闭目养神，不回答。

胡纯没入水已经窒息了，雍唯这次绝对是来报复她的——而且他不会的东西怎么这么多啊！不是很厉害吗，天上地下难逢敌手，结果游泳就把他难住了。

胡纯深呼吸，微笑着对他说话，显得很宽容和蔼："你来过这儿吗？"

雍唯继续闭目养神，胡纯继续深呼吸。

"那我先去湖底探探，看看需要多久能游到水下岛。"她必须弄清楚，免得路远时长，把旱鸭子神主大人给淹死了，那她就罪不可恕了。她向水里走了两步，突然想到什么，回身瞧了瞧雍唯，含笑解释说："我这都是为你好。"走回他身边，双手拖他的剑，他本来还想犟一犟，不松手，可哪敌得过吃饱喝好体力充盈的胡纯，干脆做了个赏你面子的姿态，甩手松开。

胡纯拖开了两步，往土里一顿，湖边本就是细沙小石子，很轻松就戳进去了。

她搓了搓手，就差往手心吐唾沫了，冲过去不由分说就把他的外袍给扒了。

"干什么！"神主虽然落难，威严还在，瞬间睁眼，瞪着她喝问。

"我走开一会儿，你这一身血味，招来敌人怎么办？"她也没多少耐心了，扒了外袍发现里面雪白雪白的内袍血迹斑斑，更加触目惊心。一咬牙，把内袍也给扒了，露出雍唯细腻嫩滑的结实上身。其实他的伤口不大，这一小会没使力，血已经凝住了。

她看了看自己的裙子，没舍得，伸手把雍唯刚脱下来的内袍扯成几条，她的纠结雍唯全看在眼里，心里小怒，他在她心里还没一条裙子重要么？胡纯用布条厚厚缠住雍唯的伤口，应该能阻挡大部分血气，她还隔着布条闻了闻，大概她吸了太多血，已经不敏感了，反正她是闻不见香味。

雍唯沉着脸看她，想一把推开她，可他现在抬手都困难。

胡纯又瞧了瞧扔在一边的外袍，虽然沾了血，也不能扔，不还得在这儿待三天么，总不能让他光着。洗是没时间洗了，她把衣服捡起来，往腰里一系，游个来回就算洗了。

"我会快去快回的。"她还是向雍唯交代了一声，毕竟放他一个人在岸边，她心里也没底。她把鞋脱在岸边，回头向雍唯一笑，"帮我看着点儿，别让水冲走了。"

湖水粼粼，阳光正暖，她站在水边，黑发如瀑，回眸顾盼间，双目流彩，樱唇含笑。

"嗯……"他在喉咙里轻轻应了一声，看她轻盈地一跃，没入水中不见踪影。

狐狸天生会水，她一路向下潜，湖水太过清澈，水下的光线很充足，她大概游了半盏茶的时候，就到了一个洞口，洞口之内是个横洞，沿着横洞向高走，就到了一处阔大的山腹空洞，最神奇的是，能看见鱼儿在头顶游过，又有光线透过湖水照下来，却不见水灌入，真是个水下洞天。

胡纯把雍唯的外袍平铺在阳光最亮的地方，心里有了数，赶紧又往湖边游。

她刚从水里冒出头，就闻见了雍唯的血香，心里又惊又疑，往岸边一看，雍唯正挂剑而立，他对面是已经受了伤，却仍然和雍唯对峙的辉牙。雍唯为了击退辉牙，伤口又冒了血，白布条上殷红一片。

辉牙看见了她，原本紧张的表情顿时变作笑容，惊喜道："你也在这儿？"

胡纯从水里缓缓走出来，心里盘算眼下的困局，雍唯和辉牙却看得两眼发直，她的衣服湿漉漉全贴在身上，曲线毕露。

雍唯厌恶辉牙的眼神，拔剑一横，一手握不住，用左手托了剑刃，人也就势跨了一步，挡在胡纯和辉牙之间。他的佩剑何其锋利，顿时把左手手指给划破了，流下一道细细的血线。

"大王……"胡纯知道不能硬拼，挤出笑脸，从雍唯背后探出头看辉牙，"你怎么找到这儿来了？"

辉牙没有回答，瞧了瞧雍唯，又瞧了瞧胡纯，试探道："你就没受神者之心的诱惑？"

"神者之心？"胡纯真没听过。

辉牙见她一脸懵懂，心中有了底，笑得也更灿烂了，狐狸修为低，还不能感知神者之心的存在，"神主的血虽然难得，但他的心更是三界至宝，谁吃了，谁就能获得他的力量。胡纯，等我吃了他的心，成了盖世妖王，第一件事就是杀了来云，风光娶你。"

胡纯脑袋嗡的一响，什么？不仅血有问题，心也有问题？

"过来，帮我杀了他，将来我必封你为后。"辉牙深情款款地看着胡纯。

胡纯笑着，心里却百转千回，雍唯的情况她是知道的，能砍伤辉牙估计已经是拼了老命了，没倒下去算是他祖宗庇佑。辉牙虽然受伤，实力远超雍唯，而且也没到要假手他人来杀雍唯的地步。说到底，辉牙还是在玩阴的，将来雍唯父母为子报仇，他可以说雍唯不是他杀的，是她这只小狐狸杀的。可傻犀牛也不想想，他都把人家儿子的心吃了，有没有亲自动手还有什么意义。

辉牙的阴毒是低智商的，所以更加令人讨厌。

"你真的会娶我当妖后？"她努力笑着，可心里的厌恶汩汩往外冒，装都装不像，语气透着讽刺。

辉牙见她上钩，哪儿还顾得上听她语气，把他的弯刀向胡纯一递："快动手吧。"

胡纯从雍唯身后走出来，看也没看他，直直走向辉牙，握住弯刀，反手就给了辉牙一刀。她没杀过人，本意是想要辉牙的命，可刀真捅进去她又手软了，扎得并不深。

辉牙惊痛之下，颓然跪倒，捂着伤口咬牙切齿地骂道："贱人！"

雍唯瞧不上她的软蛋劲儿，勉力上前，胡纯赶紧架住他。

"没用！"他轻斥了她一句，还得他来，他拼了最后点儿力气，想一剑毙了辉牙，只听有人喊：

"大王——大王——你在哪儿？"

胡纯脸色一变，架着雍唯就往湖里拖，是乌鸦来了，他可比辉牙阴险多了，不宜与他缠斗，赶紧躲进湖里才妥当，希望湖水能盖住血味和什么"神者之心"的味！

雍唯没有准备，被胡纯慌乱拖入水里，手忙脚乱挣扎了几下，原本就伤重脱力，再加上水下窒息，顿时晕了。幸好他失去知觉，胡纯倒省了些力气，顺利把他拖到水底横洞洞口。

雍唯的头发都散了，整个人惨白失血，呼吸微弱，真像就要断气。

"雍唯！雍唯！"胡纯使劲拍他脸，压他肚子，他人没见醒，血又冒出来，胡纯急得要命，不知道为什么就流了眼泪，用自己的袖子使劲按他的伤口，希望止住他的血。"你千万别死啊……"她把他拽进洞也费尽全力，颓然扑在他胸膛上，低低哭泣。

"离死……远着呢。"他轻声说。

胡纯一喜，撑着地起身，细细观察他，果然眼睛睁开了。

第 23 章　觊觎

雍唯抿紧嘴唇，用力想起身，挣扎了两次，终告失败，他沉默了一会儿，妥协般叹了口气，"扶我起来。"他吩咐胡纯，因为气虚声弱，倒有了那么点儿亲密软绵的意思。

胡纯擦眼泪："起什么起，躺会儿吧。"都这样了，还出什么幺蛾子，她强硬地拒绝了他。

这样无礼的顶撞，雍唯竟然没生气，反而好脾气地解释了一句："他们一定会来。"

胡纯的心一沉，她也担心这个，湖底岛并不算很隐蔽，水性好的话，很容易就能找来。她又看了看雍唯，真是色如白纸，他但凡还有一点儿力气，也不会让她扶，他那个装腔作势的个性她已经很了解了。"放心吧……"这话说着她自己都不放心，"有我呢。"她吹牛安慰他。

他还不忘鄙视她，无奈地轻嗤道："有你也没用……"

胡纯瞪他，真想站起来踩他一脚，可看他虚弱无力地瘫在那儿，头发湿漉漉乱糟糟地铺散在地上，她心里竟有那么一小块地方隐隐作痛，自从她认识他，他总是光华万丈，养尊处优，居然也受了这样的苦。她站起来，拿了他的外袍想给他盖一盖，没想到羽衣特别吸水，湿得根本没办法盖，她只得叹着气又铺展开，希望它快点干。

她仰头瞧着头顶的水波和游来游去的鱼群，怎么能在洞里生火呢？柴火带进来也湿得不能用，他们现在太需要火了。

"守住……洞口……守住……"雍唯眼睛闭起来，说话都缠绵颠倒了，胡纯觉得不对，到他身边摸了下他的额头，果然滚烫。他受了伤，又呛了水，发起烧来。

胡纯烦恼地一屁股坐到他身边，真是什么坏事都赶到一起！她离他的伤口很近，可喜的是伤口并没红肿，被水洗得干干净净，看得出正在愈合。这伤口……离他的心脏这样近……她像着了魔一样，抬起手，轻轻放到他蓬勃有力、正在跳动的心脏上。

神者之心。

吃了它，就能得到他的力量，成为盖世妖王……

如果她能得到他的力量，她就谁也不用怕了。她恨琇乔，就能轻松活剐了她，像她剥阿红皮一样，剥了她的皮。她讨厌玲乔，不愿意看见她高傲的嘴脸，就能打得她抱头鼠窜，再也端不起仙女的架子。来云和辉牙……更不值一提，像她后院的鸡，想什么时候杀就什么时候杀。

她想得太入神，太得意了，竟然笑出声来。她被自己的笑声吓了一跳，骤然回神，发现自己的手指甲已经深深扎进雍唯心口的皮肤里，她雷劈般收手，已经在他胸膛上留下五个透血的月牙指甲印。

雍唯已经高烧昏迷了，对她这轻微的伤害毫无所觉，其实他已经虚弱得对一切伤害都无力反抗了。

胡纯看着他，呼吸越来越重。

他真好看，好看到可以成为万千少女的梦中情人——这万千少女里，有玲乔琇乔，可悲的是，也包括她。可是，玲乔琇乔能得到他，她却没有希望。她得不到他的人，得到他的心，他的力量怎么样？

这个念头在她心里越来越响，甚至好像耳朵都听见了真实的声音。

"得不到他的人，得到他的力量怎么样？"

她心慌意乱地站起身，来回急走了几步，她克制不住自己又把眼神投到他的胸膛上，他恢复得很快，她的时间不多了，很可能，这样的机会再也不会有——这辈子，她就只有这一次机会。成为盖世妖王，成为无所畏惧的妖神……这不是她想都不敢明着想，却在心底默默盼望的么？

她又一步一步慢慢走回他身边，坐下，呼吸越来越响，心跳越来越快，血在血管里奔涌，她觉得太阳穴涨得快要爆裂，眼睛都酸疼不堪，像要喷出血来。

她抬起手——只要戳进去，掏出他的心，吃掉，她就可以获得无数仙魔终其一生都得不到的力量。

她真的下手了，她都听见自己手上带起的风声，就在指甲刺入他胸膛的瞬间，她却无力推进，她怎么会看见那个夜晚，为她散去乌云，又与她并肩而立看月亮的他呢？她生硬地扭开头，逼自己看向别处。她又听见他说，"奖励你，让你吸神明之气。"

她看见他身下压着什么东西，只露出浅色的一个边，她忍不住去翻，他别在腰带里，这么挣扎都没有掉落，是她脱在湖边的鞋子。

心一下就痛了，她没剜了他的心，她的心却像被剜了一样痛。

她捂着脸痛哭起来，她太没用了，面对唾手可得的强大力量，她却输给一双鞋子。

头上的水波一暗，胡纯敏锐地察觉了，抬头看，一个瘦长的人影正在他们头顶游过，是乌鸦。

胡纯一抹脸，把手上的眼泪全甩掉，满脸肃杀地腾然起身，拖着雍唯的长剑就赶到横洞洞口。乌鸦看见洞口大喜，游过来扒着边缘正换气，胡纯在暗处，看得分明，使尽全力一挥剑，乌鸦的脑袋像球一样从他的身体上飞走，咚的掉进水里，无影无踪。乌鸦无头的身体，僵持了一小会儿，慢慢地沉下去，冒了几个血花也不见了。

胡纯心里一点儿都没有害怕或负罪感，反而很痛快，她都没舍得吃的东西，死乌鸦还敢惦记？

雍唯一直昏睡，胡纯瞧着头顶透下来的光线——应该已是黄昏。她的肚子饿得咕咕叫，特别想念早上青牙烤的那只鸡，她一口都没吃上！青牙应该已经没事了吧？只要远离她，他就远离风暴中心，就安全。她必须趁天黑之前去解决吃饭的问题，已经过了这么长时间，辉牙不可能还守在湖边吧？

这次辉牙敢来袭击雍唯，她还是很吃惊的，辉牙是个连来云都不敢反抗的胆小鬼，只要日子过得下去，他并没有孤注一掷的勇气。可是他偏偏第一个跑来抢夺神者之心，还说要当盖世妖王？当然，他连亲自下手都不敢，还想骗她动手。他没胆量追到湖底，就鼓动乌鸦下水，见乌鸦没有回去，肯定已经吓得落荒而逃了。

胡纯游回岸边，果然一个人影都不见，辉牙早跑了。

胡纯在周围转了转，发现这里已经不是嘉岭的范围了，沿着汇入湖水的小河向上走，就有一座小山，山上沿河积聚了很多小池塘，生着满满的莲花。胡纯没心思看花，她喜滋滋地看着荷叶，大如伞盖，柔韧厚实，正好能包东西下水。

她采了野果，在岸边生火烤了鱼，自己趁热吃了两条，剩下的都用荷叶仔细包好，连同野果一起带回湖底。雍唯还在睡，体温还很高，但是比她离开前已经安稳了很多，她别有用心地看了看他胸膛，她抓出来的血印果然已经愈合不见了。炬峰说得没错，不是天刃砍出来的伤口很快会好，这也是他能安稳活到现在的保证，不然一点儿流血的小伤就会引得狼咬狗啃的。

罪证消失，她也安了心，用荷叶包着他的湿衣服给他做了个枕头，雍唯躺得舒服了些，呼吸也更加畅顺。胡纯看着他，神情不自知地变得柔和，"你喝不喝水？"她轻轻问他，也明知他不会回答。

"冷——"雍唯呢喃，眼睛紧闭着，眉头却皱了起来。

胡纯叹气，无奈地耸了耸肩："冷也没办法，这里不能生火。"

"冷——"雍唯抱怨，尾音拖得长了些，就有撒娇的意味，人还可怜兮兮地蜷了起来。

胡纯瞪着眼，没见过这样的神主大人，强者示弱的时候会更加让人不忍心。她拍了拍自己的心口，顺气，说服自己——他要是快点儿好起来，就能快点儿离开这里，而且也会快点儿脱离险境。她这样保护他，一定要挟恩望报，她成了救他的大功臣，就好意思提出条件了。

她又眼巴巴看着他那身细皮嫩肉，那么好的身材，他蜷起来的时候腹肌和胳膊上的肌肉都鼓出漂亮的线条。她又想起娇茸的幻境，脸一下子红了，她赶紧使劲拍了自己的脸蛋几下，真没出息，她是狐狸精，天上地下都默许狐狸精是没羞没臊的！她红什么脸？

终于把自己劝好了，把雍唯胳膊腿扯平，往他怀里一躺——被他一把推开，即便在昏迷中他也把她推得滚了两圈，发蒙地看着他。

他闭着眼，眉头皱得更紧："湿！"

胡纯耙了耙乱掉的头发，他到底晕没晕？还知道嫌她衣服湿？想让她脱得空心光板给他取暖，他想得美！她的脾气也上来了，就湿漉漉地拱回去，牢牢当胸一抱，暖也得把她的衣服先暖干！

雍唯挣扎了两下，体虚人弱，嘴里呜噜呜噜不知抱怨什么也就从了。胡纯缩在他怀里，说是暖他，其实他更暖和，毕竟发烧热力高，没一会儿她的衣服都被他煋干了，枕着他的胳膊，靠着他热乎乎的胸膛，她倒美滋滋地睡了一觉。

醒的时候，她还舒坦地伸了个懒腰，举着双臂笑着，看着雍唯正冷冷瞪她。

"你就这么保护我的？"他非常不满地质问她，她睡得那个香啊，完全没有顾虑到他这个病人。

他的下巴正对着她的鼻子，胡纯的气焰顿时就灭了，举高的手贴着自己的脸，弱弱地收回来，"我这不……这不是照顾你，照顾累了么……"她笑嘻嘻，"你醒啦？"她显得很细心地摸了摸他的额头，很欣喜地向他报告说，"也不发烧了。"

他看着她，距离这样近，近得胡纯的心跳一下子就加速到让她脸红的地步，她赶紧坐起身，背对他，生怕被他看见她的窘迫。可是这样无声的僵持更加尴尬，于是她深呼吸一下，平稳了声调，装作很自然地问："你饿不饿？"

"饿。"他冷然说，还有那么点儿谴责的意思，听得胡纯心里一火，心跳脸红顿时退下去。饿有什么办法，他自己晕的，难不成她还有本事在他昏迷的时候塞饭进他嘴里啊？

"有烤鱼。"她也没了好声气，"果子。"

"过来。"他命令道，"给我揉胳膊，麻了。"实打实地谴责。

胡纯回头一瞧，他动了动被她枕的那条胳膊，顿时又矮半截，转过身来给他揉。揉了没几下，神主少爷又说饿，吃鱼还要挑刺，挑了刺还说没盐难吃。

胡纯都想抓头发，跳脚，这才刚醒，就这么讨厌了！她昨天就该活吃了他！

雍唯看了看自己的伤口，心里有了数，已经快好了。他又四下瞧了瞧，问胡纯："我的剑呢？"

胡纯想了一下，指着洞口："在那儿。"宰了乌鸦她就扔在那儿了。

"拿回来。"他高高在上地吩咐，稳稳当当盘膝坐在那儿，完全没有自己动手的意思。

胡纯呼吸加重，现在吃他还来得及吗？

她把剑拖回来，雍唯拿起来正反面细细端详了一下，"没弄坏吧？"他不放心地说。

胡纯又想捶胸顿足，还以为他第一句话能道谢呢，结果都十句开外了，她也没听见一个谢字！全都在找碴！

雍唯抖手收起了剑，瞧她光着脚站在那儿气呼呼的，有点儿可爱，心就软了。

"过来。"他低声说，转身，其实他半夜就醒了，看她睡得香才没动，她的鞋子垫在他腰那里，有些硌，他放到一边了，此刻他拿到手上，往她脚边一扔，"穿上。"

胡纯看着他毫无爱意扔过来的两只鞋，突然就疯了，边哭边踩它们，就是因为这两只鞋，她妖王当不上了，被雍唯这么欺负！就是因为它们！她的人生就毁在雍唯当破烂扔过来的两只鞋上！

雍唯吓得一愣，呵斥道："你疯了么？"

她就是疯了！后悔疯了！

"恨死它们！讨厌死它们！也不知道是你给琇乔准备的，还是玲乔准备的！恨死！恨死！"她一边踩鞋一边哭骂，心里苦啊。

雍唯听了，神色反而舒缓开来，甚至露出点儿笑意："停下！像什么样子！回头专门给你做一百双鞋。"

胡纯简直号啕大哭，她不要一百双鞋！她要神者之心！

雍唯捏着鼻梁，头痛无比地撑地站起身，走过去搂住她，制住她，

"就是疯了……"他数落，"别闹了，我头都疼了。"

胡纯被他圈在胸膛里，边哭边闻闻他，更加伤心了，抱怨道："神明之气也没了！"心没了，气也没了，她亏大了，日子没法过了！

雍唯简直没办法："过两天就有了！"

"有也不如——"她想说不如神者之心，幸好机警地顿住口。她现在就不能忍受他的欺负，一被他欺负就后悔至死。

"不如什么？"他又冷冷地问了。

"血！不如血好喝！"她机智地回答。

他突然一笑："这个问题好解决。"

第24章　过错

　　胡纯疑惑地看着他，"怎么解决？"难道定期放血给她喝？那敢情好！可是他能有这个好心？

　　雍唯不说话，垂着眼看她，呼吸慢慢加速，喉结也动了动。胡纯离他太近了，立刻察觉了他的异样，紧张地从他双臂环抱中抽出手摸他额头："你又发烧了？"

　　雍唯不答，双臂一紧就把她抱离地面。

　　"你干吗？"胡纯提高嗓门，这种感觉既熟悉又陌生，她的心就慌了，雍唯的头低下来，重重地吻住她，她的话就被截断。雍唯不是温情脉脉的人，亲吻也侵略性十足，彼此的呼吸急促炽热后，他就顺势一扑，不蛮横也不容反抗地把她压到地上，双手扯住她领口两边一拉，衣服就被拽到她的腰间。

　　"你……你……"他的激情来得太突然，让她手足无措，他整个人已经压在她身上，他熟练地用他身体每一个部分抵制住她的合拢和反抗。

　　胡纯脑子很乱，幻境和现实混在一起，让她不知所措。平心而论她没有拒绝他的意思，无论从娇茸对她灌输的认知，还是她本身对雍唯的感觉，对一个人的欲望跟随着对这个人的喜爱，自然而来，她无心压制。可是……就好像差了那么一点点，并且她也不知道差了哪一点点，让她觉得有些委屈，甚至莫名悲伤。

"啧啧啧，我来得也太不是时候了。"炬峰摇着头，手插袖，笑眯眯地走进洞来。

雍唯气恼地嗤了一声，压了压火，没压住，重重地捶了下地，把胡纯的衣服拉回肩膀，才咬牙切齿地起身，看也不肯看炬峰一眼。

胡纯有点儿不好意思，但炬峰的出现，解了她的乱局，她心里骤然一松，就冲淡了尴尬。

炬峰倒一点儿也不尴尬，搅和了外甥的好事反而特别开心，眉眼放光，"我就知道你好得快，毕竟年轻——体壮——"他说这两个词的时候，加了别有用心的重音，显得特别猥琐，他对此很得意，还笑出了声。"看情况，你已经好得差不多了，那就起驾回宫吧，你爹娘兄姐都聚集在珈冥山等神主您回归尊位，你再拖一会儿，就算时间不长，"他又猥琐地笑一下，"也显得伤重危急，对琇乔仙子大大不利，而且我嘉岭众妖说不好要承担他们的怒气，真是冤枉造孽啊。"

雍唯哼了一声，默认了他的看法。"我的话，你没忘吧？"他沉声喝问。

炬峰不介意他的无礼，点头道："记得记得，我不得上你珈冥山么，不去不去，请我都不去。"

胡纯一听天上的大人物都来珈冥山了，顿时胆怯，退缩道："我……我就先不回去了，我去……"她看了眼炬峰，"我先去……"

"闭嘴！"雍唯恼火，她跟着裹什么乱，一扯她，把她拽到身边，"跟我回去！"

胡纯眉毛眼睛都皱到一起："我……"她真的害怕面对天妃，更何况这次天帝诸人都来了，她一个小小的嘉岭土妖，跟着出什么丑呢？

"你怎么能不回去呢？"炬峰掩嘴笑，"你立了这么大功劳，天帝天妃等着赏你呢。而且……"他拿眼一溜雍唯，坏笑道，"神主也不能让你离开，他还没完事儿呢。"

胡纯红脸。

雍唯拽着她就走，走了两步实在压不住火，回头瞪着炬峰说："事情一过去，我就去宰了你！"

胡纯被他拖着跳下水，她满耳都是炬峰的笑声，炬峰欠揍地嚷："我好怕呢——"

雍唯仍旧是旱鸭子，胡纯满心鄙夷地拽着他往岸上游，好在这次他有了意识，能帮着刨刨水，很轻松地上了岸。天色已经全黑了，满天星斗，他嘴唇动了动，胡纯就眼一花，耳边起风，再睁眼已到享月殿后殿。

雪引霜引正白着脸，傻傻站在后殿珠帘外，不知道怎么应对眼前的场面，突见雍唯回来，顿时要哭出来，也不顾规矩，撩帘进来，霜引喊神主的时候都有了哭音。

"我这就去告诉天帝天妃——"雪引急不可耐地转身要走，被雍唯叫住。

"站住。"他冷冷看了雪引一眼，"我叫你去，你再去。"

雪引脸色一变，心知不好，颓然躬身退了出去。

雍唯吩咐霜引："为我们沐浴更衣。"

霜引俯身应是，偷眼看了看雍唯身边满脸愁容的胡纯，这次回来小狐狸精的地位更加超然，竟让神主说出"我们"，一同沐浴更衣的，往日可只有一位能有此殊荣。

虽然时间紧迫，在霜引带人帮助下，胡纯和雍唯还是清爽亮丽地各归各位——雍唯虚弱躺回床上，胡纯如孝子贤孙般跪在床边。胡纯的位置是风引安排的，雍唯本不满意，风引却不卑不亢地说了句："神主要为长远计。"雍唯皱眉，脸色阴暗，却没再说话。

一切妥当了，风引才去请各位大人物前来，胡纯跪在那里矮人半截，很快就淹没在人群里，她反倒舒坦一些。每个进来的人都会不着声色地瞧她一眼，他们对她的兴趣也只有这一眼，看看容貌而已。原来雍唯有这样多的哥哥姐姐，他们每个人说的话都差不多，埋怨雍唯胡来，心疼他受伤，神仙，尤其是他们出身天界皇族的神仙，本来是非常有威仪气势的，一旦轮番说话，立刻也像菜市场，闹哄哄的。

在这种吵闹中，胡纯更加放松，她彻底被忽略了。她也理解了雍唯为什么会是这样的个性，出身已经很尊贵，再加上身为老幺，家里人都对他疼爱备至，百般迁就，不懂事、个性混蛋简直顺理成章。可以说，他是三界最正宗的二世祖。

"好了——"天帝终于发了话，语调意外的严肃，所有人安静下来，"这次的事，既然已经罚过辰王的小女儿，咱们雍唯的过错也不能放过，这才公平合理。"

雍唯听了，不高兴地把头转向床里侧。

"身为下界神主，明知自己的血和心会引起妖魔癫狂，还在受伤的情况下贸然离开世棠宫，引发这次混乱，实属不该！往大了说，是对万物不慈，往小了说，也是轻狂冒失！"天上地下的爹都一个样，骂起儿子来会越骂越生气，天帝已经高了声，最后还重重地哼了一声。

"父亲……"一个较为老成的神仙说话了，"雍唯还小，顾虑不周也在情理之中，他也受了不少罪，父亲看在他受伤着惊的分上，从轻发落吧。"

"就是，就是。"

引来一片附和的声音。

"我罚琇乔在安思湖底悔过十年，对雍唯的过错轻轻放过的话，辰王……"

"他能说什么？"天妃骄横地打断了他的话，"他女儿刺伤了我儿子，而且还用了天刃，我雍唯天生神体，除了天刃所伤皆可自愈，琇乔就是故意的！要不是看在辰王分上，就该赐她一死！我儿子有什么错？受伤是他愿意的？宫中收留的小妖盗取天界宝物，不用追回吗？能让一个下界妖物亵渎天界至宝？我看他不仅没错，反而有功！"

一片沉默。

大家对这样颠倒黑白、偏心护短的发言，还是不忍附和的。

"我看——就罚雍唯闭门思过五——三年。"天帝瞧了天妃一眼，不甘心地减掉了两年。

大家纷纷点头，只有雍唯的三姐抱怨时间太长，说完就从袖子里拿出一个微缩的小戏台，一念咒语，戏台里的小人们就开始唱戏，说给雍唯解闷。这个头开得很好，哥哥姐姐们每人都掏出点儿玩意来送给雍唯，最后天帝在天妃的注视下，闷闷留下了一面观世镜，可看天下风景，观世间真情。

被惯坏的雍唯神主，始终没有转回头来，不给这些人一点儿好脸。

所有人都走了，只有天妃留下，她端坐在雍唯床边的椅子里，一脸愤懑。她离胡纯很近，也没个预兆，她抬手就给了胡纯一个耳光。

"你怎么服侍他的？"天妃质问。

胡纯都被打蒙了，合着天妃不走，就是要留下来找她算账啊？

"你干什么？"雍唯腾地坐起来，人也转过来了，瞪着他娘，口气并不恭敬。

天妃见儿子这么护着狐狸精，委屈得眼中含泪："要不是看她只有几年的命，我断断不能容忍这等妖物留在你身边。"

胡纯的脸已经不那么疼了，想起炬峰说拿阿红的尾巴去骗天妃，看来是过关了，天妃真的没想起来她是只白狐狸，不会有红尾巴。

雍唯冷冷地笑了一声，其中的讽刺和愤怒让人难堪："任何在我身边的人，你都会让她没命吧？"

天妃愣了愣，用手帕按了按眼睛，突然哭出声："我就知道你还在为锦莱的事情怨恨我！"

雍唯咬牙没说话。

"我……我也是因为讨厌……她是你父亲赐给你的，听说是天狐的婢女。雍唯，我也是为了你好，我希望你把心放在玲乔身上。"

"我不会娶玲乔。"雍唯缓缓地说，毫无转圜余地。

"我知道了，我也不能再让她给你当妻子。"天妃非常迁就地点头，"我会再帮你好好物色的，比辰王女儿漂亮乖巧的多的是！"

"如果你再私下处决我的媵侍，我就谁也不娶。"雍唯淡然道。

天妃又气又恼，偏偏还无可奈何，轻啐了一口说："好！好——我知道了！"

"你的狗这次也牵走。"雍唯很不高兴地看了天妃一眼。

天妃已经是商量的语气了："雍唯，宝贝，雪引就留在这儿，娘也很想知道你的情况——"

"那你把玲乔弄走。"雍唯真实目的在此。

"你不说，我也赶她走！她妹妹那个德行，她能好到哪儿去？"

天妃愤然说。

雍唯抿嘴，这回满意了。

"还有——"天妃怯怯地瞧了雍唯一眼，"这次你舅舅立了大功，救了你，你就别再与他为难，我准备求了你父亲，让他回天霜雪域去，你看好不好？"

雍唯没吭声，天妃神色一缓，这是答应了。

胡纯一直安静地听他们说话，每一个字都听进心里去。天妃还缠着雍唯说话，她轻轻地倒退，半跪半爬地出了后殿。

世棠宫今夜有人欢喜，有人悲忧，胡纯沿着开满夜来香的小路，信步而行，这里已经是雍唯寝殿的范围，仙侍们没有吩咐不敢靠近，很是清净。这条路环绕着享月殿，走一会儿就到了享月殿的正面，胡纯在台基的阴影下，看见了殿门口的玲乔。

殿前的明灯照得她很美，是夜色里明艳无匹的一个亮点，她的披帛在夜风里飘飞昂扬，让她挺直的身形看上去更加窈窕而高傲。

可是天妃娘娘从殿里出来的时候，她却跪下去了。

胡纯听着她用平静素淡的语声，说着哀求的话，她说她不离开世棠宫，不离开雍唯。

胡纯轻轻靠在汉白玉的基座上，玲乔一定特别喜欢雍唯，喜欢到可以放下自尊。她觉得心口有点儿痛，就捶了捶，明明该幸灾乐祸的，天之骄女也是这样卑微的求而不得。

"你和琇乔让我太失望了。"天妃一改和雍唯说话的低声低气，冷厉傲慢地说。

"时间，请您给我时间。"玲乔很坚定地说，"雍唯和我，只是需要时间。"

天妃沉默了，胡纯猜不出她的沉默是不赞同玲乔的话，还是默许。

　　"好吧，你试试。"天妃叹了口气，"要知道，我为了你，杀了锦莱，雍唯因此很恨我。"

　　"娘娘，您对我的恩德，我会终生报答的。"玲乔恳切地说。

第25章　锦莱

雍唯神力衰弱的时候，珈冥山顶的阴雾便散去了，已近黎明，星星们像被水洗过，寡淡清冷黯淡无光，胡纯坐在一块低矮的假山石上，抱着膝心不在焉地看东边天地交界透出的青光。她吸了雍唯那么多血，很有效果，都看见天帝一大家子返回天上的神光轨迹。

风引亲自来寻她，请她回享月殿去，并淡然加了一句："神主已经久等了。"

胡纯没有从山石上下来，仍旧抱着膝，风吹动着她的长发，她含笑看风引，却莫名让风引觉得她有些忧伤。"你知道锦莱吧。"她说，明知故问，风引怎么会不知道。

风引没有说话，他瞧着胡纯，似乎已经看穿了她的心思。

"她……"

"她是一个已经成为过去的人。"风引斩钉截铁地打断了她的话，一句说完，再没有第二句。

胡纯愣了愣，随即笑了，"看来已成为过去，就没什么说头了。"她有些感慨，迟早……她也会成为雍唯的过去。雍唯威胁天妃的话，她听得那么清楚，如果天妃杀害他的媵侍，他就不肯娶天妃为他选的妻子。她是雍唯要保护的媵侍，并不是他要娶的妻子。

其实她介意这句话很可笑，自始至终她就知道，她和雍唯永远

178

并不了肩。狐狸在所有人的眼里都是妖媚无格之物，可是狐狸的本性却是终生一夫一妻。她以为自己混世百年，见过些世面了，可成了人才知道，她的见识差得远，至少像玲乔琇乔一样，什么娥皇女英，她就接受不了。所以，她终将成为下一个锦莱，或许雍唯的妻子也会问起她，风引也会乏味地评论她：只是一个成为过去的人。

"我只是想知道她是个什么样的人，在神主面前少犯些忌讳罢了。"她也学会了说违心的话，原来谎言是有分别的，一种是骗别人，一种是骗自己。等学会说谎骗自己的时候，往往已经品尝到世间的苦涩滋味。

"只要你不提起她，就不会犯忌讳。"风引永远是这样的，一针见血，不卑不亢。

胡纯笑着点头，从石头上滑下来，跟着他一路回了享月殿。

雍唯看上去是等了一些时间了，他没在床上躺着，坐到了书案后面，霜引为他磨好了墨，他却一个字也没有写。胡纯进来，殿里伺候的人都悄无声息地退了出去。

"你干什么去了？"雍唯瞪着她问，揉皱了面前空白的信笺，重重扔到地上。

胡纯站在他对面，高度正好与他直视，她淡淡一笑，"看星星月亮，我喜欢看星星月亮。"她没有说后半句，她讨厌遮天蔽日的阴雾，讨厌珈冥山。

雍唯听了垂了垂眼，再也没抬起来看她，轻声说："那些话，不用在意。"

胡纯一笑："嗯，没在意。"在不在意，有区别么？"累了，我去睡了。"她转身退下。

"站住。"雍唯立刻阻拦了她，有些急，就没威严了。"以后你就睡这里。"他抿了一下嘴，示恩道，"和我一起。"

"我能拒绝么？"她问得很郑重。

雍唯脸上原本那点似有似无的笑意顿时消失了，不悦地瞪着她："不能。"

胡纯又一笑，不能拒绝是她"人生"开始后的第一大悲剧。

"睡哪儿？"她摆出无所谓的样子，四下瞧瞧，很放肆地走到雍唯的大床边，懒散地往上一躺。

雍唯走过来，站在床前看了她一会儿，应该在压抑怒气，然后他说："进去，你睡里面。"

胡纯的心里一痛，是不是以前锦莱就睡在里面？

她不知道为什么要打个哈哈，笑嘻嘻地翻滚了一圈，挪到了里面，雍唯的床榻实在是太大、太华丽了，像个小房间。胡纯坐起来，细细打量这个被帷幔包裹的空间，枕头——有两个，被子有两床，雍唯的枕头高些，她要用的那个小巧，胡纯倒上去，很合适，很舒服，看来锦莱和她身形差不多。

她转过头去看雍唯，他还站在床边，看她的眼神复杂深邃。胡纯想，他是不是看见另一个人躺在锦莱的位置上，心里有些怪。

"那我可睡啦。"胡纯拉过被子，夸张地闭起眼。

"嗯——"雍唯竟然轻轻笑了，倾身倒下，背对着她，没有耍派头，自己乖乖盖上了被。

胡纯睁开了眼，看着他的背影，他很放松，也很安适，就这么的轻易——让另一个人取代了锦莱。胡纯皱了皱鼻子，因为眼睛太酸痛了，以后他也会如此轻易地让别人取代她吧？胡纯把帷幕里的空间又看了一遍，这里来来去去不知道要睡多少人，她对床一向很亲，仿佛床才是真正安身立命的地方，有窝必有床，蜷在上面才安全，才能一觉沉沉过到第二天。

可雍唯的床没有这样的感觉，睡在上面一点儿也不放松，像一条渡河的客船，来来往往，他的热情流逝了，她就该下船了。

她睡得很不好，断断续续的，最后因为头发涨，无法再睡，就坐起身。因为凌晨才躺下，稍微睡一睡就大天亮了，她从雍唯脚边爬下床，窗外是艳阳高照。她走过去，走进阳光里，眼睛被晃得睁不开，她感受到了温暖，身心终于有了放松的感觉。

如同星光月色，这阳光在珈冥山是难得的。

她听见床上有动静，回头看，雍唯已经醒了，他把枕头竖起来，半靠在床头，正在看她。他的头发披散着，有一大绺从耳后落到胸前，雪白的内衫系带松了，露出一半细腻白润的胸膛，他倒更像只狐狸精，冷漠而魅惑，眉眼动人。

"怎么不多睡一会儿？不是嚷嚷累么。"他这句话比起平常，算得上柔情蜜意了。

"我……"胡纯深吸了一口气，觉得心里的话没一句适合对他说，"我想去找青牙。"

雍唯脸色一沉，歪了下头，撞倒了枕头，人也仰躺下去，有那么点儿赌气的意味。

胡纯觉得他这样有点儿幼稚，转过身来，靠在窗边笑着看他："他是怕你把我杀了，才冒险救我，怎么说，也算对我有救命之恩。"

雍唯闭着眼，没反应。

"我送他去钟山，你有信物给我一件，让钟山老祖知道，你是答应过的，不然青牙不能理直气壮地过日子。"胡纯软了语气，毕竟有求于他。

"没有！"雍唯冷然拒绝。

胡纯皱眉，每次雍唯发倔，她都有点儿不知道怎么对付他。她一扭头生闷气，他不给，她就偷一件呗！她往前殿走，随便拿什么给钟山老祖都行吧？

　　"站住！"雍唯误以为她要离开，喝了一声，人也坐起来了，一脸怒色。

　　胡纯对他的惧怕是深植在心底的，亲密地睡在一张床上，他一吼，她还是怕，脚步就停了，窝窝囊囊地回头看他，察言观色。

　　"我与你同去。"他咬了一会儿牙，终于妥协了。

　　"你不是要闭门思过吗？"胡纯不愿意和他一起去，很多话就没办法和青牙说了。

　　雍唯冷冷打量了她两眼，"大不了再加几年。"他满不在乎地说，反正也被困在这珈冥山上了，闭不闭门又有多大区别？"同去，或者不去。"他给了她选择。

　　胡纯磨了磨后槽牙，挤出笑脸，软语道："你伤还没好……"

　　"好了。"他断然回答。

　　胡纯不信，走过去掀他的衣服，伤口果然只剩一个淡淡的红印，她耸鼻子，也没血味了。

　　雍唯伸臂一搂，把她抱到腿上，胡纯立刻感受到他周身已经恢复的神明之气，她贪婪地搂住他的腰，把头靠在他的臂弯里，沉浸在这令人着迷的气息中，脑子一空，人就轻飘飘的，心情也好起来。

　　"你果然好多了……"她语意缠绵地说。

　　雍唯的心情也变好了："收拾一下就出发。"

　　胡纯反倒不乐意了，使劲贴在他身上，"我要再吸一会儿！"吸过他的血，神明之气的舒坦劲到底差了很多，她边遗憾边满足，这也算额外的好处了。

雍唯轻轻笑了，在她耳边说："没见过世面。"

她闭着眼享受，不理他的嘲笑，听他唤人来梳洗。

仙侍们捧来衣服鞋袜，胡纯没有睁眼，也没放开雍唯，她才不在乎这些人怎么看她呢，过几年谁还认识谁？

"要么你就这么去？"雍唯揶揄，胡纯也只穿了件单纱睡裙。

胡纯睁眼看了看仙侍捧的衣裙，淡淡道："我要穿自己的衣服。"

雍唯没听明白，眼睛里冒出不解之色。

"我不要穿锦莱的衣服！"谁知道他是装傻还是真傻，胡纯不吐不快。

雍唯眼睛瞪了瞪，似乎没想到胡纯会介意这个，他的神情让胡纯更加委屈，难道他认为她接替锦莱，穿戴锦莱剩下的衣物是理所应当的么？她从他臂弯里坐起来，扭身去够他身边的枕头，重重扔在地上，"她的枕头也不要，"被子也拖到地上，"被子也不要！"

雍唯皱眉，凶她道："不许胡闹！"

胡纯瘪着嘴，眼中隐约有泪光，小小巧巧地坐在他腿上，雍唯的心又一软，"这些都不是她的，她不睡这里。"他尽量耐心地解释。

撒谎！胡纯也瞪他，问他："那她住哪儿？"

雍唯垂下眼，没有回答。

胡纯更生气了，还想骗她！她从他腿上跳下地，把仙侍的托盘掀翻，"不要！不穿！"她终于把心里的闷气发了出来。给她的托盘就两个，掀完也没解气，她又把装着雍唯穿戴的四个托盘都掀翻了，稀里哗啦散了一地。

仙侍们都偷眼看雍唯，他没发话，他们不敢抵抗狐狸精的胡闹。

雍唯皱着眉看她，觉得她太放肆，可是好像生不起气来，于是他就很纳闷地继续看。

风引听见动静走进来，看见这个场面，脸色倒也没变，还是平平静静古井无波。

"胡纯姑娘，"他淡然说，"这些都是新的，并没人穿过。"

胡纯不知道为什么有点儿怕他，他这么一板一眼说话，她的脾气就发不出来。

雍唯觉得有点儿头疼，于是捏鼻梁，烦躁道："给她重新做！"他放下手，瞪胡纯，"重新做！专门给你做！行了吧！"

胡纯不敢和风引叫板，却敢和雍唯发横："可我现在就要出门！"他答应的，穿戴好就走！

雍唯简直要被气得断气了："那你就穿着这个走！"

"好啊。"胡纯一副无赖的嘴脸，笑着一展眉，她不怕丢脸，她也不怕被人看着点儿便宜，"走吧！"

"你！"雍唯气得从床上跳下来，青筋都暴出来了，仙侍们看惯他的脸色，顿时跪了一片，心惊胆战。

风引低头咳了一下，狐狸精果真是勾魂的，这才几天，就把恃宠而骄这一套用得炉火纯青了，偏偏神主大人还就吃这一套！天妃娘娘要是看见这一幕，估计要流下血泪。

"神主，当初胡纯姑娘来世棠宫，有专门给她做了两套衣服，虽然是下人的衣服，也还可看。要不，我这就取来？"

胡纯不说话了，雍唯便筋疲力尽地点了下头。

风引踢了离他最近的仙侍一脚，示意他去拿衣服，仙侍一脸生无可恋，求救般看他，哪有什么专门做的衣服啊，狐狸精当初就一看大门的。风引简直要被他蠢死，咬牙一瞪眼，仙侍愣了愣，终于开了窍，跌跌撞撞地跑走了，随便找套差不多的下人衣服，让神主过了这一关不就好了吗！

风引松了口气，低眉敛容地说："我这就吩咐他们，专门给胡纯姑娘做衣服……"

"还有一百双鞋！"胡纯找碴，她突然发现胡搅蛮缠让她很舒坦，心里的大石头都扔到雍唯身上，好爽，"少一双都不行！"

"你！你给我过来！"雍唯气得脸色发青，大步上前把她抓在手里。

胡纯一吓，发火了？她又委屈了："是你在湖底答应我的！是你自己说的！"

雍唯都被气笑了，一脚踹在脚边的仙侍身上，吼道："还不下去做衣服做鞋！"

仙侍们瑟瑟发抖，神主真是被狐狸精气糊涂了，他们是他的近身仙侍，哪用做这些低贱活计？神主都气成这样了，赶紧闪了逃命吧！于是一殿人瞬间逃了个干净。

"你就记得我答应做鞋给你了？"雍唯瞪着胡纯狞笑，"不还有别的事吗！"

第26章 依恋

当雍唯把她压倒在床上时，胡纯一时恍惚——似乎发生过，在娇茸的幻境里，但心里尚有一丝清明，这是现实中的她和雍唯。她有些混乱，来自情绪，她该怎么看待雍唯，是已春风深沐的爱侣，还是尚有疏离的男女？

互相羁绊的到底是什么呢？是爱情，还是欲望？

因为她早已知道自己的心意，却不能感知雍唯的，所以觉得很悲哀。如同两支烛，她已燃至心肺，时刻煎熬灼烧，而他，完整地伫立着，甚至并未点着。她的火很暗，无法跳脱张扬，用迸裂的火星去点燃他，而他，或许永远也不会为她而亮起来。她就在他身边，一点一点地燃烧融化，无声无息，煎芯烧骨，直至化为他脚边的一抔余烬。然后……或是他母亲，或是他自己，会用一根崭新的蜡烛代替她，就在她软烂的尸体上，重重一按，新的蜡烛稳固而明亮起来，她便在新烛的光芒之外，永远成为过去。

雍唯停下来，双眉轻蹙，压在两泓清澈幽亮的眼瞳之上，他离她这样的近，他长长的睫毛似乎都刷到了她的下巴，说不出是痒还是痛。

"你怎么哭了？"他问。

他不善于揣度人心，更不善于揣度女孩子的心事，尤其头疼的就是胡纯的想法，她总在不该笑的时候笑了，不该哭的时候哭了。

"你不愿意？"他用胳膊把自己支撑得高一些，于是与她有了一点点的距离。

胡纯就这么近地看他，没有立刻回答。

她是真的不知道怎么回答。

不愿意吗？他是这样的漂亮，又是这样的尊贵，他是上天娇宠的神子，像他这样的人，她这辈子再也遇不到第二个。愿意吗？她知道自己会伤心，她已经开始伤心了。现在有多喜欢他，将来就有多痛苦，她不该把自己拖到更深的泥潭中去。

可是……

她突然很用力地搂住他的脖子，贴近，她的鼻子撞上了他的，她闭上眼，"雍唯，你也喜欢我，好不好？"眼角的泪水涌出新的一排，她简直在乞求他，"非常非常地喜欢我。如同我喜欢你一般。"

雍唯僵住了，他突然觉得心里很乱，脑子里很乱，好像很高兴，又好像有点儿伤心，他没经历过这样乱七八糟的情绪，他觉得似乎失去了一部分自我，有些慌张，还很无力。他不喜欢这样的感觉，非常不喜欢，像前两天神力耗尽时候一样，觉得事情挣脱了他的控制。

胡纯没有得到他的答案，睁开了眼睛，为了看清他的神情，而离开了一些距离。

他在犹豫什么？是不是用她这支蜡烛按在锦莱化为的烛泪上？

雍唯也因此看见了她的眼睛，这双眼睛从他第一次看，就没忘掉——先是小狐狸的，弯弯的，假装心机深沉，却充满野兽纯真的眼睛。然后是少女的，灵动轻盈，巧笑倩兮，那长长的睫毛盖在弯弯的眼睛上，谁笑得都不如她好看，她一眨眼，他的心就跟着忽悠闪动一下。

所以她对玲乔说，有一眼万年的情缘，他立刻就信了，那一眼应该就是她笑着看他的一眼。

可是，她现在的眼睛……似乎没有笑意了，却变成了一只手，一下子攥住了他的心。她挖走他也愿意，她捏碎他也愿意。

胡纯怨恨他的犹豫，可是她不知道应该怎么办，于是她又流泪了，束手无策地亲了亲他的唇，哀求说："比喜欢任何人都喜欢我，比喜欢锦莱玲乔琇乔都喜欢我，最最喜欢我。"

他觉得她用力了，他的心被捏成了粉末。

"好！最最喜欢你。"他说。

她听了，心一松，浑身都软了，用额头贴着他的下巴，轻轻地笑了，不管这句话的真假。

"那……我愿意了。"

她躺下去，闭起眼，甜甜微笑，她动了动腿，敞开了自己，低声重复道："我愿意了。"

雍唯没动，他心里很甜，这种甜比体味男女至乐之事的欢愉还要令他满足。他突然觉得一切都值得，被她气得五内俱焚，让她吸血差点没命，对她的种种放肆百般忍耐……都值了。他重重地在她脸颊上亲了一口，他也说不出原因，是超乎男人对女人的喜欢，就是想亲她，甚至咬她一口。

胡纯有点儿蒙，骤然睁眼。她这一看，雍唯竟然觉得难为情，头一低，躲开她的目光，嘴唇正好擦在她娇柔圆润的胸前，这时候欲望就陡然攻占了他的心，他脑子一热，身子也跟着烧了起来。

胡纯轻轻地长出一口气，那个充满珍爱意味的吻——是她的错觉吧？此刻绵密落在她脖颈胸前的，才是他想给的亲吻，纯然只是需索。

　　接下来的步骤雍唯就很熟悉了，用臂弯托起她的腿，一贯而入。

　　胡纯没有防备，尖锐地痛叫一声，整个人反弓起来，像一只被人抽掉系绳的木偶，剧痛过后，是绵长而真切的胀痛，她呼吸急促，汗如雨下，人也颤抖了起来。不对啊，和娇茸让她体会到的一点儿都不一样！怎么会痛呢？整个人都掉进滚烫的水里一般。

　　雍唯吓了一跳，没有动了，深埋在她身体里，既痛苦又快慰，他想到了什么，有些烦恼，安慰她说："可能是第一次，会有点儿难受，你……"他突然双眉紧皱，一口气闷住，抓住她身边的床单，"你放松！"她突然的紧张，加倍了他的快感，他为了克制最后的松懈竟然有些痛苦。

　　胡纯哭了起来，只是因为疼痛和难受，"骗子……都是骗子……"雍唯是，娇茸也是！

　　雍唯终于缓过了这阵苦乐，深深吸气，"马上就好了，马上就会很舒服。"他凭借经验说。

　　"你……你……出去！"胡纯太难受了，打算反悔，"今天……就算了……改天……"她为了拒绝，轻轻抬了抬身，同时用包容他的地方重重推挤了一下，想让他出去。

　　"唔……"雍唯刚忍过去，又来了波更厉害的，他不得不松了床单，一下子死死箍住她的腰，大喘气说，"别动！别动了！"

　　今天的情况，完全超出他的经验，其实他的经验并不多，父亲派了锦莱引导他，让他初窥门庭，可也从没出现过这样的窘迫局面。至于男人在什么情况下算窘迫，没人敢和他提，只有炬峰这个混蛋舅舅总开下流玩笑，让他明白几分。时间短绝对算最要命的，往常他从没担忧过，今天却要在胡纯面前丢个大脸面。

出于最原始的尊严需求，神主大人决定夺回主动，让一切回归到他所熟悉掌控的情况中。

于是他强而有力地动起来，不顾她的哭泣和哀求，她哭狠了，他心疼，亲了亲她："别哭了，我马上给你最好的……"

他知道什么是最好的，她却不知道。

胡纯浑身是汗，像生了场重病，就要死掉了，雍唯突然的疯狂，对她没有半点怜惜之情，她就连失望伤心都没精力，她快被他折腾散了。很奇妙的，她渐渐好起来了，那种在幻境中体会过的欢喜好像在痛苦中慢慢滋生了萌芽，她急切地去寻找来源，似乎有了些心得，只要贴近他，再贴近，在深处，在紧窄处……她渐渐能控制她想要的，刚要从深冥进入光明，突然他长长地嗯了一声，就像在水沸腾的最后一刻火灭了，原本要蒸腾成雾气的汗水顿时变得冰冷，人就直直地掉落下去。

她刚要不满地出声抱怨，他在她的最深处又点起了一堆火，烫，暖，迷乱，舒坦，整个人没了重量，飞起来，飞进一片混沌中……这感觉熟悉，是吸了他血的那种入骨享受。还要更精纯，她无法控制地喊起来了，去了她也无法看清的极乐世界。

再醒过来，已经是一天一夜之后了，雍唯没在她身边，她一个人躺在硕大的床上，回味似乎刚刚才发生的一切。

怪不得雍唯说她没见过世面，原来还有比他的血更好的东西，也怪不得他说，很容易得。

总比放他血容易。

她翻了个身，全身都疼，她又想了一会儿，终于明白过来，雍唯作了弊，他给她的快慰不是娇茸所教的那种，他靠的是他的体质异常。

或许……她有些暗自庆幸地猜想，那种爱侣之间的真正快乐，他并没经历过？

或许……他并没爱过锦莱？

"你来干什么？"雍唯在前殿冷冷说话，他不悦地高声，胡纯便听了个真切。

谁来了？

胡纯坐起身。

难道是玲乔来向雍唯兴师问罪？胡纯眉头一扬，玲乔凭什么呢？她倒要会她一会！如今的她可与往昔不同了，至少此刻，雍唯会站在她这边。

第 27 章　隐忍

胡纯故意走得很嚣张，至少在玲乔面前，她要表现出夜宿享月殿的优越感。胡纯身段窈窕，一扭就显得非常妖娆，所以雍唯看她穿着睡裙，像只骄傲的猫一样走出来的时候，顿时皱起了眉。不是生气，而是发酸，感觉自己家的好东西被人白白瞧了，让人占了便宜。

哪怕那个人是女的。

胡纯看见来云的时候，整个人僵住了——她千想万想，也没料到雍唯会在享月殿里见来云，这样的外客不是应该在松林馆召见吗？胡纯尴尬地拉了拉敞开的胸口，扭了三道弯的身子也直板板地站好了。她曾那么仰慕来云，希望自己将来能成为来云这样气质出众的大妖。虽然后来发生的事让她对来云的敬仰感消失殆尽，但是，非常不想在她面前出丑。

"你出来干什么？"雍唯呵斥她，语气里尽是不满。

胡纯误解了他的不满，以为他觉得她贸然从后殿出来是不识身份，当着来云，她有些难堪。

来云高贵端庄，神色平静，没了追杀她和青牙时的狠戾，胡纯咬了咬嘴唇，不知道是该先问个好，还是灰溜溜退回后殿。来云轻轻低下了头，向胡纯微微行礼，恭敬却不失身份地说："胡纯仙子近来可好？"

胡纯一惊，没想到来云会对她这样礼遇，她讷讷动了动嘴唇，也学着来云的样子，不卑不亢地清淡福身，回了一句："来云娘娘也好吧？"

这本是句最常见的客气话，可是来云听了，苦涩一笑："不好……我过得不好。"

来云自曝辛酸让胡纯更加惊讶，简直不知道怎么回答才好，只能愣愣地看着来云，她发愁的时候仍旧那么美。

来云说自己不好的时候，眼神有些涣散，话说完了，她也醒过神，眼睛落在胡纯的脸上，似感慨又似悲哀地说："胡纯仙子，过去本座有得罪你的地方，请你见谅，如今想来，也是我太过分。"

胡纯有些手足无措，习惯地赔笑："娘娘，都是误会，你也不要如此介意了。"

来云听了，嘴唇一抿，又低了一会儿头，世事无常，哪承想，她也有向胡纯道歉低头的时候。

"神主，我此番前来，苦等多时，明知您闭门谢客，还是执意求见，为的……不过是替辉牙求个情。"

来云的悲哀加深，皱眉看着雍唯，无奈而卑微。

"他在湖边的所作所为，你知道？"雍唯端坐在宝座里，双手扶膝，脸色冷漠，明摆着，他没有宽恕辉牙的打算。

来云见状，咬了咬牙，双肩一端，决然跪了下去："神主，我也知道辉牙罪无可恕，可是，他是我的夫君，我儿子的父亲，我不能不尽力保住他。"

胡纯有些局促，正如她不愿意来云看见她被雍唯呵斥，来云肯定也不想让她看见她苦求雍唯的场面。胡纯低头，放轻脚步，尽快走回后殿，虽然曾是仇敌，但她也不想让来云太难受。

雍唯淡淡道："处决辉牙并不会牵连到你。"在他看来，辉牙死了，反而对来云有利，辉牙简直是她的一个污点。

来云沉默了一小会儿，笑了，却流下了眼泪："神主，您也知道，我儿子赤婴如今在天庭供职。"

雍唯神色缓和了一些，算是安慰她，说了句："他做得很好，大家都很喜欢他。"

来云听了，果然发自肺腑地微笑了一下，眼睛里流露出骄傲的光，但也仅只飞快的一瞬，马上又被哀愁遮盖："所以，我就更不能让他有一个觊觎神者之心的父亲。"

雍唯沉默，他能体会来云作为母亲的良苦用心，觊觎神者之心，在天庭看来，无异于反叛。有这样一个父亲，赤婴的前途也就到神使为止了。

"为了保护赤婴，这么多年来，我……"来云情绪激动起来，眼泪疾流，呼吸急促，"我做了多少错事，造了多少杀孽！只因为我不想他有一个荒淫的父亲，让他蒙羞失格。为了保持他嘉岭妖王的正统出身，我连他的兄弟都不放过，连孩子……都不放过。"来云闭起眼睛，仿佛无法直面自己的罪恶。"因为——"她哭了一会儿，突然睁了眼，人也镇静下来，这急剧的转变，让她显得有些阴狠，"我知道，嘉岭对于天庭的意义有多重要，我更知道，"她阴恻恻地笑了，"珈冥山下有什么。"

"放肆！"雍唯被激怒了，重重一拍扶手，脸色变得非常难看。

"神主，我并没有威胁你的意思，保住珈冥山的秘密，就等于成全嘉岭妖王的特殊地位，对我的意义甚至比对您更重要。我会守口如瓶，只要您放过辉牙，我会忘记一切，包括……你救胡纯的那个山洞。"

"你！"雍唯暴躁地站了起来，"你简直找死！"

说出了最后的底牌，来云反而不怕了，也没了卑微之色，挺直脊背款款地叩下头去。姿态是等待雍唯的赦免，实则就是胸有成竹的胁迫。

雍唯整理了一下呼吸，又重重地坐了回去。

"来云，我本可以立刻杀了你。"他从牙缝里说。

来云跪伏着，毫无反应。

"你走吧。"雍唯终于掩不住恼恨之色，"这是我给你最后一次机会。"

来云听了，轻盈地站了起来，亭亭向雍唯福了福身："神主，来云会铭记您的慈悲和恩德。"

雍唯没有说话。

胡纯在珠帘内把一切都听得真真切切，来云离开很久，雍唯才把条几上的东西扫落在地。他反应得越迟缓，说明越生气，压制了这么久还是没压住。珈冥山下的秘密？胡纯不知不觉咬住嘴唇，听上去似乎关系重大。雍唯救她的山洞……不就是那个非常非常小，连个通道都没有的小洞吗？那里会有什么秘密？

细细一想，她和青牙逃命那天，在那个狭小的洞里会遇见雍唯，本身就非常可疑，只是她忽略了。

一个能要挟雍唯的秘密。

胡纯长长吐了口气，雍唯牵扯到的谜团越来越多了。

没人在殿里伺候，雍唯亲自撩开珠帘走了进来，胡纯站在门边没理他，也没掩饰自己听到他和来云的对话。雍唯在她身边站了一会儿，低沉说："你就当什么都没听见。"

胡纯翻了下眼睛，不冷不热地说："我本来就什么都没听见。"

雍唯瞧了瞧她："怎么了？不舒服？"听语气，肯定是不顺心了。

胡纯不说话，劲劲地走到床边，面向里躺下，没错，她就是不舒服，心里很不舒服。

雍唯烦恼地皱眉，慢慢踱到床边："我放来云走，你不高兴？"他猜测道，"你放心，以你现在的地位，她绝对不敢再对你不利。"她还是不说话，他耐了耐性子，"毕竟她也是修炼数百年的大妖，修行不易，不是逆天悖祖，何必取她性命。"

胡纯极轻地冷哼了一声，这会儿他倒大慈大悲起来了，当初在山洞里，他不是想把她扔出去给来云劈？那时候怎么不见他念及她百年修行？

雍唯当然听见了她的冷哼，心里也火起来，声调变冷："我不是保证了么，有我在，你就死不了。"

胡纯腾地坐起来，但是没有转过身，对着床里气哼哼地说："你保证？你上次保证过的人，不是被你妈弄得灰飞烟灭了吗？"

雍唯的脸色一下子变得铁青，他的愤怒不知不觉降低了周围的温度，胡纯感觉到刺骨的寒意，立刻知道她触碰了他的痛处，他动了真怒。因为害怕，她没有转过身来，她不敢看他。

雍唯沉默了很久，胡纯在这沉默里如坐针毡，她越来越冷了，无论是身体还是内心。她只不过信口胡说，没想到就说中了真相，看来……雍唯真的向锦莱保证过。或许就是因为他失信于锦莱，所以才如补偿般，又说与她。

"以后，你不要再说这样的话，我最后原谅你一次。"他低缓地说，每个字里都能听出忍耐。

胡纯的眼泪一下子涌进眼睛，最后一次，最后一次，他刚才也是这么对来云说的，原来在他心里，她和来云并没有太大区别，被原谅，被放过的机会，只有这么一次。她提起锦莱的过错，和来云说起珈冥山的秘密一样严重。

她猜错了，她还以为他没有真正爱过锦莱，她也相信了风引的话，不想犯忌讳，就不要在他面前提起锦莱。

上次她提起锦莱，他并没有生气，是因为还没得到她么？

如今再提锦莱，他就恼怒成这样。

"我……"她忍住泪水，尽量平静地开口，还是无法控制地哽咽了一下，"我知道了。"

是她错了，她又忘记了自己是谁，雍唯是谁。

她又犯了兽性，以为共赴巫山就是伴侣，她和雍唯永远不可能成为伴侣。

她的道歉并没让他好过，她的隐忍，她的委屈，像块石头，直直地压在他的愤怒上。他驱散不了愤怒，也掀不开石头，只能更加恼火。

再次陷入沉默，心脏要爆裂开的反而是雍唯，他讨厌这种情况，只能拂袖而去。

胡纯哭了一会儿，不伤心了，就嘲笑起自己的愚蠢。

她下了床，看了看窗外的天色，她还有重要的事，青牙说不定还心惊胆战地东躲西藏，只因为救了她。雍唯如此恼怒，肯定不会再和她同去钟山了，他不去也好，她更能好好求求钟山老祖善待青牙。她需要一件信物，还好，前殿被雍唯发脾气扫得一塌糊涂，她走过去，随便捡了件小巧的折扇。这都是摆在雍唯前殿的，钟山老祖来过，自然眼熟，知道是雍唯之物。

新为她做的衣物摆在后殿的小几上，胡纯胡乱穿好，没人帮助，很多配饰也没戴，她不敢走前面，绕到后门出来，过了花篱就看见了霜引雨引并肩而来，瞧见她，犹豫了一下，都行礼问好。

胡纯有点儿受宠若惊，有些慌乱地回了礼。

她拿出折扇，装作理直气壮的样子，问："神主派我去钟山，可是又没说清楚怎么能最快到，两位能告诉我吗？"

如果碰见的是风引，她这拙劣谎言立刻就会被拆穿，幸好霜雨二人都是出名的老实人，见了折扇已经深信不疑，再加上雍唯平时一发脾气就什么都不顾，今天因为来云动了大气，没和小狐狸说清楚太正常了。

"既然您有黛宫扇在手，还怕不能速去速回么？"雨引嘴角轻轻弯了弯，在世棠宫就胡纯敢笑。

胡纯看了看手里的扇子，没什么稀奇之处，连光都不发："他……他没告诉我怎么用。"

雨引霜引互相看了一眼，他？果然小狐狸是出息了，叫神主都他他的。既然如此，别得罪她才好。

雨引详细解释道："只要您念动黛宫扇的咒语，春山黛眉，然后说想去的地方就可以了。"

啊？胡纯意外之喜，她胡乱一拿，还拿对了！她太需要这么个宝物，想去哪儿就去哪儿了。

她急不可待地尝试："春山黛眉，钟山。"眼一花，耳边闪过风声，再看时，她已身在四季梅花不败的钟山了。

第28章　分别

钟山之美，超过胡纯以往所见，各种不同颜色的梅花遍布山间，红梅上有落雪，在暖如暮春的气候下也不融，白梅上挂了淡绿的细丝带，丝带上点缀了非常小的夜明珠，不知道夜里是怎样的炫丽，怡人春风中，兼具春冬景色，果然是仙人住所神秀洞天。钟山因形似大钟得名，最独特的是山顶有一拱形山桥，极似大钟的吊耳。钟山圣府就建在巨型山桥的正中，云缠雾绕，祥光烁烁。山桥下正有一挂巨大瀑布，钟山圣府跨水接峰，得尽山水灵秀。

胡纯站在山桥一端，呆呆看了一会儿，已近午时，太阳在山桥下的瀑布雾气上折射出一道宽宽的彩虹，更添钟山绮丽。她都有些羡慕青牙了，如果她也能在这样漂亮的地方生活修炼，真是心旷神怡别无所求了。

她漫步走过石桥，距离虽远，奈何景色绝佳，行走其间也是享受。她听着瀑布水声，看着周围开阔的群山错落，心情也跟着舒畅起来，她的烦恼像她于这壮阔景色里一般，都缩小了。

钟山圣府是人间仙境，仙尊府宅，门楼自然高大气派，比起世棠宫，多了灵秀高华，少了帝王威严。胡纯看惯了世棠宫的高门大户，在钟山圣府门前也没有怯意。门环是紫檀镶铜，挂在她头顶高处，胡纯觉得踮起脚来伸臂叩门，实在毫无仪态，直接敲门又发不出多大声音，她看过大门自然知道，叩门的声音等同于仙力高低，也决定人家把你放在哪个档次里。

她也是抱着尝试的心态，在掌心聚气，试着去拍门环，没想到竟然手心发热，一股仙力蓬勃而出，门环撞在门上虽然不是特别响亮，但也清晰悠远，已经算得上及格。她愣愣地看着自己的手，猛增的仙力是怎么来的……她当然想到了雍唯的血和鱼水贡献，竟如此有威力？

门童客气开门，是个俊秀的少年，他虽然不认得胡纯，但十分恭敬。

胡纯也彬彬有礼，学着来世棠宫的那些神仙一样，优雅报上名号，等少年去通传回报。

"你擅离世棠宫，还偷了黛宫扇，该当何罪？"雍唯在她身后威严地说。

胡纯并没吓得一惊一乍，她能瞬息而至，雍唯刹那前来更不是问题。她淡然回头，看他仍穿着早上见来云的常服，没有换出门的衣服，心情好了一些，看得出是匆匆追来，没顾上打扮。

"想治什么罪就治什么罪呗。"她满不在乎，转回身不看他，很专心地等门童回来。

"你真是越来越放肆了。"雍唯很沉肃地说。

他这种语调其实很怕人，但是胡纯心都没颤，故作恭顺地回了一句："我怎么敢？我只是个下人，听您训斥都来不及。"

雍唯咬牙瞪眼，他吵架不行，又在钟山，只能胸口发堵，说不出话。

门童回来得很快，他看见雍唯有些意外，怎么这一小会儿就多了一个人？既然是跟着世棠宫下人来的，衣饰也不算豪奢，应该也是世棠宫的仙侍什么的。他也没在意，把半扇门开了二人宽的缝，胡纯已经觉得是礼遇了，含笑而入，雍唯却板着脸没动。

胡纯走了几步，回头看了看，心里冷笑，神主大人走到哪儿都是主人亲自出迎，门户洞开，没侧身走过路，她嘲讽地一抿嘴，爱进不进，她可得赶紧去见钟山老祖了。

雍唯两只胳膊来回拂袖，忍了好几轮，终于低头冷脸，从门缝里走进来，他人高腿长，几步就赶上胡纯，他用眼角瞥她，下决心要紧紧她的筋。可是她堵着气，假笑着不看他，胡乱梳起的头发一点儿都不端庄，偏偏就带出那么股娇慵俏媚的放肆劲儿，他明明应该很讨厌，可看了就顿时没了气性。这倒霉脾气是他惯出来的，可是……他好像还挺乐意。

他意识到自己傻乎乎的，似乎还笑了，赶紧一冷脸，幸好没被她看见，不然再不会对他有半点畏惧，更要气得他头疼胸闷。

钟山老祖频繁往来世棠宫，和胡纯青牙很熟悉，其实他也知道胡纯赶来钟山的意思，端坐在正座上想怎么和她说，如果坦承他已经收留了青牙，又怕她回世棠宫顺口一说，神主听了心里不痛快，还是留些余地为好。

胡纯走进来的时候，钟山老祖顾虑到她和神主关系，还是站起身，这算给足胡纯面子了，可当他看清胡纯身后跟的人，脸色立刻变了，匆匆走过来迎接，笑容也瞬间堆了满脸，因为意外，显得有些慌张，问候也结巴了起来。

"神……神主，您怎么也跟来了？"话说出口，钟山老祖立刻意识到问题，怎么能说神主是"跟着"来的呢？他一慌，急中生智，袖子一拂，把领路的门童撂了好几个跟头，他瞪眼训斥道，"神主大人前来，怎么不立刻通报？"

门童吓得连连叩头，满嘴求饶，他快哭了，自从来当仙童，没这么委屈过。

胡纯看了不忍，连忙出声解劝："老祖莫气，原本只是我自己敲门，雍……神主是后赶到的，门童小哥没有错，只是一时不查，无心之失吧。"

钟山老祖只是做做样子，岔开话题，就坡下驴地骂门童道："还不退下！吩咐他们上钟山最好的药茶。"

门童唯唯诺诺地走了。

雍唯对这些都不关心，也没和钟山老祖客气，老祖请他上坐，他就理所应当地坐到钟山老祖的那个位置上，一副喧宾夺主的样子俯视着老祖和胡纯。

胡纯压住不满，轻轻瞟了他一眼，别人这样叫无礼，雍唯这样叫接受主人敬意，他活到现在一直享受这种尊崇优待，也难怪时常不通情理。胡纯向钟山老祖说明来意，再三拜托他照顾教导青牙，钟山老祖满口答应，连声保证，让胡纯放了心。

话三两句就能说明白，两厢又都愿意，所以很快就没了话题，安静下来自然会尴尬，老祖连忙笑问雍唯："炬峰城主回归天霜雪域，大摆三天筵席，神主也收到请柬了吧？"

他不问还好，一问雍唯的脸色就更难看了，冷冷一哼。

老祖真想扇自己一耳光，他光顾想着炬峰和雍唯是舅甥，忘记他们关系不好，炬峰被贬濯州还是因为雍唯。炬峰也是够可以的，一点儿不给神主面子，连请帖都没给他发。老祖额头见汗，他怎么偏偏就戳中神主这个痛处呢？

"话说完就走吧。"雍唯没好气，已经从座位上走下来。

胡纯原本还想要求见青牙一面，可是雍唯的臭脾气已经发作了，她也不想火上浇油，只能一脸欲言又止地低头跟着雍唯走，时不时回下头。在一处房角，她看见了青牙的衣角，心里顿时一宽，她笑了笑，知道青牙在看她，她这一笑，想说的话似乎都对他说了。

钟山老祖本想看着雍唯带胡纯离开，被雍唯态度恶劣地拒绝了，老祖心知今天说错了话，也不敢再违拗雍唯的意思，带人悻悻回府。雍唯散步般在山桥上走，胡纯相隔三步跟着他，她也猜不透雍唯的心情恶劣到什么程度，或许根本就没有生炬峰的气，他和炬峰之间的关系不是外人能揣摩的，至少她就不觉得雍唯真的讨厌炬峰，更多时候像在赌气。

"你想去哪儿？"雍唯突然说。

"嗯？"胡纯愣了愣，"问我？"

雍唯回头瞪了她一眼，满是谴责，胡纯明白他是在骂：不问你问谁？

他不高兴了，胡纯刚才的一肚子气就莫名其妙地消了，在心底的某个地方，她觉得她不该在他心情不好的时候，增加他的负担。

她认真地想了一会儿，幽幽道："你说，炬峰回去，有没有和白光说？"更乐观点儿想，有没有带白光一起走？他们相识于微贱之时，相处这段时间，炬峰的心里有没有白光的一点位置呢？

"拿来。"雍唯转过身，一脸倨傲地向胡纯伸手。

"嗯？"胡纯又发蒙，瞪眼看他。

"黛宫扇。"雍唯又用眼神谴责她。

胡纯撇嘴，小声抱怨说："真小气！"其实她是做贼心虚，毕竟是她偷了黛宫扇在前，只能倒打一耙，才能显得自己不那么可耻。她很不情愿地把扇子还给雍唯，雍唯顺势抓住她的胳膊。

"去看看不就知道了么？"他的话里透着对胡纯纠结的不屑，

话音未落，已在濯州的丁神庙前了。

濯州的新丁神迎了出来，已经换成了一位婆婆，胡纯看着她，又看看住过一段时间的丁神庙，顿时有了物是人非的酸涩。她向婆婆问起白光，婆婆一脸疑惑，说根本没有碰见过刺猬仙。

她又让雍唯带她去了汤迦山，雍唯看着白光的洞，尽是不愉快的回忆，抿着嘴不肯进去。胡纯想进洞找白光，也被他拉住，不许她去。胡纯被他气得要死，也不好在这个时候和他赌气，只能在洞外叫白光出来。喊了好几声，才听见白光糊里糊涂的应声。

白光蓬头垢面地走出洞，第一眼看见胡纯，刚想诉苦，第二眼就看见了雍唯，立刻站住，尴尬地抓了抓凌乱的头发，讪讪笑了。

雍唯一改上次对她的温和有礼，毫不避讳地露出嫌弃之色。

胡纯有些心疼，看来白光是大醉了一场。她对雍唯的嘴脸很不满意，这是她最好的朋友，他干吗这个态度，哪怕像平时一脸郁闷也好啊！她甩掉雍唯的手，还锐利地瞪了他一眼，雍唯没吭声，也没再阻拦她。

胡纯走到白光面前，竟然一时不知道说什么好，相对沉默了一会儿，她才问："你打算怎么办？"

白光想了好一会儿，又看了眼雍唯，低声说："能不能带我去趟他家？"

胡纯的心一揪，白光有多喜欢炬峰，她并不知道，白光从未和她详谈过，而且总像是在开玩笑。可是，白光请求雍唯带她去见炬峰，胡纯明白，她是真的深深把炬峰放在心里了。同是嘉岭的无名小妖，她和白光有着一种穷高兴似的豁达，所谓豁达，只不过是明知无望还不如大方放弃的卑弱。白光能鼓起勇气去见回归神位的炬峰，对她来说，是为了最放不下的人做最大的争取。

胡纯走去拉雍唯的手，她知道让雍唯去天霜雪域很为难，"雍唯……"她不知不觉叫了他名字，这种时候，她求助的不是神主，只是雍唯。

雍唯僵着身子，也僵着表情，他知道自己该拒绝，可是看着胡纯哀求的眼神，听着她低唤他的名字，他只能说："这有何难？"

第 29 章　道别

　　胡纯一喜，明白这是雍唯为了她做出了妥协，看着他的眼神就多了情意，握着他的手就绵绵地一紧。

　　雍唯的眼神落在与胡纯交握的手上，胡纯以为他觉得是冒犯，快快松开，却被他反过来拉住，她心里一甜，对着雍唯笑了。

　　"你们等等我，我去准备一下，怎么说也得洗洗脸梳梳头。"白光说，没人理她。

　　胡纯恍有所悟地摇了摇雍唯的手："怪不得我在人间看见的情侣们都喜欢拉手。"原来拉手比之鱼水之欢有另一种动人心处，"只有拉着手，才能真正感觉到我们在一起了。"

　　雍唯点头认可她的说法，把她的手用力攥了攥，宣布："以后都拉着手。"

　　胡纯听了，笑笑没说话，以后……以后太长远了，无论是他说的话，还是她自己说的话，都不敢当真。

　　白光收拾完走出洞，手里提了一小袋香梨，胡纯瞧了眼她的梨，觉得去天霜雪域见炬峰，不适合带这个。白光果然是她的老友，这状似无心的一眼，白光就明白她的意思。

　　"空手上门总不太好，而我……也只有这个可以送他。"白光有些自嘲地笑了笑。

胡纯听了心下恻然，走去拉她的手，想说点儿安慰她的话，又好像说什么都不合适。她一走，雍唯也跟着走，胡纯莫名其妙地回头看他一眼，才发现手还拉在一起，她虽然觉得甜蜜，可当着白光，简直是伤口撒盐，她只能忽视雍唯，如果和他挣起来，让白光的注意力放到他们的手上，才是真正的残忍。

"我们这就走。"胡纯拽了白光一把，想让她走去拉雍唯另一边胳膊，她不知道黛宫扇的威力有多大，能不能同时带三个人走。雍唯突然上前一步，抢过白光手里的香梨袋子，太意外了，胡纯和白光都吓了一跳。雍唯提着粗布袋子，脸扭过去远离了她们一步，冷声说："走。"

胡纯和白光都意识到他甘愿拎东西，只是不想白光碰他。白光默默地拉住胡纯的手，向雍唯示意般点了点头。一瞬间，他们已经在天霜雪域山门外了。

胡纯张着嘴环视周围，惊讶地忘记呼吸。原来"天霜雪域"一点儿雪也没有，并不冷。五座低矮平缓的青山环绕成一个梅花状的地势，五山中间的谷地有一池碧波，每座山上都种满了梨树，终年梨花盛开，熏熏和风轻柔吹拂，山上谷中的梨花落英飘飘洒洒，似清雪飞扬，梅花山脉像被白雪覆盖，时刻下着花瓣雪，圣洁妩媚。

天霜城建在最高的一座山顶上，与两侧的山有巨型拱桥相连，两侧的山上也有城池，陪衬护卫着中间的主城，虽然明知是梨花，城池仍旧给人凌寒孤绝俯瞰尘世的感觉。

雍唯带她们停在五山入口伫立的巍峨门楼前，他远远看着天霜城，若有所思。胡纯体贴地一摇他手，轻声说："我和白光进去吧，你……"

雍唯果断地一摇头，他不放心胡纯白光进去瞎碰，也不想在天霜城和炬峰相见，还真有些为难。

山门前的空地上，梨花花瓣凭空打起了旋，在花旋里炬峰笑嘻嘻地出现了，他跨前一步，花瓣都落下去，并没堆积在地上，而是消失不见。整个天霜雪域，落下的梨花都没零落成泥，都轻缓消失。

"既然来了，干吗不去拜见我？"炬峰还是以往那副笑脸，可又不一样了。

白光皱眉看他，衣饰虽然考究了，但也说不上奢靡，戴了小玉冠，也并没过分夸耀，可就是多了股贵气，嬉笑调侃间仍有些高不可攀的疏离。

"你并没给我发请帖。"雍唯沉着脸，很介意。

"我发请帖给你，你会来？"炬峰挑着眉毛，看穿雍唯的心思。

"不会。"雍唯冷哼，那炬峰也得给他拒绝的机会。

炬峰一笑，就知道他还是一副孩子肚肠，姐姐把他惯坏了。他转而向胡纯和白光笑，似乎真的很高兴见到她们。

"你们来得太好了，我走得匆忙，也没顾上与你们道别。今日既来了，和我的客人们一起热闹三天。"

白光笑得很僵硬，他是故意把她和其他客人看得一样吗？

"神主大人也赏个光吧？"他坏笑着瞟雍唯，"让姐姐和天帝知道了，也会觉得我们舅甥重修旧好，我这城主回归得名正言顺。"

雍唯冷着脸没反应，胡纯捏了他的手一下，很用力，雍唯瞪了她一眼，胡纯偷偷笑了笑，明白他让步了。"走吧，走吧。有好吃的吗？"胡纯一手拉雍唯，一手拉白光，装出兴高采烈的样子对炬峰说。

炬峰摸着下巴，很认真地观察雍唯手上的袋子，感慨太过动情，就显得很假："我外甥真是长大了，上门看舅舅都知道带礼物了。"

雍唯这才想起手里的粗布袋子，满眼愤恨而脸上没表情，重重地把袋子扔在地上。

白光大叫一声："我的梨！"

胡纯甩开雍唯的手，和白光一起扑过去捡梨。

"幸好没摔坏。"胡纯打开袋子检查了一下，抱歉地看着白光，雍唯这个混蛋，哪明白这袋梨对她的重要。

"进去说，进去说。"炬峰笑了笑，手指一弹，原本漫天飞舞的花瓣聚拢成一道门，他率先走进去，向大家做了个请的手势，胡纯拉着白光，略感新奇地走进门里，发现另一面就是炬峰的住所天霜殿。

因为周遭都是梨花皑皑，天霜城的建筑颜色非常艳丽，基本都是红墙碧瓦，雕梁画栋，配色大胆却不俗气，衬了雪山一般的背景，看上去富丽堂皇而极具美感。天霜殿在天霜城的最高处，从栏杆望下去，五山景色尽收眼底。

胡纯和白光第一次来，凑到碧玉栏杆边眺望整个天霜城的富庶繁华，大街小巷店铺林立，人行其间不慢不慌，三两成群非常惬意。家家户户人丁兴旺，从高处看过去，他们的休息劳作都瞧得清清楚楚，有人在窗前读书，有人在井边洗衣，炊烟升起的地方有母亲在做饭，孩子们在她身边跑进跑出。

虽然眼里看的是市井百态，心里却非常安定恬淡。

炬峰和雍唯也在看，炬峰轻轻笑出声，"天霜城的景色，我怎么看都看不够，尤其……"他话里有话地拉了个长音，"我好多年没看到，更是想念。"

雍唯哼了一声，寒意十足地说："能看就好好看，不知道什么时候又看不到了。"

炬峰听了，没恼，反而露出一点儿惊喜的表情，叫了胡纯一声："小狐狸，你最近是不是总和神主大人吵架？他嘴皮子功夫见长。"

雍唯深吸一口气，又闷闷地用鼻子呼出来，无声地发了个"唔"，算是同意这句话。

胡纯回头，皮笑肉不笑地说："谁敢和他吵架？神主大人动不动就要训斥人的。"

炬峰要笑，淡淡地抿住："可不是么，以前骂骂看大门的没什么，现在还总训斥，那真是自讨苦吃。"

雍唯沉着脸，总算明白过来自己被胡纯这顿挤兑是为什么了，他好像当着来云说了她一句。他只是不想让来云看见她的身体……身材，而且也不是什么过分的话，犯得着这么生气吗？

雍唯第一次觉得女人很难缠。

"进殿吧，我预备了天霜名产梨花饼。"炬峰当回城主，人似乎也变得和气了，很周到地说。

大概是因为雍唯在，炬峰没有把他们往私殿里领，招呼他们在正殿落座，正殿太大了，彼此距离很远。胡纯坐在一把紫檀太师椅里，看对面的炬峰都觉得遥远，似乎从没认识过他，没和他一起吃过烤土豆和烤南瓜。白光也沉默地坐着，呆呆地抱着她的梨，没有看炬峰。

仙侍们进来送饼和梨露，一份份盛在精致的水晶杯盘里，大殿里有些暗，美丽娴雅的仙子们在他们每人手边的高几上放了盏垂月灯——小小的托架上吊着一颗鸡蛋大的明珠，明珠发出橙黄色的暖光，像中秋的月亮。

"把梨交给她们吧。"炬峰笑着对白光说。

白光愣了一下，才把袋子交给了她面前的仙子，看她们拿着这袋和这里格格不入的粗糙东西，摇曳生姿地走了出去。就在几天前，她把同样一袋送到丁神庙，炬峰笑嘻嘻地从她手里接过来，拿了一颗在衣服上擦了擦，边吃边向她笑，夸梨子很甜。

这样的炬峰，濯州的子孙叔叔，永远的不见了。

对他来说，几天前她还是甜梨，现在已经是只能交由下人拿走的粗夯东西了。

"既然来了，就在雪域宫多住几天。"炬峰对雍唯说，"胡纯也没来过这里。"他又看着胡纯笑，"圣域宫是我姐姐出嫁前的住所，雍唯小时候也住在那里，是个比较有回忆的地方。以后那里就给你们住，想来就来，不用再和我说。"

雍唯没什么表示，胡纯只得笑着道谢，总不能她也僵在那里不出声。

炬峰这才看白光："尝尝梨花饼和梨露，别处可吃不到，这就相当于西王母的蟠桃。"

雍唯冷哼，用眼神说：不要脸。

梨花饼和梨露再好，不过是零食，还腆着脸和蟠桃比呢。

炬峰撇嘴笑："我这里可不比世棠宫，宝贝虽多，能吃的也就是点乌烟瘴气。"

白光不理会他和雍唯的斗嘴，拿起盘子，很小心地咬了口饼，清甜香酥，比她做过的任何点心都好吃。她和胡纯在丁神庙蹭住的时候，给他做过芝麻烧饼，是她最拿手的，和梨花饼相比，真是天上地下。

"我……"她放下盘子，暗暗清了下喉咙，"我就是想来看看你家什么样。"她挤出笑容，原来他的家是世间圣地，几座仙城，"看过就放心了。我这就告辞吧。"炬峰给神主胡纯指定了房子，并没留她。

"也好。"炬峰浅笑,"我这里要乱几天,等清净了,你再来玩。"

话很客套,人也很客套,没有任何诚意。

白光站起身,看胡纯也一脸难过地跟着站起,连忙摆手:"你和神主多住几天吧,不用管我,不用管我。"

她说这些话的时候,眼睛始终没有焦点,既不看炬峰,也不看胡纯。

"我派人送你回去,你出殿下了石阶就行。"炬峰说。

"嗯嗯,谢谢啦。"白光急匆匆地往外走,很着急回家一般。

雍唯领着胡纯往雪域宫走的时候,不准人跟着,两人谁都没说话地走了一段路。

"你要不要去看看她?"雍唯突然停住脚步,看着一直低着头的胡纯。

胡纯摇摇头,有些时候,自己偷偷躲起来,伤口才能慢慢好。

"雍唯,你还是那么喜欢我吗?"胡纯突然抬头,直直地看进雍唯的眼睛里,那里有她。好像第一次见面时,她就在他的眼睛里看见了自己。

雍唯怔忪地看着她,梨花瓣飘落在她的头发上,脸颊上,衣裙上,又像融雪般缓缓消失,花雪中的她皓齿明眸,美若桃李,梨花只能沦为她的陪衬。"喜……"他突然有些脸发热。

她也没听他说完,一下子扑进他怀里,很用力地搂他:"我也还是这么喜欢你。趁我们还彼此喜欢,就好好在一起。"

她再也不闹别扭了,她是燃尽的蜡烛也好,烧焦的劫灰也罢,在她和雍唯分手之前,要特别特别甜蜜地在一起。等她和他道别的时候,就凭着现在的甜蜜,也不会遗憾了。

第 30 章　圣域

胡纯跟着雍唯走进圣域宫，沉默地看了一会儿，问他道："世棠宫也是天妃娘娘帮你布置的吧？"

雍唯不甚在意："我不太理会这些事，父亲派能工巧匠建了世棠宫，后面的事情都是母亲管的。"

胡纯做了个了然的表情，天妃娘娘的闺房圣域宫，风格和世棠宫完全一致，什么好东西都敢糟蹋，什么宝物都是粪土，人家脖子上手腕上戴的，天妃娘娘用来铺地镶墙，一挂珠帘可能就是整个海域都搜罗不齐的大小色泽相同的滚圆珍珠。圣域宫比起世棠宫还要奢靡精致，处处透出女性的婉约，铺地的不是墨玉而是颜色浓郁纯净的紫水晶。

胡纯看得心里发堵，怎么有人可以活得这么得意张扬？她觉得再看一眼天妃娘娘的豪奢布置，她都要嫉妒死。她从侧边的圆月门走出去，是一座羊脂玉铺砌的观景台，圣域宫在天霜殿左侧的山峰上，她刚才就和雍唯散步从跨峰的拱桥上走过来。圣域宫下方也有城池，规划得整齐方正，全是歌坊舞馆琴苑画堂，穿梭其间的全是少女少妇，不见世俗唯见清雅，站在观景台都似乎能听见她们的莺声燕语。

夕阳西下，女城里响起一阵钟磬声，少女少妇们欢笑起身返回主城，衣带飘飘从拱桥上婀娜走过，桥的那边聚集了很多等待的少年，他们都是来接心上人的。橙红的光把拱桥照得金灿灿的，飞鸟成群从桥下飞过，几个女孩快步跑起来，跑到自己的情郎身边，甜蜜携起手，相依相偎地走进城门里。

胡纯看得入迷，喃喃道："这才是世外桃源，人间仙境，真羡慕天妃娘娘，从小就生活在这里。"因为景色太美，生活太令人憧憬，胡纯都忘记天妃的跋扈无礼，只觉得她还是一个受尽世间宠爱的姑娘，无法讨厌她。

雍唯也看着人归家、鸟回巢的傍晚景色，眼神深邃复杂。

"其实我还小的时候，娘并不像现在这样不可理喻。"他突然开口说了心事，胡纯有些吃惊，不敢打断他，静静听他说，"她总是很高兴，带我六界到处玩，也常回天霜雪域小住，所以我有一小半童年时光是在这里度过的。"

胡纯无声地点了点头，如果她有天妃娘娘这样的家世，嫁了天界最尊贵的人，生了雍唯这么漂亮的儿子，她也天天乐得合不拢嘴。

"可是后来，她越来越不开心了。"雍唯木然低下了头，眉头轻轻蹙了起来，"她是父亲的继室，当初天后离世，父亲亲来天霜城求亲，只说避忌丧期，先迎母亲为妃。母亲欣然应答，携带天霜城重宝，风光嫁入天庭，继而生下了我。我的那些哥哥姐姐都与我同父异母。"

胡纯恍然大悟，天妃娘娘看着很年轻，雍唯的大哥瞧着比她年纪都大，原来是这么回事。

"可是，天后的丧期早已过去，父亲也没有册立母亲为后的意思，反而采选了各个仙族的美女入宫，把母亲置于很尴尬的地位，直到天狐的出现，彻底让母亲失望了，父亲也封了天狐为妃，虽然大家都尊母亲为后宫之主，可在身份上来说，天狐已经与母亲平起平坐了。"

胡纯很为天妃娘娘抱不平，天帝说话不算话，还另封他人气她，搁谁都会伤心欲绝。也难怪天妃提起天狐就咬牙切齿，甚至迁怒整个狐族了。

雍唯可能也觉得自己说多了，有些讶异，愣愣地停住。

胡纯怕彼此尴尬，笑着央求道："说说天霜城吧，这么美的地方，我以前都不知道。"

雍唯松了一口气，因为有了新话题就不必纠结于自己突然的多言："天霜雪域是天地三大圣地之一，那个湖，"他用眼睛点了点五山环抱的湖泊，"叫结魄湖，湖底有寒脉，湖水吸取了梨花的精气，在湖底结出梨魄。"

"梨魄？"胡纯更没听过了。

"梨魄是天地至宝，寒而不凉，坚硬无比，世间任何东西都不能磨损它，只能用梨魄打磨梨魄。梨魄很难结成，天霜城的梨花落而消失，就是被湖底的梨魄胆吸走了，梨魄胆小如芥子，能结成什么样的梨魄全靠天地造化，有时候百年也只能长一围，从芝麻长成米粒，可见难得。即便是米粒大的梨魄，放入尸体嘴中，可让尸体万年不腐栩栩如生，这也是众仙前来乞求的重要用途。"

胡纯已经完全能够想象梨魄的珍贵了，天霜城在六界中一定地位超凡，也难怪炬峰被贬会那么气愤，他也和天妃娘娘一样，自小生活在这里，有傲视仙魔的资本。

天色更暗，风也比刚才大了些，胡纯理了理头发，从发间拿下一片花瓣，天霜城的花瓣不都会消失么，怎么会落在她的发间？她愣愣地看，指尖一片嫣红，是海棠花瓣。

"跟我来。"雍唯觉得她发呆的样子很可爱，心情转好，拉着她的手，从宫里穿过，另一侧也是个平台，只有一棵超乎世间海棠的巨大树木，开了满满一树水红色的海棠花。这棵海棠可说万白丛中一抹殷红，娇美万端，因被仙气滋养终年不谢，花繁叶茂，犹如幻象。"怕乱了梨花精魄，圣域宫设了结界，海棠花瓣飘不出去，只能在这里看见。"

胡纯仰头看花，天色暗沉，花树上点缀着无数发光的星晶，花朵姣红，微光柔媚，竟也是一副绝世美景，她忍不住在落花里转了个圈，笑着伸手接。

雍唯的眼睛被星晶照耀的闪闪烁烁，他喜欢看她笑，她一笑，海棠都不俏了，星晶都暗淡了。

他走过去，伸臂圈住她，盯着她看，有很多话想说，却好像词句都组不起来，他低头吻她，把他的心意都满满渡给她。

胡纯突然想到什么，一把推开雍唯，紧张道："你舅舅是不是能看到天霜城所有的地方？"

他们一到山门，炬峰立刻就来了，速度之快，是很可疑的。

雍唯被她推得一晃，并没松开她："他应该只可以感知到我，我的血和心大半因为母亲才这样，所以炬峰能感应也很正常。"

"可是叔叔并没有神者之心和血，难道天妃娘娘有？"胡纯皱眉，很想知道。

"天霜城因为湖底梨魄常年吸取精魄，所以灵气十分旺盛，母亲一族的血液对其他神族和妖魔来说，都是疗伤增益的圣品。不知道为什么母亲嫁给父亲这样的天界正神，会让我的心和血都异变了。"雍唯有些苦恼，这样特异的体质很多时候都特别麻烦。从小他受一点儿伤，父母就很紧张，怕引得神魔躁动。

胡纯点点头，看来是灵血和神脉混合出了圣品。她左右瞧了瞧，颇有顾忌，把雍唯推得更远一些："总觉得叔叔在偷窥，我们还是不要了。"

　　雍唯难得轻笑出声，问她："不要什么？"

　　再木讷正经的男人，一旦沾了春意，说话就会显得下流，胡纯瞪了他一眼，冷冰冰的神主怎么也轻佻起来了？他威压般靠过来，双臂收紧，下巴差点压在她的鼻梁上，那张常年不高兴的脸现在似笑非笑，眼睛里还冒着邪里邪气的光，怎么看都是色相，只是因为他长得好，才勉强不让人讨厌。

　　"什么都不要！"胡纯没好气地说。

　　"担心被炬峰偷窥？"他嗤笑，一只手松开她，凌空一抓，拢了一把海棠花瓣，随意地向上一撒，花瓣没有随风飘走，像被无形的墙壁挡住，落雨般打着转落了下来，"我已经布下结界，"他吻她，吐字不清地说，"不用担心……"

　　每次被他的神明之气笼罩，她就晕晕乎乎的，感觉自己被他轻松放到海棠树低矮的树枝分叉处，他在这方面向来十分直接，脱了她的裤子，再脱自己，然后一冲而入。胡纯疼得一激灵，人都清醒过来了，又疼又气，一脚踢在他胸口，雍唯正在最没防备最放松的时候，被她踢得连退了两步，生龙活虎的小唯也跟着掉了出去。雍唯生气地瞪眼，平时他只会用眼神指责，这次太气愤了，责问出声：

　　"你干什么！"

　　胡纯哆嗦着腿从树杈上下来，想着娇茸教她的，觉得这关不过倒霉的还是她自己。于是强忍着不满，挤出一点儿笑意，冲过去双手按他的肩膀，想把他扑倒。雍唯已经有了戒备，她没推出半点效果，他站得稳稳当当，居高临下鼻子不是鼻子脸不是脸地瞪她，火气从七窍里无声地喷出来。

"躺下。"她仰头看他，她说得没什么风情，他更没感悟。

"为什么？"他还冷着声反问。

胡纯噎了口气，真想来个扫堂腿把他撂倒在地，狠扁。"你躺下嘛……"她脑子里突然闪过炬峰的话，雍唯是不能靠硬拼的，只能靠智取，还茅坑脾气，吃软不吃硬。她捏着嗓子，故作魅惑地说。

雍唯眼露犹疑，但是产生了一丝理解，傻乎乎地问："你不喜欢站着？"

胡纯都能听见自己咬牙的咯咯声，火气也没压住，偷看人家窗根学来的俚语都冒出来了，"对！躺下搞！"幸亏雍唯有这副皮囊，不然得多遭人嫌弃！

雍唯一抿嘴，十分合心意地扑倒她，又很愉快了："好！"

胡纯被他像山一样压在底下，又被他得了手，火辣辣地锯了好几下，"停！停！停！"她尖叫。

"又怎么了？"雍唯的耐心也耗尽了，恨恨地问。

"不对！不对！哪儿都不对！"胡纯忍无可忍。

雍唯也快疯了，又变成了阴郁脸，用最后的一丝理智质问她："怎么不对？不是这里还能是哪里！"他要气死了，怎么这么麻烦啊！不知道男人最讨厌在这个时候被频频打断吗？她不想要他的宝贝了吗？

胡纯被气哭了，发自肺腑大喊一声："蠢蛋！"

第31章　领悟

　　一向自诩天赋过人的神主大人自尊严重受伤，僵直着身子一动不动，面沉如水。

　　胡纯也很后悔，以雍唯的个性，他这口闷气不出，没她好果子吃的，唯一的办法就是补救。她深吸一口气，眨眨眼，把气出来的眼泪甩掉，眯着眼僵笑。

　　"雍唯……"她轻声叫他，果然，一听她"含情脉脉"地喊他名字，他绷紧的肌肉就软了一些，胡纯一招得手，心宽了宽，表情也不那么僵硬了，笑的时候就有了三分娇媚，"雍唯。"她又叫了一声，"这样不对的。"她柔声说，果然他不再抗拒，被她起身扑倒。

　　这一动，她很难受，干脆弓背抬了抬，让他离开，雍唯立刻又不满了，恨声啧了啧。

　　胡纯不理他，双手撑在他身体两侧，反客为主地吻他，时而缠绵时而霸气，他的神明之气因情动而更加醇厚，她吸得心满意足，飘飘欲醉。她也情浓意动，身体伏在他身上，像山脉上流动的水一样蜿蜒盘旋，春意之源便一下一下碰触着，雍唯被她吻得身体软绵绵的，偏有一处像待爆发的火山，灭火之处似乎唾手可得，他一拱腰，她也跟着扭，就是不让他得逞。

　　"啧。"他又难受，又渴望，发了小脾气。

胡纯星眸如水，雾蒙蒙地看他，又亲了亲他唇形完美的嘴，她也想要他了，春柳般的纤腰一压，如奖赏又如献祭般迎入他，雍唯长长地嗯了一声，又想乱来，被她惩罚般地使劲一坐，她没想到自己也会被这股力量反噬，疼了一下，凶他道："你别动！"

雍唯已经像跳过火圈的狮子，骨头都软了，眼珠子都要化成一汪潭水，乖乖地唔了一声。

她按照娇茸的指点动了起来，耳边似乎还听见娇茸的教导：先取悦自己方能共赴极乐。她想方设法地让自己快乐，终于找到了曾经感知过的地方，她重重地喘息着，让雍唯不断接近那里，她的愉悦立刻带给雍唯灭顶般的沉沦，他像被人提着一样，不由自主地坐了起来，腿用力绷直，无意中踢到了海棠树干，弥天漫地的海棠花像殷红的暴雪一样，密密实实地飞落下来，被结界挡住飞不出去，很快在他们周围落了密密匝匝的一层，像铺了红色的地毯，他和她身上的汗水也粘了几片。

红色的花瓣像火焰般，引燃了最后的火线。

雍唯扬起下巴，胡纯的心脏跳得很快，脑子也乱糟糟的，可是还不行，她一下子把他推出去，雍唯立刻就疯了，死死瞪了她一眼，骂道："你要再说不行，我就宰了你！"

胡纯软了，任由他粗鲁胡来，没想到她缺的就是这一些蛮力，一下子就死搂着他，在海棠花雪里去往天堂，一波还没落，他的宝物就奉献给她，她叫都叫不出来，比上次的感受还要强烈，极度欢愉地失去知觉。

醒过来的时候，是一个清晨，雍唯穿戴整齐坐在窗前看书。

"我睡了几天？"她颇有经验地问。

"两天。"雍唯有些鄙视她，并且说出了口，"真没用。"

胡纯哼了一声，起身的时候如宿醉般，头还很晕，她扶住床沿，闭眼忍了一会儿。

"你被炬峰笑死。"他闷闷地数落。

胡纯又哼了一声，明显撒谎，炬峰笑话的肯定是他。

"叫人帮我梳妆吧。"她理了理头发，想想，含笑带俏地飞了他一眼，"你出去转转，我不想让你看着。"

雍唯的脸色神奇地瞬间变好，训斥的话此刻说出来，像是抱怨："我不能看？"

嗯，明白了，明白了。胡纯彻底明白了炬峰说的，智取是什么意思，太有用了。

她看着他，慢慢地眨了下眼，略有嗔意地说："不愿意让你看。"

雍唯愣了一小会儿，不知道是陷入思考还是大脑空白，缓过来就起身慢慢走了，走到门口还回头看了她一眼。

胡纯嘴角抖了抖，不知道他底细，还以为他有多纯情呢！真是小羊羔般地回眸一望。

也不知道锦莱不是好老师，还是他不是好学生……想到锦莱，她的情绪又要低落下去，她赶紧甩了甩头，决定好的，不去想那些不高兴的事。

天霜城的侍女们优优雅雅地走进来伺候她，她们的主上不禁止她们微笑，所以比世棠宫的仙侍们显得和气温柔很多。帮胡纯沐浴更衣，换了天霜城出产的梨花锦做的衣服，梳了天霜城少女们流行的发式，首饰却简单得很，用素银打造成一支六链步摇，上面用碧玉和珊瑚雕刻成极为细巧的梨花点缀，雅丽素魅。

胡纯看着镜中的自己，简直和几天前那个土里土气的嘉岭狐狸精判若两人，女人果然是不适合谄笑的，她的微笑减去了俗丽，雍唯的贡献让她皮肤宝光流溢，让她明白了什么叫吹弹可破。她突然很想他，站起身跑到露台去，没想到他正在拱桥桥头看天霜城的人们出门劳作，就在露台下方不远之处。

"雍唯。"她喊他。

他一回头，晨光如水，把她洗濯得像一块通透的白璧小人儿，他就直直地看住了，笑容掩都掩不住地从嘴角冒出来。

在晨光中微笑的他，在她眼中又何尝不是玉人无瑕。

他张开双臂，对她说："跳下来。"

胡纯迟疑，摇了摇头："好高的。"

他保证般点了点头："跳，我接着你。"

胡纯又笑了，一撑栏杆飞身跳下，他却没有走近接她，她一慌，正要求救，直觉脚底有什么一托，低头看时，是一层薄薄的云雾。她见过这种云雾，天妃第一次上世棠宫，脚下就踩着。

"你得了我的好处，"雍唯说着，坏笑了一下，"功力今非昔比，就从步生云这些小玩意儿开始学吧。"

胡纯又新奇又高兴，笑声悦耳，踩在云上转圈，裙子披帛都飘起来，步摇发出叮叮的声响。

雍唯看了，心一颤，转念之间收了她的云，在她坠落尖叫的时候稳稳地接住了她。

胡纯又气又笑，眉头一皱想起了什么，在他脸蛋上重重一拧。

"干什么！"他又瞪她了，却没真生气，似乎最近他总质问她这句话。

胡纯在他臂弯里气哼哼地一抱臂："你第一次见我，就把我从悬崖上扔下去，要不是辉牙——"

"没辉牙什么事！"他早窝一股火了，谁告诉她是辉牙救了她？

"那棵挂住你的树，是我变化出来的。"他不要辉牙在她心里发出一点点的光。

胡纯一顿，现在回想，那时在她耳边掠过的阴风的确是雍唯的手笔。她又回嗔作喜，搂住他的脖子，在她掐红的脸蛋上亲了一口："那就好，不然我总觉得欠辉牙人情！"

雍唯的脸色再次神奇回暖，看着她，略略得意地说："别闹了，记住步生云口诀。"

炬峰是个很会拿捏分寸的人，雍唯带着胡纯在天霜城住了四天，他并没有再露面。给了雍唯空间，也给彼此留了余地。雍唯嘴上不说，胡纯感觉得到，他对炬峰的态度更加和缓了。

雍唯带她游遍了天霜雪域的各个角落，虽然他再没说起儿时的事，可是他对隐秘而漂亮地方的熟悉，本身就是一种述说。胡纯仿佛看见了在梨花林里奔跑玩闹的他，在湖边扔石子打水漂的他，很多时候他陷入回忆，站在某个地方久久不动，嘴角会挂上淡淡的笑，胡纯不知道他是想起了尚且温柔的母亲，还是童心未泯陪他玩耍的舅舅。

她会有一些些心酸，为他。她知道自己怜悯他简直可笑，比之她的无父无母，雍唯幸福太多，就是因为他这样幸运，被倾注无数关爱，所以一点点的小伤痛，就令人替他感到遗憾。

她静静地陪着他，无须语言，也无须接触，心便离得很近。

一次，他在湖边发呆太久，胡纯有些无聊，蹲下用手拨了拨水。

"别碰！"雍唯回过神，急急阻止，她的指尖还是沾到了水，冰寒刺骨，只这么浅浅地一撩，指尖被冻得刺痛发麻。胡纯咝咝地倒吸了几口气，看雍唯紧张地把她的手握在他的手里，替她暖回来，心里一下子就灌满了蜜糖。

"结魄湖的水特别冷，即便是我，也不能随便下去。"雍唯搓了搓她的手指。

　　"奇怪，湖水这么冷，站在湖边却一点儿都感觉不到。"胡纯伸手感受了一下湖边的微风，暖洋洋的。

　　"寒气都被梨魄吸住，聚集在水里。"雍唯耐心解释。

　　胡纯点了点头，任由雍唯拉着她的手，被人疼爱的感觉，她用了一百多年，才有所领略。

　　她沉默了一小会儿，想起白光，炬峰闷不吭声地走了，她忍耐着找上门，他却对她如同陌路。胡纯看雍唯，苦涩笑着："我能不能去看看白光，就我一个人。"她的眼神里有了祈求。

　　雍唯板起脸，虽然明显不愿意，却没出言拒绝。

　　"她一定很伤心，我想陪陪她，你在……我们不好说话。"

　　"可以让她到世棠宫小住。"雍唯用另一种方式阻止她。

　　这个提议让胡纯有点儿动心，可是人在伤心的时候，就要大醉几场，胡闹几次，甚至大喊大叫，这都不方便被不熟悉的人看到。

　　"等她心情好一些的时候再请她来吧。"胡纯叹了口气。

　　雍唯见她去意坚决，不再阻拦，从袖子里拿出黛官扇，"我也回世棠宫了，你快去快回。"他想了想，对白光的洞有很深的心理阴影，"我娘的梳妆台抽屉里有一个温湫盏，你拿去送给刺猬。"

　　"温湫盏？"胡纯眼睛一亮。

　　"可以取之不尽用之不竭地倒出温水。"他嘴角下拉，满眼嫌弃，就差把白光洞府太粗糙说出口。

　　胡纯喜出望外，绕着雍唯又蹦又跳地转了一圈："谢谢，谢谢……"她也没想到自己这么有少女心，因为太高兴了，真情流露。

　　雍唯拉住她，让她别再绕了，非常不满地说："有东西给你才这样欢天喜地！"

"对啊——"胡纯的笑容恢复到最初的程度，眼睛都弯了，心说你天天给我宝物，我天天这么高兴。

雍唯被她直白的回答噎住，用鼻子哼了一声，很迁就地说："走——拿盏去。"

第32章 温和

胡纯到了白光家门口的时候，没看见大醉酩酊的老朋友，白光头脸整洁，衣裙干净地坐在洞前的小亭子里。

白光的洞前原本有几棵树，一些凌乱的石块，上次雍唯发功，全刮走了。光秃秃的山坳里，有人搭了一个雅致的小竹亭，白光平静地坐在亭子里，看一个人在亭子边种花。

种花的人看见了胡纯，笑着站起身，声音是那么的温和好听："这位是……胡纯姑娘？"

胡纯听他叫出自己的名字，很讶异地又仔细看了看他，确定并不认识他。嘉岭的妖怪里不乏长得不错的男妖，可像他这样气质出众，儒雅温润的，却一个也没有。

"是……是我。"胡纯点了点头，因为对方太和蔼了，她不由多了话，"我是白光的好朋友。"

像雅士的男妖笑了，真像一股春风般令人愉快："我知道。"

"这位是……？"胡纯问白光。

白光很淡漠："他是濯州新来的丁神，是西海龙王的侄子，叫玖珊。"

"濯州的丁神不是一位新来的婆婆吗？"胡纯犯糊涂。

白光一笑，似乎有那么点儿讽意："因为濯州的百姓向天庭抱怨，原本有求必应的丁神突然不灵验了，又是献牲，又是祈愿，闹了好一阵子，所以天上改派西海龙族的玖珊前来担此重任。"

玖珊听了，笑着摇头："别打趣我了，我并不是什么西海龙族，我与西海龙王的血缘很远，之前只是担任锡水河神的助手。此番调任，对我算是提升，毕竟丁神也是一方正神。"

胡纯知道他是在谦虚，可是只要是他说的话，就那么中听，一点儿也不虚情假意。

玖珊拍了拍手上的土，把掖到腰带里的袍角放下，微笑对白光说："既然有朋友来了，那我就先走。吃的都放在你桌子上了，和胡姑娘一起吃吧。"

白光冷淡地点了点头，胡纯原本想道谢，可一看白光的脸色，又把话咽回去，尴尬地看着玖珊潇洒离去。

等玖珊不见了，胡纯才走进亭子里，坐到白光对面："他搭的？"

白光很不高兴地嗯了一声。

胡纯一撇嘴，世道真变了，过去要是有这样的大美男来献殷勤，又是搭亭子，又是种花草，白光不知道会乐成什么样子，现在却高冷淡漠，一副看不在眼里的样子。

"他有得罪你的地方吗？"胡纯很想知道。

"有，他出现在我眼前就是得罪。"白光也不想隐瞒，痛快地说。

胡纯无法理解，向她一摊手，算是询问。

"炬峰觉得亏欠了我，所以拐弯抹角地帮我选了一位如意郎君。"白光冷冷一笑，眼睛里却闪过泪光，"西海龙王的远房侄子，配我绰绰有余，我若喜滋滋地接受了这个安排，他便与我互不相欠了。"

胡纯在心里掂了掂，这事炬峰完全有能力办到，毕竟他是天帝的小舅子。

"老白，你觉得玖珊不好吗？"胡纯看着白光。

白光愣住，似乎被问住了，过了一会儿，她垂下了眼："他很好。"

"老白，你只是一时被伤心遮住了眼。"胡纯在心里叹了口气，有些话她不说，可能再也不会有人对白光说了，"如果你和炬峰不可能，你不打算给其他人机会了么？"

白光低了好一会儿头，轻轻笑了："你说得对。玖珊一来濯州，就到汤伽山拜访我，告诉我……天霜城主拜托他，多多照顾我。"

胡纯看见有眼泪落在她的手上，她使劲抿了抿嘴，克制自己不要跟着白光一起哭出来。

"就因为这句话，我就讨厌了他……"白光哽咽了一下，勉强自己笑了，"真的对他不公平，他为我做了很多事，一直陪着我，我却连一句好话都没对他说。"

"老白……"胡纯难过得心里像有一口气堵住吐不出来，"要不，我们喝酒，大醉一场，把一切都忘了吧？"

白光苦笑着摇头："没用的，喝多少酒，醉多少次，都是没用的……忘不掉……"

胡纯不知道说什么，她的内心深处始终有一小块冷静清醒的地方，总提醒着她，有朝一日她也会主动或被动离开雍唯，应该也会和白光一样，为如何忘记那个人而苦苦挣扎。

"日子那么长，总会忘掉的。"她平静地说，是劝白光，也是劝自己。

白光点了点头，干笑了几声："其实……忘不忘，没什么区别，日子总要过下去，而且非常长，别人过得好好的，我却还在剜心扎肺，太傻了，自己为难自己。"

228

胡纯似乎看到了未来的自己，雍唯娶亲了，她自己心里过去不，或者他的妻子容不得她，她只能黯然离开世棠宫。雍唯和他妻子活得体面甜蜜，她却要躲起来，一直为难自己，的确太傻了。

"喝酒吧！"白光故作振奋，招呼胡纯进洞，"喝醉，喝到死的那种醉，醒过来就好好过日子。我……"她没忍住眼泪，"我要对玖珊很友好。"

"好！"胡纯笑着走过去和她搭着肩膀，极力赞成，"喝到醒不过来。"

她们俩喝酒没什么品，就是端起酒瓶往嗓子眼里灌，白光边哭边喝，却哈哈哈笑着说话："其实玖珊拿来的菜，都是我喜欢吃的。"

胡纯摇头，笑她是吃货，这时候还想着看菜色。可她也知道，白光一口也不会吃。

果然是场大醉，胡纯在将醒未醒间挣扎了很久，才艰难恢复了神智，浑身都难受，腿尤其酸疼，不用猜，她的"体贴老友"肯定又把她踹下床了。白光是个惯犯，以前她俩都还是动物原形，偶尔同眠，白光对她真是连踢带刺，第二天她绝对卧在床脚底下。

胡纯使劲伸了个懒腰，把蜷曲的筋骨都舒展开，双臂重重地捶到什么，然后有人吃痛地"唔"了一声。

胡纯吓得立刻睁开眼，怎么会有男人的声音呢？仰头一看，雍唯正捂着脸，她的两拳都打在他脸上了。

"你？你怎么在这儿？"胡纯脑子乱了，急急跳起来，跪坐在雍唯身边查看他的伤势，担忧道，"没打到眼睛吧？"

雍唯皱着眉，用力盖着眼睛不让她看，越是这样胡纯越着急，苦着脸去扒他的手，他突然不和她犟了，她一下子拉开，紧张地看他的眼睛，清澈漂亮，毫无伤痕。胡纯抓着他的手还没放，捧在面前很珍惜的样子，她猛省过来，重重摔掉他的手，他怎么也开始骗人了！

她放了心，这才感觉到异样，这是世棠宫舒适的大床，不是白光洞里的小石床。她的睡姿应该非常霸道，这么大的床榻，雍唯只能贴在床头横着躺，两床被子都被踢到她脚底那边，枕头也掉到地上去了，很大可能——她是枕着雍唯睡的，所以伸懒腰能打到他的脸。

"想起来了？"雍唯阴郁地问，坐起身，毕竟被她挤到床边当枕头相当没有尊严。

胡纯努力回想，完全是片空白，她崩溃地抓头发，"难道我喝一半跑回来了？"不应该啊！按以往的经验，她是哪儿喝哪儿倒，不可能知道回家。再一想，完蛋，她喝一半跑了，剩白光一个人，多没义气！胡纯脸色一变，慌慌张张下床，顺便浑身摸黛宫扇在哪儿。

"干什么？"雍唯一把拽住她。

"我……我得去找白光！"胡纯低头找鞋。

"不用去。"雍唯冷声阻止。

胡纯没听，鞋也被甩得很远，她被雍唯扯着，只能使劲用脚尖去够。"要去。"她淡然而坚决地说。

雍唯没了耐心，拦腰一抱，把她又拖回床里，胡纯生气地瞪了他一眼。他被瞪得愣了愣，悻悻说："玖珊在那儿，你去碍事。"

"玖珊？"胡纯脑子转不过来，"玖珊在白光那儿？"她目光一深，上下看雍唯，"你怎么知道？"

雍唯不想承认自己等到半夜不见她回来，不放心去接她，双眉一皱，耍横说："反正我知道。"

230

胡纯也猜到他去接她了，抿嘴看他笑："你还知道什么？"

雍唯觉得很没面子，甩手松开她，闷闷又躺下，枕头全被她踢飞了，他找了两本书垫着头，这会儿躺回去，硌得一皱眉。胡纯看着，莫名其妙觉得心情大好，爬过去枕他的肚子，他气得转身，胡纯掉在床上，不依不饶地扒在他背上。

"你认识玖珊？"她在他耳朵边轻声笑嘻嘻地问。

"嗯。"答得很不情愿。

"你为什么认识他？"胡纯追问，按玖珊自己说，他的神职一直很低，也与西海不亲近，不是能被雍唯记住的类型。

"天霜雪域旁边有锡水，他是河神，我自然认得他。"

胡纯点了点头，自言自语道："看来真的是炬峰要他来娶白光的。"

雍唯嗤了一声。

"怎么？不是炬峰？"胡纯误解了他的意思。

"是他。"雍唯冷声冷气，很看不起炬峰这一安排，"可玖珊未必听他的话，愿意娶刺猬。"

"为什么？为什么？"胡纯太想知道了，背着身说话很不痛快，她使劲搬雍唯的肩膀，要他转回来，雍唯也没和她再角力，挣了两下就平躺回来，任由她趴在他胸口。

"如果他真想听炬峰的话娶刺猬，肯定慢慢接近，徐徐图之，不会把炬峰的拜托放在嘴上，和我这么说，和刺猬也这么说。这不明摆着让刺猬拒绝他，他自己落个两面光么。"雍唯半眯着眼，语气里尽是对他们小心思的不屑一顾。

胡纯觉得他说得有理，慢慢点着头。突然她抓住疑点："他什么时候和你见面，说明来意的？"

雍唯一顿，眼睛闭起，淡淡道："我虽为下界神主，却久居嘉岭，玖珊到濯州履职，在情在理都要先来拜访我。"

胡纯信了，随即又发了愁："这么看来，玖珊对白光没什么意思，照顾她不过是不好违了炬峰所托，可惜可惜……"

雍唯冷哼："没什么可惜，也不是什么好东西。"

胡纯叹气，这么看，玖珊的出现，对白光来说简直是又一次的自尊打击。她一骨碌坐起身，利落下床穿鞋，雍唯嫌弃地捏鼻梁。

"又怎么了？"

"我更得去看老白了。她昨天还说要对玖珊好一些，万一她又喜欢上玖珊，那怎么办？"

雍唯随手抓了个床帷上的香包，恨恨打在她脑袋上："去吧，去吧，去了就不用回来。"

胡纯揉脑袋，回头瞪他，心里却不生气："我关心朋友有错吗？白光可是差点儿当了你舅妈，我这也是替你舅舅还债。"

雍唯气得翻身不理她。

他发小脾气的样子还挺可爱的，胡纯忍不住笑了，又爬回床，趴在他身上。

"对了——"她本想没话找话，可是突然想到了一个困扰她很久的问题，"炬峰有没有喜欢的人？"她亲眼所见，炬峰和白光相处得很好，就算炬峰不喜欢白光，也没必要做这么绝。

雍唯身子一僵，胡纯立刻察觉了，她的心咯噔一沉，看来问到点子上了。

"他有？"胡纯猛地坐直身子，"是谁？"

雍唯闷闷地说："说了你也不认识。"

胡纯使劲晃他胳膊："说！是谁呀！很漂亮吗？"

"天狐娘娘。"雍唯淡然道。

胡纯如遭雷劈，天狐娘娘？

用黛官扇可以直接到白光的家门口，可是胡纯脑子太乱了，心里想着汤伽山，就到了山脚。她慢慢走去，心里千头万绪，没想到炬峰平时嘻嘻哈哈，没皮没脸的，竟有过这么一段过往。想想也不奇怪，他是天霜城主，长得也好，求娶天狐完全够格。她也更深一层理解了天妃娘娘的怨恨，天狐先是迷惑了弟弟，又抢走了丈夫，何等的深仇大恨。

汤伽山就那么大，几步也就到了洞口，胡纯望着白光的家，长长叹了口气，老白怎么偏偏就喜欢炬峰呢？炬峰为什么忘不了已经嫁人的天狐？

姻缘这种事，她早就觉得很无理，现在更觉得，很多时候，还无奈。

第 33 章　瞬息

　　玖珊还在温润如玉地帮白光操持家务，胡纯向他礼貌地打了个招呼，再看他暖意十足的笑容，又有了新的感觉，至少不像第一次见面那么如沐春风。

　　笑容后面的心机一旦被看穿，越暖的笑越让人心寒。

　　白光正在炒菜，刺啦刺啦很是热闹，胡纯来了她也没听见，炫技般颠了下铁锅，锅里的菜在空中翻了翻，悉数又落回锅里，灶里的火沾了油花，唰地燃出一片小火墙。

　　白光"嚯"了一声，惊喜回头说："玖珊，你这灶台搭得太专业了，堪比大厨用的。"

　　她看见了胡纯，吓了一跳，笑着说："你果然是爪子上有肉垫的动物，走路没声音。"

　　胡纯看着她的笑脸，没说话。她了解白光，也了解她的各种表情，她的笑脸后面没有心机，只有伤感。

　　她走过去，帮白光拉风箱，每拉一下，灶里的火就更旺一些，菜的香味就更浓。"嗯，这灶台搭得是不错。"胡纯笑着说，"你的厨艺也大有长进，敢情之前给我做的那些粗茶淡饭，都是应付我。"

　　白光笑着把菜装盘："你每次都空手来，我能给你挖着点儿地瓜茄子，套着只兔子山鸡，都是疼你到心窝里。这些可都是玖珊自

234

己带来的，山珍海味，时新蔬菜，我只是提供手艺而已。"

玖珊听了，笑着说："我也只是顺手，你们知道，丁神庙外就是集市。"

胡纯和白光都陷入沉默，她们当然记得，也想起和炬峰一起在丁神庙的那段日子，走东家串西家完成祈愿，逛街吃饭，说笑打闹，当时不觉得，现在回想起来便觉得很快乐。

"我是闻着香味来的。"

胡纯和白光听到炬峰的声音，都诧异地抬头，一时间怀疑自己心有所想耳有所幻，可当真见到炬峰款款从洞口走进来，心中便各有滋味了。

玖珊也没有表示出特别的惊喜，尊敬地向炬峰打了一个小躬，含笑不语。

胡纯看了看白光，这种时候，最不该说话的就是她了。她只是想不通，炬峰既然有心让白光忘了他，何必还出现在这里呢？

白光迟疑了一下，笑容未减，装作毫不在意地说："你总是能在吃的出锅的时候赶来。"

炬峰听了，哈哈一笑，点头赞同这句话，很不见外地坐到玖珊新搬来的石桌边，抬了抬手让玖珊坐。胡纯冷眼旁观，觉得他和雍唯都有喧宾夺主的爱好，可又那么顺理成章。

胡纯帮着白光把菜都摆上桌，玖珊为大家倒上酒，又帮白光把盛好的饭都拿上来。

"你坐吧，剩下的我来。"玖珊对白光笑。

白光在围裙上擦手："也没什么活儿了，一起坐。"

很像一对儿在家里请客的小夫妻。

胡纯偷偷瞟了瞟炬峰的表情，他已经开始吃菜了，似乎没心思看玖珊和白光的情形。胡纯知道，玖珊的殷勤是要做给炬峰看的，忽然她心里一亮，有点儿明白炬峰的来意了。既然连雍唯都能看出玖珊的阳奉阴违，炬峰自然更加心知肚明，他此番前来，未必不是震慑玖珊。

四人都落了座，胡纯局促起来，这种情况下，她应该是话题发起人。她搜索了一下枯肠，笑着问炬峰："你的宴会办得怎么样？"

炬峰扒着饭不抬头："你和雍唯在雪域宫里爽翻了，那么大的鼓乐声都听不见，都办完好几天了，还问什么问。"

胡纯脸上火辣辣的，瞠目结舌，这天是没法聊了。炬峰是明摆着让她闭嘴吧？

白光和玖珊都装没听见，白光若无其事地往玖珊碗里夹了一只红焖虾，两人相视一笑。

"丁神的活儿很烦么？"炬峰突然问玖珊。

"还好。"玖珊浅浅点了下头。

靠着聊濯州的新鲜事，大家不咸不淡地吃完了饭，胡纯是不好意思再开口，生怕炬峰又胡说八道，白光始终笑着听，也没多话。她拿起碗准备收拾，玖珊按住了她的手。

"你休息，我来。"玖珊又看着她笑了。

胡纯闪在一边瞧，玖珊还真是个很会表现的人，给河神当副手真是太屈才了。

炬峰吃饱了在洞里散步转圈，看玖珊都新添了什么。

玖珊和白光在一起洗碗，用的是一个石头挖的水盆，水盆紧贴在洞壁上，雍唯所赠的温湫盏被斜着倒扣镶进石壁，源源不绝地倒出温水来。温水在水盆里打了个转，又汩汩沿着一个石槽流下去，在石洞一角汇聚起来，形成一个小小的泉池。泉池不知道用了什么方法，中间像有泉眼一样，冒出一股小小的水伞，看不见出水口，只见一个非常精致的小景观，还可以沐浴。

"玖珊，你不愧是龙族，这个弄得很不错。"炬峰称赞，讽谑地看了眼胡纯，"当然，也得靠神主赏赐的宝物做眼。"

胡纯没敢出声，怕他说雍唯偷他天霜雪域的东西。

玖珊是个聪明人，洗完了碗就说："我先走一步。"他知道炬峰有话对白光说，肯定是关于自己的，所以回避得干净利落，连借口都没找。

他走得太快太生硬了，胡纯也想跟着告辞，不过炬峰没给她机会。

玖珊刚走出洞口，炬峰就问白光："他怎么样？"

胡纯张嘴，可是"我也走了"这几个字全被憋在喉咙里。

白光摘下围裙，淡淡笑着看炬峰："我若说他不好，你是不是还要推荐新的丁神来接替他？"

"是。"炬峰斩钉截铁地说。

"哦。"白光点头，表示明白，"他很好，就他吧。"

炬峰笑了笑："那我就放心了。"

胡纯因为他的这句话，心里一痛，她简直不敢想，白光听了会是什么滋味。若说无情，炬峰何必又来求证？他大可以全了人情就不再过问，正如白光所说，他只要做了补偿，心里过得去，就可两不相见。可他偏偏又来了……

炬峰出洞的时候路过胡纯，他身上带起的风很冷，他得到这个答案，心里并不高兴。

"老八，你也走，让我一个人待会儿。"白光坐在石凳上，愣愣地说。

胡纯点头，默默走出去，玖珊炬峰早已不见，只剩小竹亭在阳光下静谧安然，玖珊种的喇叭花竟然已经开了，细弱的藤绕着竹梁弯弯绕绕，正如人心。

回到享月殿也不过是转眼之间，胡纯的心情还很沉重，她有好多话想对雍唯说，也想听他怎么说。他了解炬峰，应该能解释炬峰的种种怪异。

享月殿外站着轮值的仙侍们，风引雪引为首，胡纯本没留意，径直往殿里走，没想到风引上前一步，礼貌地拦住了她。

"胡纯姑娘，神主正在用饭，您稍后片刻再进去吧。"

胡纯一愣，自从她和雍唯同塌而眠，世棠宫各处都由她直出直进，没人敢阻拦她半步。风引此番举动，实在古怪。她犹疑道："有人在里面？"

风引毫无表情，不急不慌，也不回答。

他不回答，比回答了更让胡纯明白，整个世棠宫不能当她面提起的，只有玲乔仙子。

"玲乔在陪雍唯吃饭？"胡纯眉毛挑了起来，微笑变得又冷又刁。

风引默认，胡纯的火气因为心情不佳，燃得又快又凶，脚步顿时变重，往里走的架势看起来不可阻挡。

风引虽然没让开路，也没有阻拦她的意思。对神主都点名道姓，她和神主之间的事，不是侍从们应该掺和的。风引在雍唯身边混了这么久，何时进何时退很有分寸。

偏偏就有不知进退的人，雪引一抬胳膊，实实在在拦住胡纯去路，说话也并不客气。

"胡纯小姐，天妃娘娘有过吩咐，神主和玲乔仙子相处时，'任何人'不许打扰。"任何人的重音，沉得让胡纯脸色发青。

风引看了雪引一眼，没有说话。

雪引的举动，他也是理解的。她本是天妃娘娘的眼线，在神主这里已然讨不了好，只有大胆依照天妃吩咐办事，才能受到天妃的庇护。

胡纯一向油滑胆小，除了雍唯谁也不敢欺负，可一想雍唯和玲乔一起吃饭的场面，她就心火直冲，什么神主天妃，谁都不管了。

"让开。"她霸气地一推，她受了雍唯的神泽，仙力已大有长进，雪引不防，被她推得连连后退，撞在朱漆大柱上，垮了脸却不敢喊疼。

胡纯冲了进去，餐席果然摆在内殿，不知道是不是狐狸的领域意识还没在她身上消退，她觉得享月殿那道罕世珠帘后的区域就是属于她和雍唯的，其他人进来都是入侵。她撩帘子太用力了，珠串散乱地撞在一起，发出嘈杂的声音。

她看见玲乔正举着筷子往雍唯嘴里送吃的，她蛮横地闯进来，雍唯和玲乔都皱眉看她，她也带着丢弃不了的笑容停了脚步，故作平静地看着他们。

玲乔回过神来，眉毛轻微地一挑，一手虚接着，另一只手拿着筷子，把食物继续往雍唯嘴里送。

雍唯的眉头没有展开，也没再看胡纯，说了句："放碟子里，我自己吃。"

玲乔没有听，半执拗半强迫地送到雍唯唇边，雍唯迟疑了一下，还是吃了。

胡纯知道这是玲乔的示威。

她快气炸了，这两个人简直像两根刺，狠狠扎进她眼睛里。她故意笑出了声，面无表情地说了句："你们慢慢吃。"目不旁视地绕过屏风，走进里殿，重重地坐在床沿上。

她听见雍唯说，"你先去吧，我不想吃了。"

这句话也扎心！雍唯让她走的时候，会说"下去"，可对玲乔，用的是平起平坐的"去吧"。当然了，玲乔是辰王之女，名正言顺的天界公主，雍唯再尊贵，也不能让玲乔"下去"！

玲乔知道继续留在这里，难堪的是她，于是委屈地笑了笑，低头走了。她的委屈那样明显，就是要让雍唯看得清清楚楚。

雍唯绕过屏风，就感觉到了低气压。

他看了看胡纯，她微笑着抱臂坐在床边，当然了，她必须微笑，可这笑容里没有一点温度。她盯着他瞧，他也不知道自己为什么要避开她的目光。

"正好赶上用饭，就一起吃。"他想说得漫不经心一些，可听上去有心虚的味道。

"一起吃？"胡纯压着的火一下子爆发了，她发现，比起讨厌玲乔，她更生雍唯的气。平心而论，看见玲乔近乎卑微地讨好雍唯，她心里竟闪过一丝怜悯，正如那天看见玲乔跪拜天妃，玲乔为了雍唯，确实已经放弃了所有的高傲甚至尊严。她永远记得第一次见玲乔时，那种震慑人心的高贵冷傲，"将来你娶了她，可以一辈子一起吃，急什么！"

说完这句话，胡纯的心一抽，很痛。这不是气话，这是事实。

雍唯听了，冷冷地看向她，这次，是她无法迎视，扭头避开。

"我不会娶她。"雍唯恢复了神主口吻，冷淡而威严地说。

胡纯又想起天妃的气话，冷冷一笑："对啊，天妃娘娘正在天上为你挑更好的姑娘呢。"

雍唯觉得她坐着，他站着，顿失气场，于是拂袖在最近的椅子上坐了，颇具气势地瞪她："你何必小题大做？"

小题大做？胡纯的脸色更难看了："那你告诉我，正确做法是怎么样的？你们神仙碰见这个场面，是不是还要笑着上前，一左一右挨着你坐，一人一口喂你吃饭？哦，对了，娥皇女英！"

雍唯气得瞪眼，又找不出话来反驳这句，只能重重地哼了一声。

他的沉默，让胡纯有一拳打空的感觉，满腔哀怨愤怒都憋在嗓子眼里，发不出咽不下。

她堵了一会儿，心烦意乱，他就是不吭声，架吵得不上不下最令人恼火。

"让她走！"她腾地站起来，双手握拳贴着身子，声嘶力竭。

雍唯面沉如水："我办不到。"

胡纯像被冰水从头淋到脚，他说他办不到？她忘了，他当然办不到，天妃娘娘允许玲乔留下，就是再给玲乔一次机会，让她博取雍唯的心，让雍唯同意娶她。雍唯也没赶她走，就是……也给了玲乔一次机会。他怎么会为了她，赶走玲乔呢？

"那……我走！"万箭穿心，瞬间而至。

第34章　失误

雍唯站起来，拽住她的动作可谓驾轻就熟，他的话也满是无奈："别闹了。"

他知道她不会真的走，他也不能让她真的走。

胡纯原本没哭，被他一拉，眼泪就掉下来了："谁闹了？她不走，当然是我走。"

雍唯决定直奔重点，淡然而肯定地说："我和玲乔没什么，我也不会娶她。如果我对她有意，就不会让她妹妹因我被罚。"

这话消除胡纯一半火气，可是她还是使劲甩了下雍唯的手："那你为什么不赶她走？你留下她，不仅别人会误会，她也会误会的。"

雍唯不解地看着她，不明白她为什么还要这么说，因为她揭他伤疤还有点儿不高兴："我说了，我办不到。我已经和她说得很清楚，可她就是不走。今天让她不用陪我吃饭，她也不听。"

胡纯一口气闷得上不来，原来"办不到"是这个意思，还真是办不到。她忘了雍唯一部分脑子是直的，尤其管说话这部分。

雍唯看她不吭声，明白这次危机又渡过了，于是手向下滑，握她的手："饿不饿？吃饭了么？"

这句话说得不好，胡纯抬眼一翻，刁里刁气地看他："怎么？要我吃你们的剩饭？"

雍唯理解不了自己，他很喜欢看胡纯发脾气，虽然她的胡闹让他很头疼，可是她翻他白眼，瞪他，眉眼口鼻都带了娇俏，那么生动那么顽劣，像一把刷子正挠在他心里痒痒的地方。

"换新的，我让他们全换掉。"雍唯语气一软，眼睛里柔柔发光，纯良得胡纯不能直视。

"我吃了饭回来的。"胡纯瓮声瓮气地说，她最受不了他突然露出纯情少年的样子，心不甘情不愿地丢盔卸甲。"现在全梗在这里！"她现在就不能提"饭"这个字，一提就生气，使劲拍了下胸口。

她的身材秾纤合度，细腰长腿，胸口的本钱尤其丰厚，她一拍，就起了绵绵的软浪。

雍唯看着，喉咙咕噜一声，竟然脸红了。

胡纯原本瞪他，突然发现他的害羞，顺着他的眼神瞧了瞧，瞬间明白原因。她倒没不好意思，反而觉得他很可爱，他红什么脸啊？她的笑于是变得有些邪恶，倒在他怀里，抱着他的腰，明明是他赚到了，可却总觉得是她调戏了他。

"雍唯，我们一起把玲乔气走吧。"胡纯信心满满。

"怎么气？"雍唯搂着她，她软绵绵的，他的心也跟着软绵绵，声音也变得低缓轻柔。

"嗯……当着她的面，我喂你吃饭，"胡纯翻着眼设想，大口喂，塞得他像松鼠一样，脸都鼓起来，噎死他！"我喂你喝水，给你梳头，穿衣。"给他梳丫鬟头，把他的头发一把一把往下拽，就给他穿个内衣，让玲乔和仙侍们都看看他的身材多好，"哈哈哈哈……"胡纯想着都觉得解气，开心地笑起来。

雍唯低头，一脸困惑地看她，没事吧她？这有什么值得她这么高兴？

"如果这都不行，"胡纯一挑眉，那就比谁更不要脸呗，"我们就当着她的面亲，当着她的面睡！"

"唔——这就不用了吧。"雍唯摇头，敬谢不敏。

"怕什么！"胡纯看不上他的畏缩，"你把被盖严一点，睡觉有什么怕被看的！你睡觉的样子很斯文很好看，不用担心。"

雍唯不吭声，他又想多了，原来她说的睡觉真是睡觉。不过心念一起……

"你吃饱了？"他沉声问她。

胡纯呆了一下，怎么又回到这个问题上？"是啊。"她愣愣地回答。

"我还没有。"雍唯很不满。

"那你叫——"胡纯还想说你叫他们换饭菜来，就被雍唯扔到床上，她又气又笑地捶他后背，原来是这个"吃"，这算哪一顿啊？

雍唯动了几下，突然停住，起身把床帷全放下。

胡纯斜眼看他，阴阳怪气地笑话他："你怎么突然谨慎起来了？"平常不是挺不要脸的吗！

雍唯皱了下眉："让你说的，我总觉得玲乔在看我们。"

胡纯撇嘴，她说什么了让他起了这种想法？回想了一下……雍唯正好伏身过来，她一把卡住他脖子，"你整天脑子都是些坏念头！吃饭，睡觉，都是坏念头！"她数落他。

雍唯蓦然笑了，对她的攻击毫不在意，该干嘛干嘛，还喘着问她："这念头坏吗？"

胡纯被颠得掐不住他，只能改攀着他的肩膀，大声说："坏！太坏了！"

等她再醒过来想详细咒骂他的邪恶心思，已经入夜了，后殿里没有点灯，只靠远处台几上的夜明珠照出微弱的幽光。雍唯还在沉睡，被她挤得贴在床边上，似乎一碰就会掉下去。她醒来的时间越来越短，真是太好了，胡纯小心翼翼地凑过去摸雍唯的脸庞，她没有胡说，他睡着的样子很斯文很好看，她错了，如果被玲乔看见这样的他，更不会离开了。

不想把他让给玲乔，不想让给其他任何女人。

安静幽暗的床帐里，像一个狭小而秘密的空间，这里只有她和雍唯，她不需要面对现实，也不需要接受未来。在没有光亮的深冥中，内心反而坦率而直接。她想独占雍唯，连看都不给其他女人看，她一定要赶走玲乔，无论将来她的结局怎么样，可只要她在雍唯身边一天，就要赶走所有怀着非分之想的女人们！

胡纯筹划很久，几乎都没怎么睡，阳光照在床帏上，柔软的光线晃到了雍唯，他扭头躲了躲，慢慢睁开了眼睛。胡纯等待已久，很兴奋地拱到他旁边，笑眯眯地看他，"你醒啦？"

雍唯恍惚了一下，每次都是他先醒，突然被她早起问候，他有些不习惯，懒懒地嗯了一声，"有事？"看样子像，而且蓄谋已久。

她自己坐起来，也拉他起身："当然！你忘了，今天我们要解决掉玲乔。"

雍唯轻轻嗤笑了一声，不以为然道："那试试吧。"

胡纯噘了嘴："你什么意思？觉得我没这个本事赶她走？"他这是很不看好她吗？"你今天得听我话，我让你干吗就干吗。"

"好——"雍唯自暴自弃地又闭上眼，想再眯一会儿。

"起来，起来。"胡纯不让他睡，"我们叫玲乔一起吃早饭。"

雍唯被她吵得没办法，只得起身，让仙侍们进来替他梳洗，胡纯在旁边看，虽然她有给他梳头发的意愿，可是这活儿看上去很复杂，有专门的仙侍为他梳头，明明很简单的发髻梳的时候要用好几种手法，怪不得那么好看。她看得眼花缭乱，默默划掉这一项。

早饭摆了满满一桌，雍唯的饮食起居十分讲究，比他们在雪域宫的时候丰盛很多。早上的阳光照在餐桌上，让人很有幸福感。

玲乔被请过来的时候，淡淡看了眼胡纯，嘴角勾起一个轻蔑弧度。胡纯也在看她，这个明确的表情自然落入了眼里，就这么一刹那，胡纯有种泄气的感觉，想想也是，她的手段太拙劣了，昨天看见她和雍唯用餐，今天就在饭上报复。

玲乔坐下，桌上的三个人都没说话，倒不尴尬，每个人都没什么要说。

仙侍们陆续都退下，只剩今天当值的霜引雨引，他们乖觉地站到珠帘外，一副很怕看见不该看场面的谨小慎微。

玲乔没等雍唯招呼，优雅而自然地开始吃，很慢也很悠然，看不到半点局促，不像做客。她没把自己当客人。

雍唯看了看胡纯，轻轻一扬下巴，示意她也吃。胡纯原本雄心勃勃，没想到被玲乔一个满不在乎的神情就减灭了气势。她觉得自己太轻敌，开局不利，心情一差，胃口就不好，随便拣了块面前的枣泥小酥糕，没情没绪地咬了一口。

雍唯喝了口粥，幽幽地瞟胡纯，她也不管他？

玲乔满眼都是冷谑地看胡纯，似乎在等她表演，久久没等到，雍唯的一小碗粥都快喝完了，也没见她有什么行动。玲乔拿起手边的公筷，给雍唯夹了块灵芝粉圆，淡淡道："天妃娘娘嘱咐我，每天早晨都要提醒你吃这个。"

胡纯明知这是玲乔说话刺她，一是受人家母亲之托，二是每天，这都很能打压她。看来对付玲乔，要用一些更高级的手段，太儿戏反而落她耻笑。胡纯决定按兵不动，寻找她的弱点，一举致命。

雍唯不太情愿地点点头，看玲乔把糕点放到他的碟子里。他在桌下踢了胡纯一脚，不是要气走玲乔么？现在谁气谁呢？胡纯自顾自翻了下眼睛，也不看他，也不管他，还把腿挪得离他更远了一些。

"玲乔，"雍唯对胡纯很不满意，只能亲自出马，态度比平时更差了一些，"今天你就回辰王那儿去吧。"

玲乔对他的逐客令满不在乎，神色仍旧淡然："我不走，我已经得到天妃娘娘的允许，留下来照顾你。"

"我不需要你照顾，你在这里，让我很不方便。"雍唯也摸不透玲乔的心，之前稍微一点点冒犯的话，她都受不住，拂袖而去，现在这么过分的言语，也看不到她半点怒意，"我也与母亲说过，与辰王的联姻，以后不会再提。"

玲乔若无其事地喝着粥，这么难堪的话也没让她神情改变："我没听天妃和父亲说过这样的话。"

胡纯吃枣泥糕噎着了，盛了碗馄饨，假装认真吃饭，却全神贯注听雍唯和玲乔的对话。她心不在焉地舀了勺馄饨往嘴里送，没注意，烫得咝了一声，勺子掉回碗里溅起好多汤。

雍唯正拿玲乔没办法，看见胡纯被烫又气又心疼，就会添乱！他拿了手边的巾帕很气恼地给胡纯擦溅到手上的汤，没好气地数落她："笨死你。"

胡纯当着玲乔被骂，当然觉得没面子，发火耍赖说："谁知道这么烫！"

雍唯一脸嫌她麻烦，用自己的筷子夹了块凉糕扔她盘子里："吃这个，凉下舌头。"

胡纯也嫌他态度差，像喂狗，沉着脸，冷笑着不肯吃。她突然发现玲乔的神色变得很沮丧，两只眼看着雍唯手上的筷子。她似有所悟，玲乔给雍唯夹菜都要用公筷，可雍唯却用自己的筷子给她用，从来心里的痛都不来自对方刻意的攻击，而是细小处的亲密痕迹。胡纯突然不忍心了，她体会过这种痛，锦莱的枕头、衣服……一些雍唯不留意的地方，带给她很深的伤痛。她现在也这样伤害玲乔。

　　早饭草草结束，玲乔默默离去，雍唯要到前殿处理一些公务，胡纯独自走到殿外的栏杆旁，眺望远山。今天天气很好，能看到很远的地方，嘉岭的崇山峻岭似乎都能收入眼底。

　　"你又生气了？"雍唯走到她身边，"都说了这些没用，赶不走她。"

　　"没有，没生气。"胡纯笑了笑，"她是真的喜欢你。"

　　雍唯听了，讽刺地轻哼一声。

　　胡纯侧过脸来看他，很认真地问："你为什么不喜欢她？"

　　雍唯也看了一会儿远处，冷然道："那天……父亲不顾我的意愿，终于下旨让我镇守嘉岭，玲乔赶来，问我什么时候能重返天庭。"

　　胡纯细细分析他的这句话，没有贸然出声。

　　"我对她说，永世无法返回了。"雍唯无所谓地嗤笑了一声，"她什么都没说，就走了。"

　　"你是气她没有陪你一起来嘉岭？"胡纯说完也觉得这句话不对，应该加上"当时"，现在玲乔天天在这里陪他，对雍唯来说，只剩厌烦。

　　"嗯。"雍唯承认，当时旨意一下，他万念俱灰，是最脆弱的时刻，如果玲乔肯陪他一起下落嘉岭，他一定会娶她为妻。姻缘也是种机遇，需要时间的配合，那时候她失望而去，他独自下界，等她决定好，追到世棠宫来，他却已经心冷。

胡纯看着他，轻声问："你喜欢过她吗？"

雍唯也认真地想了一会儿："应该喜欢过。"毕竟他动过娶她为妻的念头。

胡纯又去看远山，心里无喜无悲，她知道雍唯的回答很诚实，她不敢去感知自己的喜悲，因为太复杂了。

"就因为她没与你一同离开，即便后来追着来了，也不行吗？"爱和不爱，就因为这一点点的失误，瞬间就变了？

"对她真正死心，是因为琇乔。"雍唯眼里闪过讥嘲。

"她能忍受妹妹的介入，说明她和那些女人一样，只是需要嫁入天帝之家的荣耀而已。"他对琇乔的忍耐，就是对玲乔的嘲讽，但她并不在乎。

胡纯点了点头，她完全理解他这句简短的话，真正爱上一个人，是连他心里的一抹影子，别的女人给他夹的一筷子菜，都不能容忍的。她曾以为雍唯会是玲乔的弱点，错了，任何当面的故作恩爱都打击不了玲乔，毕竟她是个连妹妹强行介入都能忍耐下来的人，雍唯不是她的弱点，不能嫁入天帝之家才是她的弱点，就此而言，她打不败玲乔，甚至雍唯都打不败她。

所以雍唯说"无能为力"，现在想起他这句话真是又好气又好笑，并且无比精准。

她眉头一皱，想起什么："你没喜欢过琇乔吧？"

雍唯听了，冷冷瞥了她一眼，表示这个问题他都不屑回答。

"那你在娇茸的幻境里，看到了什么？"她提高了嗓门，娇茸不是说他梦境里的心上人是穿着红狐皮毛的琇乔吗？

第35章　晴朗

提起娇茸，雍唯的脸上泛起厌弃："一些小障眼法，提它做什么。"

胡纯怀疑地看着他："说说嘛！她告诉我，她用法术是因心生幻，幻境里看见的人就是心上人，所以，我很想知道你看见了谁。"她幽幽地笑着，加了一句，"放心吧，你就坦白地说，我不会生气的，毕竟都是过去的事。"

雍唯的嘴角轻微一撇，他对女人还是很不了解，但他已经知道这是个陷阱。

他略有得意，因为他无须撒谎："我看见了你。"

胡纯立刻抗议："不对！娇茸说你心里的人是琇乔！"

雍唯皱眉："怎么可能是她？我最烦的就是她，不然也不会让她刺一剑。"

胡纯的笑容变得复杂，有了然也有疑惑，讨厌琇乔才被她刺，不是因为纵容她撒娇？也对，琇乔刺完他就被罚了，玲乔也因为这件事，让天妃很失望，甚至气愤地说要给雍唯另择良配，雍唯这苦肉计用得好，等于是断了姐妹俩的路。可如果他心里喜欢的人不是琇乔，怎么娇茸会知道琇乔呢？

雍唯看她陷入纠结的样子，不悦道："一个狡猾狐狸精的话你也信？"

嗯？胡纯深吸一口气，积蓄怒气地瞪向他，"狡猾狐狸精？"

雍唯干咳了一声，暗悔失言，强作镇定地说："我是说娇茸很狡猾，你……你就是善良的狐狸精。"形势所迫，尊贵的神主大人也开始说瞎话了，很不熟练，他也觉得昧良心，胡纯对他来说一点儿都不善良，又刁钻又麻烦，"我真的看见了你。"

最后一句说得很趁胡纯心意，她觉得可以原谅他鄙视狐狸精了："那你是怎么识破的？"

"娇茸假扮的你，那么有风情，一看就不是真的。"诚实有时候会送命。

胡纯听了，眉毛都竖起来，冷笑着看他："你什么意思？我没风情？"

雍唯这次不打算再退让了，略有埋怨地回答："你自己说呢？"

胡纯又气又恨，使劲推他，下决心要把他从玉台上推下去，还敢嫌弃她了？他有风情？

"住手！"一声厉喝。

胡纯吓了一跳，回头看见天妃只领着两个侍从站在台阶上，怒目圆睁，表情狠厉，简直要把欺负她宝贝儿子的狐狸精生吞活剥。胡纯很怕她，雍唯喊了声母亲，很自然地挡在她前面，不用再被天妃的眼神凌虐，胡纯暗暗松了口气。

天妃气势汹汹地走过来，看样子像要把胡纯一掌劈死，雍唯冷淡上前，说了句："母亲殿上坐。"生生把她拦住。

天妃看不上儿子这护卫狐狸精的德行，又不能拿他怎么样，恼恨地哼了一声，重重拂袖，袖子带起一股强风，呼啦吹向胡纯，胡纯的头发被吹乱了，身后的树木都被吹得唰唰响。雍唯没挡，他了解母亲，这都不让她发作，会招致更大的火气。

胡纯看雍唯带着天妃往殿里去，松了口气，也没有跟进去，她看跟着天妃来的一个侍从很眼熟，正好她也悄悄回头看她，不是那个追杀她的映霜吗？

天妃走了两步，余光见胡纯躲着没跟来，又哼了一声，瞪了映霜一眼，映霜会意，停步福身，等天妃带着雍唯进了殿，才冲胡纯走去，傲慢指示："天妃宣你进殿领罪。"

胡纯脸上微笑，心里不服，她又有什么罪了？不领还不行？躲都不让躲了！

映霜突然把声音放得极低："你不要露出破绽，不然我和少主都很麻烦。"说完还重重看了胡纯一眼，有威胁有无奈。

胡纯点了点头，知道她说的是尾巴的事。

胡纯跟着映霜进殿，天妃坐在雍唯平常坐的宝座上，风引又搬了张椅子在座位旁边请雍唯坐，两位都高高在上，神情肃穆。胡纯正琢磨该用什么礼，三跪九叩也太隆重了吧，会不会给雍唯丢人？随便跪跪，又怕天妃觉得怠慢，更想杀她了。

映霜很好地帮她解决了这个问题，一个小扫堂腿，胡纯啪地跪伏在墨玉地砖上。

雍唯冷冷瞪映霜，映霜只垂着眼，不接受他的谴责，算得上不卑不亢了。

"雍唯，你最近身亏体虚，是不是因为这只狐狸精？"天妃痛心质问。

雍唯呛了一下，自尊受到践踏，寒着脸反问："我何时身亏体虚？"

"你已连着多日没用阴雾遮蔽珈冥山，不是伤及根本，如何连阴雾都放不出来？"

胡纯听了都一愣，她也是才意识到，最近的珈冥山是有星辰阳光的，刚才她还在晨光中吃了早饭，她耽于习惯，都没发现异样。

　　"我为何非要放出阴雾？"雍唯又开始不讲理了，"我高兴放就放，不高兴放就不放。"

　　天妃哑口无言，这倒是，之前雍唯闹脾气，非要让珈冥山愁云惨雾，只是他个人的意愿。

　　"我带了医仙来，看看是不是琇乔那一剑尚未恢复好？毕竟是天刃所伤。对了，你父亲收回了辰王所有的天刃，也算重罚了。"

　　雍唯不以为意地冷笑一声："一共才三把，有什么值得一提。"

　　天妃无奈皱眉，因为被罚下界镇守珈冥山，雍唯的脾气变得更加糟糕，难以取悦。幸好有这只狐狸精，天妃恨恨地看了眼下面跪的胡纯，简直束手无策，杀她会让雍唯更加愤懑，不杀，又实在太碍眼了！雍唯对她的宽容，简直是前所未见，就刚才那一幕，她看了心痛眼瞎！天界那么多好女孩，怎么都弄不过一个山沟沟里的土狐狸！

　　"你！"她一指胡纯，"没有服侍好神主，罪该万死！"

　　胡纯没吭声，跪趴在地上算是认罪吧，在天妃眼里，狐狸都罪该万死。

　　雍唯这次也没护着，胡纯是服侍得不好，天天气得他要死，母亲这个指责不算冤枉。

　　"念在你时日无多，暂且留你贱命。你再敢放肆惑主，我立刻要你灰飞烟灭。"天妃给自己找了个理由忍下胡纯。

　　"好了。"雍唯有些不耐烦，"母亲请回吧，我世棠宫的事，不劳母亲如此费心。我身体很好，不放阴雾只是想晒晒太阳，无须多虑。"

天妃又被儿子赶走，心里难过，其实她也知道，他心情好转了，想晒太阳的恐怕是这只狐狸精。

"神主，已是午饭时候。"风引躬身出列，向雍唯淡然禀报。

雍唯沉吟了一下："既然如此，请母亲用了饭再走吧。"

天妃露出喜悦的神色，能多陪儿子一会儿都是好的，更何况一起吃饭。

胡纯本又想躲，被雍唯狠瞪了好几眼，再加上风引礼貌地强迫，她只能陪着上桌，低眉顺眼地坐在雍唯身边，阴险的风引也不知道是不是故意的，把她的椅子放得离雍唯特别近。

玲乔也被请来，坐在天妃的下首。

雍唯难得孝顺，亲自给天妃布菜，又陪她饮酒。玲乔也殷勤伺候天妃，处处得体地显示出儿媳对婆婆的细心和体贴。只有胡纯像个完全的吃客，头不抬眼不睁地默默吃东西，也不敢多吃，也不敢乱伸筷子。雍唯给母亲夹了菜，又给胡纯也夹了一筷子，唯独没理会玲乔。当着天妃，玲乔适度地表现出委屈和伤心。

天妃看在眼里，心里又是另一番想法了。

她能不明白儿子的花花肠子么？突然留她吃饭！根本是想说玲乔已经很碍他眼了。

上次她说了那么明白的话，玲乔还是恳求留下，大出她的意料。辰王的大公主，能这样自降身份，全是因为对雍唯的深情。或者还有其他，她在天帝身边这么久，当然也不会把事情想得太简单了，天帝对辰王日渐疏远，琇乔刺伤雍唯正好给了他一个理由削减辰王的势力，收回天刃就是一种警告。在这种情况下，玲乔更需要嫁给雍唯。鉴于种种考虑，以雍唯的处境和个性，很难彻底撕破脸赶走玲乔。

这顿饭就是贿赂她当这个恶人。

天妃瞪了眼儿子，雍唯竟然冲她浅淡一笑，她愣住，多少年了，她没看见过他的笑容。

她又矛盾地看狐狸精，还是因为她吧？只要雍唯的心情能好起来，即便是她最讨厌的狐狸精，也不是那么不能忍耐。

天妃在世棠宫盘桓到了很晚，雍唯竟也没有赶她走，母子俩一起看上回雍唯姐姐送的唱戏的小宝物。雍唯虽然话不多，但天妃每每提个话头，他也能说一二句。胡纯没有去打扰，倒不是因为惧怕天妃，她听雍唯说起过去，知道雍唯心里也爱着母亲，只是天妃疼爱的方式总用错，把他越推越远。雍唯长大了，过多插手他的生活，会让他透不过气，其实只要这样无关痛痒地陪着他，才是最好的相处之道。雍唯一直在默默想念着那个陪他在梨花林间玩耍的母亲，而不是高傲蛮横的天妃娘娘。

天妃吃过晚饭，把玲乔一起领走了。

胡纯在栏杆边托着腮，看天妃那个在夜色里散发光彩的车驾慢慢去往天庭，越走越远，混迹于漫天星辰。除掉玲乔这个眼中钉，她应该很开心，可是她高兴不起来，失落过的人才知道失落的滋味，她想到玲乔就回忆起自己的失落，心里始终有个微弱却不能不听的声音在说：不知道你走的时候，有没有人接你，有没有人送你……

雍唯送走母亲，退去下人，轻轻走到她身边："想什么呢？"

胡纯叹了口气，她在想什么无法对他说，于是笑起来："谢谢你能让我看到星星月亮。"

果然是雍唯爱听的，他唇角微微挑起，默认地轻拍了下栏杆。

胡纯喜欢看他想笑却非要沉着脸的样子，搂住他的腰，他也顺势抬了抬胳膊，让她钻到他怀里，用大大的袖子圈住她。

"可还是不够漂亮……"胡纯遗憾，"别说不如天霜雪域，连钟山都比不上。"

雍唯又不高兴了，郁郁道："他们是遍选人间盛景才挑中的地方，我是被贬而来，不管什么穷山恶水都得住着。"

"可是……只要有你的地方，对我来说就是人间盛景。"她逗他玩，自己也很开心，得意地用脸蹭了蹭他。

雍唯真的很好哄，一下子又笑了，真的笑，不仅嘴巴有弧度，眼睛里也有笑意。"狐狸精！"他指责道，"你刚才还说嘉岭的风景差，难道刚才我没在？"

好哄是好哄，也不是很傻，胡纯暗自撇了下嘴，不怕肉麻地说："因为你没在我旁边嘛。"

雍唯哼了一声，偷偷地笑了。

"神主，胡纯姑娘，有人求见。"风引在很远的地方说，声音虽小，却很清楚。

胡纯满腹疑问："谁这么晚？还有我的份儿？"

见了面才知道是白光和玖珊，白光又醉醺醺的，玖珊搀扶着她，满脸歉意。他架着白光不便行礼，笑着对雍唯和胡纯说："白光非要来看看胡纯姑娘，我劝她也不听。"

胡纯担心地跑过去，帮着搀扶白光，埋怨她："怎么又喝得这么醉？"

雍唯面无表情，虽然不高兴，但也没生气，叫人送来了醒酒汤。

白光喝了，顿时清醒很多，坐在椅子里表现出赧然，拉着胡纯的手，小声道歉："不好意思啊老八，我没想来闹，就是喝着喝着想你了，喝酒没你，菜都不好吃了。"她瞪了眼玖珊，"不拦着我，还带我来了！"

玖珊听了，笑笑没说话。

胡纯心里难过，使劲捏了捏白光的手："你今天就留下吧，我陪你说话，酒……就别喝了。"

雍唯突然咳嗽了一声，表情沉肃，白光玖珊都面朝着他，当然看出他的意思，白光连忙摇头："不了不了，老八，改天再说改天再说。"

玖珊也站起来，恭恭敬敬给雍唯施一长揖："这么晚来打搅，实在抱歉，既然白光已经见到胡纯姑娘，我们这就告辞了。"

雍唯也没说客套话的习惯，眼睛一眨，淡然道："送客。"

胡纯脸上下不来，又不敢当着玖珊和雍唯争执，只能冷笑着任由玖珊白光告辞出去。

"我知道你不高兴。"雍唯抢先说，甚至还走下宝座来拉她的手。

胡纯又难过又难堪，一下子哭出来："我知道我的客人没资格留宿在你世棠宫，是我不知进退了！"

雍唯为难地啧了一声，苦恼道："不是这个意思。等我回来，你想留他们住多久就住多久，可现在不行。"

胡纯愣愣抬头，看他的时候眼泪还挂在睫毛上，雍唯看了心软。

"你要去哪儿？"

雍唯皱眉，没有回答。

"不能说？"胡纯倒意外了，在她眼里，雍唯活得很简单，就是守在珈冥山就可以了，哪有什么秘密？"连我都不能说吗？"

雍唯是个诚实的人，摇头道："谁都不能说。"他顿了一下，"谁也不该知道。"

胡纯低下头，这么一来，她更好奇了，但又不好问。

雍唯误会了她的沉默，考虑了一下，又补充道："风引他们会说我闭关了，你也这么认为吧。不能让其他人知道我的去向，所以玖珊和白光不能留下。"

"要去多久？"胡纯的声音也软下来。

"不很确定，一般都是快则半月长则……一两个月吧。"

胡纯抬头，恳求地看他："不能带我去吗？我想陪着你。"

雍唯的眼神一柔，苦笑着摇摇头："那地方时而酷热时而极寒，即便是我，应付起来也很艰难，更何况你。"

胡纯脸色变白，担忧道："这么可怕的地方，能不去吗？是谁派你去的？天帝？能不能求求天妃娘娘，换个人去，别让你去受苦了！"

雍唯听了，长长叹了口气，苦涩摇头："就是因为太可怕了，除了我，谁也不能去。该求的早就求了，或许这就是我的宿命。"

他说得那么无奈，让胡纯心都疼了，使劲抱住他："我好好修炼，争取以后陪你一起去。"

雍唯听了一笑："天界众神，能去的也只有我一人，你倒本事大。"

他还有心思笑话她，胡纯用头撞了他一下："那——拖几天再去，这几天多吃点好吃的，多睡几个好觉。"

雍唯抿了下嘴："这也不是可以拖没的事，从龙星已经偏了轨迹，我不得不去了。"

"从龙星？"胡纯摇头，"怎么从没听说过。"

雍唯又不吭气了。

胡纯也沉默，看来又问到了不该问的。

"这段时间……我派了霜引雨引陪你去广云岛，广云仙子要扩充仙府，需要填海造陆，向我借了增陆斝，你就去做掌宝仙使吧。广云岛景色优美，盛产水果，你会喜欢的。但是，这段时间不要联络白光，免得玖珊也知道我闭关。"

胡纯知道他是怕她闷，才给她安排了一个好吃好玩的地方，平时有重要宝物出借，都是四大仙使随便哪个去，根本用不到她。

"谢谢……"她甜甜地说，心里高兴人就变得通情达理，"刚才我不该怪你，又没问前因后果。"

雍唯坦然接受她的道歉："知道就好。"

"原来你很戒备玖珊。"胡纯摸到点门儿，他不愿意留的是玖珊，不让她去找白光，也是忌惮玖珊知道他的行踪，"他不是你舅舅推荐来的吗？"

雍唯又不说话了。

胡纯以为他还在生炬峰的气，虽然她也因为白光的事对炬峰心存不满，可一码归一码，"叔叔他到底也帮了咱们很多忙，上次你受伤，还有拿阿红的尾巴帮我骗……总之，你也别再针对他了。"

雍唯冷冷地哼了一声："他就是心眼太多，才让我和他亲近不起来。"

胡纯有点儿明白他的意思，虽然她对炬峰的了解远没雍唯多，可她也体会到炬峰嬉笑懒散后面的锋锐，至少不是他装出来的万事都不经心，相反，很多事，他考虑得很周全，在危难中总出现得很及时。

"那我要不要提醒下白光……"胡纯疑虑道。

"我看不必，玖珊虽然来意可疑，人倒是不错的。"雍唯打断她的话。

胡纯听了一笑，能得他说一句不错，倒不容易。

第 36 章　自由

广云岛正如雍唯说的一样好，胡纯带着雨引霜引住下，过得有些乐不思蜀。增陆晷用起来很壮观，需要施法者腾云到半空，沿着岛基慢慢撒土增陆，使用这种方法还需要一位控水高手，把填入土石的周围避水成空，免得填入的土石被水冲走。广云岛在南海，广云仙子请了南海二太子前来帮忙，二太子和夫人感情好，总是一起出现，所以一来就来了一对儿龙族，填海工程速度加倍。

胡纯和二太子夫妇以前就相处甚洽，此次相见更是老友重逢，二太子妃又送了很多南海珍珠给胡纯，还请胡纯到龙宫做客。以胡纯如今的身份，无论到哪儿都是上宾，胡纯增广了见闻，多交了朋友，每天真心实意高兴，微笑得特别真挚。

等过了使用增陆晷的新鲜劲，活儿就落在雨引的身上。胡纯整天跟着二太子妃在南海各处转悠，玩得十分尽兴。霜引寸步不离地跟着她，想是受了雍唯的指示，相处得多了，胡纯跟她渐渐亲近了起来。

一日，胡纯早起梳妆时，在镜中瞄见雨引皱着眉和霜引在门外小声说话。

"出了什么事吗？"她问，心里不觉有点儿慌，这里是广云岛，广云仙子法力不低，还有二太子夫妇帮衬，能有什么事让雨引一大早就愁容满面？

霜引进来，也满脸疑云："雨引说，不知道海中出了什么问题，土填不进去了。二太子去水下探查过，也没看出异样，广云仙子和二太子夫妇一起施法，也填不进土。"

胡纯听了，赶忙带着她赶到海边，果然见众人都在岸上一筹莫展。

这种时候，胡纯就帮不上忙了，她只能听大家的各种分析，有暗流漩涡，或者有精怪作祟等等，可是二太子都看过说没异样，一时之间大家都被难住。

二太子正准备返回龙宫，请他的父王来此查看，只见一人驾云悠然而来，微笑阻止道："表哥且慢。"

胡纯见是玖珊，心里微讶，还有些小小懊恼，雍唯特意嘱咐不要被玖珊得知珈冥山动向，怎么偏偏这么巧，会在南海碰上？

玖珊见了胡纯，也很意外，笑着向她问好。

胡纯淡笑，问他："你不是西海的远亲么，怎么又是二太子的表弟？"

玖珊道："我父亲属西海，母亲却是南海旁支，所以勉强高攀着叫二太子一声表哥。"

胡纯点点头，觉得自己被雍唯一说，变得多疑了。她这些日子在南海盘桓，知道四海龙族脉系庞大，互为亲属，玖珊出现在南海实属正常。

"玖珊，你阻我回宫请父王，是有什么发现么？"二太子一心在填海怪事上，等胡纯玖珊寒暄完就急不可耐地问。

"我刚才驾云路过，初升阳光斜照入水，我似乎看见了一条庞大的鱼影。又恰巧听见你们的议论，怕表哥只顾着探看海底，被海面上的妖物蒙蔽。"

二太子连连点头："大有可能。它若浮游在海面浅处，广云仙子在岸边看不见，我深入海底也看不见，自然被它逃过。"

玖珊谦逊微笑："我也是因为晨光斜照，才侥幸发现黑影，若再迟一些，影子在海水深处，我便也无法察觉了。"

表兄弟两一商量，决定一起入水去找鱼怪，两人皆为龙族，轻盈一跃入水便无踪影，岸上的人等得无聊，但都急着想知道结果，没人提议离开。胡纯正觉无趣，又晒得发烦，突然海水起了古怪涡漩，像一道深入海底的龙卷风，初时细弱，慢慢暴虐，引得巨浪起伏，海天变色，阳光顿时隐去，天空阴云压顶，海上波涛汹涌，好不骇人。

雨引霜引不由挡在胡纯面前，胡纯一直在嘉岭长大，如此狰狞的大海还是第一次见，难免面目变色，惴惴不安。

突然一排水浪冲天而起，像一挂倒悬在海面的巨大瀑布，海水互相撞击发出轰轰的闷响，在海天之间不断激荡，不知道到底是水声还是雷声，天色愈暗，海浪愈大，水汽厚重引发乌云密集，雷电也在云团里接连不断地闪耀，一副天翻地覆的末日景象。

一只巨大的鱼怪冲出海面，直入云层，像一只庞大的蝙蝠有带蹼的翅膀，还拖着长长的恐怖尾巴，它一入阴暗云团便引发强烈雷电，轰隆隆的雷声响彻海天，吓得胡纯两腿一软，险些摔倒，幸亏雨引霜引架住她。

"是鳐鱼精！"二太子妃大喊一声，"体型如此庞大，怕有几百年的修为了。"

玖珊和二太子此时也冲出水面，各执兵刃也冲进云团。太子妃见状，也腾云而起，急奔前去支援。

海风阴冷，景物恐怖，胡纯忍不住发起抖来，霜引小声宽慰她，有这么多法力高强的仙人在此，不必害怕。胡纯也知道自己丢脸，可毕竟太吓人了，她突然很想雍唯，他要在就好了，她就不会这样害怕。

闪电更密，在暗如子夜的海面上闪得人睁不开眼睛，随后而来的雷声也连绵不绝，像要把人心都震碎，广云仙子见鱼怪难缠，也赶去帮手，岸边只剩胡纯带着雨引霜引，更让她感到孤立恐惧，连整个广云岛都像要沉没在愤怒的大海中了。

突然一个爆闪，云团像炸开了一样亮，胡纯不得不眯起眼睛，耳中听见有东西急速向岸边飞来的巨大呼啸，像一只巨硕的箭矢直射过来，太亮了反而看不清楚，隐约只见鳐鱼精在极亮的光线中挡出一点阴影。它速度太快，身形又太大，带起的劲风在海面割出一道海沟，很快就反扑成一排滔天巨浪。

胡纯目瞪口呆地看着鳐鱼精在巨亮的光云前，挟风带浪而来，须臾就到了岸边。

"小心！"连雨引都尖喊着岔了音。

他和霜引瞬间腾空而起，手上亮出了长剑，以赴死之心合力阻挡鳐鱼精攻击胡纯。

胡纯吓得连抖都不抖了，僵直地戳在那儿，眼睛都忘了眨，她眼睁睁地看着鳐鱼精用翅膀轻松击飞了雨引霜引，直扑她而来，那赤红的眼睛像地狱火焰一般，离她越来越近。

"趴下！"有人嘶声呼喊，几乎同时把她扑倒，太用力了，胡纯觉得自己都被压进岸边的沙砾里，脸上一片火辣辣的疼。鳐鱼精贴着地面掠过，把岸边的树悉数刮断，胡纯的后背像被车轮碾过，幸好那人的胳膊挡在她的后脑，压住了她的头发，不然她可能就要秃了。

暴风刚挨过去，巨浪又扑打过来，一个浪头落下，整个岛都被淹没了。胡纯周身顿时一冷，被卷入海中，整个人被压在巨浪下无法呼吸。

胡纯一直以为自己会水，可真被一个大浪直压水底，扑腾都扑腾不起来的时候，才知道自己在水中多么弱小无力。她的眼睛睁不开，只觉得被汹涌的水波起起伏伏地裹挟着，被摁到越来越深冥的地方。呼吸渐渐急促，自己的心跳从血脉重重地传到耳朵，响得要把脑袋都震裂。

她不想死，贪生怕死的她惧怕死亡算是习惯了，但是现在她只想到了雍唯，她不想和他分开！

她努力地向上挣扎，拼命睁开眼，太黑了，一丝光亮都没有。

突然有人用力勒住她的腰，像要把她截断，然后带着她向上升，周围还是那么黑，可是胡纯的心里却好像有了光，有人来救她了！她也使劲踩水，帮着一起向水面上浮。

就在她呼吸的极限，那个人带着她冲出了水面，胡纯贪婪地呼吸，太急了，还是呛了水，拼命咳嗽。

天还是很暗，云还是很厚，可是海天之间非常安静，海面也平复了，广云岛也照旧矗立在那里。胡纯被带上岸，整个人瘫在沙砾里动弹不得。

"你……你还好吧？"救她的人也喘得厉害，声音急促而微弱。

胡纯费力地转过身来："青牙？怎么是你？"

青牙也耗尽了力气，躺在那儿用一只手压着额头和眼睛，像是不愿回想刚才的惊险和危急。他没立刻说话，胡纯也不急，他们都需要恢复一下。

"有妖怪偷走了老祖的仙药，老祖派我追查，我一路寻到南海，正碰见他兴风作浪。"青牙等呼吸稳住了，才缓缓说道。

胡纯一脸震惊："鳋鱼精偷了钟山的仙药？他这么厉害是这个原因吗？"

青牙拿开手，眼睛看向她，刚要说话，突然脸一红，起身把自己湿漉漉的外袍脱下，盖在胡纯身上。

胡纯本还抗拒地挡了一下，他那袍子全是水，给她也没什么用，保不了暖。就因为抬手一挡，她才发现自己的裙子全贴在身上，那些沟沟坎坎全看得一清二楚，幸好青牙的衣服兜头盖脸地扔过来，她脸热了一下，装作若无其事地把自己遮挡严实。

她从衣服里露出头来，看见青牙打着赤膊坐着，腹背胳膊上都是紧实漂亮的肌肉，比雍唯还壮实些，早已不是分别时少年的身躯。她惊叹地长吸一口气，笑嘻嘻地坐起来："青牙，你又长大了！"

青牙被她的眼光看得羞恼，转身扭头，背对着她，啐了她一口骂道："没羞没臊！"

虽然分开一阵，胡纯对他还是生分不起来，她用手指戳了戳青牙胳膊上的肌肉，有些担忧了，"你长得快也是因为吃钟山的药吧？按这个速度……你快别吃了！再吃下去，你就要比你爹都老了！"

"不用你瞎操心！"青牙抖了下胳膊，像抖跳蚤一样甩开胡纯的手指。

"你转过来！让我看看！老成什么样了？"胡纯没避开反而抓住他的肩膀，摇他，要他转身。

青牙拗不过，猛地转身过来，两人毫无防备地面对面，青牙看着她没说话，胡纯也愣住了。

"你……老得……挺不错。"胡纯突然有点儿不好意思，低头躲开了青牙的注视，他看上去已经有二十四五，是个完完全全的青年了，甚至比雍唯还成熟些。他不像辉牙，因为五官隽秀，但他从辉牙那里继承了硬朗的英气，和"年少"时相比，男人味儿十足。

"对了。"青牙严肃起来，"一会儿他们回来，你千万别提鳐鱼精钟山偷药的事。"

胡纯听他说起正经事，反倒舒坦自然了，疑惑地抬眼看他，"为什么？"说出来才知道怎么对付它啊。

青牙皱眉："鳐鱼精偷吃了仙药，修为大增，为祸南海，差点淹了广云岛，追查起来要算钟山管理不善，导致仙药失落，也是大罪一桩。"

胡纯无声地哦了一下，随即摇头："可是……他们降服了鳐鱼精，也会知道的啊。"

青牙受不了地啧了一声，瞪她道："你当鳐鱼精是你啊？傻的！它当然不会说出偷药的事，不然岂不是罪上加罪？还有……"他的眼神闪烁了一下，"一会儿神主来了，你万万也不要对他提起。"

"他不会来。"胡纯没过脑子地回答。

青牙顿时沉默了，眉头皱得更紧："你出了这么大的事，他都不来，他对你……还是那么不好吗？"

"不不不，他对我很好！"胡纯连连摇头，替雍唯冤枉。

"你不必瞒我。"青牙懊恼地垂下眼，"鳐鱼精水淹广云岛的事，很快会传遍六界，这他都不来，可见也没把你放在心上。"

"不是的。"胡纯苦笑不已，"他出……他闭关了。"差点说漏嘴，胡纯暗自庆幸。其实连闭关她都不该对青牙说，可是，青牙的话让她有些受不住，不反驳一下，显得她很可悲。

"胡纯。"青牙的眉头突然展开，脸色平静，却透出一股决绝，"跟我走吧，我们找个隐秘的地方，与世隔绝。再也不用——"

"不，不能走。"胡纯打断了他。

青牙愣住，直直地看着她。

"我不想离开雍唯，不能离开。"她轻轻摇头，也很无奈。

"他胁迫你？"青牙的声音很低，因为他其实知道答案。

"我喜欢他。"胡纯抬起头，眼睛也亮了起来，像有了底气和凭借。

"你觉得……你和他会有结果么？"

这个话题，她和白光谈起过，她抿嘴笑了，有那么点儿超脱的意味，"我就是喜欢他，想和他在一起，能在一起多久就多久，结果如何，又能怎么样呢？人有一死，神仙妖怪也终会死，只是时间长短的问题，大家的结果都一样，终究会分别的。"

青牙冷着脸看她："就连自由，你都不想要了？"

钟山分别时，她连和他面对面说一句话都不能。

胡纯想了一下，有些时候，她是觉得不够自由，不能想去哪儿就去哪儿，不能想见谁就见谁，可是为了这些离开雍唯……她却不愿意。

"青牙，你没有喜欢的人，所以不明白。一旦心里有了谁，就失去了自由，无论走多远，走多久，总好像有根绳子，牵着引着，要回去的……"

青牙讽刺地一笑，她竟然觉得他没有喜欢的人？这比任何绝情的话更伤人。

"好吧，你只要记得，千万别和雍唯提起鳐鱼精偷药的事，就算卖我，卖老祖一个天大的情面，钟山会记得这份恩情的。"他突然冷冷地说。

胡纯被他突然的转变弄得有些不适应，但还是保证说："你放心，我和老祖的情义也深，不会让他为难的，让他放心吧！"

正说着，玖珊等人从海里踏水而出，神情都很轻松。

胡纯和青牙起身，等他们走到近前。

"鳐鱼精呢？"胡纯披着青牙的衣服，好奇地追问。

二太子抢先说："今天这事，幸好玖珊在此，助我们一臂之力。鳐鱼精虽然凶狠，在我们围捕之下，也已服罪被杀，我和夫人这就带着它的尸体去回禀父王，它闯了这么大祸，也得向天庭，向广云仙子有个交代啊。"

广云仙子摇头，笑道："无须向我交代，我还要多谢你们帮我除掉祸患。"她看了看青牙，"这位是……"

胡纯怕青牙无法解释来意，连忙说："他是我朋友，恰巧路过，见我遇险出手相助。"

青牙向广云仙子抱拳示意，广云仙子脸色一暖，似乎对青牙颇有好感。胡纯看在眼中，心里暗喜，青牙现在也是很受欢迎的小男神了，好生欣慰。

"雨引霜引二位仙侍受了些伤，已被送回广云府了。"玖珊一直很体贴，微笑着对胡纯交代了一声。

胡纯这才想起他们，有些惭愧，又知道他们没事，放了心，向玖珊感激地笑了笑。

玖珊向大家抱拳道别，二太子对他的态度尤其热络，赞许地说："玖珊，我一定请父王向天庭禀明你诛杀鳐鱼精的功劳，到时还要请你再来南海，一同庆功喝酒。"

玖珊的笑容依旧平和，似乎也没太把这些放在心上，淡然道："玖珊告辞。"他礼貌格外周到，临去还向青牙抱了抱拳，青牙也应付地回了礼。

胡纯总觉得他们似乎互看了一眼，也许玖珊也对青牙有好感吧？

第 37 章　续尾

　　广云府被水淹过，虽然构架尚在，也是一片狼藉，仙侍们都忙着收拾，看起来还是很凄惨。

　　广云仙子看了痛在心里，默不作声地走开，连招呼客人的精神都没有了。胡纯见状，知道自己也该告辞了，留下帮不上什么忙，还给人家添乱。

　　雨引霜引出来迎接胡纯，看见她穿着青牙的衣服，互相看了一眼。霜引连忙拿了件干净披风出来，替换下青牙的衣服，青牙见状，冷笑着拿回自己的衣服，没有穿，一脸嘲讽地抓在手里。

　　"我看我先告辞吧。"他对胡纯说，刻意的生分。

　　"等一下。"胡纯连忙阻拦他，"还有话没说呢！"

　　青牙用眼一瞟雨引霜引，讽笑道："方便么？"

　　胡纯顺着他的目光回头看了眼雨引霜引，他们虽然受了伤，还是坚持跟着她，平心而论，真的不方便。其实她要和青牙说的话没什么怕人听的，可是他们一定会把她和青牙的话一五一十说给雍唯，这种监听本身就让朋友间叙旧变得索然无味。更何况，雍唯听了，还不知道会怎么自行理解，按他的任性，难保不对青牙产生什么不利的情绪。

　　胡纯怏怏低头："那——改天再说吧。"

青牙扭头就走，胡纯看着他的背影，心里闷闷的，说不上不高兴，也没道理发脾气，她连雨引霜引都没办法怪罪，他们可是在千钧一发的时刻，不顾自身保护她的人。

换了衣服，胡纯就简单地和广云仙子告了下别，广云仙子也没有继续留她的意思，顺水推舟送她离开。

回珈冥山也让胡纯很烦闷，雍唯不在，享月殿就像个笼子。不过令她震惊的是，她一回享月殿就遇见了一个人——天妃娘娘。

"雍唯……雍唯他……"胡纯跪地问安后，不知道该和她说什么，向她说实话还是谎话？

"我不找他，我找你！"天妃仍旧盛气凌人。

胡纯瞠目结舌，天妃不会趁雍唯不在，要杀她吧？怎么办，她现在真是叫天天不应叫地地不灵了。她偷眼看风引他们，就连老油条风引都露出一脸焦急，看起来也是束手无策。

"起来，跟我走。"天妃蛮横地命令，看胡纯跪在那儿发抖，双眉一拧，"你怕什么？我不是要杀你！"

胡纯的心一松，还是没起身，她不愿意跟天妃娘娘走，眼巴巴地看着天妃，撒谎说："娘娘，雍……神主让我在这儿等他，哪儿也不许去。"

天妃呵呵冷笑："你不刚去广云岛玩了一趟回来么？我在这儿等你好一会儿了！"

胡纯懊恼，她还以为天妃刚来呢，谁能料到堂堂天妃能在珈冥山等她啊？谎话当面被揭穿，多少都有点儿不好意思。

"走！"天妃也没客气，走过来踢了她一脚。

胡纯只能极不情愿地缓慢起身，一个劲儿看风引求救。

"娘娘。"风引皱着眉上前，"请稍候片刻，让雪引霜引收拾一下姑娘的东西，一同跟去吧？"

天妃哼了一声，更不高兴了："我是能不给这土狐狸吃还是不给她穿啊？用你派眼线跟着？怕我欺负她？将来向雍唯告状？我就是杀了她，雍唯能把我怎么样？"

所有人都低了头，的确谁都不敢把这位娘娘怎么样……

胡纯更不想跟她去了，腿一弯，又想往地上瘫，被天妃一脚又踹在小腿上，人疼得一跳，就站直了。

"走！"天妃大眼睁睁地胁迫她。

胡纯热泪盈眶，看着风引恋恋不舍地被天妃的下人，对，就是那个要杀她的映霜给拖走了。雍唯说最快也要半个月才能回来，这才过了几天，更别提万一他要回来得迟，她还活不活了？世间女子都说婆婆难对付，她碰见的这个，不是婆婆胜似婆婆，简直是要她几辈子的命啊！

天妃的车驾极度华丽，胡纯之前还艳羡过，现在坐上真是比针毡还难受。

第一站天妃带她到了钟山，胡纯跟在天妃身后，再一次和青牙见面彼此都很无语。当然他们也没有说话的机会，钟山老祖见贵客降临，携全府上下跪迎，天妃显得心事重重，就叫老祖一个人入室密谈。

老祖诚惶诚恐，不知道什么事需要劳动天妃亲自莅临，往常碰见这样屏退左右，神色古怪的，九成是鱼水方面体不应心，或者子嗣艰难，老祖不敢质疑年纪轻轻的神主有这方面的问题。

天妃从袖中拿出一根狐狸断尾，神色为难，用下巴一点旁边的胡纯，"能帮她把尾巴续上吗？"

胡纯的眼珠子差点掉了，又细细看了两眼那个尾巴，的确是白色的，但尾巴尖上有黑毛，形状也很像是阿红的。这么说……并不是天妃粗心好骗，应该是炬峰用了障眼法。

老祖的脸色一缓，态度也自在起来，和蔼地给胡纯把脉，把完脉又皱眉细看胡纯，神色再度恍惚起来。

胡纯心知肚明他在纠结什么，她的尾巴明明就在，她也着急起来，怕老祖说破，天妃不知道要怎么雷霆大怒，现在雍唯不在，连个拦着她的人都没有，大家都活在刀尖上。

"那个……"胡纯硬着头皮开口，"断了……还接得上吗？"她向老祖眨了眨眼。

钟山老祖也是个老滑头了，苦着脸躬身一揖，叹道："娘娘恕罪，老身对此无能为力。天庭能人众多，娘娘不妨寻访他们帮忙。"

胡纯心里佩服，看人家这话说的，也没撒谎，也不兜揽，把自己摘得干干净净。

天妃听了露出愁容，带着胡纯出来，吩咐前往蓬莱。

"我不是想救你。"天妃冷漠地说，"我只是不想雍唯伤心。"

胡纯原本很怕她开口说话，可是听了这句，心里却一暖，看她的神情，和雍唯嘴硬心软的时候一模一样，对她的恐惧顿时削减不少。

"不是雍唯多喜欢你。"天妃觉得自己的话说得不妥，会让胡纯太得意，"我之前处死了锦莱，你再因为断尾而死，他对你们或多或少都会有些愧疚，这对我们母子相处不利。"

连欠揍的说话方式都一模一样。

胡纯心如止水地点点头表示明白，她算知道雍唯说话是谁教的了。

蓬莱仙翁看过胡纯后，也陷入与钟山老祖同样的困惑，连推脱的方法都选了一样的——诚恳推荐天妃回天庭找其他仙家帮助。

天妃带着胡纯返回天宫的时候，车里的气氛异常凝重。

天妃本不想把这件事情带回天庭解决，不然天帝和一些对雍唯关注的人，立刻就会知道。当初她处死锦莱，已经在天帝和其他人面前落了个不是，虽然他们都不肯说出口，但态度骗不了人。雍唯更是对此耿耿于怀，对她极为冷淡。胡纯断尾，说到底她也有责任，毕竟是她派映霜去杀胡纯，事情才变成这样。雍唯如此喜欢胡纯，如果胡纯早亡，他可能又会变得与以前一样消沉。

都是玲乔琇乔不争气！她随便找了替罪羊来原谅自己。只要把土狐狸的尾巴续上，再帮雍唯找个中意的妻子，事情就圆满解决了。

胡纯也很担忧，回了天庭可都是天妃娘娘熟悉的人了，免不了哪个诚实的人说出真相，谁能救她？

炬峰？估计真相败露，她第一个倒霉，他就是第二个，就天妃娘娘这脾气，他八成又可以抢玖珊的饭碗了。这对白光说不定是好事……

胡纯甩甩头，都想到哪儿去了。

天妃误会了她的动作，冷冷咳嗽了一声："你也不必太担心，总有办法让你活下去。"

胡纯笑容一苦，那是，只要天妃您老人家不生气动武，她就能好好地活下去。

天宫之美，贵在气象，云为山雾为水，朱宫碧阙星罗其中，浩浩仙气环绕四野。

胡纯看了，心生敬慕之情，到底是天帝居所，神仙府衙，也恍然了悟珈冥山世棠宫也是模仿天宫风格建造而成的。她也见了些仙山圣地，觉得天宫唯壮阔恢宏而已，论景色优美布局奇巧略逊。当然这里是天帝神仙办公所在，不追求那些花哨格局。

到天妃所住的梨雪圣宫，第一件事就是赐浴，胡纯泡在豪华的活水泉池里，真是有点儿讨厌这些神仙的做派，好像她身上带着什么土味，会把他们的圣地染上俗气似的。不过她也就在心里吐槽一下，脸上还是一如既往地笑嘻嘻。

"洗好了吗？"一个侍女冷淡地问。

"好了，好了。"胡纯很习惯她们这副半死不活的腔调，接过她递来的披巾，随意包裹一下走上岸。

池边站的侍女低着头，并没有领她离开的意思。

"这位姐姐——"胡纯客气地问话，结果只说了开头，侍女身形极快地一动，绕到她身后，捏着她的下巴就把一颗丸药塞她嘴里，还顺手轻击了一下她的喉咙，胡纯吃痛，脖子一直药就咽了。事出突然，胡纯一慌，急着去抓侍女的手，披巾掉到地上。

侍女塞了药，转身就跑，胡纯想追，又惊醒过来，捡起披巾围住自己，抬头再看，周围哪有什么人影，她就连侍女的样子都没看清。胡纯担心地干呕，想把药吐出来，可是药已入腹，根本没有办法呕出。

"出了什么事吗？"映霜带着几个侍女进来，她没看见侍女来去，只听见胡纯干呕，不屑道，"是池水太深，你呛着了么？"

胡纯皱眉四下看，泉池周围全是花树，枝繁叶茂，她根本不知道那个喂她药的侍女从哪个方向逃走。"你没看见刚才那个人吗？"她问映霜。

映霜不耐烦了，挥手让侍女们拖胡纯去穿衣打扮，冷声道："哪有什么人！别胡说八道了，赶快收拾好，天妃娘娘已经等得发脾气了。"

"可是……"胡纯还想说自己被喂药的事，根本没人理会她。

她忧心忡忡，担心是什么绝命毒药，可身体并没有什么不适，她一时也稍微定了定神，反正她这次是来"看病"的，万一是毒，自然有人会替她解。

她穿戴好，被一个侍女带着去见天妃，走到一处梨花夹道的鹅卵石小路，突然听人厉喝一声：

"什么人？"

她还没意识到被喝问的对象是自己，已经双耳生风，好像什么东西迎面向她击来。胡纯的法力较之前已不可同日而语，所以她也没太怕，双足点地，想向后飞掠躲闪。一运仙力，她才大惊失色，周身半点仙力都不见了，打向她的东西此刻也重重捶在她的胸口，"嗵"的巨震，胡纯觉得自己的五脏六腑都移了位，人也被强大的力道击飞，重重摔在地上，被鹅卵石硌得全身剧痛。

落地的力量对她已经受伤的内脏进行了又一次的震荡，胡纯胸口一闷，噗地吐出一大口鲜血，整个人瘫软在地上，奄奄一息。

她看见天帝带着一个穿金色轻甲的年轻人走到她身边，年轻人手一抓，掉在她身边的剑鞘刷地回到他的手里，他潇洒地套回剑上。原来就是他用剑鞘打伤了她！胡纯咬牙切齿，这笔仇她算记下了。

"怎么是你？"天帝似乎对她有些印象，皱起眉有些意外。

天妃带着侍从匆匆赶来，见状吃了一惊，埋怨天帝道："你怎么把她伤成这样？回头怎么向雍唯交代？"

天帝似乎也有些后悔，叹了口气道："我见有生人……也怪护卫下手太重。"

他这么一说，金甲年轻人就向他和天妃抱拳认罪。

天妃忙着让映霜等人把胡纯扶起来："我还没来得及和你说，我把她带回来了。快把徵殷医仙请来，这土狐狸根基浅薄，法力低微，哪禁得住护卫这一击啊！这要是挺不过去……"说着真着急了，跺了跺脚。

天帝竟然亲自为胡纯把了把脉，安慰天妃道："放心，只是一些内伤，不打紧，不会死的。"

天妃听了一拂袖："你知道什么？她已断尾，我本想带她来让老君和徵殷帮她续尾，没想到又受这么一难，恐怕很难支撑。"

"断尾？"天帝听了，淡淡一笑，"你也别太担心，总有办法救的。"

正说着徵殷已经赶来，他是天庭第一医仙，论医术老君尚在其下。他看了看胡纯，让人喂了丹药，宽慰天妃道："这位姑娘虽然伤重，却不险，按时服药，再去安思汤泉泡着，保管十天半月就痊愈了。"

天妃听了，松了一大口气，神色也不那么焦躁了，但还是很担忧地问："那她的断尾可续吗？"

"啊？"徵殷露出迷惑的神情，"断尾？"

胡纯迷迷糊糊听见了，急得更想吐血。

天妃又把藏在袖子里的假尾巴拿出来展示，请医仙给她接上。

"这个……这个……"徵殷有些焦虑，"地狐断尾……基本是无救的。"他说了下医理，"要不娘娘再请其他高人，看看能不能帮娘娘这个忙。"

"先给她把内伤养好吧。"天帝淡然说，对胡纯断尾不甚挂怀的样子。

"那好吧……"天妃情绪低落，"我明天就送她去安思湖。"

胡纯想问徵殷她有没有中毒，可是天帝天妃还有一大群侍从在，她不敢开口，只能任由医仙离去。

她的伤势不轻，浑身都疼，迷迷糊糊醒一阵晕一阵，突然有人给她喂水，她乖乖地喝了，可是半中间又被喂了一颗药，她现在被吓怕了，非常警惕，急着要吐，被喂水的人捂住嘴巴。

"吃了，我不是害你，是救你。"

是她！那个池边袭击她的人！

胡纯奋力睁开眼，看见一个清秀的侍女，她双眼清澈，十分面善。她用眼神劝着胡纯，很恳切，胡纯不由相信了她，把嘴里的药咽了。

"我仙力全失……是因为这药吗？"胡纯倒在枕头上虚弱地问。

清秀侍女皱眉点了点头："我是为了救你。"

第38章 心愿

这种时候还笑的话，要么显得阴险，要么显得缺心眼，胡纯也不想，但是她没办法，所以只能尽量抿紧嘴唇，看着清秀侍女。她有很多问题，但是不知道应该从哪一个开始问，一时之间两个人都沉默了。

外面天色很黑，已是中夜，天庭虽然到处是灯光明珠，胡纯的房间却不甚亮，清秀侍女大概盖住了她房间里的夜明珠，只靠门格子外的微弱灯光隐约看见彼此。

"你是谁？"胡纯抓到了头绪。

"我是天帝的侍女，我叫锦萱，你应该听说过我的妹妹，她叫锦莱。"

胡纯感觉自己的心重重一顿，锦莱的姐姐？从没人提过锦莱在天宫里还有一个姐姐。

"神主身体的秘密，你应该已经了解了一些，但还有一些……肯定是你不知道的。"锦萱冷笑，平淡述说中有明显的讽意，"接受神主恩泽的女人，会轻易获得仙力，你已经感觉到了吧？"

胡纯点了点头，略有些不好意思，毕竟这也算她和雍唯的隐私。

"这种仙力是天道的变异，是不正常的，也极易积累，所以神主身边的女子很容易会变成他的'伴神'。他越是宠爱这个女子，这个女子的仙力积累得就越快，时间一长，甚至会与神主不相上下，更让人担心的是，时间久到一定程度，这个女子的仙力会不会超越神主？"

胡纯听得愣住，她的确暗喜于自己超乎寻常的仙力增加，可听锦萱的口气，似乎不是好事。

"这个疑问没人知道，因为天帝不会允许事情发展到这个地步。"锦萱冷笑出声，胡纯明显地察觉到她对天帝的态度全然是讥嘲轻蔑。

"为神主挑选媵侍，就是对这种仙力传递的控制。天帝选中我妹妹，只因为她懦弱胆小，并且……不够漂亮。从选中她的那刻开始，天帝就在盘算，在多久以后适合……杀了她。"

胡纯"啊"了一声，因为惊诧，也因为害怕。

"锦莱去世棠宫之前，就被警告过，她越是被神主宠爱，死亡来得就越早。她……不敢让神主喜欢她，木讷寡言地陪在神主身边，连笑都不敢笑，连话都不多说。她也不敢逃走，因为那样，她的姐姐就死路一条。她心里一定很苦，什么话都不能对神主说，但她并不怨怪神主。我偷偷去看过她，她没有对我说一句她的苦，却说神主很可怜。哈，她自己都成那样了，还觉得神主可怜！她说，神主注定一辈子不停失去身边人，不管是他喜欢过的，还是没喜欢过的，他总会伤心的。"

胡纯觉得鼻梁酸痛难当，眼泪像要涌出来，她吸了吸鼻子。

"所以天帝的侍卫打伤我，根本不是意外，你早就料到，他会试探我已经积累了多少仙力？"

锦萱点了点头："我给你吃下暂时失去仙力的药，虽然不至于真能救你，但至少可以帮你拖延一些时间。"

"为什么冒险救我？"胡纯沉声问，仅仅因为她和锦莱是相同的命运，并不值得冒着生命危险做这些。

　　"听说神主很宠爱你。"锦萱笑了笑，胡纯觉得她的笑容里掺杂了很多东西，有讥讽，有怜悯，还有希望，"今天我救了你，更重要的是，告诉你伴神的秘密，我想，这个秘密连神主自己都不知道。所以，你也应该帮我一个忙。"

　　"什么忙？"胡纯有些担忧，她不是不想帮助锦萱，是怕做不到。

　　"你请神主，无论用什么借口都好，让他求天帝放我出天宫。我早已厌恶这个地方，只想下界当个闲散的地仙，清清静静度些岁月。"

　　胡纯听了，重重地点头，这对雍唯来说应该不难。"放心，我一定尽力。"就算锦萱没有救她，看在锦莱的分上，她也愿意尽力促成。

　　锦萱笑了，微光中能看见她眼睛里的泪光。

　　"我想问……天妃娘娘也知道这个秘密么？"胡纯想起天帝听说她断尾后那一瞬间的释然，她敏锐地察觉了，听了锦萱的话才明白，让天帝放心的，正是她的命不久长，甚至都不用他处心积虑地动手，也不会招致雍唯的怨恨。可天妃娘娘的态度就矛盾了，她杀了锦莱，却极力想救回她。

　　锦萱摇头，顿了一下，才淡淡讽笑说："她不知道……其实，她是一个一直被各种秘密欺骗的可怜人。"

　　胡纯有点儿理解她这句话。

　　"她杀我妹妹，是因为有人告诉她，我妹妹是天狐娘娘的侍婢，她怕神主的心在我妹妹身上，她选中的辰王公主赢不过，才鲁莽地出了手，替人担了杀人的罪责。听说……神主因此，怪了她很久。"锦萱说最后一句话的时候，态度很和缓，可见雍唯因锦莱而怪责母亲是合了她的心意的，至少锦莱对雍唯来说，并不是一个过眼云烟般的人。

胡纯知道锦萱说的"有人"是谁，这个人能端坐在高高的位置上，必定不是心慈手软的良善之辈。就连妻子儿子，都被他在股掌之间随意操控。

"锦莱……"胡纯的声音很轻，"一定是真心喜欢着雍唯吧？"就因为喜欢，才不忍他伤心。雍唯的个性她很了解，稍微一点点的好，就能让他俯首帖耳。可锦莱就是忍住了，不让雍唯过多地在乎她，只为她死后，雍唯不用太伤心。

锦萱冷笑了一声，没有回答，喜不喜欢，都是个牺牲品。人都已经不在了，她的一切还有什么意义？

"应该吧，听说……她只有在死前才对雍唯笑了笑 。"锦萱漠然地说了句，"我要走了，你一定牢记对我的承诺。"

胡纯没有反应，她的心里全是锦萱最后的那句话，似乎越来越响，震得她五脏六腑都剧痛无比。

或许……雍唯在锦莱生命的最后一刻，才意识到自己喜欢看女孩子笑。

笑……他一开始说不愿意看她笑，是因为想起锦莱，也正因为笑，他才喜欢她，口是心非，不正是他一贯的骄横做派？对她的种种迁就，也是对锦莱的补偿吧？以前她不知道锦莱是什么样的人，现在她终于明白了锦莱的沉默隐忍，以雍唯的脾气，一定忽视了锦莱很多，这些粗心在她死后，都变成了他心里的歉疚。

胡纯捂着胸口颓然倒下，不知道是晕过去，还是睡过去，她在幽暗中失去了知觉。

胡纯听见有人在叹气，她睡得很难受，但是醒不过来，叹气的声音像一根针，刺破了她的混沌，她焦躁而努力地睁眼，蒙眬看见了天妃。

天妃坐在锦萱曾经坐的椅子上，让胡纯恍惚了好一会儿，对她来说锦萱走也只是上一秒的事，她怀疑自己在做梦，直到看窗外天色大亮，又再确认了一遍的确是天妃，才轻而长地吐了一口气。

"醒了？"天妃娘娘的眉头没有展开，"今天带你去安思湖，先把伤养好，再带你去杏源谷，那里的杏源大仙是最后的希望了。"

胡纯咬了下嘴唇，她又低估了天庭众神仙，也没一个傻的。幸亏他们都老于世故，没有说出她的尾巴还好好的，不然天帝的明枪暗箭很快就会要了她的命。

"生死有命，不能强求……我只担心雍唯……"想到锦莱说雍唯可怜，胡纯心里一痛，一夜睡不安稳，又触动心结，内伤发作，胡纯噗地吐了口血。

天妃娘娘见了，也终于露出愁容，胡纯的伤势怎么比她想象的还重？"走，这就带你走，先把内伤养好，总会有办法的。"

胡纯听她说得恳切，心微微一动，哀求地看着她说："娘娘，我还有一个请求。"

"你说。"在天妃看来，这也和胡纯临终的嘱托没什么两样了，很痛快地答应。

"雍唯一直对锦莱的死……很挂怀。"

一句话说得天妃娘娘低了头，很沮丧。

"他知道锦莱还有一个姐姐在天宫里当侍女，很想求您或者天帝,把她放到下界，让她闲散度日,也免得她在宫里总是想起她妹妹，增加雍唯的歉疚。可是他一直没找到合适的机会开口，也怕您再阻拦……"

"我怎么会阻拦？"天妃又抬起头，骄横的态度又回来了，那是她自信的表现，"这又不是什么大事，为什么不早和我说？我这就吩咐下去，了雍唯这点儿心事。"

胡纯点点头，她也没想到会这么顺利。

被侍女驾着上天车的时候，胡纯看见锦萱来向天妃谢恩，谢过恩她就可以永远离开这个残忍的地方了。胡纯终于看清了锦萱的长相，清秀有余美艳不足，想来锦莱也是这个类型的，毕竟天帝不可能选个特别漂亮的，免得太得雍唯喜欢，除掉的时候更加麻烦。

锦萱起身后，淡淡看了胡纯一眼，眼神里的感谢只有胡纯和她心里明白。胡纯心里舒服了很多，能为锦莱姐妹俩做些什么，好像替雍唯还了债。

赶往安思湖的路上，天妃说："你先养伤，等雍唯回来，我就让他立刻来找你。"

胡纯点了点头，看来天妃是知道雍唯外出的内情的。

"琇乔在安思湖底思过，她不是个省油的灯，如果她敢去骚扰你，你就拿这个给她看。"天妃递给胡纯一个玉镯，示意她戴上，"这是我的嫁妆，本是一对儿，送了辰王夫人一只，她天天戴在手上。我这只给你，说明你的地位和她娘差不多，让她别和你放肆。"

胡纯慢慢转着手腕上的镯子，碧莹莹的，似乎盘旋着宝光，与它相比，雍唯享月殿外的剔透碧玉地砖的确是铺地货。"谢谢。"她是真心诚意向天妃道谢，了解她越多，越觉得她并不像她的外表那么凶恶跋扈，毕竟是雍唯的母亲，善良的一面还是相通的。

"她要敢来，我能不能让她叫我阿姨？"胡纯想搞笑一下。

没想到天妃没笑，认真地说："当然行！戴着这个，让雍唯叫你阿姨都可以。"

"……"胡纯干咳了一声，她算知道雍唯没有幽默感也是遗传了。

安思湖坐落在一个斜坡边上，泉水从高处流下，先在斜坡上汇聚成一个小池，水温很高，就是养伤圣地安思泉，小池的水溢满继续向下淌，便积成一个大湖，水温也降低了，才是安思湖。

胡纯在岸边下车，看了眼周围的景色，觉得天帝很偏心，这哪是思过，简直是疗养。湖水碧蓝碧蓝的，衬得天空都淡了，云却特别白，周围没有群山和村落，一马平川，视线可以直达天际，简直是个世外桃源。

"这颗药是徽殷给的，你吃了就会沉睡，也不会饿，我也为你在泉边设了结界，只要你不主动出来，谁也没办法靠近你。"

胡纯心里很暖，心甘情愿地跪下向天妃道别。

天妃今天没带侍从，她不愿太多人知道胡纯养伤之处，虽然她做了万全的准备，但是对于胡纯，再不能让她继续受到伤害了，不然真的没办法向雍唯交代。

她勉强地伸了伸手，想摸胡纯的头，安慰她不要太为尾巴的事情伤心，可是她早已不习惯亲切地向小辈传达她的情感，伸出了又收了收。

胡纯发觉了，没好意思起身，她以为天妃又嫌弃她这个地狐身上有土味，不愿摸她。

正想再说一遍道别的话，让天妃娘娘趁便收手，没想到天妃搓了搓手指，一副强忍的神情摸了摸她的头："你……要快点儿好起来。"她的语气也很生硬。

胡纯却很感动，她刚要说话，觉得后脑剧痛，眼前一黑，临晕之前还想，天妃果然是天妃，温情过后下手还是那么黑，这点也和雍唯一模一样。

第39章　证人

这一下打得真狠，胡纯醒来的时候后脑还一抽一抽地疼，她忍不住抬手去摸，是不是把她的头骨都打碎了？她的手指缝里带着一小截干草，痒痒的，她抖手，还想着湖边怎么会有干稻草，突然就反应过来，四下一看——哪还是景色美丽的湖边？

看样子是牢房，但很整洁，打磨平整的青石砖配上拇指粗的精钢栅栏，不像胡纯过去见的牢房，甚至比世棠宫的牢房更气派，也造成更大的威压。胡纯摸了一下离她最近的铁栅，冷得血都要冻住，果然不是凡铁，她用仙力再试着弹了弹，无声无息就被寒铁吸掉，毫无反应，想用法力弄断根本没有可能。

她从栅栏之间的空隙尽量往过道里看，除了墙壁上的油灯，一无所有，过道两边都是牢房，却悄无声息，应该没有关着囚犯。

胡纯怎么想都想不明白，她是怎么从湖边到牢房的？天妃使诈？绝对不可能，天妃的个性和雍唯一样，不擅于骗人，她的眼神和态度，不会做出这样的事。

甲胄和脚步声从走廊里传来，一个金甲大汉走到胡纯的牢房外，俯视着趴在地上的她。

他没问话，只是拍了拍手，顿时又来了四五个大汉，不由分说开了门，把胡纯连拖带拽地扯出来，胡纯能走，却赶不上他们疾行的速度，没几步就像条死狗一样被他们飞快地拖行。这些天兵太凶悍了，明明是正常长相，胡纯却总觉得他们有青面獠牙，虽然狼狈不堪也不敢出声抗议。

她被带到一个小小的殿阁，窗户都没有开，只靠门里透进来的光，殿里显得非常阴暗。

天帝端坐在宝座上，两手边的太师椅里坐满了神仙，胡纯只敢飞快地扫一眼看个大概，就被天兵们按着肩膀跪在地上，头都不敢抬。难道……天帝识破她和锦萱的伎俩，觉得她的法力已经积累到应该诛杀她的程度了？

"胡纯。"天帝喊她名字的时候，口气很严肃，"你为什么要杀天妃？"

一句话如同焦雷，把胡纯劈得一跳。

"天妃死了？"她忘记畏惧，蓦然抬头看着天帝，怎么可能？那个强忍嫌弃摸她头的美貌长辈死了？

"不要再装腔作势！"天帝有些恼怒了，皱眉喝了一句。

胡纯的心跳得太快，气都要喘不过来了。如果天妃因为送她去安思泉而被杀，她要怎么向雍唯交代？到底发生了什么事？怎么一闭眼一睁眼之间，就发生了这么可怕的事情？

"我没杀天妃！我没杀！"她急于澄清，"我一到湖边就被打晕了！"

殿里出现了一小会儿的沉默，有个人轻蔑地冷笑说："果然是个卑劣的下界狐妖，最擅长的就是说谎骗人！你以为自己的恶行无人知晓？天理昭昭，自有定数，有人亲眼看见了你的罪行！琇乔，再把你看见的说一遍，让这狐妖打去妄想，从实招来！"

这个斯文不失威严的中年男人说完，他身后站着的琇乔便上前一步，向他和在座众仙抱拳施礼，朗声说："是，父亲。"

胡纯不自觉地瞧了中年男人一眼，原来他就是辰王。

"小仙被罚在安思湖底思过，三日前感知天妃娘娘仙驾降临，便到湖边迎接问候，结果就看见这只狐妖！"琇乔的手指向胡纯一戳，声音颤抖起来，不知道想表现恐惧还是愤怒，眼眶里竟泛起泪光，"她趁天妃不备，杀害了天妃！她还起了贪心，抢了天妃手上的青霄镯，然后用化骨盏……化掉了天妃的尸身。"

"你胡说！"胡纯听得气炸心肺，什么都顾不得，想要跳起来反驳她，却被天兵们重重按回去，膝盖在地砖上重重一撞，疼得胡纯差点趴下去，"你胡说！我没有！什么化骨盏？什么青霄镯？你简直睁着眼说瞎话！"

胡纯使劲尖叫，声音都岔了。

琇乔不理她，眼泪终于掉下来，向众人说道："小仙本该冲出来阻止她，可是她青霄镯在手，天妃娘娘又已亡故，我若贸然现身再死于狐妖之手，这段恶行就没人指证了，所以小仙强忍悲愤恐惧重新潜回湖底，直到狐妖离去，才立刻返回天庭报信。"

说到激动处，她双膝跪倒，膝行到天帝宝座的台陛下，痛哭失声："小仙有罪啊！就该拼死保护天妃娘娘尸身，让她免受化骨之辱……小仙只想着保命报讯，此刻恨不能与娘娘共赴黄泉！娘娘待我们姐妹恩重如山，如同母亲，小仙无能，眼睁睁看着她被狐妖所害。"

天帝露出哀戚神色，声音也略有哽咽："孩子，你做得对，你若鲁莽行事，不仅于事无补，更加不能当众揭穿狐妖恶行。"

在座众仙也唏嘘点头，纷纷难过起来。

"胡说八道！胡说八道！"胡纯气得哆嗦，"我没有杀天妃，不可能杀她！她待我也恩重如山。"

琇乔猛然回头，凌厉瞪她："你又撒谎！你恨天妃娘娘断你狐尾，更恨她为雍唯定了我姐姐成婚，前几天还在世棠宫大闹，逼雍唯和天妃把姐姐从世棠宫送走！你对天妃娘娘早就怀恨在心，暗藏歹毒杀意！"

"我一没什么化骨盏，二没抢什么青霄镯……"胡纯想起天妃送她的镯子，勉力抬手给大家看，"如果你们说的镯子是这只，这是天妃娘娘送我的！她说我在安思泉养伤，怕琇乔骚扰我，给我这个镯子震慑她。"

"你才胡说！"琇乔说到激动处站了起来，居高临下俯看着胡纯，满眼怨毒，"青霄镯可调动世间风雨潮汐，是绝世宝物，天妃娘娘能送给你？你算什么东西！"

众仙发出赞同的声音。

一个天兵适时捧着一个托盘走进来，盘子里放了个小小的碗："启禀陛下，这是在狐妖身上搜到的化骨盏。"

这等于是揭穿了胡纯的"谎言"，众仙都露出鄙夷谴责的神情，不屑地瞧着胡纯。

胡纯本就内伤甚重，刚才只是靠着一腔激愤撑着，现在完全败落，万箭穿心，噗地吐了一大口血，膝盖上的裙子被染得殷红一片。胡纯颤抖着看琇乔，是她，她才对天妃怀恨在心，她才有机会偷袭杀害天妃毁尸灭迹！

"是你！一切都是你做的！你嫁祸栽赃！你恨天妃……"

琇乔呵呵冷笑，对天帝和众仙申冤说："大家看看这狐妖的无赖狡辩，嘴脸这等难看！"

天帝也对胡纯十分厌恶，恨声说道："拖下去，打到招认全部罪行为止。"

胡纯被天兵们拖出去，她知道这一去她肯定没命了："我没杀天妃！我没杀！"

什么都不重要了，她不能认这个罪名！她死后，雍唯怎么面对这个结果？胡纯绝望得如堕万丈冰窟，指尖都麻了，她怎么办？她连申冤的机会都没有！雍唯呢？雍唯赶不赶得及来救她？不能救……也不要紧，总要听她把事实说出来！总要知道她没有杀他的母亲！

"雍唯——雍唯——"胡纯声嘶力竭地沿路喊他的名字，不知道九重天上的哀鸣能不能传到他的耳中？

一盆冰水，像无数锥子，把刺骨的寒意从胡纯的每一个毛孔送入皮肉深处。

胡纯剧烈颤抖，清醒过来——她浑身湿透，刚才疼出来的冷汗被冰水覆盖，她连驱赶寒意的热力都没有，只能任由冷如寒冰的衣服贴在身上，冷到骨头里。她觉得自己躺在冰窟里，头发又脏又带着冰碴，整个人都像一具破败的尸体了。

她吃了挫骨丸，深刻体会了一次挫骨分筋的痛苦，太疼了，她觉得已经没办法再支撑下去，只要稍微一个停顿，她就再也不会呼吸。

天兵们点了几个炭盆，不是为了取暖，而是烤红烙铁，噼啪的爆炭声，每一串都让胡纯魂飞魄散，她真的怕打，也怕疼。

"狐妖，事到如今，你招也是死，不招也是死，何苦受罪呢？"喂她吃挫骨丸的天兵说。

胡纯的脸粘满湿漉漉的头发，一笑，就有头发粘到牙齿上，又难受又恶心，但她还是笑了——她当然知道横竖已是一死，可她不能招，她不能背负杀害雍唯母亲的罪名。

她从不是个立场坚定的人，一点点蝇头小利就能让她曲意迎奉，稍微一点疾言厉色她就会服软求饶，可是，这次她咬牙坚持了，她真的不能认，就算死得这么痛苦……她也不能认。

筋抽得整个人僵硬地蜷曲起来时，她真要放弃了，只要说"是我杀的"，只要四个字，她就解脱了。可是，雍唯怎么办呢？那个搂着她，宠着她的雍唯，怎么办？

她再痛苦，似乎也只剩不多时间了，雍唯还有一辈子。

"证人来了。"有人通报。

胡纯动不了，只能听见窸窣的长裙曳地声，直到琇乔玲乔出现在她视野里，琇乔看见她的时候，尖叫着后退半步，被玲乔冷漠地抵住。

"怕什么？"玲乔很不屑地说，冷冷的目光落在胡纯身上，似乎要把她看个巨细靡遗。

胡纯心里苦笑，当初玲乔在世棠宫受的气，现在全解了吧？

"琇乔仙子，天帝让你再和狐妖对质一遍，务必让她心甘情愿地认罪。"天兵说。

琇乔不敢看胡纯，眼神闪闪缩缩地看寒铁栅栏，愤愤说："我什么都看见了，狐妖，你不要再做无谓的抵赖。你也别自讨苦吃了，赶紧给天妃娘娘偿了命罢！"

胡纯没有答话，她没有多余的体力精力和琇乔胡搅蛮缠，现在满天庭不都只肯相信辰王公主，不肯相信下界的狐妖么？她说什么有用？

"为什么……"胡纯为了说话，呼吸更艰难了，"为什么害我？"

单纯只为了报雍唯的仇怨，根本不必做得这么绝。

"谁……谁害你？"琇乔正欲张口，锅里赤红的火炭剧烈一爆，吓了她一跳，再说话就气虚声弱，胆怯闪缩。

"无耻狐妖，到现在还满口狡辩，谁害你？分明是你害人！"玲乔冷冰冰抢过话头，说得义正词严。

天帝正巧此时带着雍唯走进天牢，他看见刑具，厌恶地皱眉。

胡纯听见了雍唯的脚步声。

她拼命抬起了头，眼泪瞬间就流了出来，他来了，他到底来了！

雍唯隔着铁栅栏，也在看她，面无表情，眼神冰冷。

胡纯一触他的眼神，心顿时碎成了粉。

唯一支持她的那点儿力量瞬间消失，她颓然垂下头，在地上撞出不大不小的闷响。他相信了？

"事实俱在，有没有认罪口供也无足轻重。"天帝开口了，厌倦且厌恶，"坦承罪行死得痛快，顽劣抵抗死得痛苦。"

胡纯闭起眼，她不想看雍唯了，不敢看，虽然之前痛不欲生的每一刻，她都盼着他来。

她坚信，他是相信她的，他会护着她，哪怕救不了她，也会为她据理力争。

可就一个眼神，什么都完了。

原来一眼可以喜欢一个人，一眼……也可以伤人至深，比任何语言，任何动作，都伤得人更痛。

"胡纯。"雍唯的声音很低，却很沉稳，没有一丝感情，也没有任何情绪，"你认罪吧。"

胡纯倒在那里，一动没动，眼泪却一颗颗掉落下来，融进冰寒的水泊里，无影无踪。

"我不想知道理由。"雍唯转身，准备走了，"你认罪吧，你该死。"

委屈，难以述说的委屈，顿时胀满胡纯的胸腔，她知道她要死了，比谁都知道，她已经疼得熬不下去了，已经冷得挺不住了，谁都能觉得她该死，该认罪，可雍唯不能！她太难过，也太不甘了，突然有了力气，一下子抓住寒铁栅栏，手好像瞬间被冻伤了，但是她仍死死抓住。

"我不是为我自己才不认罪的！我不是为我自己！"她嘶声呼叫的时候，眼泪流进了嘴巴。

她张了张嘴，似乎还有话要说，但是……又没有了。

她瘫倒下去，什么话都没有了。

"看看吧，雍唯！这就是你喜欢的女人！"雍唯抬脚要走，被玲乔突然赶上来扯住。

雍唯似乎很愤怒，重重地甩开她。

"你就是为了这么一只卑贱的狐妖，处处折辱于我！结果呢？她杀了你母亲！所有的悲剧，全是因为你留这只狐妖在身边！你给了她机会！你害了天妃！"

天帝脸色难看，冷哼了一声。

琇乔慌了，上前拉住姐姐，要她别再说了："姐姐，你疯了吗？走吧，我们先走。"

雍唯一直冷漠地听她说，突然开口道："我做得最对的一件事，就是不选你。我母亲是遇难了，她生前对你那样好，她甚至为了你，杀了锦莱。你是在幸灾乐祸么？"

简单的一句话，让玲乔像被打了一耳光，愣愣地呆立在墙边。

雍唯拂袖而去，似乎对这里的一切都厌恨不已。

天帝此时冷笑，淡淡道："辰王的女儿，真是辱没了门楣。"说完厌烦地吩咐天兵，"不管狐妖认不认罪，天一亮，就执行雷刑。"

胡纯静静地趴在那里，对自己的生死并不关注，生死，对她来说，已无分别。她始终残留着一抹去不掉的笑意，她是想笑的，终于……不用再苦挨下去了，终于不用再挨打。

第 40 章　废殿

所有人都走了，不知道是不是天兵们对她的最后一点儿善意，他们拿走了烙铁，却没熄灭炭火。那爆炭的噼啪声和刚才令她惊惧害怕不同，给她带来了一丝暖和安稳。

是的，安稳，一旦心无所求，命已有定，人反而不彷徨了，只要听着炭火的声音，直至它们燃尽，她就被绑赴刑场，然后灰飞烟灭。连下黄泉都不用，无影无踪，无感无觉，倒也干净利落。

都说人死之前，脑子里会走马灯一样回顾自己的一生，可胡纯却一片空白——脑子里一片空白，心里也一片空白。

她不知道自己是不愿意想，还是真的没什么可想。她曾觉得自己的经历很丰富，百年修行，入世颇深，可从结局追溯上去，似乎没遇见雍唯之前，只是一段平淡乏味的岁月。雍唯带给她很多苦难、惊喜、忧惧，更多的是幸福。

她一直是只孤单土气的狐狸，自从和他在一起，总觉得自己偷吃了根本不配吃的精美仙馔，她总担心自己消受不起，折了福寿。今天这个结局，也算意料之中，只是她没想到来得这么快，弄得这么惨。

来人的脚步很轻，以至于走到寒铁栅栏外胡纯才听见。

她后背一僵，睁开了眼睛，这是她熟悉的脚步声——果然雍唯站在走廊里，皱着眉怨怪地看她。这样也比冷漠好，胡纯看着他，心里起了瞬间的刺痛，很快又恢复了空洞。他甩手出剑，凛如秋水的剑身映着红色的炭火，晃了下胡纯的眼，她只是眯了眯，没有闭起来，她也没有怕。

如果雍唯要亲手杀她，只要他心里能好过一些，她无所谓。

她也没想到自己能这么豁达，这么大方，连申辩喊冤都不想，但事实就是如此。对于自己的心情，不处在当前的情况下，根本无从估计预测。

雍唯也没有说话，一剑砍在寒铁上，咣的巨响，火星乱迸，寒铁被砍开一根，雍唯显然有些着急了，因为发出的声响远超他的预期，他立刻又连砍两下，粗鲁地上手把三根断开的寒铁掰弯，冲胡纯小声吼：

"还愣着干吗？快爬出来！"

胡纯被接连三声巨响都震蒙了，他一吼，她就抖着声虚弱地答："动不了……"

雍唯烦躁地啧了一声，也顾不上什么，像狗钻洞一样钻进了半截身子，把胡纯拖了出去。胡纯一动，疼得直吸冷气，可似乎所有的伤痛都变得可以忍耐，因为——雍唯来救她了。

姿势太过狼狈，雍唯的头发也乱了，玉冠也歪了，他抱住胡纯只说了两个字："快跑！"

跑字还没落，已经听见监牢外面钟鼓声骤然响起，天兵穿着甲胄赶来的响声也到了走廊尽头。

雍唯用了风遁，瞬间到了天霜雪域，又用了黛宫扇回了世棠宫，最后不知道用了什么法宝，到了一座废弃的神殿。

胡纯被这一连串的瞬移搞得头昏眼花，终于停在神殿，便像晕车一样吐了，幸好她很久没吃东西，吐了口鲜血。

雍唯有些着急，把她放在残破的地砖上，说了句："忍一忍。"

他起身出了殿门，放出几个金弹子，观察了一会儿，才回到胡纯身边。"必须要消除掉我们跑到这里的风迹和仙轨。"他俯下身来，仔细检查胡纯的伤势，非常地生气："你是狐狸精还是猪精？那种情况就该立刻认罪，少受些皮肉之苦！"

胡纯想笑，可一笑，浑身剧痛，又哭了："谁不知道？可是我怕我认了，大家会像玲乔那样笑话你！"她的伤没好，却觉得缓过一口气，离死远了些，有精力揶揄他了。"我怕……你真会相信是我杀了天妃，心里会难过……"她终于有机会说出心里话。

雍唯的眉头舒展开，眼神竟然很温柔："我明白。"

胡纯被这三个字重重击中，千言万语都比不上他说的这三个字。她情绪一波动，脸色立刻更惨白，呼吸凌乱。

雍唯一急，从腰里拿出一把小匕首，把手腕迅速割开一个大口子，血汨汨地冒出来，他把胡纯的头抬起来，让她吸血，还不忘嘱咐一句："吸干净点儿，别冒出来，让周围精怪闻见就坏了。"他怕伤口愈合，拿捏着力道，压着上臂血管，把血源源不断地逼出伤口。

胡纯也明白他血气外泄的严重，可是……他也得算准点儿啊，血出得这么急，想呛死她吗？她吞咽得很辛苦，来不及呼吸，怕血冒出来，额头顿时汗如滚豆，她用力拍雍唯的胳膊，示意他慢一点。

雍唯眉头更紧，担心地问："不够？"他在上臂一压，胡纯被一波血流灌得咕噜一声，差点噎死，她又气又急，他到底是哪只眼睛看她像不够的样子啊！她又不敢再拍他，怕他再次加大血流，她非活活被他灌死，于是她铆足劲狠狠掐了他一把。

雍唯啧啧两下，埋怨："疼！疼！不是快死了么，怎么还有力气掐这么疼！是血太急？"

胡纯都流泪了，神主您终于明白了。

雍唯的血的确是神魔的疗伤圣品，这一顿灌血，胡纯身上也不疼了，内伤都轻了，晕晕沉沉起了倦意，睡得还很舒服。

睡着睡着，就奇怪起来，胡纯哼了几声，一睁眼——果然和她想的一样，雍唯正伏在她身上"忙活"。胡纯气得双膝猛一合，雍唯没防备，正撞在胸口，疼得咝了一声。

"这都什么时候了？你还……"胡纯愤愤指责，突然发觉自己声高气足，显然内伤都好得差不多了。她突然想起了雍唯的另一个功能，有些抱歉误会了他的举动，身子一软，胳膊讨好似的搭上雍唯的肩膀，绵绵地说："谢谢……"

"不骂了？"雍唯也有点儿得理不饶人，瞪了她一眼，佯作气恼。

胡纯冲他一笑，知道他不会真生气，雍唯拿她没辙，卖力了一会儿，又贡献了一次。

他松懈下来，长出一口气，疲惫地倒在她身边。胡纯迷糊了一小会儿，醒来赶紧把衣服盖在他身上，他的脸色很差，精气神都没了，躺在那里半死不活。

"要喝水么？"雍唯见她嘴唇都干了，喑哑地问，他像平常一样起身，没想到腿一软，人晃了一下，差点摔回去。

胡纯扑哧一笑，脑子里想起一些人间的荤笑话，她知道自己这样非但很没同情心，还很忘恩负义，立马收住，装作没事人。

雍唯显然也知道她笑什么，脸上的表情又羞又恼，还很伤自尊，他严厉地指责："我这是为谁啊？又献血又献……"

胡纯一把捂住他的嘴，就算没别人，也不能什么都说吧？神主大人不要脸起来，一点儿余地也不留！

"好好好，我念好儿。"胡纯赶紧感恩戴德，"神主您歇着，小的这就去为您端茶递水。"

"嗯——"雍唯满意地躺回去，闭眼休息，还真端起神主的架势。

胡纯苦笑着瞪了他一眼，起身四顾，这是一座很大的神殿，但不太像给人住的，应该是用来举行什么仪式，看得出规格也不低，断壁残垣上还有金玉装饰，过了这么久，阳光照上去仍旧闪闪发亮。可是整座神殿损毁得非常厉害，正殿和两旁配殿的隔断墙壁几乎都塌了，成了一大间长方形的巨大废墟。殿顶的瓦也千疮百孔，阳光从这些孔洞里照进来，形成粗细不一的光束，更显得殿里荒颓残破。

胡纯听见有水声，循声找去，原来在另一边配殿的角落里有一座小小的泉池，被墙垣挡住，只有走近才能看见。泉池只有面盆大小，用白玉雕成堆云形状，层层加高，清澈的泉水从云间倾泻下来，意境唯美。殿宇损坏得这么严重，可这座精美的泉池却毫发无伤，甚至没有落上灰尘，好像它的主人昨天还用过它，擦过它一般。

美得有些怪异，可是泉水太清了，让人一下子就喜欢上，无法对它产生戒备。

胡纯满殿搜罗了一圈，找了不少破碗烂罐，一一清洗干净，发现它们个个质地不俗，只可惜都残破了。眼下也挑剔不得，拿来用也很不错。

胡纯舀了一小杯泉水尝了尝，甘甜清冽，算得上泉中极品，不像有毒。她找了最大的碗，给雍唯盛了一碗回去。

路过窗子时，她无心往外一望，周围竟然全是山，这座废墟就孤零零地建在群山当中，让人无端起了一身寒栗，总觉得诡异。

胡纯叫雍唯起来喝水，惴惴问他："你找的这是什么地方啊？有点儿吓人。"

雍唯真的渴了，咕咚咕咚喝掉半碗，听她问，有些凄凉地说："这是我叔祖的祭殿。"

祭殿？不就是坟边接受后人祭祀用的吗？胡纯害怕得缩了缩肩膀，她的感觉果然没错，刚才看群山环绕，她就觉得这里像个坟丘。

雍唯瞥了她一眼，好气又好笑地说："你又乱想什么呢？叔祖并没埋在这里。"

胡纯松了一口气，随便评论说："这位叔祖真够浪费的，没埋在这里还修这么大一座祭殿，看看，荒废了吧。"

雍唯听了，沉默了一小会儿，淡然道："他和我一样……被天族遗弃，死后连祭殿都不能享用，只能任由它衰败。我第一次来的时候，就觉得叔祖的精魂一定回过这里，带了浓重的悲凉和遗憾。"

他的语气太悲感，让胡纯心里也难受起来："被天族遗弃？"

雍唯冷冷一笑，简短利落地说："他造反了。"

"啊？"胡纯脑子转不过弯来，造反？那是他遗弃天族，不是天族遗弃他吧。

"饿了，弄东西吃吧。"雍唯显然不想再说下去，话题转得很硬，"不要在神殿里生火，去旁边的密林里，这样烟才不会直接冒上天。他们一定启用了最严酷的仙轨天眼，所以我们半点仙力也不能用。"

胡纯连连点头，心里又起了担忧，"雍唯……"她低低软软地叫了他一声，"因为我，你也要被追杀，我连累了你。"

雍唯听她这样喊他，神色愉悦了很多，听了她的话，不怎么领情道："这件事诡异蹊跷，嫁祸给你，说不定目标是我，无谓分辨咱俩谁连累谁。"

他这样一说，胡纯压在心里的石块骤然轻了不少，略有激动地问："你一点儿都没怀疑是我杀了天妃娘娘？"

"一点儿都没怀疑。"雍唯说得斩钉截铁，胡纯刚想亲他一口，他接着说，"就你那胆量，根本不敢。"

　　胡纯咕噜一声咽了口唾沫，连感激带感动，加上想亲他那一下，全吞了。

　　她翻了下眼睛，冷冷走出殿去，雍唯的诚实真是比谎话还讨厌！

第 41 章　旁观

胡纯自幼生活在山间，打猎觅食就算不用仙力也不成问题，祭殿周围山林茂密，溪流清澈，野味肥鱼唾手可得。可是周围没有人烟，买不到盐巴调料，就算食材再新鲜，味道上总归要差一些，胡纯尝了尝烤野鸡，遗憾地摇摇头。

她拿着烤鱼烤鸡还有一些野果走回祭殿的时候，雍唯在盘膝打坐——胡纯很少看见他白天修炼，看来这次身体的损失的确严重，毕竟把她的内伤都治愈了。

"吃饭吧。"她心里感激，声音就温柔了，喊雍唯的时候有了贤妻的意思。

雍唯没有睁眼："让我再想想。"

"想什么？"胡纯顺口问，把食物摆好。

"想这些人到底要干什么。"没想到雍唯认真地回答了。

"这些人？"胡纯停下手，真的好奇了，"你知道是谁？"

雍唯睁开眼，轻蔑道："不知道。"

胡纯暗自嫌弃他，偷偷撇了下嘴，不知道还装得那么高深莫测。

"我不用知道。"雍唯挑剔地撕了块鸡胸肉，"他们陷害你我，不过就是为了量天尺。"

"量天尺？"胡纯闻所未闻。

雍唯也不打算再瞒她："以前不告诉你，是怕你危险，事情到了这份上，无知也不能帮你置身事外了。"他理智地说，胡纯听了又想打他。

"你就说量天尺吧！"胡纯哼了他一声。

"珈冥山的传说，你听过吧？"

胡纯摇头，珈冥山能有什么传说？突然一闪念，想起来了："你是说那个什么'珈冥山裂，六界血劫'的说法？靠谱么？我一直觉得是扯淡，而且还说珈冥山风水好，多没见过世面才能看上珈冥山的风水？"可是……她痛快数落完才意识到，天上的确降下神主镇守珈冥山，她开始没底，怯怯问，"是瞎说的吧？"

"是瞎说！"雍唯予以肯定。

胡纯露出扬扬得意的神色，看吧，她猜得没错！

"珈冥山风水很差。"看得出雍唯也挺嫌弃的："可是山底却直通地脉，量天尺就在地脉火眼上。"

胡纯瞪着眼看他，连问题都问不出了，一大堆新鲜词。

雍唯瞥了她一眼，总算明白一脸无知是什么意思了："地脉就是大地的脉络，一些堪舆家说的龙脉就是地脉中比较旺盛的部分。"雍唯只得从基础给她讲，"地脉相对细弱的地方，往往阴气很重，会生出一些厉鬼恶妖。"

胡纯点头，这个好懂。

"珈冥山就坐落在地脉最主干的地方，非要说风水好，按堪舆理论，也不算错，至少是地气最盛的地方，所谓'火眼'。这个天地精华最盛的地方，渐渐生出了一个结晶，祖神们发现这个结晶关乎神妖人的命运，尤其对神族影响最大。世人都说神仙定了凡人的命运，可神仙的命运谁来制定呢，仿佛就是这个结晶，它决定了天地万物的寿命、运道。祖神们钻研多年，也无法控制它，但是对它进行了很多次的改造，最成功的一次，是把结晶作为核心，做成了一个由精铜制成的仪器，它是无数转轴和齿轮组成的球状铜器，可不知道为什么叫'量天尺'。"

胡纯听得目瞪口呆，她所生活的世间，竟然有这样的东西存在？

"自从有了量天尺，六界的秩序就稳定下来，神仙妖怪有了寿命的终结，人有了生老病死，花草树木按种类有了枯荣，四季更替有了规律。万物都有了自己的命轮。"

胡纯想起有人对她说过，在创世之初，天地一片混沌，神魔鬼妖春秋四季一片杂乱，是善恶不分的恐怖时代。

"量天尺的骨架是精铜，可转轴用的却是梨魄，即便梨魄坚硬无比，在地气冲撞研磨中，也有耗损，每有梨魄损耗，量天尺的运行就会出现偏差，天上的从龙星就偏离了轨道。"雍唯脸上出现怨愤之色，"这时候就需要有人去更换梨魄。"

胡纯默默看了雍唯一眼。

"每当梨魄损耗，寒气就会外散，和周围的地火相互抗衡，火眼会出现短暂的适宜期，仙力深厚，扛得住地火之热、梨魄之寒的人，就可以短暂进入，更换损耗的梨魄。但要在寒气全部进入量天尺，地火再次沸腾前，尽速离开。火眼因为地气太盛，完全压制住仙力，神仙几乎与凡人无异，每次出入既痛苦又艰难，更是一个大意就命丧当场。"

雍唯把鸡肉塞进嘴巴，冷漠地嚼着，像品味着自己每次进入的艰辛。

"被选中的人……终其一生，都要做这件事。"他轻描淡写地说了一句，因为压制自己的不满和不愿太狠，整个人都麻木了。

"雍唯。"胡纯上前抱住他，太可怜了。她终于理解了雍唯的苦闷，怪不得他总是不高兴，认为天地负了他。原本是天宫里备受宠爱的天帝幼子，却被选出来一辈子做苦差，命运是六界众生的，偏偏全要压在他一个人的肩头。"就没有别的人可以替换一下吗？"

　　雍唯的笑容更冷酷了，"没有，直至我死了，才会选出下一个。"他环视了一眼祭殿，"祭殿的主人，就是我接替的人。"

　　"啊？"胡纯吃了一大惊，这位叔祖不是造反了吗？

　　"他应该是太厌倦，也太痛苦了，就想把自己的命轮放到帝轨上。"雍唯用了奇怪的语气说这句话，理解甚至有些赞赏，"可不知道什么原因，他的计划被泄露了，于是招致众神讨伐，被杀了。"

　　"真坏啊！这些神！选叔祖出来做苦工，他们过好日子！叔祖累了，腻了，想翻身做主人，却要被讨伐被杀！"胡纯很为叔祖不平。

　　"这些神里就有我父亲。"

　　胡纯顿时住了口。

　　雍唯没有多少敬意地说："如果我也做同样的事，父亲一定会毫不留情地杀了我。"

　　胡纯不自觉地点头，原来雍唯也知道，天帝很提防他。原本她以为天帝只是因为雍唯神力过人，怕他的"伴神"过于强大，才暗中紧盯他，原来有更重要的理由。

　　"你也想把命轮放到帝轨上？"胡纯皱眉问。

　　雍唯不置可否，反而问她："你觉得当天帝好吗？"

　　胡纯想了想，想到天妃的怨愤，又想到天帝令人战栗的微笑，辰王，那天审判她的一殿神仙，"不好！"她重重摇头，感觉他们整天就忙着算计衡量。

　　"嗯。"雍唯一笑，"我也觉得不好，不打算干傻事，可是，有人似乎觉得不错。"

"谁？"胡纯紧张起来。

"陷害你的人。"雍唯又一副不以为意的神情，"管他是谁呢，总会跳出来，那是他和天帝的事情，我就冷眼旁观好了。"

"你……你不打算报仇？"胡纯疑惑地看着他，天妃娘娘的死，他也不弄清楚吗？

"什么仇？"雍唯冷笑，"就如同炬峰能大致感觉到我，我也能感觉到母亲，她没死，好着呢。以她气息之强盛，我觉得她正在发火骂人。"

胡纯一下子松懈了，甚至瘫坐在地上，喜极而泣："太好了！"

雍唯看着她，眼里浮出暖意，突然想起什么，在身上摸了半天，把青霄镯从袖袋里翻出来："这个是父亲给我的，既然母亲把它送你了，你就一直戴着吧。"

胡纯接过镯子戴上，心里五味杂陈。

"对了，你没把天妃娘娘还活着的事告诉天帝吗？"胡纯又糊涂了，如果天帝知道，怎么还非让她招认杀人呢？

"我没告诉他。"雍唯脸色一寒，"他似乎对母亲的死，很欣慰。"也不仔细调查，随便找个傻子顶罪，恨不得六界都尽快认定天妃已死的结论。是为了天狐？雍唯冷冷一哼，肯定不是，情感于他，是最无关紧要的东西。

胡纯已经开始揉太阳穴了，天宫的事情太复杂了，夫妻父子都太复杂！"我不要想了！爱谁谁！头疼头疼，我伤没好吧？"

"你烤的野鸡真难吃。"雍唯不满地评价。

"你还好意思说？"胡纯瞪他，"找这么个荒山僻岭，什么都没有！还不能用仙力，你说，我怎么弄好吃？别说吃了！晚上怎过？被子褥子，你打算让我用树叶织吗？"

雍唯被她训得讪讪的，解释说："这里有涤仙泉，泉水可以洗去仙轨，藏在这里是最安全的。"

胡纯不理他，对他嫌弃她的厨艺很不满。

"这样……"雍唯盘算，"我们用黛官扇，飞快地到一个镇子上买东西，只要不超过半炷香，仙轨就不很清晰，我们再把泉水洒在身上，更不容易追踪。只要每半炷香换个地方，应该就不成问题。"

"好好！"胡纯喜形于色，"不如我们回世棠宫拿吧？"

"不好。"雍唯摇头，"谁知道世棠宫里哪个是天官眼线，反而比别处更加危险，绝对不能回去。"

胡纯又头疼了，家也不像家！

依照雍唯的方案，胡纯和他以蚂蚁搬家的方式，陆续买回了油盐酱醋，被褥衣服。雍唯对缺少什么一无所知，胡纯买什么他就拿着，只用算着时间，提醒她换地方就行。胡纯买得很不称心，因为不够时间挑选，仓促跑了好几个市镇，终于大致置办齐全。她这个主力还没说什么，雍唯倒嚷嚷说他累坏了，指出陪她买东西比修量天尺还累，倒在新搭建的地铺上，宣称自己筋疲力尽，要睡两天才能歇回来。

胡纯早在和他湖底养伤的时候，就知道神主大人被服侍惯了，这种平民生活别指望他，只要他不挑剔，不添乱，就算配合她了。几天日子过下来，胡纯深刻体会到了神主的可怕，可以说肩不能扛手不能提，油瓶子倒了别说扶了，还会嫌脏了他的眼，一脚踢开，喝口水都不愿意自己去祭殿另一边的泉水接。

胡纯每次心里有点儿抱怨，看他盘膝坐在破烂的窗边看书，就算穿着市集上买来的粗糙衣服，梳着她给扎的简单发髻，还是那么俊美贵气，想到他原本还可以端坐在世棠宫里当他的神主大人，全是为了保护她才沦落成这样，又很心疼他，于是就心甘情愿地伺候他了。

现在神主大人连一点小仙力都不能用，比湖底的情况更糟，幸好他也明白落难了不应该瞎讲究的道理，胡纯给什么他就吃什么，让穿什么就穿什么，基本没有意见。唯独不愿意陪着去买东西，导致胡纯用什么都得省着，每次要买什么雍唯都推三阻四，一脸不情愿。

日子一平静，就过得快，山里的时间很多时候像静止了，可每次急急慌慌去市镇买东西，一问年月，又一下子过去好久。雍唯买了很多书，他个性沉冷，在祭殿与世隔绝的生活，也不觉难熬，反而生出些避世修心的感觉。

胡纯本是喜欢到处串的凑热闹脾气，现在天天忙着张罗生计，也不觉得烦闷。

这天她正采果子，发现天以很快的速度阴暗下去，她经历过鳏鱼精兴风作浪，顿时害怕了。匆匆跑回祭殿，雍唯正在和自己下棋，她扔下果子扑到他怀里，一脚踩在他棋盘上，棋子迸得到处都是，雍唯也没生气，反而抱住她，笑话她说：

"变个天而已，就吓破胆了？"

话音未落，几个大火球从天而降，瞬间把已经变成黑夜的天空照得红火明亮，呼啸着坠落到地面上，即使在很远的地方，高在山顶的祭殿也感受到强烈的震动，屋顶的瓦纷纷掉落，雍唯把胡纯搂在怀里，替她挡住周遭的危险。

震颤终于平息，雍唯拉着胡纯到窗边往外看，远处的地面上冒起冲天烟尘，天空亮了一些，还能看见火球们飞过时残留的灰烬痕迹。他们在高远处，所见尚且如此恐怖，被火球击中地域的城镇和百姓一定已陷入炼狱。

胡纯吓得呀了一声，这可比鳌鱼精制造的灾难凶多了。她扭头想问问雍唯是怎么回事，发现他眉头紧皱，看着天地疮痍，神情凝重。他的头发上、衣服上落了很厚的灰，耳朵还被擦破了，耳郭上鲜红刺目。胡纯心疼了，想起刚才他下意识地就护住她，心里又暖又甜，轻轻拂他头发上的灰。

雍唯陷入思绪太深，都没感觉到胡纯的动作，直到她问："这是天灾还是人祸？"

雍唯用鼻子长长出了口气，肯定说："有人在动量天尺。"这分明是胡乱触碰命轮导致的异常天相，"如果继续胡来，还会有地动天破之灾。"

"那……"胡纯又忧又惧，"你要不要……"

"不管！"雍唯如今没有阔大的云袖了，甩手的动作威力全无，像发脾气的小孩扭身离开，"天地，六界，都不关我什么事！那不是有天帝诸神么？他们也不该继续吃干饭了。"

胡纯也离开破损的窗口，她没说话，雍唯不去涉险，她偷着放心，可万一他猜中了，灾祸继续扩大，他这样冷眼旁观似乎又是不对的。

"雍唯，"她坐到他身边，把头靠在他肩膀上，"你去哪儿，我就去哪儿，你做什么，我都陪你。"

雍唯用了很长时间才说了一个："嗯。"

说完了，还在她额头重重亲了一口。

胡纯的心情原本很沉重，可被亲了就一下子笑了，她顿时释然了，生也好，死也罢，她就和雍唯一起！没什么可忧虑操心的。

第42章 牵累

胡纯平常买东西的几个城镇，大多受了灾，胡纯从小生活在嘉岭，数百年来没经历过任何灾祸，所以她很难想象"天灾"会造成怎样的苦难，鳐鱼精水淹广云岛让她有凄惨的感觉，可比起人间城镇的惨状来，那只不过是轻微受损。

胡纯带着雍唯来买盐的时候，灾祸已经过去三天，对她来说，天空放晴了，浓烟消散了，灾难就过去了。所以城镇的模样让她猝不及防——所有的房屋悉数倒塌了，残存的墙壁在巨大的废墟上显得孤零零的，整个城镇过了火，焦黑一片，像一夜之间被洗去所有颜色。人们不知道是逃走了，或是死了，原本熙攘拥挤的街市只有几个人沉默走过，他们彼此不交谈，不看，都闷头走自己的路，胡纯甚至怀疑他们是盘桓不去的冤魂。

非常安静，哭声，说话声，什么都没有，整个城镇死去了。

"走吧。"雍唯拉着她的手，淡然说。

"雍唯……"胡纯皱眉，她有一种走在河边看见有人溺水的感觉，救吧，自己也很危险，不救，又亏心得厉害。

"会有人来处理善后的。"雍唯说，明显有自欺欺人的嫌疑，其实他知道，几个城镇的毁灭对他父亲来说，根本不值一提。父亲只会加紧做两件事：找擅动量天尺的人和找他。"走吧，我们去远一点儿的地方。"现在对他和胡纯来说，可能更加危险了。

胡纯乖乖点头，她能感觉到雍唯的沉重，他的压力要数倍于她。

"该买什么多买一些，这段时间我们更不能现身。"雍唯低沉地说，这并不是他给自己找的借口，"我觉得他抓我娘，是想胁迫我，只要我不出现，娘就安全。"

胡纯赞同他的看法，心存侥幸说："如果你不好出面，能不能让天帝去搭救天妃娘娘？"只要雍唯传个消息给天帝，告诉他天妃未死，应该就增加了天妃获救的可能。

雍唯听了，冷笑出声，不知道是笑胡纯天真，还是世情残酷："对他来说，我娘已经死了，没死也得死。"

胡纯原本被雍唯牵着蔫头耷脑地走路，听了这话，猛地停住脚步，眼睛惊骇地圆睁着，"你是说天帝发现天妃没死，有可能……"她说不出口，不仅因为那是雍唯的父母，更是让她觉得冰冷入骨。她认为夫妻间最大的残酷，辉牙和来云已经到顶了。

雍唯短暂地笑了一下，她听懂了，他却不知道该夸她，还是怜悯自己。"其实事情很简单，我想他也已经弄明白了。"他提起父亲的语气还是那么讽刺，胡纯却深刻地理解了他的感受，"擅动量天尺的人，很熟悉我的情况，他要琇乔陷害你，是为了不让我和父亲站在一起。"

胡纯点头，雍唯带着她逃离避世应该在这个人的算计中。

"原本父亲想让你顶罪，让娘顺理成章地'死'去，这样挟持娘的人就会明白，天妃的分量并没多重。他误以为这场阴谋是冲着他去的，所以无论娘是不是还活着，都不能让人威胁到他。"

这就对了，天帝凭化骨盏和琇乔的口供就认定她有罪，重点全放在天妃已死，凶手伏法上了，胡纯回想了一下，撇了撇嘴。

"他现在明白，阴谋是冲我，冲量天尺来的，所以我娘万一没死，倒让他更寝食难安了。"

胡纯的心脏收缩了一下，那还是千万别让天帝知道天妃还活着了，可能他怕人用天妃威胁雍唯，来个先下手为强。

"雍唯，你是不是已经知道那个擅动量天尺的人是谁了？"胡纯一直有这样的感觉，雍唯对整件事，淡定得不正常。

"很难猜吗？"雍唯鄙视她的智商。

"谁啊？"很难猜，胡纯很好奇地问。

雍唯嘴角一抖，干咳了一声，拉她继续走路："不知道，没证据，先不说了。"

"你倒是说啊！"胡纯使劲捏他的手，这分明是故意不告诉她吧！

"快走，我们已经停留很长时间了。"雍唯冷着脸说，又回头看了眼城镇焦黑的废墟，心事重重。

"亏炬峰还说你单纯好骗，不能力敌只能智取呢！"胡纯愤愤嘟囔，雍唯根本不傻，到底是恶狼下的狼崽子，能单纯到哪儿？

"他说我好骗？"雍唯眉毛都挑起来了，看出来是真不高兴了。

"都不好骗！"胡纯现在连雍唯都嫌弃，都是一肚子鬼心眼的坏人，还笑话狐狸狡猾呢！"我觉得，你根本不该怨恨天帝他们派你到珈冥山当修理工，说什么天地负你，天地对你很好才让你远离那一群狼！"

雍唯整张脸都僵硬了，瞪着她，从牙缝里质问："你说谁是修理工？！"

他被这个无比真知灼见一针见血的形容深深伤害了。

以前的胡纯会被这个表情吓死，可惜她已经今非昔比了，眼睛一翻，淡淡说："你呗。"修量天尺的修理工。

晚上睡觉的时候，胡纯做噩梦了。她走在那些被焦火焚尽的城镇中，周围死寂无声，路上全是高低不平的房屋残骸，她走得高一脚低一脚。有人路过，却都是她抓不住的魂魄，她害怕了，大声喊雍唯，四处找他。不知道什么时候周围起了雾，她在雾里什么都看不见，她哭起来，一声接一声地喊："雍唯，雍唯……"

"怎么了？"有人抱紧她，担忧地问，他的怀抱很暖，很安稳，一下子就冲散了她可怕的梦境，她睁开眼，看见雍唯浅浅蹙眉的脸。

"雍唯！"她反过来搂紧他，梦境太真实了，她好像真的和他失散过，此刻失而复得，心里又欢喜又难过。"你不要和我分开！"她哽咽着说，这段时间朝夕相伴，她早已习惯他时刻陪在身边了。

雍唯嗯了一声，语调有些奇怪。

胡纯抬头看他，发现他神色凝重，并不像被人吵醒的样子："你一直没睡？"

"睡不着。"雍唯松开了搂着她腰的手，垫到自己脑袋下，有些烦恼地说。

胡纯不乐意了，她刚才那么辛苦地"寻找"他，好不容易安稳了，怎么能松手呢？她气鼓鼓地去拽他手，又搭到自己腰上。雍唯不备，头摔在枕头上，苦笑了一声。

"你在想阻止那人再动量天尺对吧？"胡纯陷在他怀里，闷闷地说。

雍唯沉默。

"反正，你要去就得带上我。"胡纯说，使劲勒他的腰。

雍唯又苦笑了："我在想我有没有力量阻止他。很可能，我根本没办法和他对抗，他只要用我娘威胁我，我就只能按他的要求去改动他的命轮。"

这回轮到胡纯沉默，雍唯没说出口的话她也听明白了，雍唯自保可能都成问题，还有天妃娘娘这个顾虑，她跟着他，肯定也是一个累赘。可是她不想和他分开，梦境中的孤独和无助还那么鲜明。她是曾经自己度过了很多年，可一旦有人陪伴，就对孤独产生了惧怕。

头顶的残瓦又被山风吹动，掉了很多灰尘下来，胡纯被迷了眼，刚想抽手去揉，只听噼啪之声不绝，祭殿上原本就虚搭的瓦片不停地掉落下来。

雍唯嘻了一声，恨恨道："又来了！"他飞快用被子把胡纯裹住，抱起她冲到殿外的空地上，干脆和胡纯往那儿一坐，怒气冲冲地摆出一副听之任之的脸色。

大地又震颤起来，祭殿的顶棚完全塌落。胡纯紧紧靠着雍唯，害怕得抖成一团。

地震比上次厉害，子夜的天空呈现出骇人的暗红色，好像有熊熊的火焰在天穹的另一边剧烈燃烧。大地震动得发出轰轰的哀鸣，连祭殿所在的山也低沉共振，胡纯真担心连山也要塌了。树木被摇晃得唰唰直响，连绵环绕，让人头晕目眩，天空似乎都跟着摇动。

几道闷雷从天空深处传出，像把天空都炸裂了，一道水柱从炸裂的地方向大地灌注，像天神在倾倒一桶永远也倒不完的水。滚滚的厚云缠绕着那个缺口，水不像从天上倾下来，像从地狱里涌出来一般。

胡纯被这个场面吓呆了，整个人僵硬如一截木桩，连抖都不抖。直到她感觉雍唯站了起来，一股深入骨髓的惊惧猛地唤醒了她的理智——他要走！她一把抱住了他的腿，眼泪也飙了出来，淌了好几排。

"雍唯！别去！"她大哭着仰头看他。

她怕他会有危险，会死……那个地动天破的地方实在太恐怖了，她不想让他去！

雍唯的眉头皱得很紧，天空深处的暗火好像也烧进了他的眼睛里，很亮，胡纯知道自己这样很不应该，现在天地六界都遭受着灭顶之灾，雍唯该出手相救，可是她不愿意他去，她总觉得雍唯会用自己的血肉去堵那个地狱的裂口。

"雍唯……"她的眼泪沿着脖子灌进了胸口，冰凉刺骨，她死死拽着他，却说不出阻止他的话了，她从没有这样哭过，哭得全身都没了力气，她的血液、生命都好像变成了眼泪。

雍唯轻微地动了动，胡纯阻拦他的力量其实很微弱，可压在他心上的却重有万钧。他也想到了自己可能会死，他死了，胡纯怎么办，娘怎么办？只这两个人就像两座山一般，压得他动弹不得。

他如此微小的迈步，就让胡纯肝胆俱裂，"雍唯——"她尖声嘶呼，想把所有的力气用来抓牢他，可手臂却软下来，人也跟着软了，眼前于是漆黑一片。

等她再度恢复意识，仍是尖叫着弹坐起来。

"雍唯！雍唯！你别走！"

眼泪又全冒出来，不过有人替她擦去了。

雍唯叹了口气，"没走，走不了了。"他无奈地说。

胡纯躺在已经没了顶的祭殿里，雍唯就坐在她旁边，周围很安静，灾难已停，可她还是很惊惧，一下子扭腰搂住雍唯的脖子，呜呜继续哭，因为害怕，也因为羞愧，她到底拖累了他。

"慢着点！"雍唯很埋怨，"别扭了我的孩子。"

胡纯吸了吸鼻子，没太听明白，把头落在他的肩膀上，一抽一抽地平复着哽咽。

"我现在更没办法走了。"雍唯苦恼地笑了笑，抬手轻抚她的头发，"我们现在有孩子了，挂在我腿上的人又多了一个，我怎么走？"

胡纯想到昨天自己死命拖住他的样子，略有羞愧，孩子……孩子？

她这才转过弯来，猛地一挺腰，坐得笔直："孩子？！"

雍唯被她撞了下巴，惨哼了一声，捂着脸倒在一边，平复疼痛。

胡纯扑过去摇晃他："真的吗？真的吗？我是怀孕了吗？"

雍唯捂着脸："你自己没感觉吗？这种事不应该是女的告诉男的吗？"他也看过戏，都是老婆羞答答地对老公说：我有了。怎么轮到他，还得他告诉这个糊涂虫啊？

"没感觉。"胡纯诚实地说，看了看瘪塌塌的肚子，确认道，"一点都没感觉。"她不是很相信地看着他："你确定吗？"

"确定！"雍唯终于熬过下巴的一阵疼，放下手，神色庄严地瞪她，"这种基本的探脉我还是会的。"

"那几个月了？"胡纯喜形于色。

雍唯的脸沉下来，刚吹过牛就被问住了，他是知道怎么样的脉象是怀孕，可几个月……

"总之，来得很不是时候！"他又施展转移话题大法，谴责地看着胡纯，好像是她一个人的错一样。

胡纯也想到了这点，撇着嘴，翻着眼，反击道："这能怪我吗？还不是你没日没夜地折腾？我们落难了！逃命呢！你消停过吗？"

话说在点子上，雍唯好像又下巴疼了，扭过脸，讪讪的不看她。

"那现在怎么办？"胡纯越想越崩溃，伺候一个生活白痴就够了，还要添一个小的，她又想哭了，不能用仙力，还赶上这个时局。

"怎么办，"雍唯苦笑着哼唧了一声，"找个人间的郎中看看几个月了呗。"

胡纯一时语塞。

"那……"过了一会儿，她轻轻地开口，"你不去管……"

"不管！"雍唯哼了一声，气恼地打断了她，"管不了，轮不到我管！"他赌气说，停顿了一下，缓了语气，"最坏的情况已经发生了，量天尺就会进入高速运转期，谁也无法靠近，包括那个乱动的人。"

胡纯松了口气，放心说："就是说，只要那个人不乱动，就不会发生什么灾祸了？"

雍唯点了点头："直到从龙星再次偏离轨道，量天尺运行变缓。"

胡纯听了，又低了头，看来问题并没有解决，只是暂缓了一下。

"愁什么？"雍唯看穿了她的担忧，"反正我不会去，我要照顾你们母子。"

胡纯软绵绵地嗯了一声，嫁祸栽赃说："不是我不让你去，是你的孩子不让你去。"

雍唯扑哧一笑，论自欺欺人，有个比他还厉害的人。

第43章 支柱

人间正是乱时，城镇不是受灾了，就是大量拥入了灾民。好一点儿的医馆药房里挤满了受伤生病的人，雍唯和胡纯站在街对面瞧了一会儿，没一两个时辰根本排不到。胡纯提议找个小一点儿的医馆，哪怕街边的游医也成，毕竟判断怀孕情况也不是太难的事。

越是在这种水深火热中，越是有人要求神算命，原本一条僻静的街道上，突然挤满了算命摊子，路口恰有一家简陋的医药棚，一个留着山羊胡的老头在给人把脉，等待他看诊的人也有那么两三个。胡纯向雍唯使了个眼色，就他吧，雍唯点点头。

很快就轮到他们，老头端坐在布棚下，捻着胡须，打量着他们说："逃难来的吧？"

雍唯立刻警惕起来，冷冷盯着老头，手握成拳，觉得老头知道的有点儿多，随时准备把他打晕或者现出原形。

胡纯被雍唯气得要死，狠狠掐了他一把，雍唯疼得差点叫出声，他打开她的手，转而瞪她。胡纯冲他一咬牙，眼睛一扫周围，到处是逃难的人，携家带口拖车牵驴，老头看他们眼生，顺口说一句而已，倒把他的疑心病勾出来了。

雍唯也明白过来，闷闷不乐地问老头："我娘子的身孕几个月了？"

老头一听，不是病，心里高兴，他也只是趁乱出来赚点儿酒饭钱，真要有什么病症他是诊断不出来的。老头装腔作势，手指往胡纯手腕上一搭，眉头就拧起来了，这的确是滑脉，主妊娠，可怎么和平常他把过的脉象不一样呢？几个月……正常的他都判断不出来，更何况这不正常的。

他一遍遍捋着胡子，瞄了眼雍唯，不像是好脾气的善人，于是故作镇定地问："公子和少夫人可在这小镇长住？"

"不住！"雍唯已经不耐烦起来了。

老头放了心，不住就好，不会当回头客，他啧了一声，忧愁说："少夫人身孕应该……两三个月了，可是坐胎很不稳，急需静养，平时不要多走动，不要做活儿，尽量平躺。"

雍唯和胡纯的脸色都难看起来。

"保不住的可能性大吗？"胡纯都快哭了。

"只要静养，问题不大，不大。"老头信口胡说，很权威地点着头。

胡纯心里乱糟糟的，站起来的时候脸色惨白，脚底发软，人不由自主地一晃。雍唯赶紧扶住她，看她的样子心里发疼，不忍心她再走路，身子一矮，半蹲下来示意背她。胡纯被吓得魂不附体，自然而然地趴在他背上。

周围的人都指指点点，向他们投来怜悯的眼光，这小娘子是得了什么重病啊？走着来，瘫着去。

雍唯不便在人多的地方突然消失，背着胡纯往偏僻少人的地方去，一路上难民的惨状触目惊心，雍唯停下脚步。胡纯原本趴在他背上担心孩子，奇怪地抬头，想知道他怎么不走了，原来他正在看一家停在路边歇息的难民。丈夫、妻子、婆婆和三个孩子，婆婆和孩子们拥挤地坐在板车上，丈夫原本负重拖车，妻子在他旁边帮着推，妻子不慎摔了一跤，丈夫停下，帮她用水冲手上的伤口，拿出两张饼，掰了半张给妻子，剩下的都给了老妈和孩子，自己没有吃。他还要妻子也坐上车，咬着牙继续拖车前行。

胡纯心里发酸，既为这可怜的一家子，也为雍唯，骄气的神主大人也关注起底层百姓来了，无非他也觉得自己是负重前行的一家顶梁柱。她正想让雍唯放她下来，给这一家子点儿接济，没想到雍唯大步走过去挡住拖板车的汉子。

他什么也没说，往大汉手里塞了块金子，大汉一家错愕不已，雍唯却拔脚就走，胡纯不得不扭着身子对他们说："多买点吃的——全家都吃。"

汉子一家哭谢起来，雍唯很怕听，加快脚步，人稍微少一点就瞬移回了祭殿。

胡纯从他背上下来，拉他的手，安慰他说："你不要担心。"他们不会那么惨的，神仙避祸和普通穷苦百姓怎么能一样呢？雍唯就是这方面的见识太少，没落过难，才觉得自己惨。

雍唯懊恼地嗯了一声，"我也不会让你生三个！"他又回想了一下那个拖车，"车都坐不下了！"

胡纯被他气得捂胸口，大叫道："你是不是想太多了！"他口袋里塞着满满的法宝，只是不能随便用，要多少金子就能变出多少金子，他卖惨有没有脸？有没有天理？天崩地裂也轮不到他拖车。

"不行了，我要躺一躺。"胡纯头晕，气促，没想到雍唯竟然还有少男玻璃心，落难妄想症，她太担忧未来了，她和宝宝怎么办，摊上这么一位老公和爹，还没受什么苦呢，已经自怜自艾起来了。

雍唯变了脸色，紧张地扶她，细看她的脸色："难受吗？肚子疼吗？"

胡纯不想理他，去铺被褥。

"我来，我来。"雍唯破天荒地抢着伸手，胡纯瞠目结舌，看他铺好被褥，小心翼翼把她塞进去。然后……他盘腿坐在她旁边，与她大眼瞪小眼，完全不知道该做什么。

"那个……"胡纯琢磨他可能受到拖车汉子的感召，突然领悟一家之主应该吃苦在前，这个品质必须培养起来，于是她"变得"异常虚弱，娇滴滴对他说，"你帮我采些野果来吧，要比咱们平时吃的青一些，我想吃酸的。"

雍唯点头，毅然决然地走出祭殿已经塌成豁口的大门。

果子采得很好，大小均匀，新鲜饱满，雍唯颇得意地往胡纯面前一送，有点儿等夸的意思。胡纯看着果子上落的厚厚灰尘，毕竟刚地震过，灰尘扬得漫天都是，雨也没下到这边。

胡纯想了想，还是别把神主大人逼太紧了，她坐起身，接过果子要去泉边洗。

雍唯脸色一僵，觉得不可思议，自己怎么会忘记洗呢？他劈手夺过胡纯手上的果子，沉默着去涤仙泉边洗，怀疑自己是不是脑子出了问题。

看胡纯开心吃果子的时候，他心里异常满足，感悟到养家糊口的甜蜜滋味。他想悠然喝口茶，一倒——没水。

胡纯习惯了，跳起来拿水壶，抱歉说："出门回来忘记给你烧水了。"

雍唯看她蹿起来的样子，眉毛都纠起来，一脸不满，啧了一声，训道："慢点！"

胡纯反应过来，也捂着肚子，担忧地看着雍唯，不确定地说："没……事吧？"

雍唯烦恼，有没有事他哪知道？他就知道她现在不能乱走乱蹦："躺着，我去烧水。"

胡纯看他拿着水壶走出去，实在忍不住，慢慢踱到只剩一个巨大墙洞的窗边，拄着腮，新鲜地看神主大人烧水。"是要先点火的。"她幽幽地说了一句，十指不沾阳春水的神主大人就是把水壶架在没点火的干柴上，她也不奇怪。他从小就被伺候得无微不至，饭是怎么熟的，水是怎么开的，衣服是怎么干净的，果子怎么收拾的，他见都没见过。

果然，神主大人把柴堆好后，又陷入了沉思，胡纯觉得他的手指马上就会一叩，用仙力生出火来。他这些天谆谆教育她，不要用仙力，不能用仙力，害她生活得也很不方便，顿时恶向胆边生，凉幽幽地劝他道："千万不要用仙力呀，好危险呢！天界的那些狗鼻子闻见一丝丝儿仙气就会直扑我们而来。"

雍唯面无表情地回头看她一眼，又沉闷地转过去思考生火的难题。

"那个东西叫火石和火纸。"胡纯翘着兰花指一点柴堆旁石头垒的小窝窝——她平时用来堆放杂物，火石火纸放在最上面，雍唯并不认识。

雍唯冷傲地拿过来，研究了一下，啪啪擦出了火星，嘴角轻蔑地一挑，觉得已经掌握了要领。

胡纯也看出了兴趣，慈眉善目地撑着下巴，笑嘻嘻地看他生火。

几次失败后，神主大人发脾气，踹倒了柴堆，不解气，又踩坏了胡纯搭的烤火支架，一腔怒火还没熄灭，接着劈断了周围几棵小树。

胡纯平静地看他发完火，傻站在一片狼藉中。

"把柴堆好，万一下雨，淋湿了就烧不着了。"她波澜不惊地吩咐。

神主大人闷不吭声地开始垒柴火，干得不错，垒得整整齐齐。

"火架再搭一个，晚饭还得用它烤鱼。"

神主极度忍耐地长吐一口气，回想了一下火架的样子，很容易，他刚劈断一地树枝树干，材料现成。他手上的准头胜过胡纯数倍，又有力量，火架用了比较粗的枝干，质量和美观立刻上了一个档次。

"很好，很好。"胡纯不吝赞美，向他竖起大拇指。

然后回到老问题——生火。

胡纯从墙圈里出来，先生范儿十足地给雍唯演示怎么使用火石和火纸，神主大人也很虚心地看了。按胡纯的指点慢慢生起一堆火，笨手笨脚地把壶吊在火架上，一脸怒色地等水开。

水烧开后，神主大人小心翼翼地泡了茶，茶是唯一他自己挑着买的，可以说是贫寒生活里他唯一的倔强。茶香四溢，他闻着心情好多了。

"已经到了晚饭时间，我来做饭，你去抓鱼吧。"

胡纯的一句话就把他的好心情砸得粉碎。

他唰地站起身，满脸阴冷，胡纯仰头看他，知道他要崩溃了，但并不害怕。

神主咬牙切齿地念了个诀，不见了。

胡纯有那么一瞬间担心他受不了跑了，可又过了一个瞬间，她就心安神定。她现在有人质，她和他的宝宝。一种淡淡的甜蜜从心底蔓延开来，她笑出了梨涡，如果没有落难，她和雍唯在世棠宫受尽呵护服侍，一定不会有这样的感觉——她和雍唯成了真正的夫妻。

果然，雍唯很快回来了，大包小裹，他为了逃避做饭，买了很多现成的。有胡纯喜欢的烧鸡、酱鸭，还有很多珍贵的水果。

胡纯一看，面沉如水，生气了。

"你不说不能在一个镇子待太久，所以不能买这些吗？"胡纯气冲心肺，烧鸡还冒着热气呢，一定是排队等出炉的。

雍唯依旧诚实："是很危险，可不能让孩子吃不好。"

胡纯都要跳脚了："那我就能吃不好吗？"

之前他可从来不买这些的！还因为不耐烦，不让她买！

雍唯很不理解她的火气："只要过了这阵子，我能让你一辈子吃得最好，所以没太上心。可现在有孩子了，再危险，也得买给他吃啊。"

这个直白的解说让胡纯没了脾气，她一边啃鸡腿一边委屈得鼻子发酸，哽咽说："你对我一点儿都不好……"

雍唯看了她一会儿，突然笑了，坐到她旁边搂她肩膀，哄她说："我错了，以后你肚子里没孩子，我也给你买好吃的，不管多危险。"

胡纯抽着鼻子咽了鸡肉，哭腔更浓了："我也知道，要不是为了孩子，没必要冒这么大险，可我心里还是不舒服。"

雍唯拿起一颗仙浆紫李："尝尝这个，只有陈州才有的。"

胡纯嘴馋，无法拒绝，咬了一口又酸又甜，舒服进心里，也顾不上埋怨了。"还要。"她伸手，雍唯又挑了颗大的放她手里。

"原来现在是紫李的收获期，管够，管够。"雍唯大方地说，他也是第一次知道李子在什么时候收获。胡纯这一怀孕，好像让他见识到了一个新世界，他以前都像没活过一样。

第 44 章　生活

　　清晨，胡纯被鸟鸣吵醒，她闭眼听了一会儿，和以往无数个早上一样，那么美好恬静，似乎从未发生过灾难，从未有人流离失所。

　　胡纯叹了口气，不情不愿地睁开眼睛，没了屋顶，一眼就看见晴空如洗。她习惯性地侧脸看了眼枕畔的雍唯，自从来到祭殿，怕被人追到仙轨，他连早起修炼都省了，天天睡懒觉——人没在，胡纯惊奇了一下，神主大人今天竟然早起了？

　　胡纯霍然坐起身，四下张望，看见雍唯在墙外的石头平台上坐着，眺望远方，长发简单地拢起，发尾拖在地上，背影很是落寞。

　　胡纯走过去坐到他旁边，这里是最好的观景位置，可以看见天地交界，也可以看见群山和平原。"又在想量天尺？"胡纯小声地问，她也感觉很无奈，这静好山河不知道什么时候又会降临恐怖灾祸，生灵涂炭。

　　"我在想登天梯。"雍唯淡淡说了句，猛地站起身，"你早饭想吃什么？"

　　登天梯？早饭？胡纯目瞪口呆地仰头看他，不知道怎么回答。

　　"嗯？"雍唯不耐烦地追问一声。

　　"随便吧，热的就行。"胡纯快快道，她怎么连雍唯说什么都听不懂了？"登天梯是……"她皱着眉想问问这又是什么大杀器，这才发现雍唯已经不见了。胡纯木着脸，捡了块小石头，用力一抛，也没扔多远，只听它发出很细小的稀里哗啦声，滚下石台去。

管他呢，管他去找登天梯还是买早饭！

他怎么越来越飘忽了？早知这样，还不如让他坐在祭殿里当大少爷，好歹她无论什么时候往那儿一看，他都在！她噘着嘴拍了下肚子，这要几个月才能生？赶紧生！她好和雍唯一起东奔西跑，她不想这样被他名正言顺地丢在荒山顶上。

雍唯扛着一架大大的梯子回来的时候，胡纯改变了主意，要买这么狼狈的东西，还得这么丑的扛在肩上才能带回来，她还是让雍唯自己去好了。幸好她怀孕了，不然与雍唯同去，神主大人肯定要和她一人扛一边。

雍唯一肩扛着梯子，另一只手还抓着热腾腾的豆浆大饼，他先把吃的递给胡纯，才把梯子放下倚在墙边。胡纯默默地咬着大饼，斜眼看摆弄梯子的雍唯，回想了一下第一次见他的场景，他穿着乌云拖尾的华丽大袍，乌发如瀑，玉带高冠，俊俏冷漠，不苟言笑，不用认识也知道是天上尊贵无匹的神仙。如今这个穿着粗布小褂，扎着马尾的小伙儿依旧挺好看的，可就是没神主大人帅气俊美。

"你买这个干吗？"胡纯喝了口豆浆，平静地问他。原来登天梯不是什么杀器，真就是把梯子。

"修顶棚。"雍唯走过来，拿起豆浆就喝。

"烫。"胡纯依旧平静地提醒，看他被烫得粗鲁吐掉嘴里的豆浆。"不用修，不冷。"

雍唯撇嘴，不以为然："你不冷，我的宝宝可能会冷啊。"

雍唯用神主大人残存的冷傲语气说出"我的宝宝"这样词句的时候，胡纯想用豆浆泼他。

胡纯气哼哼地把大饼塞进嘴里,拿着豆浆走到被窝边又躺进去,她还等着雍唯来哄她,她要爆发说:"你的宝宝最重要!我这就躺下去,躺到你的宝宝生出来!"没想到雍唯根本没发觉她生气了,他一边吃饼,一边开始在祭殿里转,把比较完整的瓦片用脚扒拉出来。

胡纯气得又坐起来,抱着臂,看雍唯挑瓦片,看了一上午。

中午雍唯又跑出去买了饭,还细心地买了水果,洗好堆在胡纯面前,自己盘膝坐在旁边,认真地在纸上写写画画。胡纯啃着水果,斜眼看他。

"你变了一个人。"她略含痛惜地说。

雍唯一抬头,视线从纸上转移到胡纯脸上,他抿了一下嘴,显然郑重思索了:"我自己的爹很不怎么样,所以我想当个好爹。"

一句话,像针一样扎在胡纯心里最软的地方,她竟鼻子一酸,顿时不吃醋也不生气了。

"我总怕那天的风和雨会下到这里,我的……"他警觉地觑了眼胡纯的脸色,及时改口,"你和娃娃会无处躲藏,我想,至少给你们搭个有瓦遮头,有墙挡风的地方,不管外面风雨交加,你们都能安然度过。"

胡纯缓缓地长吐一口气,心里又甜又酸。

"你当丈夫不怎么样,"她吐槽,"可一定能当个好父亲。"

雍唯听了,一下子笑出来,牙齿白白的,眉眼生辉,还是那个俊俏无比的神主大人。胡纯被他的美色晃得眼花,等清醒过来,神主大人又已经沉入设计图的创作,看都不看她了。

胡纯叹气,好吧好吧,也算有点儿事给他做,闲着也得出幺蛾子。

没想到神主大人忙碌的同时,也没忘了给她找事,他买了很多书籍，让胡纯念给孩子听，胡纯有好多字不认识，雍唯不厌其烦地告诉她，显示出从未有过的耐心。胡纯的学识渐长，雍唯也悟出一套修建手艺。

胡纯撇着嘴看他盖的密实整齐的屋顶，想不出神主大人也能干这么漂亮的粗活儿，"怪不得他们选你当修理工，"她阴阳怪气，"的确有工匠天分。"

雍唯充耳不闻，瓦匠活儿已经不在话下了，他又开始钻研木工，要把祭殿的窗子修好。

胡纯的肚子有西瓜那么大的时候，雍唯终于做出了漂亮的窗格。

胡纯坐在火堆边，托着腮看他老练地熬糨糊，准备粘窗纸。"这个时候，我才觉得你是我男人……"她发自肺腑说，虽然他不如神主大人漂亮雍容，可尽心营建家园的男人也是很帅的。这段时间来，他兢兢业业工作，认认真真买饭，无论什么活儿都干得很好。

雍唯用筷子挑了一坨面糊出来看黏度，抽空瞥了胡纯一眼，对她的赞许不太领情，痞痞地说："一起'睡'的时候，不是你男人？"

胡纯回过味来，呸了他一口。"你娃娃听着呢。"这是她战无不胜的利器。

雍唯坏笑了一下，不吭声了。

胡纯摸肚子："你想要儿子还是女儿？"

"女儿。"雍唯想也不想，脱口而出。

"嗯？"胡纯歪头看他，用眼神问他为什么。

"生儿子万一又被选去当修理工怎么办？"雍唯冷哼了一声，还是相当介意修理工这个身份。

他一说，胡纯也担心起来了。

雍唯搅拌着面糊，注意到她的忧愁，呵呵嘲笑："瞎担心！天族王者加上天霜雪域圣女才能生出我这样的，你一个土狐狸，不会生出圣血天神的。"他故作惋惜地叹气，"我的好血统算是被你糟蹋了。"

胡纯一下一下摸肚子，诚实说："你这么贬低我，我应该生气……可是为孩子想，我又气不起来。"她突然阴冷地瞟了眼雍唯，"你要是和玲乔成亲，能生出圣血的孩儿吗？"

雍唯面不改色，他现在也是成婚已久的男人了，对女人这些小陷阱了如指掌："我根本不会娶她，我心里只有你。"

"呵。"胡纯冷笑，"很不诚恳，太假。"

"辰王一脉的血也不怎么样，比天霜雪域差远了，就算玲乔和我……也生不出来。"雍唯据实相告。

话里的"玲乔和我"到底犯了胡纯的忌讳，她哼了一声，冷着脸站起来，走进祭殿里，现在祭殿有顶，有窗，墙也修补过了，能挡住人的视线了。雍唯走到门口，抱臂不满地冲她喊："你再这么小心眼，会影响孩子的。"

胡纯背对他，冷淡道："你糨糊干了。"

果然雍唯立刻跑走了，顾不上谴责她的无理取闹。

胡纯觉得肚子疼，是在一个午夜，起初并不剧烈，只觉得孩子在肚子里动得比平常多，闹得她翻来覆去睡不安稳。然后就慢慢有了疼痛。

她坐起来，祭殿里漆黑一片，因为雍唯把屋顶和窗户都修好了，材料都是就地取材，质地差，不透光。她体会了一会儿这种新奇的疼痛，确定是要生了，才推了推旁边的雍唯。

雍唯睡得香喷喷的，被打扰了，翻了个身，也没听清胡纯对他说了什么，自顾自嘟囔一句："我再睡会儿，晚点再去买早饭。"

胡纯加大力度推他后背："别睡了，再睡你的宝宝就要出来了。"可能是她使劲的时候动了胎气，肚子突然一抽，疼得她尖叫一声，用和疼痛程度一样的手劲掐了雍唯。

雍唯也尖叫一声，差不多用鲤鱼打挺的姿势腾地坐起来，彻底清醒过来。

其实他已经演习过几遍，可事到临头，还是手忙脚乱，他绕着胡纯走了两圈，没等胡纯骂他，眼睛一亮，说了声："对了，烧水！"然后就跑了。

胡纯疼得扶着腰，都没力气叫他回来。

雍唯在殿里拢了一小堆火，边烧水边煮剪刀，嘴里还念念有词。

胡纯疼得直哎哟，也顾不上听他念叨什么，雍唯过来拉她，很懂行地说："你现在要走动，不停走动，这样孩子才能更快生出来。"

胡纯一脑袋汗，扒拉开他的手，疼得不想动："胡说……你怎么知道……"

"我看过，看了好几个女人生孩子呢。"

胡纯咝咝吸气，疼得五官都皱起来，还不忘质问他："你在哪儿看？什么时候看……"

"医馆门口啊，我总得学学，每次买饭要碰见有人生孩子，我都看一会儿。"雍唯认真地回答。

胡纯疼得开始打他，误会他了，以为他很猥琐地偷看什么不该看的，原来是在医馆门口抱着学习态度，都没办法损他了。

天亮的时候，胡纯已经疼得满床滚，浑身是汗，孩子还是没有生出来的迹象。

雍唯也开始着急了，他帮不上忙，情况又不像他观摩过的那些女人。

在胡纯哑着嗓子，长长尖叫了一声，整个人瘫在床上，眼神都涣散之后，雍唯纠紧的眉头一展，下定了决心。

他抱起胡纯，声调不稳，却很温柔："我这就带你去钟山，钟山老祖会有办法帮你的。"

胡纯已经迷迷糊糊了，听了这话还是果断摇头："不能去……一去他们就找到你……"

雍唯冷声一哼："管他呢，天塌地陷都没你重要，我不能让你再受罪了。"

胡纯死死拽着他的袖子，太疼了，她没拒绝的勇气了，赶紧找钟山老祖帮忙，快把孩子生出来吧，她快要死了。

钟山老祖看见雍唯带着即将临盆的胡纯跑来找他，心里当然掂了掂，天帝虽然下了通缉令要抓雍唯和胡纯，可雷声大雨点小，并没见天帝派了兵将四处搜捕，毕竟是父子。天帝和神主，他谁也得罪不起，而且胡纯生的还是天帝的孙辈，他要是耽误了，哪方面都得不着好。

这么一琢磨，他立刻殷勤地请雍唯把胡纯抱进内室，叫来青牙，吩咐他守住院落，谁都不许靠近。

青牙听见了胡纯的声音，脸色顿时一沉，点点头，前去布置。

钟山老祖就叫了一个信得过的女弟子，和他在房间里帮胡纯接生，把雍唯也请了出去。雍唯在门外的院子里乱转，一抬眼，看见青牙站在院子门口，面无表情地看他。

看来这小子在钟山混得不错，老祖非常信任他，这种时候就派了他守住周围。青牙的确也和在世棠宫的时候天差地别，穿着钟山高等弟子的衫子，一副飘逸模样，眼睛里却带着复杂的神色，显得心机深沉，很不好对付。

330

"看什么？"雍唯没好气儿，瞪了他一眼。

青牙并没闪避他的目光，不再怕他似的，淡漠道："这段时间您带胡纯……过得好么？"

雍唯总觉得他想问的是他们躲在哪儿："当然过得好，这不孩子都有了。"原本他不想和青牙废话，可这小子的古怪让他产生了一些探究的兴趣。

青牙垂下眼，想着自己的心事，房间里胡纯一声凄厉的尖叫后，传出孩子的啼哭。

雍唯一喜，紧绷的肩膀垮了垮。

老祖笑眯眯地出来，请雍唯进房间看孩子，雍唯心急，快步冲进去，把老祖都落下好几步。

他看见胡纯正抱着孩子，他凑过去看，顺口问："男的，女的？"

胡纯十分虚弱，但孩子顺利生出来，又吃了钟山的好药，精神不错："不是修理工。"

雍唯心愿达成，笑容满面，拨开孩子的襁褓一看，顿时愣住了。

粉嫩嫩的小婴儿，乌黑头发里有一对儿狐狸耳。狐狸耳的毛还湿漉漉的，不太好看。

"这……这……"雍唯瞪起眼，笑容也没了，"这是怎么回事？"

老祖连忙安抚："神主莫恼，因为夫人是修行尚浅的地狐，所以生下的婴孩或有些狐狸的特征也是正常的，随着孩子长大，修为增加，自然会消失的。"

"嗯……"雍唯皱眉，不太放心的样子。

女弟子这时候用小手帕擦婴儿的小毛耳朵，婴儿大概觉得痒，轻轻一动，小耳朵里面粉粉的颜色就露了露。

雍唯神色一变，眨了眨眼，默默看着他女儿的耳朵。

女弟子走开，小毛耳上的绒毛干得很快，是淡淡的灰色，时不时轻微地动一下，可爱得要命。

"我来抱。"雍唯从胡纯手里夺过婴儿，腾出一只手小心翼翼地戳女儿的小耳朵，婴儿不愿意被戳耳朵，轻轻地抖了抖，顿时把雍唯萌翻了。伸嘴过去吧嗒就重重亲了一口："咪咪，我的宝贝儿，咪咪。"

胡纯气得闭了下眼睛，用产后仅存的力量吼道："她又不是只猫！"

"哦。"雍唯把女儿抱在胸前，诚恳接受胡纯的批评，"那你们狐狸怎么叫？"

胡纯躺下，翻身背对他，不理他。她们狐狸吱吱吱地叫！

"把你们钟山的碎玉琼浆拿来。"雍唯眼睛盯着他的咪咪，理所当然地吩咐老祖。

老祖立刻让女弟子去拿。

"用无量葫芦装，我要多带些走，咪咪就喝那个了。"在他眼里，碎玉琼浆也不算什么好玩意儿。

老祖虽然心疼，表面上还是豪爽地笑着说："听凭神主吩咐。"

第45章 舅甥

胡纯黑甜睡了一觉，再睁眼，她还躺在钟山的高床软枕上，身边放着同样甜睡的婴儿。

她一惊，警觉地看窗外的天色，暗蒙蒙的，不知道是傍晚还是凌晨。雍唯躺在窗边的贵妃榻上，眼眯着，不知道在犯困还是想心事。

"我睡了多久？"胡纯着急起来。

"一天一夜。"雍唯语调清醒。

胡纯立刻抱起女儿，掀被子下床，强打精神说："我们这就走，多耽误一会儿就多一分危险。"到现在还没追兵杀来，已经算他们幸运了。

"急什么。"雍唯躺着没动，语意懒散，"你以为他们不知道么？"

胡纯一愣。

"我在想，干脆回世棠宫，让你好好养身体。咪咪也能得到比较好的照顾。"

胡纯看着他："雍唯，我不明白。"怎么他突然决定不躲了？他不是说无论天帝还是擅动量天尺的人，都比任何时候想找到他，威胁他么？

雍唯一笑："现在我们有咪咪了，我不想你们吃一点儿苦，躲着也不是长久之计。"

说着，他站起身，走过来把女儿抱在手里，刚才还一脸沉冷，一看见婴儿就笑逐颜开："咪咪，咪咪，你真可爱。"

胡纯觉得没眼看，又躺回去，暗暗想雍唯刚才说的话。

雍唯抱着咪咪走出门，胡纯听他冷谑地说："你终于来了。"

胡纯双手不自觉地一揪被子，紧张得忘了，其实她可以走出去看到底是谁。

"看来，你早就猜到是我了。"那个人轻松言笑，笑声爽朗，"我一直觉得你知道是我。"

胡纯直挺挺地坐起身，神色惊惶，炬峰？竟然是炬峰？她可是连怀疑都没怀疑过他！

"想在量天尺正常运行时靠近，对抗地火酷热的梨魄一定大到稀世罕见，能把那么大的梨魄带在身上而不被冻死冻伤的，只有天霜雪域的舅舅你了。"雍唯讽刺地说。

"嗯。"炬峰笑着点头，的确，这对熟悉梨魄和量天尺的人来说，很容易想到。天帝就是因为从未亲眼见过量天尺运行，一直又太过依赖雍唯，没有认真了解量天尺的一切细节，才根本抓不住关键。他只顾暗中抓捕拥有梨魄的人，拷问这些无辜的人又耗费了他大量的精力，反而放过了最可疑的人，只因为他忽略了梨魄的大小问题。

拥有梨魄的人很多，可能有硕大到对抗地火，携带它进入珈冥山而不被冻伤的人，其实只有一个。

"我也没想瞒着你，"炬峰竟然能把这话说得很坦荡，"只是事出紧急，我没机会和你商量。主要……"他看着雍唯，又赞许又无奈地笑，"我没想到你竟然藏得这么好。"

"呵，"雍唯冷笑，"所以你的狗也好奇得要死，见我的第一句话就想问我藏哪儿了。"

"可能是看着你长大，你小时候的傻样子给我印象太深，让我太低估了你。你什么时候知道青牙是我的人？"炬峰揶揄雍唯，聊天似的，很感兴趣问。

"鳐鱼精。"雍唯对炬峰说他小时候傻很不高兴，皱着眉，"我曾考虑过，钟山老祖是不是你的人，后来排除了他，以他现在的情况，早已无欲无求，你劝不动他，你只能拉拢一些自诩明珠暗投，心有不甘的人，比如玖珊、青牙，还有……"雍唯冷笑，"琇乔。"

炬峰撇嘴，笑着点头："说得没错。"

"你一直想找我做交易，好啊，我听听，你能给我什么条件？"雍唯轻轻拍着咪咪，讥嘲地看着他。

"你已是下界的神主，可说地仙之首，贵无可贵。但是，你一直非常介意的，是你远离天宫，再无法位列天神，更讨厌的是还要一生一世守着量天尺。如果我成为天帝，第一件就要改动量天尺守神前死后继的不合理规则！六界之大，圣血虽然罕有，绝非唯一，只要搜寻所有圣血仙灵，由他们轮替守护，就不必选出一个可怜人，终生受苦。"炬峰一改嬉皮笑脸，说得慷慨激昂。

"很好。"雍唯点头，表现出被说动的样子。

"我的姐姐，只因为拥有天霜雪域圣仙体质，被蒙骗嫁入天宫，受尽欺辱，我要给她天地六界最尊贵的封号。"

雍唯听了，不以为然地抿了抿嘴："我娘其实除了没当上天后感觉被骗，其他倒也说不上受尽欺辱。再说，六界最尊贵的封号不是天帝吗？你打算让给我娘？"

炬峰被他气笑了，呸了他一口："你还能不能好好聊天了？"

雍唯翻了下眼，用下巴点点他，示意他继续。

"看来，你也一直知道你娘没事。"炬峰又上下打量雍唯，这次雍唯的表现真让他刮目相看，"你既然猜到是我，为什么不来救你娘呢？"他当然知道姐姐和雍唯因为圣血的关系，能够互相感应，正因为这样，他才有信心雍唯会来找他，会听他谈条件，可他没来。

这句话问得很好，雍唯再次认真起来，看着他说："我总觉得，你还没心狠到伤害我娘。"

炬峰一下子苦笑出来，像听了什么好笑的笑话，而这个笑话又让他难过。两军对垒，最可怕的是知己知彼，他父母殒寂得早，姐姐又长他好多岁，说是姐弟，情胜母子，雍唯知道，所以根本不担心他会危害姐姐，连来和他谈都不屑。

"你和天帝有什么交易么？为什么他会这么配合你，顺水推舟地宣布我娘亡故？"雍唯唯一想不通的就是这点。

"没有。"谈起天帝，雍唯和炬峰都很冷漠，"我也不知道为什么他急于宣布死讯，可能真的为了融媛吧。"即使过了这么久，炬峰说起天狐的名字，语气还是有些古怪，雍唯发觉了，淡淡看了他一眼。

"我可以帮你，谁做天帝我都不太在乎，但是你说的圣血神灵替换守护，我很期待。可是……"雍唯冷峭地看着炬峰，似笑非笑，"离下次从龙星偏离轨道，还不知道要过多久，这段时间，我要胡纯和我都能堂而皇之地生活在世棠宫。"

炬峰一笑："这不难。"

"当然不难。"雍唯眉梢一挑，"可是，我要你以其人之道还治其人之身。"

炬峰当然听得明白这句话的意思："你是要我交出琇乔顶罪？"

雍唯没说话，只是用挑衅的神情问他："不可以么？"

炬峰笑了笑："你可得想好了，一旦琇乔认罪，也算正中你爹下怀,他正嫌辰王放肆托大,有了这个由头,辰王一族可都保不住了,你的老相好玲乔也会……"

"哼!你就说能不能办到!"雍唯冷声喝止他的话,气势汹汹,眼神却很心虚地闪了闪。混蛋炬峰,这么胡说八道,胡纯听去他又不知道要几天不得安宁!

炬峰摇头,自责道:"身为舅舅,我教会你那么多东西,唯独没教你驭妻之术,让你沦落成如今这副德行,我失职啊。"

雍唯一脸瞧不起:"管好你自己得了,你还懂驭妻之术?你妻都成我小妈了。"

炬峰干笑:"你这牙尖嘴利是土狐狸教的吧?我还是觉得你和玲乔是天生一对,至少她不会把你训练得这么讨厌。"

"你不用挑拨离间了,舅舅。"房间里传来胡纯幽幽一句。

"我哪敢啊?外甥媳妇。"炬峰冲房里佯做惧怕地说,虽然一脸玩笑,眼中却飞快闪过一丝狠戾之色。

胡纯跟着雍唯回了世棠宫,雍唯换了身衣服,就抱着咪咪去天宫了。

她阻拦过,他去和天帝谈判干吗带着咪咪啊?万一打起来,咪咪还那么小,伤到怎么办?难道还想用亲情打动天帝?天帝儿子女儿一大堆,孙子孙女外孙子撒得六界都是,一个土狐狸混血的咪咪,可能还会遭他嫌弃。

雍唯觉得她瞎担心,淡淡说了一句:"根本不会打起来。"

胡纯的话憋在心里没敢说,天帝不打他,可他打不打天帝就难说了。天妃这件事如此莫名其妙,而且作为丈夫,天帝的表现真是相当糟糕。看得出,这件事已经把雍唯对天帝为数不多的亲情也消耗得快没了。

她的沉默，雍唯很明白，于是他说："今天带他去见母亲，我也想让妈妈看看咪咪。"

胡纯懂了，雍唯也觉得父母在经历了这些事情以后，再见面很难堪，有咪咪分担一些话题，也不至于彼此太尴尬，于是就放他带着咪咪走了。

道理都明白，可那么小的宝宝，就让雍唯这个才当了两天爹的人带出门，谁能放心呢？

胡纯在享月殿里团团转，雪引霜引来请她沐浴更衣，她都拒绝了，她现在看不到雍唯和咪咪平安归来，什么都不想做。

傍晚的时候，雍唯终于回来了，咪咪在他怀里安睡，胡纯总算放下心，这才觉得饿了。她不好意思吩咐雪引霜引，让雍唯说。没想雍唯把四引都叫来，对他们说以后世棠宫的事都找胡纯，她做主，四大仙侍恭恭敬敬给胡纯行了礼，胡纯有些不好意思，反倒比他们更局促些。雍唯还是没提饭的事，于是世棠宫的女主人第一道命令就是："我饿了，摆饭。"

四引都没动，胡纯一呆，不明白他们为什么没反应。

雍唯已经躺在贵妃榻上了，淡淡说了句："今天刚回来，吃好的。以后每天除了早饭，顿顿甲餐。"

四引这才领命下去了。

胡纯懂了，原来还是要交代饭菜规格的，不然人家怎么安排呢。

她走过去看咪咪，雍唯的神情很委顿，他把咪咪紧贴着放在床上，手有一下没一下地轻轻摸她的耳朵。胡纯想抱，隔着他，雍唯也没有侧身让她抱走的意思，胡纯也懒得折腾了。

"怎么样？"她皱眉问雍唯，问题应该是解决了，他大模大样地回来，看来以后不会再有人追杀他们了。可是雍唯的神色看起来真是很不开心，又像她刚认识他的时候那副郁郁寡欢的嘴脸了。

"领他去见了我娘了。"雍唯把咪咪抱起来，亲了一口，咪咪觉得痒，动了动。

胡纯点头，对啊，只要见到活生生的天妃，那她的罪名也就不攻自破了。

"天妃怎么说……"胡纯现在比较好奇的是天妃的态度，炬峰肯定不会向她隐瞒天帝的做法，不添油加醋都不错了。

"她说，既然我父亲认为她死了，她也没必要再活过来。"雍唯看着咪咪，头垂得有些低，胡纯看不见他的表情，但却能感到他的伤心。以她对他的了解，他人生最放不下的无非就两件事，一是父母之间的钩心斗角；二是被选为修理工。能让他如此沮丧，看来这次见面，天帝的反应是伤透天妃和雍唯的心了。

"天帝说了为什么要急于认定天妃娘娘死了吗？"胡纯觉得这才是一切的症结。

雍唯竟然发出了低低的冷笑："他倒是说了理由，我和炬峰都觉得不可能，但真就是为了天狐。他想立天狐为后。"

胡纯无语。

雍唯抬起头，看着窗外："我在想，如果这个时候炬峰没有绑架我娘，他会不会亲自动手，让我娘死去？毕竟我娘要是在，绝不能答应立天狐为后，天霜雪域也不能答应。"

胡纯点头，是啊，天霜雪域世代提供梨魄，天庭不能得罪。天妃娘娘想当天后那么多年了，娘家又势大，天狐想越过她而当上天后，是不可能的。如果天帝受蛊惑太深，会不会亲自动手，暗杀了天妃？其实胡纯有些怀疑，炬峰选择在这个时候动手，是不是知道了些什么，毕竟这样一来，到底是保存了天妃和天帝之间最后一点点的颜面，而天妃也变相地安全了。

这么一比……

"我觉得，炬峰若是当上天帝，情况也未必比现在糟糕。"雍唯冷淡地评论。

这正是胡纯想说的，炬峰虽然也是个不顾六界苍生的，但总不会比天帝更阴暗龌龊。她还没告诉雍唯锦莱真正的死因和她自己的危机呢。如果她告诉雍唯，他父亲一直盯着他身边的女人，觉得有危险了就杀，害他一辈子要不断"丧妻"，雍唯恐怕对父亲最后一丝丝感情都断了。

胡纯一抖，她突然想到，天帝对天妃张罗着把辰王的两个女儿嫁给雍唯乐见其成，会不会因为早存了剿灭辰王之心，他的女儿在雍唯这儿得到一些神力后，正好一起杀了，比另选神族女儿给雍唯要便当多了。按这种城府和算计，炬峰也算不上太阴暗了。

雍唯可能已经知他们颇深，所以躲在祭殿里闷不吭声，对他来说，一边是阴险的父亲，一边是阴险的舅舅，帮谁都没太大的意思。

不过她倒是很想知道，为什么天帝能对天狐表现得还有些情深义重的样子，可是她不敢问，这不等于在天妃和雍唯的伤口上撒盐吗？搞不好也是炬峰的盐。

第46章 无求

正胡思乱想着，仙侍们成双结对，列队排班地端菜进来，胡纯看得目瞪口呆，山珍海味都不算新鲜的了，很多仙兽仙果，都是她听过却绝对没想到能吃的。相比这个，之前她在世棠宫吃的那些她觉得是好菜的东西，简直就是辛餐。

仙侍们摆桌子的时候也很有章法，看得出，即便是享月殿那张巨大的桌子，想摆下所有的菜馔也是需要有套路的。等她们全退下，胡纯才好意思坐到堆到第三层的饭桌前，她咽了口唾沫，简直不知道从哪儿下筷子。

雍唯抱着咪咪缓缓踱过来，满桌看看，不满意地皱眉，没什么能给他宝贝咪咪吃的。

胡纯斜眼看他，这才是她熟悉的雍唯。

"这日子是不过了吗？"在祭殿过过苦日子的世棠宫女主人拿着筷子叹息。

"现在无论天庭还是雪域都有求于我，这个时候，难道我还替他们节省？"雍唯表示不能理解胡纯。

这倒是……胡纯也被他说服。

"对了，天帝知道是炬峰乱动量天尺的吗？"胡纯夹了一筷子月宫醉鸡。

雍唯喝了一小口酒，淡淡道："你觉得我会告诉他么？"

胡纯摇头，转眼就看他用筷子点了酒要喂咪咪，立刻抄起一颗灵枣打他："你疯了！咪咪才两天大！"竟然要喂酒。

雍唯快快收手，还木着脸问咪咪："你什么时候能陪爹爹喝几杯啊？"

胡纯不想理他，他真是把咪咪当宠物了。

"我有些不明白的事。"胡纯吃了一会儿，觉得光吃不说很没意思，"鳐鱼精和整件事有什么联系？"

雍唯已经开始把咪咪举高高，咪咪一脸嫌弃。

"咪咪，咪咪，你将来可一定要像我啊，别像你娘，脑子里像有个莲蓬一样，全是洞。"

"你说谁！"胡纯拍案而起。

"钟山老祖你也认识，是一个老滑头，那种让鳐鱼精吃了就拥有掀翻广云岛法力的仙药，他会随随便便被偷去吗？别说籍籍无名的鳐鱼精，就算青牙，也肯定费了番手脚。"他顿了顿，想起什么，漠然加了一句，"当然了，青牙特别擅长偷东西。"

胡纯暗暗翻了下眼睛，当年青牙偷水晶匣救她的仇，他会不会记一辈子？

"鳐鱼精突然出现，无非两个原因：一是试探我是不是去修量天尺了，因为他们不知道哪颗是从龙星；二是为了找到自己的命轮。量天尺包含六界生灵的所有命轮，死去生灵的命轮由新生的接替，命轮在交错的轨迹上运行，不断改变，没有定数。但是如果发生比较大的突变，那个生灵的命轮就会发亮，与他有关人的命轮也都跟着亮起来，形成命运轨迹。所以炬峰可以通过鳐鱼精的命轮，找到自己的。"

雍唯说得比较简明好懂，胡纯点了点头。炬峰需要鳎鱼精闯下大祸，亮起命运轨迹，这样就能找到自己的命轮了，然后把自己的命轮放到帝轨上去，这样就等于俗话说的，老天爷都会帮他。他的计划倒是很成功的，但是他小看了量天尺，他并没能把自己的命轮放上帝轨，反而害得天地异变，所以他就更需要雍唯的帮助了。

雍唯为了母亲，也为了她和咪咪，在父亲和舅舅之间，还是选择了帮舅舅。想到这里，胡纯温情脉脉看了雍唯一眼，在这些林林总总的神仙妖怪当中，雍唯看上去是最冷漠的，可其实……却是他最重情义。

"天妃……打算以后怎么办？"她想到了天妃，于是问雍唯。

"她选了一座山，以后就隐居在那里，对她来说，无论是雪域的圣仙还是天宫的天妃，都已经是她的负累了。她还嘱咐我，经常带咪咪去看她。"

"她也喜欢咪咪？"胡纯意外地提高了声音。

这个疑问让雍唯很不爽，看着胡纯说："咪咪这么可爱，谁会不喜欢她？"

胡纯也有点气馁："她不嫌咪咪有毛耳朵吗？"

雍唯把咪咪稳稳抱在怀里，趾高气扬地说："就是因为有毛耳朵才特别可爱，人人喜欢！"

胡纯看他那嘴脸也没和他争辩，除了他，其他人都会说是因为神力低微才露出狐耳的，不过这样也好，总比他抱怨她好。

世棠宫的日子，又变得和以往一样，对胡纯来说，比以往更好。

雍唯挂起渺云珠，谁也不见，连天帝封胡纯为灵纯仙子的旨意都被挡在山门外，由海合拿进来。

胡纯因为雍唯不在意这个封号，也就没太当回事，可六界有点脸面的仙灵都来送贺礼，把胡纯吓了一跳。这么看来，灵纯仙子这个不痛不痒的封号，含金量并不低，她也算六界有名的人物了？她暗暗还有些小得意，小感慨，被来云追得满山乱跑的时候，哪想到有今天？

这天雪引亲自来通传，说有客到，胡纯还奇怪呢，看见渺云珠还来求见，得有多着急的事？

雪引说白光求见，这下轮到胡纯着急了，她有太多事，太多话要和白光说了！她派人去找过白光，可白光已经不住汤伽山了。她央求雍唯派人找，雍唯敷衍地找了两天，对她说找不到。她才不信他没找到，白光应该在一个雍唯不希望她去的地方，当然只有天霜雪域了。

雍唯郑重地告诫过她，炬峰居心叵测，虽然现在和他们笑眯眯，一副自己人的样子，但她和咪咪千万不要与他有半点往来。

所以今天白光主动前来，胡纯高兴得差点哭了。她赶到前殿的时候，白光已经跟着雪引进来了，雪引对她毕恭毕敬，与早前的眼角瞟人大相径庭。

胡纯跑过去拉她的手，白光也回握，两人都高兴得眼泛泪光。

"我就是想来看看宝宝。"白光笑容苦涩，似乎有很多说不出口的话，她看了胡纯一眼，害怕老友看穿自己。胡纯明明都看见了，却只能傻兮兮地笑着，好像什么都没察觉。

"你等等，我把咪咪抱出来给你看。"因为雍唯现在整天窝在家里不出门，所以不好把白光引到内殿，胡纯只能把咪咪抱出来。走回内殿的时候，咪咪还被雍唯抱在手里，他明明听见了胡纯和白光的对话，还是没有把咪咪交出来的意思。

"给我。"胡纯瞪了他一眼，伸手去抱咪咪。

现在要抱咪咪都得和他抢，他每天醒来的第一件事就是抱咪咪，晚上睡觉的最后一件事就是把咪咪放到紧靠在他们床边的小床上，然后自己紧贴着小床躺下。

雍唯闷着脸，维持着抱咪咪的姿势，不想让胡纯抱走。胡纯简直要气哭，他的确是爹，难道她不是娘吗？她是能把咪咪弄丢，还是把咪咪摔了啊？"给我！"她提高了声量，眉毛也挑得高高的。雍唯这才皱着眉，把手松了松，勉强表示她可以抱走。

胡纯哼了一声，劈手夺过咪咪，头也不回地走了。

白光看见咪咪，整个人都被萌化了，喔喔喔地叫着，想抱又不敢抱，由衷地喊："她太可爱了！"

胡纯很得意，最近咪咪吃得好，整个人圆胖圆胖的，小耳朵上的绒毛油亮油亮，比正常婴儿要可爱数倍，也难怪雍唯爱不释手，谁见了都喜欢得要命。前几天抱去给天妃看，差点没抱回来，天妃说什么都要把咪咪留下，还是雍唯翻了脸，才把咪咪带回来的。

"你最近……"看完咪咪，该说点儿正经的话了，刚开个头，雍唯突然从后殿出来，不由分说把咪咪抢走，当着白光，胡纯也不好骂他，任由他又把咪咪抱回去了。

白光看了笑，说："可以理解，我要有这么个小家伙，也要天天抱着，一刻也不放下。"

"我们出去，边走边说吧。"胡纯觉得很多话，就算被雍唯远远听着，也不太方便说。

白光点头，跟随胡纯走出享月殿，沿着世棠宫的石子路缓缓地走着。珈冥山的阴雾很多天没有围绕遮蔽山顶，世棠宫的花草被阳光普照，长得都比以前好。

"你现在住天霜雪域？"其实胡纯想直接问她，和炬峰发展到哪一步了，住没住在一起。

白光一笑，她和胡纯太熟了，简直摇摇尾巴，她就知道胡纯打什么算盘。

"我和炬峰在一起了。"白光也觉得没什么可隐瞒的。

胡纯沉默了一会儿："是他提的，还是你提的？"炬峰心里还有没有天狐，只有他自己知道。

"我提的。"白光一笑，有那么点儿什么都不在乎的洒脱。

"炬峰他……"胡纯觉得这话不好说，炬峰的心机深沉，白光又太喜欢他了，旁人说的话，就算是她说的，白光恐怕也听不进去。

"他的事我都知道。"白光很坦然，"玖珊都告诉我了。"

胡纯点了点头，对了，还有一个玖珊。

"玖珊甚至劝我，放下一切和他走，他也不想再要什么功名地位了，想和我找个地方隐居，安然度日。"

"玖珊说的？"胡纯倒意外了，玖珊的野心是很明显的，至少炬峰派他到白光身边，他的抗拒表现得人尽皆知，没想到过了一阵子，他倒愿意和白光离开？

"是啊……"白光笑了，"没想到他能这么说，经历了这么多事情以后，他倒无欲无求了。"

"经历了很多事？"胡纯好奇，这段时间她过得倒是很简单，白光都遇见了些什么？

"似乎发生了很多事，可真要说，竟然一句话就能说完。"白光轻轻嗤笑了一声，有些自嘲，"就是我和炬峰在一起了。原本玖珊的提议我也考虑过，可是，我做不到无欲无求。"

胡纯没说话，她相信白光，白光所求的，不是想通过炬峰获得什么地位名声，她想要的是爱情。可炬峰那样的人，会有爱情么？

346

"老八,"白光停步,看着胡纯,"我知道,我已经不该来见你了。不让你和天霜雪域有任何来往联系,才是对你最好的。可是,我放不下……我想来看看你,看看宝宝。你们都好,我就放心了。"

"老白……"胡纯鼻子酸了。

"好了,我走了,我真为你高兴。"白光勉强笑了笑,淡淡地又重复了一遍,"我真为你高兴。"

胡纯说不出话,默默看着她用法宝瞬移消失了。如今的白光也穿着最上好的衣裙,戴着最精巧的首饰,她的脸还是那么圆,那么喜庆,还是那么好看,可却不是她熟悉的那个整天笑嘻嘻的刺猬精了。

这是第一次,白光来见她的时候,没给她带香梨。

第47章　背弃

因为雍唯去松林馆见天官的使者，胡纯才能抱会儿咪咪，想想当妈的都抱不上宝宝，胡纯也是又气又笑。她逗咪咪玩了一会儿，始终有些心不在焉，雍唯不怎么见客，尤其天官来的人，一般都由风引打发走，今天去见了不说，还用了这么长的时间，是不是有什么事？

雍唯隐藏着炬峰的秘密，她觉得提心吊胆，不知道什么时候祸端会爆发，如同那晚的异象，突如其来而后果可怕，不仅雍唯和她又要过上颠沛流离的日子，六界生灵也动荡不安。

雍唯一踏进享月殿，她就抱着咪咪迎上去。"什么事？"她焦急地追问。

雍唯没答话，只是抱过咪咪，摸了摸她的耳朵。

"请我们去看秘密处决琇乔，你想去么？"他把咪咪抛到五六尺高，又稳稳接住，咪咪发出可爱的笑声，听着她的笑声，雍唯也终于有了笑意。

"去！"胡纯果断地说完，又沉默了，明明是快意恩仇，她却高兴不起来。她对琇乔真的很恨，别说诬陷她这一件，仅是阿红的事，她就该和琇乔不共戴天。可是去看处决琇乔，她又怕留下什么阴影。

"那就去。"雍唯又和咪咪玩了把丢高高。

"不能带咪咪！"胡纯不容商量地说。

雍唯不说话，明显不想答应。

"又不是什么好事，万一吓到咪咪怎么办？"胡纯又气又无奈，还得哄着，"别的事都可以带她，这次真不行。"

"那好吧。"雍唯沉闷地答应。

"怎么拖了这么久啊？"雍唯同意了，胡纯才有心思说闲话，距离天帝去见天妃，已近两个月的时间，难道这两个月在对琇乔动刑？屈打成招，让她攀扯整个辰王一派？上回炬峰是这么说的，琇乔只要一认罪，辰王就完蛋了。

"应该在商量条件。"雍唯不甚在意，随口说。

胡纯明白又有很多不解，点了下头又摇头。

"具体什么情况，明天就知道了。"雍唯冷笑了笑。

处决琇乔的时间选在凌晨，天都还没亮透。对她的判决是溺仙井溺毙，雍唯告诉胡纯，这对神仙来说是一种相对有尊严的死法。

溺仙井在天官后山分支出去的小仙山上，单独一座小小的峰头，只有这么一口仙雾缭绕、深不见底的井，井台是打磨平整，但质地仍然粗糙的青石，给人一股悲壮感。

雍唯撑起离尘伞，伞下的他和胡纯便无人可见了，至少大部分神仙都看不见，少数法力高强的可以感觉到他们，但这就够了，只要不是面对面相见，就不至于太过难堪。

来观刑的只有几个人，天帝和两三个执刑仙官，辰王夫妇和玲乔。

胡纯再见玲乔，真有隔世之感，她仍是高傲寡言的仙子，和胡纯初见她时一样，保持着目下无尘的气派风范。这比苦苦哀求留在世棠官的样子更适合她，感觉她从一个放弃一切只为了得到雍唯的疯子，又变成了她自己。即便是妹妹的处决场面，她仍不失礼仪，胡纯看了，竟有些为她高兴。

所有人肃穆地站着，看见天帝也没行礼，没说话，所有人沉默地等待着。

两个天兵架着琇乔踏云而来，落在井边时，辰王夫人哭了出来，没人劝慰她，也没人阻止她。

琇乔很平静，近乎无情的平静，她看见母亲哭了，轻轻一甩肩膀，天兵便松开了她，她向母亲跪下去，一句话也没说地跪拜诀别。

胡纯看得很难受，因为她也沦入过相同的境地，其实琇乔也没有杀天妃，和她一样，都是顶罪，她还能喊冤，琇乔却连喊冤都不能。

很奇怪，明明亲人都在，她却只给母亲叩了个头，然后起身，头也不回，毫无留恋地纵身跳下溺仙井，整个过程，连看都没看辰王和玲乔一眼。

胡纯的心随着她的动作一沉，她想起百寿山群妖大会上的琇乔，那么明艳，那么活泼，虽然跛脚，但出身高贵，容貌俏丽，让所有人都觉得她的蛮横理所当然。

就是这样漂亮的姑娘，因为求而不得，被怨恨和嫉妒裹挟，变得恶毒狠辣，终于被家族抛弃，只剩溺仙井绝命一跳。

"此事已了，你们去吧。"天帝对辰王说，"从此非诏不能外出，孔星谷外三十里的蓼河就是你们活动范围的边界，一旦逾越，立受雷刑。"

辰王僵硬地点点头，辰王夫人也不再哭泣，一家人沉默而倔强，还是保住了最后的尊严。

辰王夫人摘下手腕上戴了多年的镯子，冷淡地对天帝说："这是天妃送我的青霄镯，帮我转交给神主。"辰王夫人顿了顿，还是说道，"帮我和神主说声对不起，我的两个女儿，给他和天妃都添麻烦了。"

天帝让仙官接过镯子，并让他押送辰王一家去孔星谷。

回了世棠宫，胡纯一直没说话，她觉得琇乔那决然一跳没让她解恨，辰王一家的下场也没让她痛快，心里反而沉甸甸的。

"琇乔是不是有些怨恨父亲和姐姐？"她问雍唯。

雍唯冷笑了一声，倒有些同情琇乔，"应该是吧。"他淡然道，天下狠心的家人，不光帝王家才有，"辰王一定是以女儿认罪为代价，保全了其他人的性命。"

拖了两个月，就是为了引起天界足够多的注意，虽然溺仙井边观刑的只有那么几个人，但辰王小女儿杀害天妃，栽赃嫁祸灵纯仙子的事，六界都会知晓。大多数人不会怀疑的，因为动机和理由很充分，琇乔深爱雍唯人尽皆知，雍唯宠爱灵纯仙子也广为流传，那琇乔以这种方式除掉灵纯仙子，虽然手段毒辣，但也算合情合理。

女儿做出这样的事，辰王一家羞愧隐退，自然也是顺理成章了。

天帝要的就是这样的结果，该死的人死了，该交出权力的人交出权力，他不杀他们，显得自己很仁慈。

胡纯心里有点儿酸，以琇乔的个性，一定想把事情的真相说出来的吧，炬峰利用了她，她因为自己的阴暗目的甘愿被炬峰利用。一旦事发，炬峰肯定给了她压力，让她闭嘴认罪，可最伤她的，恐怕是她父亲也要她闭嘴认罪，以保全家人。

琇乔几乎被全世界背弃，所以她死得毫无留恋。

她也曾被全世界背弃，幸好她有雍唯。

她走过去抱住雍唯，雍唯正在逗咪咪，她只能从后面搂住他的腰。

"雍唯……"她柔情万种地喊他，有很多感激的话、温情的话想对他说。

"你松开点，我都没办法丢咪咪玩了。"雍唯挣扎了一下，抱怨说。

胡纯脸一沉，松开手使劲一推，恨不得把他推个狗吃屎。

吃完午饭，雍唯趁咪咪午睡，叫胡纯跟他走。享月殿后殿旁边有两个小配殿，里面就放置了些精致的陈设，胡纯一直没太注意它们。雍唯走到左边的配殿，按了一下放在高几上的貔貅玉雕，地面发出嘎嘎的响声，露出一条通道。

胡纯吓了一跳，下意识抓住了雍唯的手，雍唯握住，但立刻嘲笑了她："我是领你去看我的藏宝地库，你害什么怕？"

"藏宝地库？"胡纯眼睛亮了，踊跃起来，倒催着雍唯快走。

向下的石阶通道两边镶嵌着夜明珠，泛着冷蓝的光——不说是宝库，还真有点儿吓人。通道也不宽，一个人富裕，容不得两个人并行，胡纯跟在雍唯后面，在石阶最后一阶转弯，不由发出一声惊叫。

简直豁然开朗，通道拐出来就是一个巨大的空间，享月殿有多大，这个地库就有多大，没有隔断，里面是一排排的架子和高桌，上面满满摆放着各种各样的奇珍异宝。

有些胡纯认识，那些上门拜访的仙人借用的，还有近期众仙送的礼物，更多的是胡纯见都没见过的。雍唯直接带她走到靠墙的几排，上面悬挂摆放着各种兵器。

"选一个。"雍唯的眼神逐一扫过这些造型各异的刀刃，替胡纯选中了一对紫金轮刀，"这个怎么样？"他从架子上把它们拿下来，原本安静的两个圆环发出叮叮的铮鸣。胡纯不敢马上接，就着雍唯的手看，这两个紫金环并不大，像镯子，雕工也很精细，上面刻着满满的花纹和符号，看不清具体是什么。

雍唯为了向她展示一下轮刀的威力，把仙力聚集在指尖，向圆环一压，紫金环光芒大作，四片小小的刀叶冒了出来，虽然只是刀尖，也寒光闪烁。雍唯的仙力一收，它们又恢复了原状。

"这个好，这个好。"胡纯搓了搓手，非常满意。

雍唯把紫金环给她，还不满意，继续搜寻："轮刀适合远攻，我再帮你挑把近战的。"

胡纯捧着紫金轮刀，有点蒙，喃喃道："我干吗又要远攻又要近战的……"不是有他吗？

雍唯像是听见了胡纯没说出口的话，转回身来看着她，郑重而又担忧："一旦炬峰起事，六界必定大乱，万一我不在你和咪咪身边，你们至少要能自保。"

胡纯脸色一变，扑到雍唯怀里紧紧搂住他，赌气说："没有万一！我们一家不能分开！"

雍唯轻声笑了："知道了。"他摸了摸胡纯的头，"最不想和你们分开的人，是我。我只是要你预防万一，我不在，你要负责保护咪咪，我回来看见咪咪掉半撮毛，我都会怪你的。"

雍唯的语调特别温柔，胡纯却听得脸一沉，把他使劲一推。雍唯没防备，后退了两步，差点撞上藏宝架。

"挑长剑吧。"胡纯冷冷地说，有心选把趁手的兵器先扎他一下。

雍唯觉得她的脾气来得莫名其妙，但是伺候过她怀孕，他早已练就强健身心，没和她动怒，甚至也没追问，兢兢业业帮她挑了把手柄上镶嵌了九颗稀世宝石的九星联珠剑。胡纯拿起剑，向他一笑，雍唯觉得自己出现了错觉，怎么后背直冒凉气呢？

雍唯端正态度，耐心地教胡纯驯服这把宝剑，怎么把它收入灵脉，又怎么召唤它出来。胡纯练习了几遍，随心随意，看着雍唯阴恻恻地一笑，唰地抖出宝剑，雍唯不自觉地一撇嘴，他总觉得胡纯是在威胁他！

他赶紧又在武器里搜寻，很认真，不看她。

雍唯在一个单独的架子上看见了一把毫不起眼的乌金锤，默默注视了一会儿，想起什么，伸手去拿，竟一下子没拿动，他的脸上浮起狠色，再次发力，终于把锤子从架子上拿下来。

"你拿它干吗？"胡纯走过来，不解地问。雍唯是贵气傲骄的俊俏男人，突然手里提了把锤子——在祭殿的时候，她看过雍唯各种劳动场面，对他的工匠造型已经习以为常，但是他现在又恢复成神主，穿起华丽拖尾长袍，再拿着锤子，就挺碍眼的。

雍唯费了些力气，才把锤子收进灵脉，他不想多解释，只淡然说了句："我想可能会用到。"

"这把锤子很有来历吗？"胡纯看见他驯服锤子还费了些力，有些好奇。

"这把锤子……"雍唯想了想，"应该是我娘当初从天霜雪域带出来的，又给了我。据说是雪域开山始祖用过的，雪域群山环抱的湖，就是这把锤子砸出来的。"他顿了一下，"也就是说，砸开梨魄矿床的也是这把盖世锤。"

"这么厉害……"胡纯皱眉，心底有隐隐的不安，"你拿它做什么？"

雍唯一挑眉，环顾了一下周围："我不光拿它，这里稍微好一点儿的宝物，咱们都拿走。"他拿起一个乾坤袋，在架子间拣拣选选，把看得上眼的都往里装。

胡纯默默地跟着他，在他拿走了地库里三分之一的宝物后，她叫了他一声："雍唯，你这样，让我觉得，你已经做了最坏的打算。"

雍唯停下来，回头看她，地库里冷光幽暗，但足以看清彼此。

"是，我是做了最坏打算，在这世上，我最放不下的只有你和咪咪，我想有一个万全的方法，在任何情况下，都能保全你们。"

胡纯心里难过，再次扑进他怀里，"雍唯，你千万别再让我伤心，让我害怕了。"她鼻子一酸，声音也哽咽了，"我不想和你分开……"

雍唯的心跳骤然加快，搂紧怀中的她，自从她怀孕，他一直比较克制，今天不知道怎么了，只是拥抱，却让他意乱情迷。

胡纯也感觉到了，心里冒出了浓浓的甜，轻声说："我们回去。"

雍唯一下扑倒了她："就在这里，我不想让咪咪看见。"

胡纯使劲捶了他胸口一拳，咪咪才多大，他瞎操什么心？她被他压得说话有些喘："你说，在你心里，我排第一，还是咪咪排第一？"

雍唯已经动起来，他很投入，没有说话。

胡纯熬过了一阵激越，在他身心最放松的时候，不依不饶地问："说呀，我第一，还是咪咪第一？"

她是比较有信心的，雍唯这会儿正爽得发晕，她就是他的命，肯定选她。

雍唯轻轻伏在她身上，恢复着呼吸，但是无比响亮地说："咪咪。"

胡纯骤然坐起，当胸就给他一记飞踢，还送上一句她早就想说的话："你给我滚！"

第48章　眼线

转眼已过半年，咪咪比正常的孩子好动，已经到处爬了，头上的毛耳朵时而尖尖地竖着，时而扁扁地横着，雍唯简直一刻也不肯把她放下，咪咪也明显和爹爹更亲些。胡纯都不再问她和咪咪谁第一这种问题了，傻子都能看出咪咪是绝对的第一。

吃饭的时候，雍唯要把咪咪抱在腿上，咪咪总拦截他的筷子，他也不烦，微笑着沾点儿汤汁给咪咪。有时候拿块灵菇给咪咪啃，咪咪没有牙齿，吮着蘑菇也很欢快。

渐渐咪咪胆子大了，开始坐在爹爹腿上够附近的菜，胡纯高声哼，冷冷瞪她。咪咪怕妈妈，妈妈一厉害，她就把耳朵一扁，嘴巴一嘟，一副受了大委屈的样子。

这时候雍唯就会很讨厌，他会冷着脸亲亲咪咪的耳朵，然后把咪咪要的菜整盘拖到咪咪面前。

咪咪虽然是半狐，却和狗一样善于仗人势，明白爹爹是自己这边的，立刻耳朵一竖，小胖手示威一样在菜里拍，溅起的汤汁把她和她爹造价昂贵的衣服弄得全是油点。小的不介意，大的更不介意。胡纯看得快断气了，叉腰指着雍唯："你就惯她吧！惯吧！惯坏了，别又叫我管她！"

当爹的把满手是油的女儿往怀里一抱，好好的衣服胸前一片油渍，但还是很有风仪地站起身，拿着神主大人的腔调说："谁要你管了，咪咪我会管好的，你就管自己得了。"

被排斥的可怜人欲哭无泪，发狠说："我要再生个儿子！我也天天抱着，看见你像没看见！"

雍唯抱着咪咪想了一下，欣然说："也行。"

胡纯被气得跳起来："我走了！我回我狐仙庙了！你就和咪咪过吧！"

雍唯抱着咪咪又想了一下，胡纯已经暗暗把轮刀召唤出来握在手里，如果他敢说也行，她就一轮刀飞死他。

"那不行。"幸好雍唯拒绝了，"我不在的时候，得让你好好照顾咪咪。"

话里的含义让胡纯仍旧想甩出轮刀，可是那句"我不在的时候"却弄得胡纯心里涩涩的苦。不光她在担心着从龙星偏移，雍唯也一直准备着，帮她打包好了乾坤袋，嘱咐了各种各样的事，时刻抱着咪咪。其实胡纯知道，他是太喜欢咪咪了，每一刻相聚的时光他都加倍珍惜。

这些举动的背后，都有一个她很害怕的结局，他可能回不来。他交代的种种，他的不舍……虽然他满口安慰，说那只是万一，可胡纯太了解他了，如果不是情况危急，他不会做离开她和咪咪的准备。

雍唯抱着咪咪到露台上去玩，胡纯听见他轻轻喊了她一声："胡纯，你过来。"

一个太熟悉的人，语调有稍微一点点的变化，也是可以感受得出来的。胡纯变了脸色，快步走到他身边，紧张地压低声音："是吗？"她问，没头没尾，雍唯却毫无压力地听懂了，沉重地点点头。

"你……"胡纯顿了一下，突然泪如泉涌，"不如你偷偷把量天尺修好，先不告诉雪域和天上，我们能躲一时就躲一时吧。"胡纯害怕起来，害怕得全身哆嗦，她紧紧拉住雍唯的袖子。

　　雍唯搂过她："事态已箭在弦上，躲避不能解决问题，就算侥幸躲过这一次，也躲不过下一次，不给他们来个玉石俱焚，野心永远不会被消灭。"

　　胡纯一腔苦楚和担忧，都被雍唯胸前的菜汤味熏没了，她已经没情绪问他刚才说的豪言壮语是什么意思了。只把他推开些距离，也不哭了，冷淡地说："你还是先换件衣服吧。"

　　雍唯僵硬地干咳了一声："这个不重要，你先帮我一个忙。"

　　胡纯的表情波澜不惊，她现在比雍唯更像世棠宫的人："帮你抱会儿咪咪？"她讽刺地说。

　　雍唯看着她，略有歉意："这个就不麻烦你了。"

　　胡纯重重地冷笑一声，无语。

　　"你先帮我把世棠宫的眼线们都试出来。"

　　胡纯一愣，确定他说的是——眼线们。

　　胡纯抱着咪咪，走进内殿，咪咪有些挣扎，她被爹爹抱惯了，突然不见了爹爹，四处寻找，找不到就发脾气地哭了。胡纯耐着性子哄她，她却哭个不停。

　　霜引最先听见哭声，她疑惑地走进来："咪咪怎么哭了？她一直很乖的，怎么哭了这么久？"

　　胡纯有点儿手忙脚乱，拍咪咪的动作也有些重了："我也不知道啊，突然就开始哭了。"

　　霜引伸手，要抱咪咪："我带她出去玩一会儿吧。"

　　胡纯让她接过咪咪，不承想咪咪一被她抱，哭得更凶了。哭声把其他人也都吸引过来，四大仙侍围着咪咪团团转也哄不好她。霜引着急地问了句："神主呢？咪咪是在找他吧。"

胡纯垂下眼，露出欲言又止的样子。

其他三个人也都只顾哄咪咪不说话，让霜引深深觉得自己说错话了。

胡纯见他们都哄不好咪咪，又把咪咪抱回来，吩咐雨引去拿些琼浆来，她亲自喂咪咪喝了，咪咪喝饱了，皱着眉，很不高兴，很将就地在妈妈怀里睡去。

"总算好了。"胡纯松了口气，吩咐四引，"你们也去休息吧，也很晚了。"四引向她行礼退下，风引走在最后，回头看了看胡纯和咪咪，胡纯向他看过去，他飞快地扭头走了，胡纯甚至没能看清他的表情。

会是他吗？胡纯皱眉，心里沉甸甸的，风引在雍唯很小的时候就跟在雍唯身边了，雍唯对他的感情是特殊的，也最信任他，世棠宫的大事小情都由风引总理负责。如果是他，雍唯一定会很寒心。细细想来，风引早年也是天官的仙侍，听命于天帝似乎也顺理成章。

胡纯忍不住叹了口气，她不敢放下咪咪，怕她醒了又哭，抱着她走到露台，外面夜色正深，银河横亘苍穹，胡纯又想到辰王，这条璀璨的星河曾经属于他的管辖范围，可现在，他不得不舍弃一个女儿，才能保住全家人的性命。不知道又是谁，成为星河的新主人。天帝？又或者炬峰？

两个光点在珈冥山上空不远的地方像烟花一样，闪烁了一下就坠落了。胡纯现在知道，当年她逃下山看见的像流星一样的轨迹就是仙轨，法力越高的人仙轨越亮，但他们大多耗费更多的仙力来隐藏仙轨，法力低的仙轨暗，而且他们无法隐藏。这两个坠落的光点应该就是去给炬峰和天帝报信人的仙轨，被雍唯设下的结界挡住，撞跌下来了。

胡纯抱着咪咪赶往仙轨坠落的地方，雍唯已经在那里了。他布下有撞击力的结界，为的就是逮住这两个报信的人。胡纯看见雪引，她受了轻伤，脸色却很难看，跪在地上竟轻微发抖。还有一个……居然是雨引。

胡纯又意外又放心，幸好不是风引，可怎么会是雨引呢？雨引一直那么和善体贴，要不是世棠官的规矩，他一定是那种时刻温柔微笑着，对谁都很好的人。

风引霜引也赶来，看这个情况，不用说也知道怎么回事。风引还是一脸无风无浪，霜引却瞪着雨引无法置信。

雨引知道身份败露倒不慌乱，反而坦然给雍唯叩了个头。

"神主，我一直跟在您身边伺候，您对我既有赏识之恩，又有宽待之德，我本不该出卖您。"雨引叹了口气，"可我的姐姐在天官担任女官，我……"他没说下去，后面的话也不适合说出来。天帝以他姐姐为要挟，要他潜伏在雍唯身边，时刻观察着雍唯的动向。这些对他来说，能脱罪，可对雍唯来说，就残忍了，父亲监视儿子，亲情本已荡然无存，现在更变得面目狰狞。

雨引神色一凛："雨引对不起神主，也对不起世棠官的同僚。"话刚说完，他干净利落地用藏在手中的匕首，割断了自己脖子上的血管。鲜血喷溅出来，胡纯忍不住低呼一声，咪咪明明已经睡了，她还是紧紧盖住了咪咪的眼睛。

雍唯的嘴唇动了动，脸色微微泛了白，看着雨引倒下去的身体，极轻地说了句："你这又是何必。"

胡纯心里难过，她知道，雍唯在雨引不肯说出天帝要挟他的那些话时，已经想饶雨引一命。在这种时候，雨引还能想到顾虑雍唯的感受，的确是个体贴温柔的人。雨引如此干净利落地求死，是怕雍唯宽恕他，他已经被自责折磨得无颜面对大家，更受不起雍唯的宽恕。

雪引抖得已经非常厉害了，雨引的血溅在她一侧的衣服上，让她看上去像个杀人而怯懦的罪犯。

雍唯看她的眼神很冷，他等了一会儿，雪引并没有谢罪自尽的意思，他有些不耐烦，漠然问："你呢？"

雪引一直没勇气求饶，雨引这么干脆地死了，显得她的苟延残喘尤其可耻。可雍唯这么一问，把她仅剩的一点儿廉耻也扫光了，开始向雍唯磕头求饶。

风引霜引原本都侧过头，不愿看雨引自尽的场面，听见雪引哭着求饶，都冷漠鄙夷地转回脸，厌恶地看着她。

"神主饶命，神主饶命……"雪引虽然连连叩头，可话却翻来覆去只有这么一句。她自己也知道，说不出什么能求得原谅的理由。

雍唯沉默了一会儿，觉得死也该让她死得明白："你开始帮我母亲监视我，我忍了，因为我知道母亲没有恶意。可现在你效忠炬峰，却是可耻的背叛。"

风引一抱拳："神主，世棠宫出了这样的叛徒，也是风引的疏漏，就请神主让我清理门户，处置了她吧。"

雍唯点点头。

风引起手出剑，挥剑砍人，一气呵成，看得胡纯一愣，没想到平时稳稳当当的风引杀起人来这般麻利。

雍唯就着胡纯的怀抱，捏了捏咪咪的耳朵，满眼的不舍，但他说话的语调却是果决的。

"你带着风引霜引，按计划，快走。我办完这里的事，自然会去找你们。"

胡纯原本还在抓叛徒的一幕里当个旁观者，突然一下子就轮到自己，她心一乱，眼里泛起泪光。

"雍唯……"她突然有千千万万句嘱咐。

"快走。"雍唯向她微微一笑，笑容里有安慰，有宠爱，有她全都明白的情感，还有最多的不舍。"无论发生什么事，都不要来找我，我一定会去找你们的。"雍唯从咪咪耳朵上收回手，眼睛里有了决绝的冷光。

"风引，全都交给你了，带她们走。"雍唯看着风引。

风引自然明白现在是什么情况，他好像一直是这样的，无须雍唯多言，他就什么都知道。

他喊上霜引进殿拿上事先已准备好的东西，让霜引拉胡纯走。

"神主，只要风引在，一定保护夫人和咪咪的安全。"风引说。

雍唯点点头。

胡纯还回头看雍唯，神仙的离别太快了，没有目送，没有渐行渐远，几乎是眨眼之间，那个放不下的人就不见了。

风引用了法宝，可咒语念了，人却没出去。

雍唯神色一冷，漠然说道："没想到，你还安插了很多眼线。"

炬峰从暗处走出来，还是笑嘻嘻的，让人感觉亲切。

"那当然，雪引一直很浮躁浅薄，根本不是个好棋子。"

胡纯抱紧了咪咪，知道珈冥山被炬峰设置了结界，他们出不去了。今天这一场大戏，还真是螳螂捕蝉黄雀在后，只可惜雍唯和他舅舅相比，心机始终差了一筹。可她就喜欢这样的雍唯，心机太深，心眼太多，像天帝和炬峰这样的，真是让人有些胆寒和厌恶。

"你只是用她分散我的注意。"雍唯冷峭地说，"那真正快速通知你的人又是谁呢？"

炬峰哈哈一笑，抬手指了指世棠官的大门方向，胡纯看过去，并没发现什么异样，她又转回来看炬峰，不知道他卖的是什么关子。

胡纯没猜出答案，雍唯却醒悟过来，不屑地一挑嘴角："原来是他。"

炬峰含笑看着雍唯："舅舅还要教你一招，要善于利用敌人的法宝，他们用惯了，反而会忽略。"

雍唯冷笑了一声："受教了，你这招的确高明，不是你说，我都没发现渺云珠被摘下来了。"

胡纯听了，这才恍然大悟，扭头去确认了一遍，的确那道直冲云霄的细细光线没有了，那炬峰真正的眼线——海合？

"连这样细枝末节的人，你都能用得上，"雍唯瞧着炬峰，眼睛里全是讽刺，"也不错。"

炬峰并不介意雍唯的讽刺，他还是微笑着，很耐心地传授他的经验："这些人不是效命于我，而是效命于自己的野心。即便小小的门童，也想有称王称霸的日子。"

雍唯发出无声的冷笑，对他的话不屑一顾。

"如今你也有求于我，"雍唯淡定负手，"让胡纯他们走，不然一切免谈。"

"神主大人，我们打个商量吧。"炬峰神色不变，"让他们走，我肯定是不答应的，但我绝对保证他们的安全，等咱俩平安归来，你就一家团聚，享受我给你的新封号、新地位，多好。"

"你不答应？"雍唯眼睛一翻，有点儿无赖，"你不答应我就不去，反正我不急。"

炬峰哈哈笑起来，比他更无赖："我更不急了，从龙星一偏，量天尺运行就慢了，不及时去修，天地异变就会发生，比我造成的厉害数倍，我反正不在乎，你也不在乎吧？"炬峰欠打地反问。

雍唯脸色难看起来。

第49章　取舍

炬峰收起结界，不怕死地笑着挑衅说："幸好雪引雨引撞在你布置的结界上，不然就发现我的了，你也知道，布置这种有反击能力的结界多耗费神力。"

雍唯没好气地看他一眼："你就不怕我趁你神力减弱，一剑宰了你？"

炬峰哈哈一笑："不怕，我的筹码多着呢。"他看了雍唯一眼，"我当然舍不得杀姐姐，可我手下的人倒不怎么在乎，我死了，也就不能阻止他们胡来了。"

胡纯抱紧了咪咪，心说：幸好咪咪没这么个舅舅。

雍唯哼了一声："你倒想得周全。"

炬峰故意浮夸地抱抱拳："见笑，见笑。"

雍唯睐了睐眼，打量了炬峰一下，讽刺说："这回你又要用什么办法，让与你有关的命运轨迹亮起来？现在再去找个虾兵蟹将闹出点儿祸事，恐怕也来不及了。"

炬峰得意一笑："自有妙计，走，神主大人，一起去欣赏欣赏吧。"他一回头，看胡纯和咪咪，"小狐狸和小猫咪也一起去。"

"你！"雍唯怒形于色，但又找不到适合骂炬峰的话，只能从牙缝里挤出几个对炬峰来说没什么杀伤力的字，"不要太过分！"

炬峰果然不在意，笑着说："我说了要绝对保证安全，那就是要亲自保护啊，我去哪儿，就得把她们带到哪儿。当然，就不用一起去火眼那儿了，毕竟没那么多大梨魄。"

几人瞬移到火眼的入口，胡纯一看，心里又甜又苦。原来入口就是她第一次亲雍唯的那个狭小的山洞。

炬峰打了个响指，一道光箭像信号一样，从他指间直射高空。

周围起了风，从风旋里，辉牙和娇茸一起出现了，胡纯看了，分外震惊。

雍唯倒不怎么意外，他就知道当初他受伤躲到湖底，辉牙能快速赶来，必定有古怪。没想到那个时候他已经给炬峰当了走狗。

"主人，我们夫妇按您的命令，已把整个嘉岭封锁了，任什么仙魔都别想进出。"辉牙得意地说。

胡纯倒吸了一口气，声音大得所有人都看了她一眼，她震惊的不是辉牙娇茸封锁嘉岭，而是辉牙说"我们夫妇"。

"你怎么和辉牙在一起呢？"胡纯忍不住冲娇茸喊了一句，其实她还挺喜欢娇茸的，觉得她并不坏，甚至有那么点儿帅气。作为狐狸精，娇茸可以算是翘楚，她干吗这么想不开呢！

娇茸没说话，也没有任何表情。

她的沉默让辉牙有些受不住，于是辉牙脖子一梗，拍着胸膛说："和我在一起，当然是因为被我的真心感动！"

胡纯毫不避讳地撇了一下嘴，她不怕被辉牙看到她的不屑，辉牙的真心和他这个人一样不值钱。

"或许我对别人是逢场作戏。"辉牙用眼角看了看胡纯，觉得这是他的反击，别人就是指胡纯等一干人，"但我对茸茸绝对是真心真意！我可以把什么都给茸茸，甚至生命。"

没等胡纯发笑，炬峰先笑了，他拍着手说："那太好了，我今天叫你们来，就是为了让你们自己决定一下，你们谁杀死对方，这样我的命运轨迹会亮起来，毕竟你们俩都是我的爱将，与我息息相关。现在好了，不用为难了，辉牙，那你就把生命给娇茸吧。"

　　辉牙愣住，显得格外地蠢。

　　娇茸看着炬峰："你骗了我，当初你看上我的幻术，向我许诺的奖赏可不是这个。"

　　炬峰仍旧笑着："没办法，谁让你选择和辉牙在一起呢，不然我也不会想到用你们点亮轨迹。按神主大人的说法，这就是你们的命轮确定的结局，不关我的事。"

　　娇茸讽刺地一笑，没再说什么，与炬峰这样又无耻又善辩的人争论，毫无意义。

　　辉牙突然省悟过来，手起刀落，一刀从娇茸后背洞穿。

　　胡纯尖叫一声，扑过去看娇茸，她怀里抱着咪咪，没办法扶起娇茸，只能跌坐在她身边，哽咽又徒劳地问："你怎么样？"

　　娇茸竟然面带凄凉笑意，似乎对这样的结局并不意外。她伸出染了血的手，拍了拍胡纯的手："炬峰……有一句话说对了，"她的呼吸已经有些急促了，说话变得艰难，"自己做错了选择，就要承受错误的结果，这就是……就是量天尺的威力。"她吐了口血，胡纯眼睁睁地看着她的生命流逝，却束手无策，眼泪哗哗地流出来，想起当初见她时，她的风情万种。

　　"当初……我骗了你……说神主的梦里是其他女孩，那只是我在你梦中所见的人，我只是……只是因为……妒忌！我遇见那么多男人他们却全都没有……真心对我。你却……你却……一下子就遇到了。"

胡纯哭出声："娇茸姐姐……"她体会到了娇茸的辛酸。

娇茸半阖的眼睛，完全闭起了，她的生命到了尽头，"我以为……看上去憨厚的辉牙是那个人，"她又笑了，充满了对自己的嘲讽，也许是回光返照吧，她的话说得清晰起来，"他根本不是。我以为他在决定谁活下去时，至少会有一点儿犹豫……"她的话，她的悔恨还有她的伤悲，都随着她的死亡终结了。

辉牙看都没看娇茸一眼，毫无羞耻地向炬峰一跪："主人，还是辉牙留下效命于您吧。"

所有人都鄙夷地看着他，偏他并不羞愧，大声说："我比娇茸更有用，我是嘉岭的妖王。"

一个声音在黑暗中冷冷地说："你不再是了。"

来云走到亮处来，她的穿戴还是那么考究，仪态还是那么高贵，她的眼神冷冽，浑身透出一种杀伐决绝，比她平静和气时倒更动人心魄。夜晚的山风吹动她的裙摆，英姿飞扬。

辉牙看见来云，神情明显一缓，似乎有了倚仗的人，他原本向炬峰跪着，转而偏向来云的方向："老婆，我杀了狐狸精，以后，我再也不上这些女妖的当，一心一意和你过日子。"

来云看着他，突然阴森一笑。

虽然这个笑容让辉牙浑身发冷，但毕竟是个笑容，这么多年了，来云已经原谅了他无数次。辉牙觉得这次和以往的那些没有区别，甚至，他的表现更好一些，毕竟他亲手杀了相好。

胡纯也觉得来云是原谅辉牙的意思。她因为娇茸的死，恨透了辉牙，原本还希望来云拿出雷劈她和青牙的魄力，一道雷霆把辉牙劈成烤全牛，没想到又毫无底线地原谅了他。

胡纯慢慢站起身，有心亲自动手杀辉牙，就是说，要大战辉牙和来云两个。她对自己的法力虽然没什么信心，但她对雍唯帮她选的法宝很有信心。而且现在一双青霄镯都在她手里，听雍唯说过，青霄镯正是来云这类用风雷法术的克星。

她正好试试，但怀中的咪咪实在碍事。再说哪有抱着孩子杀人的，所以她看了眼雍唯，下意识想让他抱一会儿咪咪，但雍唯和炬峰站在一起，说被炬峰胁迫也不过分，自然不能把咪咪给他。她又看了看地，心里琢磨着要不在地上放一会儿？

"你想都别想！"雍唯突然高声喝止，他看穿了胡纯的心思。

胡纯心虚地看了他一眼，争取良好表现地颠了颠咪咪，把她抱得更稳当了。

"你一刻也不能放开咪咪。"他看着胡纯，特别着重地说，胡纯知道这句话弦外有音，但至于他到底指什么，她猜不出来，只能按字面理解，抱紧咪咪。

"你放心。"她向雍唯点了点头。

"辉牙，咱们做夫妻多少年了？"来云走近辉牙。

胡纯正为难，突然听见来云说话，她总觉得来云说这话，好像里面隐约有杀意，所以就抱着咪咪冷眼旁观。

"四百多年。"辉牙说，毕竟做了这么长时间的夫妻，来云语调里的杀意，辉牙也感觉到了，他站起身，戒备地看着来云。

"呵，四百年……"来云自嘲般笑了笑，"已经这么久了？也对，我和你做了多久的夫妻，就后悔了多久，的确已经太多年了。"

辉牙握紧刀柄，也没再继续装深情，他知道，今天在这个情况下来云说这话，等于决裂，他哼了一声，喝问："臭婆娘，你想做什么？"

真实嘴脸露出来，辉牙反倒有那么点儿愚顽的豪迈，他长得不错，再有这么点儿耐不住细品的男子气概，短暂地哄住了不少女人，包括来云和娇茸。

来云从袖子里拿出来云鼓，讽刺道："知道吗，你的那点儿修为，根本不在我眼里。"

炬峰看得津津有味，来云说这句话的时候，他甚至还不合时宜地叫了声好。

炬峰的魅力就在这里，明明他是这群人里最大的反派，可他偏就能带动大家的情绪，胡纯就差点和他一起叫好，听他喊这一句，还很想附和。

来云鼓一响，一道劲雷亮彻周围，把辉牙的刀劈成几段，雷里带着电，辉牙被电得握不住刀柄，惨叫着松了手，连退几步。

"夫妻，咱们就做到今天吧。"来云冷冷地说，招来的雷像五道通天彻地的光柱，噼噼啪啪打在辉牙身上，辉牙连躲的机会都没有。胡纯被晃得睁不开眼，又忙着捂住咪咪的眼睛不让她受伤，等雷电散去，光线弱淡消失，辉牙已是一具焦尸。

来云愣愣地看着，似乎十分不解："这样痛快又容易的事……我竟然忍了四百年？"

胡纯都替她痛快，长出一口闷气的感觉。

来云做事利落，说话也不拖沓，她向雍唯和炬峰优雅一福，傲然道："我见信号，就知道二位今日要有大事。辉牙已死，封住嘉岭就由我继续吧。"

炬峰听了，笑着微微点头，很懂来云的意思，体贴地说了句："我会记得你今天的功劳。"

来云一笑，明白炬峰已经完全理解了她的想法，她点头感谢："我杀辉牙，只是因为他对量天尺之事介入太深，只求二位，将来无论如何，能保全我孩儿赤婴。"

她的话，连胡纯都听明白了，来云还是想两面光，她杀辉牙，是怕炬峰失败，辉牙掺和太多，连累天庭责罚赤婴。辉牙死后，她又愿意帮助炬峰封锁嘉岭，就是在炬峰得势后，为赤婴留下了一线生机。

炬峰说了句："知道了。"来云听了放心，扭头走了。

来云的苦心，还是让人感动的。炬峰有些感慨："来云虽然算不上是个好妻子，但她绝对是个好母亲。"

雍唯点点头，竟然表示同意他的说法。为了赤婴，她忍了辉牙这个混蛋四百年。

"好了，准备工作已经差不多了。"炬峰笑笑，"接替我保护小狐狸母女的人也该到了。"

话音刚落，玖珊和白光就出现在夜色里。

炬峰看见白光，脸色一僵，总是挂在脸上的笑瞬间不见了，甚至有些生气："你怎么来了？"他高声质问白光。

白光的表情很淡漠："你放心，我不是来阻止什么的，我只是想帮胡纯照顾咪咪。"

炬峰虽然没再说她什么，脸色还是很不好看，他盯着玖珊，吩咐说："好好按我说的做，不要被任何人影响。"

这话一出，雍唯和胡纯默默交换了一下眼神。

他们想的都是同一个疑问：炬峰知不知道玖珊要为白光放弃一切，也就是……背弃他？

如果他知道，似乎不会再说这么句话，甚至按他多疑阴沉的个性，根本不会允许这种时候，白光玖珊一同出现在这里。

不论如何，这是一丝机会。

雍唯深深看着胡纯："你要记得我说过的话。"

胡纯心领神会，点点头："知道。"

"好了，那咱们走吧。"炬峰笑着对雍唯说。

"等一等。"胡纯喊住他们，她冷笑着看炬峰，"叔叔。"她叫了炬峰一声，这个久违的称呼，让所有知道这称呼来历的人，心里都一酸，"是你给了我这副除不掉的笑脸，而你的笑脸却比我还假得多！"

炬峰听了，笑容没变："是啊，小狐狸，你总觉得自己是被迫微笑，可你知道吗，我明明可以不笑，却只能挂上一副笑脸，其实比你更为难。"

胡纯抿了抿嘴，她不想反驳他，可刚才他看见白光时消散了笑容，让她竟然看到了他一丝丝的真心。

"走了。"雍唯举步，头也没回地走进山洞。

第50章　违背

　　他们消失后的盏茶时间里，所有人都没有动，没有说话。

　　因为他们都对炬峰的心机和多疑知之颇深，很怕他并没有走，而是躲在暗处先观察一下他们的反应。

　　"看来是真走了。"玖珊说，讽刺地笑了笑。他决定离开，正是讨厌这种小心翼翼，炬峰的多疑和阴沉，注定了他谁也不会相信，即便帮助他成就大事，也不会得到他真正的信任。如同天帝对辰王，玖珊对自己的未来，已心里有数。

　　白光也笑了，笑里却全是苦涩。

　　风引霜引从山石后面走出来，显然也松了口气，他们快步走到胡纯身旁，风引歉疚地说："因为不知道入口在哪儿，在世棠宫用法器找了半天，好不容易找到了，还不敢靠近。只有等神主他们进去了，才敢远远赶来。"

　　胡纯看见他们，心里一暖，连不安都减弱了，她向他们点点头，示意没关系。

　　"老八。"白光也走过来，摸了摸咪咪的脸，因为太可爱了，又忍不住撸了把她的耳朵，"你快带着他们走。"

　　胡纯皱眉看她，其实白光和玖珊一起来，她就有点猜到白光是为了救她而来。"可是……"事到临头，她还是犹豫了，"我走了，回头你怎么交代？"她说着，飞快看了玖珊一眼，其实最难交代的是玖珊，无论如何白光和炬峰已是实际上的夫妻，就冲这一点，炬峰未必真正对白光有什么实质性的伤害，对玖珊可就不会手软了。

白光也看了玖珊一眼，眼中的情绪复杂，有感激也有苦涩："我决定和玖珊远走高飞。"

胡纯听得一愣，久久说不出话。

白光分明不喜欢玖珊，她这样做是不是为了救她和咪咪？"老白，你……"

白光向她使劲地摇摇头，打断了她的话。

"我知道你想说什么。但是，我并不全然是为了救你。"白光苦笑着叹了一口气，"我曾以为，能和他在一起，就够了，无论他在做什么，他心里在想什么，我有了这个人，就满足了。可是，并不是这样的，人的心总是贪的，我得到了他的人，却总觉得还是被他推开到百里之外，他的心里事情太多，人太多，我不知道，我在这么多的人和事当中，到底有多重的分量。"

胡纯想到刚才炬峰看见白光后，消失了笑容的脸，似乎那种烦躁和焦虑，就是他真正的情绪，他能在白光面前表露这些，至少证明白光并没在他的百里之外。可是，这种时候，她怎么能对白光说这些？平心而论，她虽明知白光心里的人不是玖珊，但又深深觉得，白光能和玖珊一走了之也是个不错的选择。

"玖珊……"胡纯又看了玖珊一眼，他始终站在原地没有靠近，"能对你好吗？"

白光听了这话，也看玖珊，玖珊与她相视一笑，白光有了底气："能。"

胡纯看着白光的笑容，心里的一块大石也放下来。

"你们快走吧。"白光亲了亲咪咪，催促道。

"那……你们保重。"胡纯看了看白光，又着重地看了看玖珊，眼神中有托付之意，玖珊也含笑点了点头，很多时候，承诺不用非要说出口，会显得虚假而尴尬。

"保重！"白光说，突然抱住了胡纯，因为咪咪，她抱得不紧，"老八，你是我这辈子最好的朋友。"

胡纯的心咯噔一下，总觉得这话像一把不祥的刀，扎在她的心上，她正想再看白光的神情，已被白光松开，推了一把，"快走。"白光甚至转过脸去。

天相已经开始发生转变，原本清澈的深冥夜色，隐隐透出骇人的红光来，像火，更像血。

"快走。"风引看着天色，着急起来，拉了胡纯一把。

胡纯也知道再也不能耽搁，深深看了白光的背影一眼，瞬间与风引霜引来到了祭殿。

咪咪折腾了一天，累得睡着了，在妈妈的怀里甜美安宁，天地即将异变对她来说，相距遥远。

风引和霜引忙碌起来，他们在乾坤袋里找出布置结界的十二颗灵石，按十二时辰的方位布置在结界周围，这种灵石可借周遭地气，不着痕迹地结成结界，不会为神仙妖魔察觉。这本是世棠宫的压箱底货色，因为雍唯没想到这种借地气的东西能有什么用，他本身释放的结界强这个数倍，等他在祭殿避过难，他才想明白这十二颗石头的妙处，特意翻找出来，让胡纯带上。

有了结界的保护，胡纯才敢抱着咪咪，到祭殿外面观察天相，赤红的光更加骇人了，照在密集的乌云上，像翻腾的血海，看久了会想吐。一种轰鸣声从血海中隐隐约约透出来，不甚分明，却不间断，如同巨大灾难的前奏一般。

"怎么会这样？"胡纯胆战心惊地抱紧咪咪，就连上次炬峰造成的天灾都没现在的景象恐怖。

"应该是改变帝轨的后果。"风引脸色担忧，改变帝轨是六界中最大的逆天改命，到底能引发多大的灾祸，无人可知。

突然，天空一亮，无数条仙轨密密匝匝直奔珈冥山而去。

胡纯知道，这是天帝调集了重兵，去阻止炬峰和雍唯。可是，靠近火眼，在没有足够大的梨魄，或者没有能力抵抗大梨魄寒意的情况下，又有谁能做到？就连天帝都束手无策吧？这时，人多是没有用的。

"夫人，快进祭殿里面去吧。"风引突然说，他看了眼咪咪，神情异样坚决，"天帝一定会加紧寻找你和咪咪。"

"嗯？"胡纯一时没有反应过来，懵懂地看着风引，几乎是一瞬间之后，胡纯就懂了，天帝会像炬峰一样，寻找能要挟雍唯的人，天妃在炬峰的控制之下，一定会隐藏得非常好，那她和咪咪也就更加危险了。在雍唯心里，他或许有怀疑，但他始终不肯说出口，所以他没有在她面前提过天帝会采取什么应对，可以胡纯对天帝的了解，风引的担心，是非常必要的。

胡纯刚抱着咪咪一转身，突然大地剧烈一颤，要不是霜引及时扶住，她和咪咪会摔得很惨。

胡纯骇然扭头，天空真的如同下起火雨，大大小小的陨石带着火尾急速砸落在地面上，地面震颤起来，轰隆隆的声音震耳欲聋，咪咪被吓醒了，哭得厉害，可近在咫尺，哭声也被这些灾难的轰鸣压住了。胡纯紧紧地搂着她，跌坐到地上，祭殿山摇晃得根本站不住。

霜引脸色惊恐地紧紧靠着胡纯坐下，虽然身体透露出保护这对母子的意思，但她已经被吓坏了，紧握着长剑的手不停颤抖，贴近胡纯，仿佛是寻求安抚。

风引相对是最镇定的一个，他飞快地在乾坤袋里翻找，找出一个非常小的瓶子，盘膝念动咒语，瓶子口发出微弱的光，但胡纯和霜引都感觉到震动减弱，轰鸣也像被什么隔绝，弱下去不少。

祭殿在震动中眼看快塌了，因为这个小小的瓶子，也安稳下来，在周围的晃动和毁灭中，有那么些遗世独立的感觉。

"这个宝瓶能用一个类似泡泡的结界把祭殿山保护起来。"风引施法完毕，向胡纯解释道，"但很容易被察觉，现在天地灾变，倒也没什么人会注意到，只要及时收起便好了。"

胡纯点头，心安了一些，就连身边的霜引都好多了，不再发抖。

结界外面的世界继续惨烈地崩坏，地面裂开无数深入地府般的沟壑，河道被阻断的江河肆意奔流，从这些沟壑中倒灌下去，像一道道接通黄泉的瀑布。天空似乎成了一面被打碎的镜子，从裂隙中坠下火和冰雹，流星不再唯美，每一刻都是毁损大地的武器。

天塌地陷。

胡纯的心里只冒出这个词，她遮住咪咪的眼睛，不想让她看见如此狰狞的世相。

风引僵直地站起来，望着某一点，涩滞说："珈冥山……塌落了。"

胡纯呼吸骤然困难，她害怕地顺着风引的眼神看向那个方向，只剩一片残破的火海，什么都看不出来。

"那雍唯出来了吗？"胡纯揪住风引的袖子，大声问他，她的脸发烫，却没变红，只剩毫无血色的白。

"夫人不要着急。"风引平稳的声音让她松了一口气，似乎他说的就是事实，"神主在进入火眼前，一定已经预料到各种变数，珈冥山塌陷也在他的意料之中，他会有办法脱身的。"

　　他不说还好，这么一说，胡纯心如刀绞，她甚至听见自己上下牙轻碰的咯咯声音，刚才天地崩坏的时候，她都没有这么怕。

　　她想起雍唯眼神深深看着她说，我不在你和咪咪身边时……

　　雍唯，他的预料也包括永远也不回来吗？

　　心痛的同时，她已经不自知地向结界外闯，被风引一把拉住。

　　"夫人！"他皱眉，略含责备，这是他从来不曾出现过的神情，"现在外面天灾频频，即便有仙力法宝，也未必能保证安全，绝对不能出去。更何况带着咪咪！"

　　他的话惊醒了胡纯，她低头看着怀里受到惊吓、仍可怜巴巴睁圆眼睛的咪咪，心里的愧疚之情翻滚上来，她怎么这么粗心，差点儿把咪咪也带入了危险之中。她抱紧咪咪，用脸贴了贴咪咪软嫩的小脸，咪咪感受到了母亲的安慰之意，伸出小手摸了摸胡纯的脸。

　　这柔弱温暖的触碰让胡纯泪如雨下，这么小，这么可爱的咪咪，难怪雍唯会那样万般割舍不下。

　　她如此深切地体会到了雍唯的心痛，更不忍他一个人在天地崩坏中孤立无援，灾难有没有伤害他？炬峰有没有伤害他？

　　一个通贯天地的炸雷响彻寰宇，真如把世界摧毁的最后一道剑光刀痕。

　　咪咪又吓得哭起来，胡纯一边担忧地轻晃哄她，一边看着炸雷在地面上轰起的漫天烟雾。

　　"原来改变帝轨……等于毁天灭地。"风引也望着那片烟雾。"难怪……"他眼神森冷，"神主曾说过，命运的轨迹随时改变，改变了起因就等于改变了结局。炬峰想拥有帝轨，但他能统治的世界已经不是原来的世界了。"

胡纯沉默，似乎很久远之前，炬峰也用这样的表情说过类似的话。是关于她的笑脸的，但大致的意思很类似，人妄图改变命运，可即便达成了目标，结局也未必是自己想要的那个。她又看了一眼风引，总觉得他与平时有些不一样。

或者，他不该对命运有这么深的感悟？

"我要带着咪咪去找雍唯。"胡纯说，非常坚决。那道巨雷劈过，好像灾祸在逐渐停止。

"不行！"风引比她更斩钉截铁。

"要不……我们一起去？还能有个照应？"霜引犹犹豫豫地说。

"我们受神主之命，就是保护夫人和咪咪。"风引说得掷地有声，"所以就绝对不能让你们涉险。"

"我一定要去找雍唯！"胡纯很少固执，但这次，她下了决心。

风引沉默了好久，看来也是经过一番挣扎："那就把咪咪留下，由我和霜引保护。小小孩童，就算这份惊吓也受不起。"

这回轮到胡纯翻来覆去无法决断了，雍唯进入火眼前，再三嘱咐她，绝对不要放下咪咪。可是……她皱眉望着结界外的一片残破山河，挂在脸上的笑容在这一刻，仿佛是讽刺。

"你们能发誓，用生命保护咪咪么？"她走投无路般看着风引和霜引。

誓言，是最轻飘的交易，可到了这个时候，是最无奈的选择。

霜引和风引都有些迟疑，霜引很实在地说："豁出性命绝无半分犹疑，只是打包票保护咪咪安全……这个……"

胡纯听了，无奈一笑，原来霜引在担心这个。

"只要守在祭殿山，有灵石和宝瓶，应该没有问题。"风引替胡纯说出口。

　　胡纯点点头，虽然心里满是不安，她还是把咪咪交到了霜引手上。

第51章　选择

　　胡纯赶到珈冥山的时候，几乎认不出来了，只剩一片废墟。珈冥山底就是火眼所在，现在已经塌落成一个巨坑，珈冥山碎成无数巨石，竟然也不能填满这个深通地底的大洞。

　　在凌乱的山石之间，还隐约能见到世棠宫的一些残垣。那么巍峨华丽的宫殿屋宇，只是转瞬之间，已经被掩埋在巨石之下。胡纯默默地看着，被摧毁掩埋的，不仅仅是她和雍唯的住所，更是一段刻骨铭心的过往。

　　她和青牙，爬了三天三夜才来到世棠宫，被高耸入云的世棠宫大门吓得目瞪口呆。

　　她因为无法忍受琇乔出现在世棠宫，毅然决然逃离这里，在山脚下第一次看见夜空里华丽的仙轨，但并不认识那是什么，还以为是流星。

　　胡纯觉得自己一直不太喜欢世棠宫，觉得还不如祭殿有家的感觉，即便成了世棠宫的女主人，也没欣喜若狂，她对世棠宫的占有欲，甚至不如见惯天上风景的玲乔。可真见它毁于一旦，心还是很难受的。

　　周围一个人影也没有，那些汹涌而来的神仙，全都不见踪影，珈冥山废墟寂静得可怕。胡纯反而觉得放心，至少说明雍唯不可能葬身于此，他肯定和炬峰转移去了其他地方，吸引了天帝带着人马也杀奔过去。胡纯仰望天空，灾难已经停止，天空冥黑一片，像暴风过后的大海一般，深邃而平静。大地已残破不堪，天空却仿佛什么都未曾发生。

胡纯闭起眼，回忆起雍唯教她的追查仙轨的方法。

越是法力高深的神仙，越能隐藏自己的仙轨，但是，只要追查的人方法得当，法力足够，越熟悉被追查的人，越容易找到他的下落。胡纯按雍唯说的，把灵力都聚集到太阳穴，不要用眼睛看，要用双眼之间，额头的天眼去看。

胡纯一颤，看见了！雍唯的仙轨！微弱却温和，淡淡的橙黄色。

她大喜，追查到仙轨，就说明他还活着。她第一次看见雍唯的仙轨，那样漂亮，也怪不得世棠宫的人，要以淡橙黄色做霓裳的主色。

胡纯不知道仙轨的落点是什么地方，只能用一枝风遁权，追寻而去。

仙轨的尽头，竟然是天霜雪域。

在那样的大灾劫后，天霜雪域竟然毫发无伤，甚至不远处的那条河都被保护得很好。胡纯赶到这里，一时间有些恍惚，似乎她刚才一路赶来看见的残破景象都是错觉，世界还如同天霜雪域一样，美好如初。

两群人在对峙，已经倒下了很多尸体，胡纯的到来并没引起注意，她在人群之后，躲躲闪闪往中间看。站在矛盾中心的，有天帝、炬峰和雍唯，炬峰用剑架在雍唯脖子上，他和雍唯都受了些伤，衣服也有被烧过的迹象，但大体上说，都不严重。

胡纯细细看了看雍唯的表情，在这两群人中，他算是显得最无所谓的一个了。

这让胡纯松了口气，只要雍唯没事，炬峰和天帝的斗争对她和雍唯来说，根本没什么意义。胡纯几乎是瞬间了解的目前的形势，炬峰虽然一副挟持雍唯的样子，但他一定不会真的动杀机，雍唯对他还有大用场，最不肯让雍唯死的人，恐怕就是他了。天帝虽然内心深处并不太在乎雍唯的死活，可要想修复量天尺，还真缺不得雍唯，所以被炬峰卡住了要害。

　　也难怪雍唯这副置身事外、冷眼戏谑的表情了。对他来说，世间的可笑，不过如此。父亲和舅舅，各自出于自己的目的，用他来制约对方。本是至亲的人，最不曾考虑的便是亲情。

　　确定雍唯安全，胡纯才有了心思观察其他人，还好，她没看见玖珊和白光，甚至连青牙都不在，这让她的心气更顺了。突然，她轻轻地呀了一声，因为她看见了玲乔和辰王。他们站在离炬峰很近的地方，显然是炬峰的一股主力。

　　惊讶过后，胡纯又觉得理所当然，辰王被天帝排挤，不得不舍掉一个女儿自保，虽然炬峰也不怎么样，但已经是他最好的投靠对象了。

　　“炬峰，没想到你还对当年的事，如此耿耿于怀。”天帝端着架子说，声音很浑厚响亮，胡纯在人群最后都听得清清楚楚。

　　“这些没用的话，就不要再说了，我只问你答不答应。”炬峰还微笑着，被施了法术永挂笑容的仿佛是他，只是他的笑容看上去，有些森冷。

　　“雍唯捣毁了量天尺，罪大恶极，你代我把他正法，也未为不可。”天帝明显不愿意答应炬峰的要求，也赌他不会杀雍唯，所以反将一军。

　　“哈。”炬峰干笑了一声，纠正天帝说，“我的好外甥，真不愧自小受我教导，他并没有捣毁量天尺，只是损坏，而且，完全在他能修复的范围内。"

天帝沉默。

"你不答应，我就杀了他。反正如今已经六界大乱，有没有帝轨，老天帮不帮忙，也没什么太大意思。辰王归顺了我，还有这么多仙魔都听我号令，我还何必执着于帝轨呢？"炬峰颇为豪迈地说。

炬峰身后的神魔们齐声高呼："顺天应命，无谓帝轨！"一时气势大涨。

"想让我交出融翘，绝不可能！"天帝愤然拒绝。

胡纯听了，差点吐血，她记得融翘是天狐娘娘的名字，炬峰用雍唯做人质，就为了让天帝交出天狐？幸好白光不在，不然得多伤心。

炬峰做了个手势，喊声低了下去。

"绝不可能？"炬峰笑得很和蔼，手却毫不留情，长剑在雍唯的肩膀上深深一划，血一下子喷出来。

胡纯尖叫一声，也不顾隐蔽，扑过去想从炬峰手里夺回雍唯。炬峰并没阻拦她的靠近，只是长剑又逼回雍唯的脖子，让雍唯挣扎不得。胡纯看着雍唯渐渐殷红的衣衫，泪如雨下，用手去按他的伤口，温热的血液把她的手很快染得深红一片。

仙魔们都起了骚动，圣血对他们的蛊惑还是非常厉害的。就连胡纯都差点忍不住想舔一舔手上的血。

雍唯的伤口止不住流血，胡纯着急起来，难道炬峰用的也是一把天刃？他明知雍唯被天刃所伤就无法自愈，眼下仙魔陷入疯狂，也不是有利的局面吧！

"你快给他止血！"没等胡纯喊出这句话，天帝已经厉声喊出来了，而且露出了焦躁的语气。

"那融翘……"炬峰笑着问。

"这就叫她过来！"天帝已经掩饰不住恨意了。

"快给他止血。"胡纯跪在雍唯身边，看他已经变得毫无血色的脸，哭着哀求炬峰。再这样下去，别说雍唯的血要流干了，这些被圣血迷乱的仙魔们一拥而上，非把雍唯吃得渣都不剩。

"没见融翘，就让他……"炬峰突然停了口，他看着从天霜雪域里走出来的白光，紧紧抿住了嘴唇。

白光面无表情，她走到已经瘫坐在地的雍唯身边，从袖子里拿出一个碧玉瓶子，瓶子里是些透明的胶状药物，倒在雍唯伤口上，血立刻便止住了。炬峰的剑离雍唯的伤口那样近，白光倒药的时候，擦伤了手指，天刃所伤，即便伤口细小，血也不停地流出来。炬峰的剑收了收，距离雍唯的脖子、白光的手，都远了一些。

白光像没看见一般，只对哭泣的胡纯说："别担心，老八，神主不会有事的。"

这句话似乎惹恼了炬峰，他的剑从雍唯的脖子上飞快地抬起，指向白光："回去！我并没原谅你！"

他虽声严色厉，但白光却泰然处之，她把用空的瓶子扔到地上，眉眼不动地说："我并不需要你的原谅。"

胡纯边用袖子擦眼泪，边看了白光一眼，她认识白光这么多年了，也没见白光这么有胆气的样子。

白光突然一笑，像是高兴，又极具讽刺："今天，对我很重要，我要看着，一定。"

说着，她回身走了几步，坐在大门旁边点缀用的石头中的一块上，既不发火，也不妥协。

炬峰显然有些拿她没办法，重要的是当着天帝和辰王等敌我双方一众人，和白光争执不休，哪还有威严和气魄可言？所以炬峰只能把剑一沉，又架回雍唯的肩膀上。

其实刚才他把剑拿开的时候，胡纯就使劲掐了雍唯一把，机不可失！结果雍唯非但没有感谢她的提醒，反而用眼角瞟了她一眼，屁股很沉地坐在那儿没有挪窝的意思。胡纯被他看得一肚子火，她又怎么着他了？他倒一副生气责怪的样子！

不过这也让胡纯彻底把心放回肚子，雍唯不是真的无法逃脱，是他自己并不想跑。

胡纯脑子转了转，分析了一下眼前的状况，炬峰要挟天帝交出融翘，天帝因为急需雍唯的帮助，竟然答应了。这点上，的确是合了雍唯的某些报复心理，毕竟天帝抛弃天妃，最直接的原因是天狐融翘。所以，在这个节骨眼上，让雍唯跑他都不会跑，他就是要看看天帝和天狐这出好戏。

这么一觉悟，胡纯也有了看戏的心情。

可是……想到炬峰要讨回天狐，她就乐不起来了，她回头看了看白光。

白光微笑着看大家，其实根本没有把任何一个人放在眼里，包括炬峰。

胡纯皱眉，被施咒微笑的人似乎越来越多了，白光这皮笑肉不笑的样子，让人看了心里发苦。一会儿炬峰和天狐如果表演起余情未了，白光要怎么办？

白光不是决定和玖珊走了吗？怎么又会在天霜雪域出现？亲眼看见炬峰讨还天狐，就算将来一走了之，也是心头永远无法拔出的刺了吧？

胡纯一晃神，又觉得白光看到这一幕，彻底对炬峰死心，也不能算坏事吧？说不定更能和玖珊一心一意好好过日子。

"今日我舍弃天狐而保全雍唯，为的就是六界苍生！"天帝沉声对炬峰这边的仙魔说，"只要你们明辨是非，我一概既往不咎——"

辰王响亮地冷笑一声，打断了天帝蛊惑人心："你若有既往不咎的心胸，我又怎么会在这里呢？事到如今，谁还会上你的当，听你的谎话？"

辰王转而面向身边众仙魔，大声说："不如我们跟随炬峰，仙魔平等，各存永生！"

追随炬峰的人，本就没有回头路好走，被辰王一鼓动，更加热切鼓噪，在气势上完全压住了天帝这边。

天狐娘娘的车架缓缓降落在天帝一方人的后侧不远处，排场一如往日。

所有人安静下来，直直看着这位名震六界的美人。

胡纯看得比谁都仔细，如果她没有见过外面的灾难，也不会觉得这番华丽的出现有多么不妥，因为天霜雪域也如此完好，两厢映衬，恰到好处。可偏偏所有人都见识过六界的苦难，天狐的光彩熠熠就显得毫无悲悯之心，冷酷傲慢。不仅胡纯对她怒目而视，天帝一方的很多人，都露出不满的神情。

天帝非常敏锐地感觉到了，于是就在侍女放好了垫脚凳子、搀扶天狐娘娘下车的时候，他漠然对炬峰说："你要的人已经来了，后事如何，悉听尊便。"

胡纯对天帝的处事方式更加了解了一些，在他心里只有两种人，能舍弃的和暂时还不能舍弃的。他舍弃天妃时，把自己标榜成一个情圣，一旦天狐触犯了他某种重要利益，抛弃起来，并不比天妃困难。

天狐融翘已经下了车，缓缓走到人群前面来。

胡纯是第一次见她，作为多次和她这只土狐狸做对比的高贵天狐，胡纯下了死眼盯着瞧。

不同于娇茸的美艳风情，融翘很清冷，嘴角稍微弯起，似笑非笑。她的眉眼生得太过精致，在一派素淡的装扮下，竟显出一股自内而外的浓艳，很难形容她的美丽，属于她的美丽已经化骨销皮。

胡纯的嘴角抽了抽，她去不掉的微笑和天狐相似，可天狐的微笑却淡而艳极，风情四散，胡纯只能算皮笑肉不笑。

融翘听了天帝的话，只是站在那里，看了天帝一眼。

可这一眼，却让在场的所有人，替她哀恸了一下。

第52章 代价

天狐看天帝的眼神，似乎让炬峰很开心，他甚至忍不住用剑在雍唯肩膀上轻轻敲了一下。

这个动作非常轻微，天狐却突然看过来，淡笑着问炬峰："你是不是很解气？"

胡纯偷偷心惊了一下，不知道这位天狐娘娘是太了解炬峰，还是很能洞悉人心？她是看到了炬峰的小动作，还是猜到的？

"是。"炬峰笑着点点头，仿佛他的答案并不残酷。他动了动嘴唇，想说什么，但是停住了，他迅速回身，点了个五神诀给白光。五神诀能封闭人的五感，胡纯发觉了以后刚想阻止，被雍唯捏了把手腕，还被他瞪了一眼。胡纯也回瞪了雍唯一眼，他懂什么呀？

但胡纯确实纠结了，这个旧情人相会的场面，白光看不见比较好吧？

炬峰的这个举动被融翘看在眼里，她的笑容里多了很多复杂的情感，她似嘲讽又似叹息地说："看来你真的很在乎她。我在天上听说你爱上了一个山里的刺猬精，并没相信。"

天狐的语气让胡纯很不舒服，那种睥睨万物的傲慢她领受过，似乎能忍，可有人这么说白光，她就忍不了。她刚想给天狐几句，当着这么多人，又心虚了，炬峰却没客气。

"我也没想到。"炬峰特别诚恳地说。

胡纯眉头一皱，回头瞪了炬峰一眼，这算是承认爱上了白光吧，可怎么听都不算恭维。这一扭头，又被雍唯推了一把，又在嫌她多管闲事了。

"这就很矛盾了。"天狐眉头轻蹙，露出一个不理解的微笑，眼睛看着炬峰的时候，眼神把她没说的话，明明白白地表达了。这种眼神让天帝有点难受，算得上含情脉脉了，天帝忍不住干咳了一声，但天狐完全没理会他。

"并不矛盾。"炬峰又用剑拍了下雍唯的肩膀。

雍唯不高兴了，大声地啧了啧，把他当惊堂木用是怎么着？还拍起没完了。

"你与我，少年相识，两情相悦，我曾以为所谓神仙眷侣，就是指你我。"炬峰说。

所有人都鸦雀无声，其实大家都有点儿搞不懂，在这么重要的时刻，炬峰叫天帝献出天狐有什么意义，更不理解炬峰说这些话有什么意义？

"哦。"天狐不以为意地掩口一笑，把炬峰这番沉重的嘲讽显得非常无聊和无关紧要。

胡纯摸着下巴，点头无声地做了个"唔"的赞同神情，原来长得漂亮就可以这么气人。她斜眼看了看雍唯，表示她又学了一手。雍唯也在看天狐，没空接收她的眼神讯息，这让胡纯非常不爽。

"那时候你是意气风发的雪域仙主，"天狐含笑说，她发现了雍唯的注视，轻轻向雍唯点了点头，眼睛还慢慢眨了一下，似乎在和雍唯问好，"就连神主都还是个小孩子，除了天帝，谁还能与你相比？"

她这么坦然说出来，炬峰都一噎，下面谴责她贪慕虚荣的话，再说就显得很没分量。

　　"你走近些吧，让我好好看看你。"炬峰眼睛一转，话风也转了。

　　天狐款款走上前，所有人都在看她，她却一点儿也不觉得窘迫，含笑看着炬峰，每根头发都带着风情。

　　胡纯转着手指使劲掐雍唯，雍唯疼得抖开她的手，胡纯想瞪他，又顾着看天狐，想想也不能怪雍唯看得两眼发直，她一个女人，也同样是狐狸精，真没这种功力。就连娇茸和天狐相比，都略嫌俗艳。

　　"当初你抛弃了我，现在又被天帝抛弃，滋味怎么样？"炬峰问，谈心一般。

　　"还好。"天狐融翘眉梢一挑，她已经走到炬峰面前，"还有一个男人毁天灭地，是为了我。"

　　炬峰一笑，盯着她看，痴痴地说："你长得真美，我再没见过一个女人比你更美。"

　　天狐真心地笑了，笑容发自内心就特别的漂亮。"包括她吧？"她用下巴点了点远处坐在石头上的白光。

　　嫉妒心每个女人都有，无论多么美貌，多么自信的女人。

　　"嗯，比她美。"炬峰一点儿都没犹豫，非常认可。

　　胡纯皱眉闭了下眼，不知道出于抗拒还是厌烦，她现在庆幸白光中了五神诀。

　　"所以……"炬峰出其不意地一抬剑。

　　天狐被当胸刺入，背后穿出，捅了个对穿。

　　"你只能死了。"炬峰平静地说。

　　不少人发出惊叫，天帝动了动，却只皱眉，沉默地看着，他竟有些解恨。

天狐低头，看着当胸穿过的长剑，血已经从伤口涌出，在华丽的霓裳上晕开。

"我不懂你。"天狐长长吐了口气，轻轻摇头，"我不懂你。"她重复了一遍。

炬峰也看着她的血迹在衣服上越来越多："你从来就不懂我。"

天狐跌坐在地，不狼狈，却娇美得让人心怜。

"我姐姐嫁给天帝，只是一个骗局，天帝逼迫我交出天霜雪域大部分珍藏的法宝作为陪嫁，随姐姐去往天宫，以削弱天霜雪域的力量。我视为珍宝的姐姐，成为天帝胁迫我的一个人质。那个时候，他就已经像猜忌辰王一样，猜忌我。"

炬峰说到这里，辰王又发出一声冷笑，不响，却让所有人都听见了。

天帝双拳握紧，但他却无法为自己辩驳。

"在我最艰难、最愤恨、最无助的时候，你却嫁给了施予我一切痛苦的那个人。你说，我恨不恨你？"

天狐气息微弱，她却笑了。

"我走到今天，当然也因为你，我对你恨过，也爱过，所以，你必须死，我不能再为另外的女人分一点点的心。"

炬峰淡然说，仿佛这句话里没包含他今生所有的爱恨。

天狐咬牙，猛然拔出长剑，她没了笑容，伤感地看着炬峰："终于，我也成为你嘴里'另外的女人'。炬峰，我的确不懂你，若我知道，你对心爱的人这么真诚……我该……选你。"

她握紧长剑的把手，如同抓住人世最后的慰藉，她错了，她以为炬峰也和天帝一样薄情，那还不如选择权势更大的天帝。她错了，她失去了一个真正爱过他的人，她死的时候，只有握紧他的剑，才能压住自己绝望的遗憾。她不想哭，错了就是错了，她不想哭……

所有人都看着天狐咽气，没人说话，也不知道为什么，大家都不自觉地屏住呼吸看炬峰。

这时的炬峰，没了笑容，沉着脸，弯腰捡起自己的剑，突然向天一指，朗声说："现在天宫给予我的耻辱，都洗清了。我可以毫无遗憾地——"他看向天帝，嘴角微勾，一字一顿地说，"取而代之。"

他的语气并不狂傲，更不阴森，可却比辰王刚才的话更能蛊惑人心。天帝一方的人听了，不少互相对视一眼，都有那么些戚戚然的意味。前有辰王，后有炬峰，他们的反叛似乎也是被一步一步逼上绝路。

炬峰一方的人听了，非常鼓舞，辰王也把兵器朝天一举，应和道："取而代之。"其他人立刻效仿，一时间这个口号响彻天际。

炬峰就在这样的助威声中，淡淡笑着看天帝，嘲讽说："我觉得你不止一次设想过这样的情景，因为太恐惧，所以才做下那么多蠢事。我就是让你知道，天命可改，作孽需偿。"

天帝露出了满脸愤恨之色，谴责说："就为了你这点复仇执念，你已把六界拖入万劫不复的境地！"

炬峰哈哈笑起来，像听了什么笑话，他直直盯着天帝的眼睛："在你的统治下，有能力的人不能出头，相爱的人不能相守，妖永世为妖，仙再庸弱，还是可永享仙籍，六界早就万劫不复了。"

胡纯挠了挠脑袋，炬峰真的很善于说服人，连她听了这番话都想支持他！如果她不是走了狗屎运搭上雍唯，这一辈子，只能是那些天界人嘴里不屑说起的土狐狸，未来没什么希望。

原本该被封住五感的白光，这会儿慢慢地站起来，她满腹心事，连胡纯都没看一眼，垂着眼，行尸走肉般走进天霜雪域里去。没多少人注意到她的举动，炬峰和胡纯却看得真切，他们都有一个疑问，难道五神诀竟然没用吗？

天帝已经恼羞成怒了，这个节骨眼，炬峰实在无暇他顾，于是他向胡纯丢了个眼色。

胡纯立刻会意，她也想去追白光，可是……

坐在地上懒散又不满的雍唯嘁了一声，甩了一下被火烧掉一半的衣摆，揶揄说："去吧，我还没沦落到要你照管。"

胡纯翻了他一白眼，真是不识好歹的家伙，但他这么一说，她就一点儿也不担心他了，翻完白眼就跑，直追白光而去。

"老白，老白！"她很快就追上了白光，也已到了雪域里面，所有的纷争残酷都被隔绝在外，这里梨花皑皑，安宁又静谧，白光被她一拉，就停了步，整个人却愣愣的，失魂落魄的样子。

"你怎么打算？"胡纯又晃了她一下，要她回神。

白光突然低下头，"我竟然不知道了。"她闷闷地说。

胡纯也只能看着她，保持沉默，其实炬峰今天这手……她想象不出，如果她是白光，会有什么样的感受。残酷，的确残酷，昔日恋人就这么一剑毙命，深情……似乎也够深情。如果雍唯为了她一剑杀了玲乔或者琇乔，难保她心里不会暗暗美滋滋。

"我原本决定和玖珊走，可得知他要用神主胁迫天帝交出天狐，我……就想看看。看见他们和好，我就能真正死心了。现在……我不知道该怎么办。"白光说，茫然到了极致，似乎就变成了平静。

"你怎么没被五神诀定住？"胡纯好奇地问。

"玖珊拿了块海菱镜给我，这样就能避开五神诀之类的咒术了。"

胡纯点点头，原来如此，玖珊也够心细的了，想到炬峰会使出

394

五神诀，也对，他要是没这点心思也成不了炬峰的心腹。也不知道他怎么突然就深爱上白光了，可谓用心良苦，而且……大家心里其实都明白，白光喜欢的人是谁。

玖珊这又何必呢，他自己走了，炬峰未必对他不依不饶，可他若是带走了白光，从某种角度上说，简直和自寻死路差别不大，天天对着一个强颜欢笑的女人，他对自己也很残忍。

"如果你心里的人是炬峰，你……"胡纯没有说下去，跟玖珊离开，当然算不得解脱，可跟着炬峰，以后八成都是血雨腥风的日子，而且以炬峰的城府，今天这一出杀天狐的戏码，应该也不是单纯地为了摆脱自己的心魔。劝老友跟着这样的人，她也真没把握是对的。

"老八，别管我了，你去照顾神主吧，让我自己一个人再想想。"白光转身，慢慢地走，嘴里喃喃重复，"再想想……"

胡纯没有追她，这个时候谁也帮不了她，只能按她说的，让她一个人安静地仔细斟酌。

第53章　决绝

天空突然下起了雪，胡纯原本还以为是梨花花瓣，可打在脸上冰冷潮湿，她才知道是雪。

她慢慢地往大门外走，心里非常厌倦，是天帝打败了炬峰，还是炬峰打败了天帝，都那么令人感到乏味。她只想带着雍唯安全地返回祭殿，六界如何，仙魔如何，自有人会收拾残局。

越靠近大门，风雪越大，胡纯已有仙力护体，本不应再感觉到寒冷，可这样的风雪让她本能地打了个寒战，心里也感觉更加压抑颓丧。

大门外的情况并没有多大的改变，两伙人继续对峙，雪太大，已经在地上积了一层，人们的身上头上也变得白白的，比刚才悲壮了很多。

她看见雍唯挂着长剑，做着蓄势待发的姿势，她习惯他的一切，仅从他的背影，她就知道他发怒了。风雪从她脸上刮过，她一恍，难道这场风雪来自雍唯的滔天怒意？

胡纯赶紧跑到他身边，还没等问，她就听见了熟悉的声音——咪咪的声音。

她愣愣往对面看，风引抱着咪咪，站在天帝身边。

风引在风雪中看不清神情，可是平常冷静平和的他此刻显得非常高大，因为咪咪太弱小了，风引抱着她的手只要微微一紧，咪咪就可能骨断筋折，一命呜呼。

胡纯发出了一声尖叫，她自己都没想到会那么大声，把心脏都震裂了一般。

"咪咪——"她向前走了半步，脚竟然软了，趔趄了一下，幸而身后的雍唯拉了她一把，她才不至于摔下去。她的眼睛里除了风引和咪咪谁都看不见，风引的手臂是她见过的，最具威胁的东西。

她根本无心去思考风引的背叛，天帝的用心，她直直地看着咪咪，伸出了手。

"把咪咪还给我……"她很不争气地就这么哭了，一下子泪如泉涌，她也不知道该看天帝，还是该看风引，她就只能看着咪咪。

风引始终一动不动。

天帝的阵营里，不少人露出不忍的神色。

天帝察觉了，知道这种怜悯的情绪对自己很不利，他已经不得不展现太多无情的面目，胡纯和咪咪的母子天性不能成为一根刺，埋在跟随他的神仙心中。

"雍唯，你不要再让为父为难了。"天帝开口说，"只要你答应去修复量天尺，我就会让你们父女团圆。"

此话一出，辰王率先发出响亮的冷笑，他身后的众人也都露出鄙夷厌弃的神情。

"我这会儿倒不怎么怪他这么对我了。"辰王生怕天帝不够难堪，大声说，"他对自己的儿子孙女都这么残忍无情。"

炬峰只是默默地看着，没有笑容，没有任何表情。其实雍唯此刻心里的愤怒，他也曾经历过。正因为他懂，所以他才不急，产生了这样强烈的怨恨，无论是父子还是君臣，任何关系，都已经彻底决裂了。

正如他和天帝。

雍唯也没有说话，只有风雪更加肆虐。

胡纯的睫毛都沾了浓密的雪花，眼泪冻成了冰，她的话断断续续，不知道是因为天寒，还是心寒："风引，你把咪咪还给我。"

就在刚才，在摇摇欲坠的祭殿，她真的把风引当成家人，她毫不怀疑他，甚至把咪咪留给了他照顾。

"我错了！雍唯，我错了！"她双手捂住自己的脸，崩溃般哭泣，"你让我在任何情况下都不要放下咪咪，我错了，我错了！"

雍唯从背后拥抱了她，他手上还拿着剑，他抱着她的时候，剑柄硌在她肋骨边缘，有些疼，却让她格外软弱，雍唯为她圈起小小的天地，他支撑在她身后。

"没事的。"他淡淡地说，仿佛他的愤怒并没引起狂风暴雪，"没事的……我知道你会来找我，我早知道的。"

因为有了依靠，胡纯一下子瘫软下来，跪坐在地上，雍唯也单膝跪下，让她靠在自己胸膛。胡纯哭得浑身发抖，头靠在雍唯肩头，她不断责备自己："我真该听你的话，我太笨了……"

风引微微向前走了一步，胡纯像看见了希望，一挺身坐起来，泪眼汪汪看着他。

风引突然双膝跪地，他这一跪把咪咪吓得哭起来，胡纯听了像被摘了心肝。

"风引辜负神主和夫人的信任，也决意不苟活于世。神主，请您速速答应天帝要求，在此期间，风引用项上人头保证，咪咪绝对毫发无伤。"

雍唯缓缓站了起来："风引，我怀疑了身边所有的人，但是，我不愿意怀疑你。"

不是没怀疑，是不愿意怀疑。

风引的头低下去，他轻轻地拍了拍咪咪，咪咪和他很熟悉，很快被他安抚，含着手指看着他笑。

天帝明白，再这样耗下去，风引的承受能力就要到达极限。他也顾不上最后一丝亲情遮掩，抬手一挥，一道凌厉的掌风直逼咪咪而去。

胡纯发出一声惨叫，人向前扑倒在积雪上，仿佛被击中的人是她。

雍唯已经准备瞬移过去，却在最后一刹那停住。

咪咪还在微笑，这笑容落在风引眼中，极端可爱，他的血落在咪咪的衣服上，他歉疚地去擦了擦。天帝的掌风被风引用血肉之躯挡住，实实在在劈在他的肩头，血溅了一地。

天帝没有责怪风引，或许这一挡，正是他所盼望的，不然伤了咪咪，也等于丧了天伦和良知。

"好，我答应了。"雍唯站直了身体，长剑也被收回到灵脉中。苍茫风雪中，他，他的这句话，都显得无奈刻骨。

"嗯。"天帝满意地点点头，似乎也松了一口气。

胡纯趴在地上，脸无力地埋进雪中，她的愚蠢，她的大意，让雍唯输得一败涂地。

炬峰怜悯地看着她，缓缓说："你终于不笑了，因为你终于看清了世间的恶，懂得了真正的哀愁。"

这轻飘飘的一句话，像楔子一样，狠狠锤进胡纯的心里。

是的，她已经见识了很多的恶，这些恶伤害了她，更伤害了雍唯，现在又伤害了咪咪。哀愁，是因为她没有办法去解决，甚至很多时候，没有办法去对抗。正如眼下，她感觉到的痛苦，雍唯是她的数倍，她帮不了他，她只能责怪自己。

胡纯慢慢地站了起来，眼神飘忽，神情迷茫："我付出的代价，全是因为……信任。"

她的眼神恍惚地飘到炬峰身上，又看向天帝，再看向风引。

"胡纯！"雍唯低低叫了一声，声音里竟有惊讶和恐惧。

胡纯莫名其妙地回头看他，却发现自己的身体在慢慢升高，没有驾云，也没有御风。她的心情似乎很平静，却有一股隔绝在她五感之外的愤怒在她的血脉里奔涌，她能感知到，却没办法体会，那股愤怒像有了独立的意识，要充斥她，控制她，把她的神智压缩得越来越小。

"胡纯！"雍唯仰头看她，震惊甚至无措。

胡纯发现自己的头发被这股愤怒的力量冲得披散下来，如在狂风中飞舞，可周围并没有如此狂猎的风。

"魔变！"天帝骇然。

胡纯觉得头很热，像发烧了，整个人变得昏昏沉沉，周围的雪不知道被什么挡开，在她周身形成一个球状的空间，无风无雪，可她的头发和衣服却像处于风暴之中。有几缕头发飞到胡纯眼前，胡纯发现，发色已经变为银白。

她咦了一声，惊讶地想抓一把头发来看，这才发现已经无法控制身体了，她像一具木偶，被莫名的力量牵引着，改变着，自己却毫无知觉。

"她到底怎么了？"

她听见雍唯向天帝嘶声喝问。

"她得到仙力的方式本身就有违天道，若积累到一定程度，大有可能沦为魔物。"天帝沉声道。

胡纯明明听懂了,却又好像更糊涂了,天帝和雍唯的声音似乎离她很远,远得都有回声,可咪咪的声音却离她很近,近到好像就在她怀里,看着她笑时发出可爱的奶声奶气。

心念明明已不随她的意志走了,可她想到了咪咪,人突然急速地飞掠向风引,快得像一道光。

她太快了,快到风引来不及躲,也来不及退后,他下意识地蜷起身子,把咪咪彻底护在怀里。

就连胡纯自己都没看清过程,她是怎么抢回咪咪的,好像做梦,一下子就已经到风引身边,一下子就把咪咪抱回怀里,她没有听到任何声音,只见地面上如同血泼出来的一幅画,刺目殷红,骨肉离析。

所有人都惊恐地向后退了两步,两方之间的距离被拉得更大了。

咪咪重回娘亲的怀抱,却突然大哭起来。

胡纯害怕了,怕得浑身血液都冰冷起来,只是眨眼之间,她就杀了风引,把他化为雪地里残忍恐怖的一幅血肉图画,那咪咪呢?她无法控制自己,会不会仅仅是一个闪念,咪咪也便死得支离破碎?

胡纯艰难地扭头,身体不受控制,脖子也只是微微侧了侧,眼睛只够看见站在两方中间,没有动的雍唯。他似乎无法面对这个情况,麻木僵硬地站在雪地里,面无表情。

胡纯想示意他过来抱走咪咪,她习惯性地想抬起手臂,把咪咪向他的方向送,可是手臂毫无反应,胡纯流下眼泪,她真的怕这双似乎已经不属于她的手臂伤害咪咪。

雍唯一直在看她,立刻看懂了她的眼神,他向她走了一步,就听天帝断喝:"别过去!"

所有人都被这一喊吓得微微一抖,包括炬峰和辰王。

胡纯的诡异变化，杀死风引的血腥手段，让这些见惯屠戮残忍的神仙也不寒而栗。

雍唯也顿住脚步，他并不怕胡纯，就算变成魔物，那也是胡纯。可他真的怕，怕她在无意识间伤害了咪咪，这是他和胡纯都无法面对的后果。

雍唯看胡纯，他看见了眼泪，他看见他熟悉的人，眼神还是胡纯的眼神——他慢慢走向她。

周围很静，静得似乎风都没了声音，除了地面上覆盖的厚厚积雪，风雪的确是停了。

雍唯已经走到胡纯面前。

胡纯很怕，她怕自己伤害雍唯，她用尽全部力量，终于稍微伸了伸臂，做了个近乎看不见的送出动作。

雍唯看到了，他轻柔地接过了咪咪。

胡纯长长地在心里松了口气，做不出这个动作，但是肩膀却松了劲，不再那么僵硬。

辰王突然大喊："杀了这个妖孽！不能留她在世上！"

胡纯的眼睛里透出绝望，因为她感觉到了那种支配着她的力量沸腾了起来，头发都立刻狂摆了起来，仿佛一条条剧毒的蛇。她几乎哀求地看着雍唯，满眼只说着两个字：快走！

第54章 成魔

雍唯逃开得几乎算得上狼狈，他感觉到一股强烈的杀意从他头顶掠过，他不得不缩了下脖子，才勉强躲了过去，发髻被杀意的余尾撞散，顿时披头散发。

这股杀意来自胡纯，或者说，她已变成了一股杀意。

她的速度极快，快得无法看清，无法躲避，她所过之处，血肉横飞，肝脑涂地。

场面太残忍了，尤其地面积落着厚厚的雪，把令人作呕的血腥衬托得更加清晰。犹如地狱，圣洁的天霜雪域比外面被摧毁的世界更加令人恐惧。

胡纯是没有目标的，她像一把胡乱挥舞的屠刀，漫无目的地杀戮着。

胆怯的神魔想逃离，却被她用强大到超乎想象的杀意扣在结界里，只能绝望地等死，大多数人都没有机会施展法术，一些稍微稳住心神的神魔们，都孤注一掷般用最强的仙力攻击胡纯，可对胡纯来说毫无威胁，反而把她吸引到攻击她的人那里去。

惨叫声撕心裂肺，似乎让天地都变了色。

辰王紧握着兵刃，看着已经变为魔物的胡纯，皱着眉，似乎在盘算着什么。

"父亲，快躲躲吧。"玲乔拿着长剑，害怕地看着胡纯大开杀戒，声音都颤抖起来。

辰王把剑往地上重重一顿，冷声说："机会可能只有这一次，失不再来！"

玲乔一脸惊惧茫然："父亲？"

炬峰被天帝的攻势拖住了，天帝的每一招都想要他的命。

炬峰再一次明白了自己和天帝的不同，这种时候，正确的选择当然是趁乱杀死对方首领，可他第一个冒出来的念头，是阻止胡纯。

"雍唯！"炬峰搪开天帝的一道凌厉仙锋，大喊，"雍唯，阻止她！"

雍唯听到了，他也是这么想的，可他却左右为难，这种情况下，绝对不能抱着咪咪靠近胡纯，毕竟太危险了，也不可能把咪咪放下。经过风引一事，再想找出一个能托付咪咪的人，恐怕都过不了自己这一关。

天帝当然也明白这是错失不得的机会，雍唯是不可能再帮助他这个父亲了，那么只要雍唯不能来帮助炬峰，就是他除掉炬峰的好时机。天帝瞬间又把攻势加强了一些，甚至把保护灵识的仙力都拿出来用。

辰王趁乱飞快靠近了雍唯，一剑刺过去，雍唯听到剑锋划空的声音，险险躲开，可剑锋上带的仙力划破了咪咪的衣袖。

"你！"雍唯冷冷地看着辰王，原本到嘴边的"你想干什么"变为短截的一个字。他已经知道辰王想干什么了，眼睛可以出卖任何城府深沉的人，在雍唯回头看向辰王的那一瞬间，辰王的眼睛里满是贪婪。

辰王想抓住雍唯，却不是雍唯的对手，偷袭那下不成功，已经损失了大半机会。辰王残忍地开始招招直取咪咪，雍唯为了保护咪咪，自然只能采取守势，与他暂时势均力敌。

"快来帮忙！"辰王向玲乔怒喝一声。

玲乔迟疑地飞掠过来，帮助辰王攻击雍唯，但她显然不够卖力，眼睛也不敢直视雍唯。

雍唯当然明白她的矛盾，就因为她还有这缕顾虑，让雍唯也无法对她狠心攻击，雍唯躲开辰王的一招平扫，极快地在手心凝聚了一团仙气，直直打向玲乔面门，想把她逼退。

玲乔本就心事重重，没防备雍唯突然攻击，没想到躲闪，而是用剑挡了一下。仙力凝成的球被弹飞出去，好巧不巧打向胡纯。

距离远，雍唯又没用真力，仙力球的威力十分有限，胡纯都没闪避，满不在乎地任由那团仙力打在自己额头上，只是把刘海震得飞扬一下。她冷漠地看向雍唯，毫无感情，像只野兽。

目光所及，人也如光箭一般飞到近前。

雍唯心一凛，一声"不好"脱口而出，他再不愿意承认，那也是随时能把他和咪咪杀死的魔物了。

雍唯全力防备，身上的肌肉都不自觉地紧绷起来，被他抱在怀里的咪咪立刻感觉到了，发出短促的哭声，像抗议，又像不解。

辰王拽着玲乔急速飞掠开来，瞬间已和雍唯拉开距离。

就在雍唯已经真切感觉到胡纯身上携带的杀意时，一排雪沫扬了起来，雍唯用仙力一挡，丝毫没溅到咪咪身上，但还是有那么几片冲到他的脸上，刺刺的凉。

胡纯并没出手，而是重重地摔在雪地里，雪沫就是因为她摔得太狠而飞溅起来的。

胡纯虽然摔得重，却没影响行动，她像提线木偶般转瞬就站了

405

起来，脚没踏在地上，而是低低浮掠在空中。她显然是被激怒了，眼睛里出现了狂暴的恨色，头发飞舞得更加厉害，显然在酝酿更大威力的攻击，这个状态，让雍唯都无意识地后退了一小步，抱紧怀中的咪咪。

就在胡纯冲向雍唯的瞬间，她又重重摔在地上，这次摔得更重，额头都磕破了，血红一块，像抹花了的花钿。

"胡纯……"雍唯剧痛锥心，他知道，是胡纯残存的意识，拼尽全力在阻止这副魔化的躯体，拼尽全力在保护他和咪咪。

"夸楼……"胡纯口齿不清地说，因为嘴唇也被摔破了，血从嘴角流了下来，看上去格外凄惨。她突然流下了眼泪，满眼都是绝望，又费力地说了两个字，"夸楼……"

雍唯闭了下眼，他眼眶刺痛，竟然差点流泪，他听懂了，她说的是：快走。

他转身就飞掠起来，丝毫没有犹豫。

忠贞的爱情总是劝告大家不离不弃，可雍唯知道，对胡纯最深情地回应，就是保护好咪咪。

因为"胡纯"的两次重跌，结界出现了裂缝，神魔们都争先恐后地挤出去，有些力量低微的神魔被踩踏推倒，又是一场劫难，仿佛他们不是六界灵气凝集的人物，而是最最庸弱的普罗众生。

雍唯也趁此机会使用风遁，可"胡纯"杀意笼罩成的结界非常厉害，阻挡了一下，让雍唯遁走的距离非常近，几乎都没有脱离天霜雪域前的门庭山谷。

逃出结界的仙魔们落荒而逃，甚至都顾不上掩饰仙轨，一时间天空上仙芒条条，却一点也不美，更像末日前的奔逃离散。

辰王和玲乔紧追而至，摆脱了结界的威压，辰王自觉经脉通畅不少，从怀里掏出罗星网，向空中一撒。

雍唯自然认得这是辰王看家法宝，急急再遁，终究被罗星网缠住一条腿，雍唯知道罗星网不惧任何利器，只能用长剑重重戳进地面，稳住自己不被网拖倒。

玲乔也举剑直刺而来，雍唯再也腾不出手来抵挡她。

"孩子给我！"有人嘶声叫道。

雍唯已经没有选择，只能把咪咪抛给从石头后面跳出来的青牙。

其实雍唯一到这里，就发觉了躲在巨石后面的青牙，他与青牙非敌非友，辰王又紧追而至，雍唯无暇理会他。青牙的呼喊，雍唯心里转了好几个弯，最后还是决定赌一把。

青牙接住孩子的同时，大地又开始晃动，似乎又要地震，隆隆的轰鸣从河道那边传来。

玲乔并不想真的伤了雍唯，剑刺到他的衣服上，略略一偏，见异相一起，正好借故收手。

这次却不是地震，而是河道里的河水如同有了生命般，化为一道巨大的水龙，腾空而起，直扑胡纯所在方向而去。

"青霄镯！"雍唯和辰王异口同声地喊出来。

看来魔化的胡纯终于学会利用法宝，青霄镯能控制潮汐，调动风雨，把河水从河道里召唤出来，更是小事一桩。

"快走！"雍唯冲青牙大喊，青牙也十分机敏，见势不好，一眨眼就遁得无影无踪。

河水化成的水龙重重撞在地面，整个山谷剧烈摇晃，四散的河水汹涌地漫灌开来，雍唯不用再被咪咪牵制力量，腾空直起，辰王和玲乔也赶紧踏云，避开水祸。

凌厉的兵刃破风声音连巨大的水声都压不住，胡纯的紫金轮刀飞转而来，雍唯一惊，急急念动咒语，收服轮刀。只这一闪念的工夫，辰王已用剑鞘重重敲在雍唯的后脑上，把雍唯打得晕厥过去，直直坠落，被罗星网兜了个正着。

雍唯觉得很累，不知道是晕厥还是昏睡的这段时间里，他觉得全身的骨头都疼，明明已经有了知觉，却好像醒不过来。

"你说什么！"

是炬峰的声音，他因为惊怒提高了嗓门。

"吃了雍唯的心，获取他的力量！"辰王沉稳地说，可也不知不觉提高了声量。

大概辰王说得太斩截了，直击人心，旁边的玲乔轻轻地啊了一声。昨天有机会杀雍唯的时候，她才恍然意识到，一些梦似乎还没醒透，在那一瞬间，她不希望雍唯死，仿佛只要他还活着，她就还有指望。

"他是我姐姐的孩子。"炬峰已经镇定下来，声音却冷得可怕。

姐姐的孩子……

雍唯想起幼年的自己，在天霜雪域的漫天梨花中，奔跑追逐着炬峰，开心地喊着："舅舅，舅舅……"

父母的感情一直半温半冷，母亲时常带他回天霜雪域小住，炬峰的陪伴，填补了大部分父亲留下的缺憾。他从没承认过，对炬峰的记恨，来自重要关头炬峰没站在自己这边。

他是喜欢这个舅舅的，也觉得舅舅是真心地对待他……可能又错了。

雍唯自嘲得有点想笑，胡纯总是难过于世界比她想象的复杂和残忍，他又何尝不是呢？

炬峰是这样怨恨着天帝，又是这样喜欢着姐姐，他到底怎么看待雍唯这个集爱恨于一身的外甥呢？时而是对天帝的厌恨占上风，时而又因为顾及姐姐，把雍唯当了亲人。

"炬峰，我们已经没有退路了。"辰王似乎成竹在胸，言语里带着不容反驳的自信，"胡纯这一闹，搅乱了一切，倒于我们有利。现在六界大乱，量天尺如何，帝轨如何，都已无足轻重，谁拥有最强大的力量，谁就成为六界的主宰。"

炬峰沉默，不得不说，辰王的话很有说服力，因为是事实。

"就算我能一统六界，我也无法面对姐姐。"炬峰沮丧地说。

选择太艰难了，让他说出自己的打算时，都无力掩饰自己的情绪。炬峰有预感，他可能要一败涂地了，原因只是因为他无法和天帝一样无情，对任何人都无情。他做不到，所以只能认输。

辰王也沉默了，不知道是出于愤怒，还是失望。

雍唯很艰难地睁开眼睛，不用四顾，只看棚顶，他就知道这里是天霜雪域的深牢。

"父亲……"玲乔等炬峰走了，才叫了辰王一声。

雍唯感觉到了她的恐惧，她怕什么呢？

"你难道对雍唯还有什么幻想？"辰王突然就说到了关键。

玲乔白着脸，看着父亲说不出话，她就知道，她那一瞬间的迟疑和回避躲不过父亲的眼。

"你和他，永远也不可能在一起了。"辰王的语气很生硬，"当初天帝和我默许你和雍唯的亲事，根本是个陷阱，一方面降低我对他的戒心，一方面舍弃了你，打算在你魔化前无声无息地杀了你。"

玲乔继续沉默，事实的力量是很巨大的，哪怕听起来很残酷。辰王不需要说服她，只要让她明白他说的就是事实。

"父亲……你为何要让炬峰拥有雍唯的力量呢？"玲乔轻声说。

她已经被劝服了，她不愧是辰王的女儿，立刻就衡量了情况，舍弃了恩仇，问父亲为什么不亲自吃了雍唯的心。

　　雍唯听着辰王和玲乔的对话，当玲乔说出这句话的时候，他有点想叹息。

　　在没遇见胡纯之前，他的确打算认真对待玲乔的，正是因为当初她用和现在一模一样的语气问他什么时候才能重返天宫，他才意识到玲乔对世事和人的衡量，精准到有些冷血，并不是他的同路人。

　　"雍唯之力，本是天道的异数。"辰王的语气也缓和了，明白女儿又支持了自己，"如果强夺过来，会像胡纯一样，遭到反噬，沦为失去意识的魔物。"

　　玲乔皱眉点了点头，原来如此。

　　"其实结果未必那么可怕。"辰王温和地看了玲乔一眼，让玲乔顿时毛骨悚然，"吞噬雍唯之力虽然有违天道，但反噬恶果究竟什么时候到来，却是个未知之数。我也看过天帝氏族的秘录，其实这种力量也是通过轮回继承延续的。"

　　"轮回？"玲乔不解地喃喃一句，天神寂灭不是超脱轮回的吗？

　　"拥有这种力量的神死了，天帝家族中才会诞生另一个婴儿继承这种神力。"

　　雍唯愣愣地听着，这是连父亲都没向他说起过的秘密，辰王怎么会知道？也是天族秘录里记载的吗？或许父亲就是察觉到辰王翻看了秘录，才开始忌惮他的。

　　"上一个拥有这种力量的人叫胥堇，按辈分，应该是雍唯的叔祖。"

　　原来他叫胥堇……

　　雍唯突然有些难过，他只是一鳞半爪地听说过，上一个拥有异

410

力的人是他的叔祖，连名字都成为禁忌。

"他就是受不了要不停杀掉成为他伴神的女人，才陷入疯狂，让他最后爱着的那个女人，吞吃了他的心脏。"

"啊——"玲乔发出惊惧的轻呼。

就连雍唯都呼吸一滞，所谓造反，被天族厌弃，就是因为这个吗？

"那个女人一直好好的活了几百年都没有魔化，还为胥堇修了一座宏伟的祭殿。直到量天尺坏到几近崩溃，六界灾祸不断，天族众人去讨伐她，她才自尽了，好让力量轮回，流传下去。"

玲乔用询问的目光看着父亲。

辰王点点头，肯定了玲乔的猜测："是的，后来雍唯降生了。"

"也就是说……天帝是知道自己将要生下一个拥有异力的孩子的，所以他选中了天妃。因为天妃的家族世代控制着梨魄？"

"每次力量需要轮回时，天族都会选中天霜雪域的女孩作为配偶。具体原因，除了梨魄，可能有其他原因，我想炬峰是知道这些秘密的，所以才这样怨恨天帝。自始至终天帝对天妃，甚至天霜雪域，只有利用而已。"

玲乔心很乱，真复杂啊……神族之间的秘密，决定了很多人的命运，有的甚至是在未出生之前注定好了。

"我们是不能把希望寄托在炬峰身上了。"辰王冷然说，"玲乔……"辰王突然变得很慈祥，"如今的局面，不止炬峰没有退路，我们也没有退路了。"

"是。"玲乔轻声应，恐惧再次回来了，更加深重。

"你愿意成为拥有异力之人吗？我可以帮你成为六界之主。"辰王淡淡地说。

因为是假话，所以无论是他自己，还是玲乔，都没有相信。

"父亲！"玲乔又惊又恨，其实刚才辰王说起胥蕫让女人吞吃他的心脏时，她就隐约有了预感。她当然知道，许诺给她的六界之主，只是一个诱饵，真正会成为新天帝的人，是她的父亲。她变成了一个武器，一个一旦出现崩坏征兆，就被舍弃的武器。

"我需要考虑。"玲乔镇静下来，她已经知道父亲的打算，也明白父亲的为人，她没有选择的权力。但是，她仍不甘心毫无挣扎地就沦为牺牲品。

"我给你一炷香的时间。"辰王说，只是为了显得对女儿仁慈一些。就他而言，一炷香后的差别，只是玲乔自愿，或者他帮她"自愿"。

深牢归于平静，雍唯躺在石板地上，他觉得今天很多人成魔，胡纯魔化的是身体，而辰王和玲乔魔化了心灵。他们不必吞噬他的力量，他们早已魔化了，根本无谓吃不吃掉他的心。

第55章 托付

有人推开了牢门。

"神主，神主？"白光很小声地叫着，轻轻推了推他。

"醒着呢。"雍唯冷淡地说。

白光放心地点了点头，雍唯应该没事，还这么矫情："神主，你能走不？不能的话……我也背不动你啊。"

白光的诚实让雍唯无语，她这也算是来救人的。

"时间不多。"白光来扯雍唯，想把他从地上拉起来。

"松手，松手！"雍唯甩开她，顺势坐了起来，摸了摸怀里，宝物被搜得一干二净，看来只能用最基本的办法逃跑了。他知道天霜雪域的深牢是有禁制的，还真的只能靠跑。

"你是怎么知道我在这儿的？"雍唯勉强地站起身，浑身无力，他也不确定自己能跑多快。

"嗯……这个……"白光显然有些回避。

"玲乔？"雍唯扶着栏杆，慢慢适应着往牢门外走。

"你怎么知道？"白光犯起傻来的表情和胡纯一模一样。

雍唯懒得回答，那还用猜吗？炬峰要想放他，肯定亲自来，不会让白光代劳。能让白光进来，又不被辰王发现，只有玲乔能办到。而且玲乔迫切希望他能"逃掉"，这样就不用触怒辰王而躲避成魔的危险。

"我偷了炬峰一个风遁的牌子，但只有出了大牢才好用。"白光担心地说，看雍唯虚弱的样子，真担心他在一炷香的时间里能不能顺利地"挪"到牢门口。

雍唯回头看了她一眼，深牢里用幽暗的夜明珠照亮，光线很弱，不用真切地看清白光的表情，也能感觉到她恢复了以往的"活力"，虽然这活力在雍唯看来和蠢劲也差不多。

"你拿定主意了？"雍唯不咸不淡地问了一句。

白光一边恨不得推他快点儿走，一边佩服他这个节骨眼还有心思问这个，虽然说得不清不楚，但白光的确明白他的意思。

"是。"她果断地回答。

和不和炬峰在一起，让她一度很纠结，可一旦决定了，她就好像又活了过来，压得她喘不过气的烦恼一股脑不见了。她会和玖珊解释清楚，也会遗忘炬峰和天狐的过去。

还好，雍唯适应了一小会儿就缓过来些，走得虽然算不得健步如飞，也来得及在玲乔拖住辰王的空隙赶到牢门口。白光把风遁牌递给他，雍唯接过，有点不甘心地说："我的星砂剑被拿走了。"

白光有点着急："神主你先跑，你的剑我负责帮你找回来。"

雍唯有点无奈，也只能这样了。

雍唯捏着风遁牌，突然停下来，看着白光："你快回炬峰那里去，越快越好。"

白光点头，她也很害怕的——玲乔突然找到她，很着急地告诉她雍唯在深牢里，不去救就会没命。她有很多不解之处，比如玲乔真想救雍唯，何必要拐着弯来找她？可是她没有选择，为了胡纯，她也不能置之不理。

"我担心她杀人灭口。"雍唯皱眉，他应该送白光回去，可碰见炬峰，恐怕又是一场麻烦。

"我知道，神主，你赶紧走，我会立刻，马上，一溜烟跑去找炬峰的。"白光催促。

雍唯点点头，用风遁牌溜出天霜雪域。

站在断裂了一半的高山上，雍唯感到了茫然，曾经远眺就能看见秀美风景的人间，成为一片废墟。这些狰狞的景物，很符合他此刻的心境，残破，无力，一无所有，不知前路。

雍唯深深吸了口气，他还有事情要做，有无数事情要做！他的确感到疲惫和厌烦，但他无法回避。

最要紧的，是找到咪咪。

追踪青牙的仙轨对雍唯来说，并不难，可是他现在对任何人都产生了疑忌，他现在的神力已经虚弱到一个谷底，直接去找青牙，万一青牙包藏了祸心，他又怎么办？以前心高气傲的神主大人，根本不屑于采取迂回的手段，可如今的他，不得不处处小心。

雍唯顺着青牙的仙轨，找到嘉岭的废墟，整个山脉已经毁损得不成样子，在空中看来，像泡在凌乱水系中的巨大瓦砾堆。河道全部断绝，河水变成一个个湖泊，碎裂的高山倾倒下来，往昔绵延千里的茵茵绿林全变成灰黑的岩石本色。

雍唯没有靠得太近，也谨慎地收敛了自己的神识，青牙纵然灵力大进，也感觉不到他的到来。

正值下午太阳略略西偏，已经没有那么晒，青牙带咪咪从一个新形成的石崖裂隙里出来，青牙让咪咪坐在他的肩膀上，不知道从哪儿找来了一片荷叶，留着长长的梗，举着给咪咪遮太阳。咪咪是个从小生活在善意中的娃娃，对谁都没有戒心，很快就和青牙变得亲近，不客气地揪了青牙一缕头发，稳稳地坐在他肩膀上。

青牙如今变成一个傲娇男子，头发本是不羁地披散着，被咪咪揪起一个发辫，看着十分可笑，他倒并不介意，带着咪咪去小湖边捞鱼。

雍唯远远地跟着看，心里不是滋味，平时只有他带咪咪玩的时候咪咪才这么高兴，这会儿和青牙一起玩水，也笑得哈哈哈的。

青牙轻松地捞到几条鱼，一转身，看见雍唯一脸肃杀地站在不远处的岩石上，冷冷看他。

咪咪看见爹，笑得直跳，在青牙的肩膀上作势要站起来，向雍唯伸着小手。

雍唯脸色缓和，用神力一接，隔空托起咪咪，咪咪被抱起来，急着要往爹爹那里去，实实在在蹬了一脚在青牙脑袋上。

雍唯抱着咪咪，站在岩石上居高临下看着青牙。

青牙翻着眼睛瞧了瞧他，默默走到相对平整的地方，拢起一堆火开始烤鱼。

香味飘出来的时候，神主大人虽然还端着架子，咪咪却发出可爱的小奶声，又挣着往青牙那里去。雍唯也饿了，于是一脸纡尊降贵地走到火堆边。

青牙也没趁机刻薄他，很自然地递给他一条鱼，雍唯接过，慈爱地就让咪咪先咬一口。

"烫！"青牙惊叫，人也跳起来，不容分说从雍唯怀里抢过咪咪。

雍唯一贯是个千金大少，带咪咪玩，宠咪咪，这都不在话下，但是照顾咪咪生活，还真是胡纯和一干下人忙的。于是他一边吃鱼，一边斜眼看青牙细心妥帖地把鱼撕成细细的一小条，挑出所有的刺，喂给咪咪吃。

呵呵，雍唯在心里冷笑，鄙视青牙，青牙自己当了几百年的巨婴，不了解小孩，不会带小孩才怪！

变得冷血又精明的神主，已经打起小算盘，这段时间可以让青牙给咪咪当保姆。

"你知道胡纯的去向么？"雍唯吃完鱼，盛气凌人地问青牙。

真实情况令雍唯很挫败，胡纯魔化后，神力大增，仙轨藏得天衣无缝，连他都追踪不到。

青牙顿了顿，才说："不知道。"

雍唯有些失望，但不愿被青牙看出来，保持着面无表情。

青牙给咪咪擦了擦嘴，淡淡地说："我不知道她在的地方叫什么，但是我能找去。"

这个混蛋！

雍唯在心里大骂了青牙一句。

"带我去找。"雍唯冷声说。

"你能救她么？"青牙明显很怀疑雍唯。

"你什么意思？"雍唯瞟着他，不悦质问。

"我知道，如果无法恢复胡纯的神志，那唯一的解决办法，就是杀了她。"青牙的语气仍旧淡淡的，却把鄙夷表达得深刻明晰。天帝，雍唯……很多很多本不相干的神魔，都会因为各自的目的，想除掉已无法控制的胡纯。

雍唯没有再继续敌视青牙，他知道，青牙的的确确是完全站在胡纯一边的。

"我会尽全力救她。"雍唯说，并不豪迈，却掷地有声。

青牙又沉默了一会儿，他明白，现在真正可以帮助胡纯的只剩雍唯了，他也没资格替胡纯选择。可他真的害怕，如果胡纯已经魔化到无可挽回的地步，雍唯会怎么办？

"我带你去。"青牙抱着咪咪起身，很识时务地把咪咪又还给雍唯。

雍唯接过咪咪："我要先去一个地方。"

雍唯本来不想对青牙解释，也不想把他看在眼里，可是，能为胡纯好的人，世间只有白光、青牙和他了，这种不能拒绝的同盟感，让他也无法再拒青牙千里。

雍唯抱着咪咪，带着青牙来到珈冥山废墟。

咪咪吃饱了，已甜甜睡去，雍唯看了看青牙，很自然地说："你先抱着。"

青牙也轻车熟路地抱过咪咪，咪咪换了人抱，有点要醒，青牙轻轻晃着，很顺利又把她哄得睡过去。

雍唯凝聚起神力，闭起眼，嘴里念念有词。

塌陷进火眼的珈冥山废墟发出各种奇奇怪怪的声响，有的铮铮像长剑哀鸣，有的叮叮像玉器碰撞，废墟周围的天色突然变得幽暗，常年笼罩着珈冥山的阴雾不知从哪儿又全冒出来，把废墟周围变得十分恐怖，天空阴云翻滚，周遭浓雾迷蒙。

突然，巨石堆里像发生了爆炸，"嗵"的一声巨响，咪咪被吓醒了，尖锐地哭泣。

还没等青牙安抚她，无数东西从巨石堆里飞射而出，带着令人胆寒的破风之声，挨上一个都性命不保。

青牙几乎想都没想，扑倒在地，把咪咪紧紧保护在身下。

很多石块和看不清的东西贴着他的头皮飞过，青牙手臂青筋暴起，起了一身的寒栗。

一把细如柳叶的小匕首在阴雾中闪着慑人的寒光，也不知道从哪里反射来的光线，竟成为幽暗中的一点星芒，贴着地直射青牙。因为有光，青牙看得分外清楚，他吓得抱着咪咪一滚，勉强地躲开了柳叶匕首。气还没喘匀，像老天爷非要和青牙过不去一般，数十把小匕首如一团蜂一样冲着青牙而来。如果青牙腾空闪避，或许只能在腿上、脚上挨几刀，可如果带上咪咪，他的速度完全不足以躲开。

本能的反应是做不了假的，当青牙瞬间判断了情况，他选择像穿山甲一样，团起了身体，紧密地包裹住咪咪。咪咪觉得气闷，哭得更厉害了。

柳叶匕首们已经到了近前，青牙闭起眼，甚至感觉匕首裹挟来的凌厉寒风已经扫到他的鼻梁，额头。

什么都没发生。

除了咪咪哭得震耳欲聋。

青牙缓缓睁开眼，匕首们像被定住，保持着飞射而来的状态，悬停在他面前。青牙睁眼的时候，睫毛都碰到了那尖锐无比的刀尖。

法术一下子散去，匕首们掉落一地。

青牙惊魂未定，抱着咪咪坐在地上，一时腿软，站不起来。

阴雾转瞬之间稀薄了很多，橙黄色的璀璨夕阳光芒透了进来，一派静谧黄昏。

雍唯站在疏淡的阴雾和金色的夕阳光柱中，长发微飘，身姿隽挺。

青牙看着，心底一个声音很诚实地承认，即便雍唯不是神主，不是任何人，仅凭他这副皮囊……胡纯绝对还会义无反顾地选他。

"为什么？"雍唯也在看青牙，眼神很平和，甚至友善。

"嗯？"青牙一时反应不过来，问了一声，突然醒悟，"你在试我！"

怪不得从废墟里射出的匕首会贴地平飞，根本是雍唯的把戏。

"为什么？"雍唯又问了一遍。

青牙轻拍着咪咪，咪咪抽泣着，但已经停止了哭声。

"我和胡纯经历过几次刚才那样的险境，她没有抛下我。"青牙说，慢慢地站起身，在生死一线的时候，他只想到了一个问题，如果咪咪死了，而他还活着，他怎么面对胡纯？

"人情债……是最难还的一种债啊。"青牙笑了，对自己说。

"只有债么？"雍唯有点不是滋味。

青牙看了他一眼，的确不止是债，可说出实情，神主大人难免不小心眼地又记下一笔，那的确是债了，他恐怕还不起。

"目前为止，是的。"青牙很心机地回答。

雍唯不给面子地嗤了一声，表示不太相信。

"你挑吧。"雍唯悻悻地一挥手，阴雾散尽，无数奇珍异宝都悬停在半空，密密麻麻，令人眼花缭乱。

"刚才飞出来的东西是这些？"青牙瞪大眼睛，痴迷地看着空中的宝物，露出贪婪之色。这不怪他，这里的每一样都是世间难求的法宝奇珍。

"好一些的都出来了，没出来的……也不值得可惜。"雍唯挑了一把剑，有点不满意，"都比不上星砂。"不知道白光能不能找到星砂剑，他用惯了的星砂若落入炬峰手里，只怕还有要回来的可能，若被辰王拿去，就得费一番手脚了。

"神主……"青牙从对宝物的本能贪恋中清醒，询问地看着雍唯，为什么突然大方地让他挑选宝物？

"解救胡纯的方法……我并不清楚。"雍唯垂下眼，这是他内心最无力的部分，"或许天族秘录里会有所记载，天族秘录藏在天宫，我想翻阅，恐怕只能答应天帝的要求。"

雍唯没说下去，青牙也沉默。

天帝逼迫雍唯的那一幕，六界像样点的神魔都亲眼看见了。雍唯想救胡纯，方法只有一个，就是答应天帝去修复量天尺，修复帝轨。

"需要很久么？"青牙沉重地问。

六界的毁坏程度，就是量天尺的毁坏程度，到底要修多久，恐怕是个漫长的数字。

"幸而火眼也受了损毁，热度下降，修复量天尺成为可能，所需……至少百年。"

百年，若按神仙的寿命论，并不算长。可这是怎样的百年？他在深冥的地下千尺苦苦煎熬，胡纯失去意识，不知道什么时候就疯狂地屠戮六界，咪咪无人照管……这一百年，或许每一刻都很艰辛。

"咪咪……我就托付给你了。"

雍唯低声说，非常挫败，这茫茫尘世，能托付咪咪的唯一人选，竟然只剩青牙。

在胡纯用青霄镯召唤河水的时候，他就选中了青牙。这种信任来自很玄妙的方面，当初他信任风引，似乎是错了，可风引的确没有危害咪咪的意思，在最后关头，风引也用生命保护了咪咪。他对青牙，也有这种本能的判断。

青牙皱眉，似乎有些为难。

雍唯虽然失望，但他真的可以理解青牙。青牙和咪咪无亲无故，却要承担这个极重的负累。

"我只怕——"青牙深深吸一口气。

雍唯心里已经琢磨起他的第二个人选了，他的母亲。天妃娘娘之所以不合适，是她的心机远远不足以应付天帝、辰王和炬峰中的任何一人。若咪咪落入这三人手中，那就是威胁他和胡纯的不二砝码。

"我只怕能力不足以保护咪咪。"青牙说，随即脸色一凛，庄严道，"但只要我还有一口气，我就会保护她到最后一刻。"

雍唯的心一松，竟有些感激。

"所以要你挑选法宝！"雍唯慷慨说，"你一定要保护好自己，保护好咪咪！"

青牙重重点头。

第56章 无谓

雍唯跟着青牙来到目的地。

"她在这里？"雍唯抬眼看着未被损坏的高山，山上还有葱茏的树木。

"那天胡纯从天霜雪域一路飞驰，我悄悄跟着她，追到这里。"青牙也在往山顶看，这座山看上去平凡无奇，却在六界崩毁中安然无恙，似乎很不简单。

雍唯长长叹了一口气，有了一种宿命感，胡纯在失去意识后，竟然会选择逃向祭殿山，冥冥中也是定数。当初他只是知道祭殿是属于上一位拥有异力之人的，带着一知半解的同病相怜把胡纯领到了这里。从辰王那里知道了祭殿的来历，他、胡纯和祭殿之间，如何算不得宿命？

"我先上去，如果情况还好，我再发信号喊你上来。"雍唯说，无论如何不能贸然带着咪咪涉险。

"好。"青牙点头，"这里……到底是什么地方。"

"确切的名字，我也不知道，我和胡纯一直叫这里祭殿山。"雍唯的心里有些凄楚，祭殿山当初一定有个非常美的名字，随着胥堇和被他所爱的女子死亡，再也没人知道了。

雍唯轻手轻脚地走进祭殿，处处是他修整过的痕迹，他和胡纯相依为命的岁月,骤然回到心头,觉得十分甜蜜。甜蜜瞬间就散去了,泛起无尽苦涩。

胡纯满头白发,闭目盘膝坐在涤仙泉边,她很安静,也仍旧美貌,却不知怎的,周身弥漫着一种令人心惊胆战的魔魅之气。

雍唯站在那里静静看她,似乎没有什么话,适合此刻与胡纯说。

胡纯慢慢睁开眼睛,眼神是清亮明晰的,显然有神志,她看着雍唯,眼泪一下子流了下来。

"你来了。"她说。

她也找不到任何话,能适合此时此刻。

"你好了?!"雍唯惊喜,笑容从心底迸了出来。

胡纯苦笑着摇摇头:"我一时明白,一时糊涂,大多数时候无法控制自己。"

雍唯的笑容沉下去,脸色灰暗起来。

"我发现,当这副身体渴了,饿了,累了,困了,控制我的力量就会削弱,我就能短暂地清醒,给自己找吃的,找睡的地方。"胡纯苦笑,眼泪流过嘴角,苦涩的滋味在嘴里弥漫开来,"所以我就尽量少吃,少睡,这样能自控的时间就会稍微多一些。"

雍唯说不出话,这种煎熬,是他带给她的。

"这口泉,也非常奇怪……"胡纯看了看涤仙泉,"似乎能延长我清醒的时间。"

雍唯给胡纯讲了祭殿的来历,看来这口泉水是那个女子苦心寻找的,为了延缓魔化的时间。更可能因为这口泉,她才把祭殿修在这里。

"原来是这样。"胡纯点了点头,"我总是怕自己在不清醒的状态下,又做了什么可怕的事,看来这泉水能稍微帮帮我。"

"你别担心。"雍唯看着她，心如刀绞，"我一会儿就去找天帝，他应该知道怎么救你。"

胡纯没有吭声，雍唯说得云淡风轻，可她到底有没有办法救，又要他付出什么代价救，她都不敢细想。

"如果你还可以……"这句话竟然让雍唯鼻子一酸，"我让青牙把咪咪抱来见你。"

"咪咪！"胡纯的眼睛一亮，极度渴望，甚至有些想要起身。几乎是一瞬间，她又跌坐回去，十分颓丧，"还是……还是……不要见了。"万一她又疯了，伤害了咪咪怎么办？上次她宁可自毁，多么勉强才阻止了自己，她不敢回想。

"没关系，有我。"雍唯低下头，他太没用了！说这话他都羞愧。

"那——"胡纯动摇了，毕竟她太想见咪咪了，"你用什么把我绑住，或者用结界把我罩住。"

"不必。"雍唯心里堵得喘不上气。

"我记得你有一副紫金捆仙索，还在不在？"胡纯问。

雍唯又痛又笑："难为你还记得它。"

捆仙索明明在乾坤袋中，雍唯却没有拿出来，他怎么能用这个锁住胡纯呢？紫金捆仙索非常沉重，就是用重量来限制被困人的行动。

"拿给我。"胡纯擦了擦眼泪，向雍唯伸手，又有了些往日向他撒娇的样子。

雍唯不能拒绝，取出捆仙索交到她手中，超乎意料的沉重让胡纯的手往下一坠。

胡纯非常满意，立刻扣住了自己的双手双脚，雍唯不忍心看。

青牙看见信号，抱着咪咪来到祭殿的时候，有瞬间怔忡，胡纯明明还是清醒的，还是那个让他魂牵梦萦的人。

咪咪也激动起来，向胡纯伸着手，挣着要过去，要让胡纯抱。

胡纯泪如雨下，高声说："别过来！"

雍唯被这句话刺痛，从青牙怀里抱过咪咪，决然走到胡纯面前，甚至他有种放弃般的绝望，要死就死，全家人一起死了算了。

胡纯像疯了一样跳起来，捧着涤仙泉的水猛喝，弄得脸和头发，身上的衣服，全湿了，十分狼狈。她这才敢抱咪咪，抱住咪咪的瞬间，她止不住哭出声，心酸的哭泣让雍唯和青牙都垂下眼，无法面对。

胡纯不敢抱咪咪太久，虽然咪咪不肯，她还是硬着心肠把咪咪交还给雍唯。

"我这就去找天帝。"雍唯沉着脸说。

胡纯并没抱太大希望，哽咽着把青霄镯小心翼翼地戴在咪咪手腕上："我不能再戴着任何法宝了。"胡纯想起那天的滔天水祸，不寒而栗。

雍唯也没再说话，把咪咪交给青牙抱着，出了祭殿。他一刻也不能耽误了，他必须救胡纯出这种苦海。

天宫没有受到任何毁损，却显得非常暗淡，甚至现出了些许陈旧。

很多仙侍都下界去了，毕竟现在六界大乱，处处需要修整解救。

雍唯不确定在哪里能找到天帝，只是记得天帝一有不顺心的事情，就会去临风亭自己待着。

临风亭建在一个小小崖壁之上，可以透过云海看到人世百态。

天帝果然在这里，桌上横七竖八地放着空酒瓶，平时穿戴一丝不苟的天帝，头发散乱，神色萎靡。他看见雍唯走进亭子，并不意外，还了然笑了笑。

"我可以答应你的条件，但你要告诉我怎么救胡纯。"雍唯冷漠地说，对这个人，他已经毫无情感可言。

天帝又喝了一口酒，答非所问地说："你是不是觉得，我是个非常无情的人？"

雍唯看向亭子外面不吭声，这还用问么？

"我对任何人都无情，妻子、孩子、属下、万民。"天帝放下酒杯，醉醺醺地笑起来，"尤其是我自己。可我就是还没把事情做绝，防备得还不够彻底，不够狠毒，才导致六界大乱，生灵涂炭！"

他看着雍唯笑："你埋怨为什么异力选中了你，让你受苦，让你愤怒，可为什么我父亲要选中我，选我成为天帝！你们觉得，这就是个好活儿吗？"

天帝向亭子外的云海大吼，十分失态。

雍唯愣愣地看着他，好像第一次觉得离父亲不那么遥远。

"我！为什么是我！"天帝不解地拍着胸膛，"我提防炬峰，我提防辰王，我提防儿子，我提防儿子的女人，我哪一件做错了？无情的名声，我背就背了吧，可为什么，数万载的基业要毁在我手里！我牺牲了妻子，牺牲了儿子，牺牲了一切，还维持不了六界平安吗？！"

雍唯皱眉……他竟然觉得，似乎理解了父亲。

他觉得承担异力是痛苦的，可父亲承担天帝的职责，同样也很煎熬。事情到了现在的地步，回头想想，似乎还有一种可能，如果父亲的残酷手段都没有被抵抗和破坏，炬峰无力造反，辰王顺利被铲除，甚至……胡纯也默默地被处理掉，六界是否安稳如昔？人间是否繁华依旧呢？

站的角度不同，看到的东西就不同。

如果冷静地想，站在六界生灵的立场上，炬峰和他，难道不是罪人么？

"你，你们！"天帝变了脸，气急败坏，"随便你们吧！我已经失败至此，我什么都不想管了！对了！我为什么一定要管？"

雍唯抿紧嘴巴，这个人闹脾气的时候，终于有了点人味。

"我要看天族秘录。"雍唯没忘此行目的。

天帝似乎早有准备，从袖子里甩出一本卷册，啪地摔在桌上。

雍唯拿起来看，的确如辰王所说，记录了历代天族的秘密，其中包括异力的传承，以及胥堇这里出现的意外。可如何治愈魔化之人，却丝毫都没有提及。

雍唯一阵着急和绝望。

"你把我，也当成一种负担么？"很久没有与天帝见面的天妃缓缓走进亭子，不知道她什么时候来的，但看神情，一定已经把天帝和雍唯的对话都听去了。

"对！"天帝今天打算把心里的话都说出来，"是负担！最大的负担！因为你，我才知道，不仅我要背负一堆莫名其妙的责任，就连婚姻都要拿出来牺牲，我一无所有！我只剩责任！我只剩冷血！"

"原来……"天妃超脱地笑了笑，因为对他已经彻底地失望了，所以他的这番剖白并不令她更加伤心。"你觉得与我成亲是牺牲。"天妃拉住儿子的手，向外走了两步，停下，回头看了看颓丧的天帝，"我是真的曾经爱过你。"

雍唯被母亲拉着走了一段，很茫然，很无助，母亲的引领有了无比的力量。

"雍唯，不要紧，我有办法救胡纯。"天妃笑了笑说，很轻松。

"真的？"雍唯大吃一惊，怀疑地看着母亲。

"关于异力和梨魄，不仅天族秘录有记载，雪域的藏书里也有。两方各自记录了对方不知道的，合在一起才是全部吧。"天妃扬了扬眉头，不太在意地说。秘密如何，异力如何，她都不怎么往心上放了，她的一生很失败，也没什么太大的留恋。

"走吧，带我去找胡纯。"天妃又拉着儿子走，儿子没有甩开她的手，让她觉得仿佛又回到他小时候，他可爱地依赖着她。可是他终究还是长大了，在他心里，最重要的已不是她这个母亲，而是他孩儿的母亲了，天妃感慨地一笑。

"娘，到底要怎么救胡纯？"雍唯和天妃走出天宫门口，雍唯没有问天妃为什么不用法术，要一路走出来，他和母亲都有太多的事情需要想，这一路并不觉得长。

"见了她，我自有办法。"天妃没有直接回答，让雍唯起了些疑心。

炬峰迎面而来，他踏着云，也是一种缓慢的方式。

雍唯注意到他的头发很凌乱，平时总是整整齐齐的发髻全散开了，束发的小冠也不知去了哪里。

今天似乎是个所有人都沮丧的日子。

炬峰拦住天妃和雍唯，却没有说话，他连胡子都没有刮，下巴上泛起一层青色，看上去简直老了几十年。他抖了抖袖子，星砂长剑出现在他手中，他盯着雍唯，阴森森地说："给你。"

雍唯心里悬着的一块石头放下了，看来白光没事，而且也找到了星砂。他抬手去接长剑，却被炬峰一反手，用长剑逼住喉咙。

"炬峰！"天妃有点责备，她深深知道炬峰不可能杀雍唯，这又是闹的哪一出？

"你为什么杀白光？"炬峰盯着雍唯。

雍唯颓然放下了手，突然有了和天帝一样的感觉，被各种各样的事情压垮了，什么都不想管，什么都不想问。

"她……"雍唯摇晃了一下身体，像瞬间脱力，他要怎么和胡纯说呢？胡纯又如何面对？"她还是没躲过？"

"躲过什么？你的星砂剑？"炬峰很平静，森冷的平静。

"我没杀她，是她放我走的。"雍唯疲惫不堪，"杀她的是……"

"不要说！"炬峰突然疯了一样尖叫，这是雍唯从没看过的失态。"不要说！"炬峰拿着剑乱挥，周围的云都被劈碎了，化为小小的数块，不疾不徐地飘走，没有带走任何人的情绪。

"是我，是我想改变帝轨而招揽了辰王，是我，不忍心杀你，激发了他的反心，是我，不肯吃了你的心，他就逼玲乔吃，玲乔——"炬峰爆发的情绪，说到这里，像突然用完了，他停下来，一声都没有了。

玲乔用星砂剑杀了白光，嫁祸给雍唯。

一切都仿佛是个圈，他开了个头，然后就要面对结尾。

"弟弟……"天妃很多年没有这样喊炬峰，她把他搂在怀里，"弟弟……"

她知道炬峰有多痛苦，但她不知道怎么安慰他，哪有什么话能解痛失所爱的苦呢？

炬峰把头垂到天妃的肩膀上，轻轻道："是我的野心，害死了白光……是我，害死了她……"

天妃轻拍他的头："你并不是因为野心，我知道，我都知道。"

"我早已知道因果的厉害，可我没想到，因果于我，竟是这等无情。"炬峰一笑，站直身体，瞬间风遁而去。

"希望杀了辰王和玲乔，能稍解他的悲痛。"天妃的语气还是很淡然。

雍唯皱眉看了母亲一眼，今天似乎所有人都不对劲，母亲过分的平静了。

雍唯带着天妃走进祭殿的时候，胡纯仍旧在打坐，只是身上拖着重重的枷锁。

胡纯睁眼看见天妃，有些闪缩，她不怕雍唯看见自己这个样子，却怕婆婆看见。

"你先出去吧，雍唯。"天妃看着胡纯，怜悯地皱了皱眉头。

"娘，你要告诉我，你到底打算怎么做！"雍唯有了不好的预感。

天妃瞪了他一眼："我有话要和胡纯说，你先出去。"

雍唯半信半疑，走出了祭殿。

刚出门，他就闻到一股血腥味，炬峰风遁而来，衣袍上全是血迹。

炬峰也不说话，把染满血污的星砂剑扔在雍唯脚边，匆匆走进祭殿里去。

雍唯知道这些血是辰王和玲乔的，顿时连一直喜爱的星砂剑都有点不想要了，于是他没有捡，急急追着炬峰而去。

天妃正面对面和胡纯盘膝而坐，像在进行什么仪式。

炬峰径直走过去，推开天妃，用力一拍胸膛，吐出了自己的内丹。炬峰修为精纯，内丹金光闪闪，一旦脱离炬峰的身体，像被胡纯吸去一样，直奔胡纯，被胡纯吞了进去。

胡纯觉得像是吞下了一团火，痛苦得打起滚来，雍唯赶紧上前按住她，禁锢般把她抱在怀里。

胡纯脸色惨白，浑身汗如雨下，骨头都咔咔作响。

炬峰失去内丹，颓然跌落在地，天妃哭着抱起他，骂他："你怎么这么傻啊！这是我的事，要你出什么头！"

炬峰平静地躺在姐姐的怀里，微微笑了："姐姐，你知道吗，一旦失去了自己最想要的东西，其他的一切都不重要了。"

"弟弟……"天妃的眼泪掉在炬峰脸上，她怎么会不明白呢，她刚才打算把自己的内丹给胡纯，也是如此平静。

雍唯看着炬峰紧握的手松懈下来，心中剧痛："舅舅！"

"好久，好久没听你这样叫我了。"炬峰闭起眼，"帮我修好量天尺吧，终究我是犯下的血债。"

"好！"雍唯一诺无辞。

"人说……无欲则无求……"炬峰气若游丝，已到了死亡的边缘，"无求，也就无畏了。"

第57章　你我

雍唯不知道已经过了多少年，地下千尺是感觉不到时间的。

当量天尺再度运行，他震惊地发现了异样，过去无时无刻不在发生的损耗，竟然消失了。

这种改变并不是他能力所能达到，一定有什么变了，才让量天尺随之改变。

雍唯从火眼腾空而出的时候，外面正是清晨，太阳刚从地平线升起，阳光里全是清新和希望。

火眼上的珈冥山没有被修复，还是一堆狰狞的废墟。一块位置显眼的石头上刻着：我和咪咪在天霜雪域。字不太好看，是胡纯的手笔。

雍唯一笑。

他突然并不怎么着急了，虽然在火眼中的时时刻刻他都很想念胡纯和咪咪。但是，全新的世界就在他面前，他想看。

他驾起云，慢悠悠地飞过城镇、乡村、碧绿的山峦、清澈的江河。人们很认真地生活着，山脉也恢复了生机，河流在蜿蜒的河道里流淌，天空很明净，白云很纯洁。这是他熟悉的世界，好像从没被毁灭过。

一队仙侍飞过，看见雍唯并不认识，但还是礼貌地停住，向他施礼问好。

"六界大乱距今，已经多少年了？"雍唯问。

领头的仙侍并不奇怪，当初一场浩劫，很多神仙都闭了关，不知人间几何的，他们时常碰到。

"已经八十年了。"

"八十年？"雍唯有些惊讶，八十年就能把六界恢复成这般光景？

"天帝夙兴夜寐，筹划安排，又得众多仙魔支持，所以六界的重建极其顺利。"仙侍扬扬自得，十分骄傲，"比如我等，专门负责查看诸山花草，如有稀疏枯槁，就用杨枝甘露救活它们。"

雍唯点了点头，仙侍们也仰头挺胸地扬长而去。

他竟十分欣慰，声称要丢弃一切责任的父亲，还是振作了起来，把六界很好地修复了。他没有浪费岁月，父亲也没有。

天霜雪域当初就没有遭到毁损，现在更是出类拔萃的美丽和仙气蒸腾。

雍唯站在门外看，这里也算是真正被神偏爱的地方。

胡纯带着咪咪突然出现，应该是感应到了他。

见面的一瞬间，所有人都沉默了，有太多话，一下子涌上来，却一句都没有了。

雍唯看着胡纯，她已恢复了素昔容貌，黑发柔顺，美貌娇俏。

站在她身边的咪咪也长成了少女，毛耳朵不见了，非常漂亮，和胡纯站在一起，不像母女，像姐妹。

"爹爹？"咪咪试探地叫了一声，分别得太久了，她已经记不清爹爹的样子。

"嗯。"雍唯一下子笑了，听咪咪叫这一声，十分满足。

咪咪扑进他的怀里，又哭又笑："爹爹，你终于回来了！我和娘、奶奶，都盼死了！"

胡纯默默地流眼泪，没有上前，这些年，大家各有各的苦，骤然相见，都有些云里雾里，像做梦。

"走吧。"雍唯一手拉着咪咪，一手拉着胡纯，"我要先去见见娘。"

因为都失去了至亲和挚友，胡纯带着咪咪和天妃一起住在天霜雪域，在难以消减的痛苦中相依为命。

雍唯对天妃说了量天尺的变化，天妃还没说话，咪咪先高兴地叫起来。

"爹爹！就是说以后你再也不用去修量天尺了？"

雍唯不确定地点点头："依目前的情况而言，的确如此。"

天妃长长地叹了口气，幽幽道："我终于明白，雪域藏书里最后的那句话了，以爱献祭。"

以爱献祭？

雍唯和胡纯都皱眉，不太懂。

"藏书里说，天族的异力是感应量天尺而生的，维持量天尺运行的是梨魄，造成损耗的，还是梨魄。究竟雪域和量天尺有什么关联，这恐怕永远成谜了。想要治愈成魔之人，需要至亲以内丹相救，等于是一命换一命。"

雍唯凝神不语，他有些明白了。

每次异力需要轮回，天族就必须迎娶雪域少女，而生下的孩子，就会继承异力。

这个继承异力的人，如果真挚地爱了某个女人，就会造成一个极易魔化的伴神。想拯救自己儿子的挚爱，就需要天族的父亲，或者雪域的母亲献出生命。可是以往的几代人，都没人能够做到，雍唯猜想，这些继承异力的人，不是变得冷心冷性，不断诛杀自己的爱人，就是如胥董一样，干脆一死报复。

量天尺一直在等一次献祭。

"应该是结束了，"雍唯垂眼，"量天尺不需要再修复，那感应而生的异力，也不会再轮回传承了。"

天妃颓然一笑："这次算是侥幸吧。"

"天族或者雪域，应该在上古的时候得罪了量天尺。"胡纯摇头，这哪是考验，这分明是报复。

天妃和雍唯一笑，或许胡纯无心说中了真相。

"青牙如何？"雍唯有点好奇。

"哦，他呀。"咪咪撇嘴，毫不客气地取笑青牙，"天帝要封个神职给他，位列他哥哥赤婴之上呢，他却不去，非要落地成妖，虽然算地仙，但大家都叫他嘉岭妖王。"

"这种老底你就不要掀了！"胡纯不高兴了，她的好友只剩青牙，不能被咪咪这样诋毁，"他这是潇洒，有骨气！妖王怎么了，妖王多逍遥自在啊！"

胡纯说完，看见雍唯沉下了脸，这么多年了，这位过气神主怎么还这么小心眼啊？"他已经娶妻生子啦！儿子没有遗传到他家的毛病，长得还挺快的呢。"胡纯刻意地解释了一下。

"嗯。"雍唯的脸色缓和起来。

夜半，胡纯醒来，发现雍唯并没有睡在身边。

她起身，果见雍唯披着衣服，站在露台上，默默看着星空。胡纯走过去，站在他身边看他。

"从龙星消失了。"雍唯说。

"太好了！"胡纯很解气，"以后再不用去当修理工。"

雍唯语塞。

"你为什么还一副不高兴的样子？"胡纯瞟着雍唯。

雍唯抿起嘴，俊美的容颜显得有些冷酷，他很不高兴："好像就一转眼，咪咪就长大了，毛耳朵也不见了，都不可爱了。"

胡纯一下子捂住雍唯的嘴："你！这要是让咪咪听见，还不气死了！"

"我们再生一个吧，还要有毛耳朵的。"雍唯拉开她的手，搂住她的腰，曲线完美的脸颊贴过来。

胡纯呼吸急促，脑子都有些乱了："好……"

一年后，胡纯和雍唯的第二个孩子降生了，是个漂亮的男孩。

雍唯满怀希望地冲进产房，一掀床帘，脸就垮了。

"干吗！"胡纯也发怒了，"我现在就是生不出毛耳朵了，怎么样！"

她现在被六界尊称"灵纯狐祖"，法力高强，怎么可能还生出半人半狐的孩子呢！

雍唯嫌弃地把儿子从胡纯怀里提过来，那个表情让胡纯叫起来："你……你不是打算把他扔了吧？"

好歹也是亲生的！

"让娘养活他。"雍唯的不满溢于言表，"我们去祭殿山，你给我天天喝涤仙泉，反正我要毛耳朵。"

胡纯气得拍床："你，你，你！你不讲理！"

雍唯沉着脸，像提着一袋垃圾一样把儿子拎出去了。

咪咪在院子里看热闹，幸灾乐祸地问："爹爹，我叫咪咪，弟弟叫什么呀？"

雍唯停了停脚步，很无情地说："既然是你弟弟，就叫汪汪吧。"

一个花瓶从房间里飞出来，雍唯和咪咪闪开，花瓶在地上摔得粉粉碎，胡纯中气十足地大喝一声："你敢！"

咪咪还挺喜欢弟弟这个名字的，从爹爹手里接过来："爹爹，你带娘去祭殿山吧，汪汪由我抱去给奶奶。"

雍唯终于感到养活女儿的欣慰。

祭殿还保留了雍唯粗劣的装修风格，却让他和胡纯感到无比踏实。

胡纯和雍唯一起坐在破破烂烂的石阶上看星星，幸福到连话也不想说。

"即使生不出毛耳朵，我们也一直住在这里吧。"胡纯把头靠在雍唯的肩上。

"好。"雍唯点头，"就你我两个人。"

胡纯笑了，看着满天星斗，很难说缘分到底是什么，命运又是什么，但她始终想只和雍唯简单地相守，这个愿望也的确实现了。

"你，我，只要在一起，今生就足够了。"